Retrato do meu coração

Retrato do meu coração

PATRICIA CABOT

Tradução de
Eliane Fraga

EDITORA RECORD
RIO DE JANEIRO • SÃO PAULO
2012

Cip-Brasil. Catalogação na fonte
Sindicato Nacional dos Editores de Livros, RJ

C116 Cabot, Patricia
Retrato do meu coração / Patricia Cabot; tradução de Eliane Fraga. – Rio de Janeiro: Record, 2012.

Tradução de: Portrait of my heart
ISBN 978-85-01-09337-0

1. Romance americano. I. Fraga, Eliane, 1947-. II. Título.

12-0870.
CDD: 813
CDU: 821.111(73)-3

TÍTULO ORIGINAL EM INGLÊS:
Portrait of my heart

Texto revisado segundo o novo Acordo Ortográfico da Língua Portuguesa.

Editoração eletrônica: Ilustrarte Design e Produção Editorial

Direitos exclusivos de publicação em língua portuguesa somente para o Brasil adquiridos pela
EDITORA RECORD LTDA.
Rua Argentina, 171 – Rio de Janeiro, RJ – 20921-380 – Tel.: 2585-2000, que se reserva a propriedade literária desta tradução.
Impresso no Brasil

ISBN 978-85-01-09337-0

Seja um leitor preferencial Record.
Cadastre-se e receba informações sobre nossos lançamentos e nossas promoções.
Atendimento e venda direta ao leitor:
mdireto@record.com.br ou (21) 2585-2002.

Dedico este livro ao meu marido, Benjamin

Meus agradecimentos a Shehira Davezac, da Escola de Belas-Artes da Indiana University, que forneceu a maior parte das informações artísticas e históricas contidas neste livro; a minha amiga Jennifer Brown, por ter lido todo o livro; a Jennifer Weis, minha editora na St. Martin's Press; e, principalmente, a minha agente, Laura Langlie.

PARTE I

Capítulo 1

Yorkshire, maio de 1871

— Diga que não é verdade — lamentou-se lorde Edward Rawlings, baixando o rosto entre as mãos. — Não de *Oxford,* Jeremy.

Do outro lado da mesa, Jeremy observava o tio, preocupado. Ponderou se deveria chamar a atendente e pedir uma bebida mais forte que cerveja. Edward parecia disposto a tomar uma ou duas doses de uísque. Mas ainda era cedo, e eles estavam no Goat and Anvil, uma taberna que ficava a apenas alguns quilômetros do Solar dos Rawlings, na mesma rua. Os empregados talvez estranhassem ao ver o duque de Rawlings e seu tio bebendo uísque antes do meio-dia.

— Não é tão ruim assim, sabe, tio Edward — disse Jeremy, tranquilo. — E você não pode dizer que não esperava. Afinal, já tive a honra de ser expulso de Eton e de Harrow. Não queria privar sua *alma mater* do mesmo privilégio.

Edward não achou graça. Jeremy não esperava mesmo que ele fosse achar e observou, reflexivo, a cabeça baixa do tio. Nos seis meses seguintes ao Natal, última ocasião em que o vira, tinham surgido mais cabelos brancos do que nunca na cabeça de Edward. Jeremy não se vangloriava de ter sido ele a causa disso. Era bem verdade que, no momento, seu tio era um dos homens mais influentes na

Câmara dos Lordes, com uma posição de tanto poder que um pouco de cabelo branco não era somente esperado, mas necessário para lhe conferir autoridade. Do contrário, esse homem de apenas 40 e poucos anos poderia ser considerado jovem demais pelos nobres mais conservadores. Mas saber que representava um acréscimo à carga de preocupações do tio, já grande, não era muito fácil para o duque.

— Expulso de Oxford — resmungou novamente Edward para a caneca de cerveja espumosa.

Desde o instante em que Jeremy mencionara casualmente o motivo de sua volta inesperada a Yorkshire, ele não parava de repetir a mesma frase. Jeremy começava a se arrepender de ter dito qualquer coisa. Percebeu, tarde demais, que deveria ter esperado para revelar a verdade à hora do jantar, no solar, quando tia Pegeen estaria presente. Embora não houvesse ninguém no mundo a quem Jeremy quisesse menos desapontar, pelo menos tia Pegeen tinha a capacidade de analisar os muitos e variados problemas do sobrinho de acordo com o contexto, o que não acontecia com o marido. O fato de Jeremy ter sido expulso de Oxford poderia no máximo levar tia Pegeen a franzir o cenho. É claro que, se ela soubesse o *motivo* da expulsão... *Aí sim, isso* a entristeceria, e, por essa razão, Jeremy preferira reunir-se com o tio a sós antes de se dirigir ao solar.

— Que inferno! — praguejou Edward, finalmente erguendo a cabeça para olhar nos olhos do sobrinho, cinza-claros como os seus. — Você precisava *matar* o homem, Jerry? Não podia simplesmente feri-lo?

— Quando um homem afirma que vai lutar com você até a morte — explicou Jeremy, um tanto irritado —, costuma ser mais sábio despachá-lo de vez, se for possível. Se eu apenas o tivesse ferido, ele se recuperaria e viria atrás de mim. Não posso passar a vida inteira olhando para trás em busca de assassinos malucos.

Edward balançou a cabeça.

— E mesmo assim você diz que nunca tocou na garota?

Pela primeira vez Jeremy pareceu pouco à vontade. Com uma estrutura física semelhante à do tio, cujos alguns centímetros acima de 1,80m superavam em altura a maioria dos homens, Jeremy tinha dificuldade para caber nos bancos apertados do Goat and Anvil, e precisou colocar os cotovelos sobre a mesa para se acomodar. Seu tamanho, porém, não era a razão de seu atual desconforto.

— Bem — disse ele lentamente —, eu não disse que nunca a toquei...

— Jeremy — rugiu o tio de forma ameaçadora.

— Mas certamente não tinha intenção de me casar com ela! E foi esse o problema.

— Jeremy — repetiu Edward com a voz grave que, como Jeremy sabia, reservava para o Parlamento e para disciplinar crianças. — Já não lhe expliquei que há mulheres com quem um homem pode... digamos... se divertir sem criar nelas uma expectativa de casamento, e outras com quem é melhor não se relacionar de modo algum, a não ser com intenção de...

— Eu sei — cortou Jeremy, rapidamente interrompendo o sermão que sabia de cor de tanto ouvir, pelo menos duas vezes por mês, desde que alcançara a idade de se barbear. — Eu sei, tio Edward. E sem dúvida aprendi a diferença ao longo dos anos. Mas essa jovem em questão me foi apresentada — propositalmente, agora sei, e pelo próprio irmão, se é que você pode acreditar em algo tão sórdido — de forma que levaria qualquer homem a acreditar que ela não era mais do que uma bela mulher qualquer para se passar o tempo. Eu lhe asseguro, ela não hesitou em aceitar meu dinheiro. Somente depois do estrago feito Pierce foi me procurar, gritando sobre como eu desonrara sua irmã. — Jeremy estremeceu ao se lembrar.

"Ele insistiu que eu me casasse com a vadia ou o enfrentasse num duelo de espadas. Não é de se espantar, portanto, que eu tenha preferido a espada. — Jeremy ergueu a caneca e bebeu a cerveja espumosa. — Pierce teve azar em escolher a espada como arma — observou, pensativo. — Creio que teria se saído melhor com uma pistola.

— Jeremy. — O rosto de Edward, que nos últimos 11 anos ficara mais magro e mais bonito devido ao estilo de vida mais regrado, estava muito sério. — Você *tem* consciência de que cometeu assassinato, não é?

— Ora, tio Edward, convenhamos — queixou-se Jeremy —, foi uma luta justa. O próprio auxiliar dele afirmou o mesmo. E devo admitir que meu alvo era o braço, não o coração. Mas o idiota tentou fintar, e quando vi...

— Não condeno duelos — interrompeu-o lorde Edward em tom imperioso. — Deixei isso claro para você da última vez que ocorreu. E me recordo perfeitamente de lhe ter recomendado, na ocasião, que se tivesse de lutar, o fizesse no continente. Você pode ter títulos, mas não está acima da lei. Agora não tem escolha senão deixar o país.

— Eu sei — concordou Jeremy, revirando os olhos. Também já ouvira aquele sermão uma dezena de vezes.

Edward não percebeu o enfado do sobrinho.

— A propriedade em Portofino talvez seja o melhor lugar para você ficar, se bem que o apartamento de Paris também deve estar desocupado. A escolha é sua. Seis meses devem ser suficientes. Teve muita sorte, Jerry, por a faculdade não ter provas para processá-lo, ou...

— Tem razão — interrompeu-o Jeremy com uma piscadela travessa —, ou estaria agora atrás das grades, sem poder saborear esta caneca de cerveja com meu bom e velho tio Ed.

— Agradeço se não fizer gracejos a esse respeito — disse Edward de forma severa. — Você é um duque, Jerry, e como tal, tem privilégios e responsabilidades, sendo uma delas tentar não matar seus colegas.

Foi a vez de Jeremy se enfurecer. Ele depositou a caneca no tampo da mesa com um barulho surdo, deu um soco na mesa com o punho e explodiu.

— Acha que não sei disso? — Jeremy não elevara a voz para não atrair a atenção dos outros fregueses. — Que você não conseguiu incutir essa noção na minha cabeça ao longo da última década? Desde o dia em que apareceu na porta de nossa casa em Applesby e comunicou a Pegeen que eu era o herdeiro do ducado dos Rawlings, só o que ouço é "Jerry, você é um duque, não pode fazer isso" e "Você é um duque, precisa fazer aquilo." Santo Deus, você tem ideia de quão cansado estou de ouvir o que devo ou não fazer?

Edward pareceu bastante surpreso diante da reação inesperada do sobrinho.

— Não... Mas tenho a sensação de que me esclarecerá.

— Jamais tive a intenção de frequentar uma escola longe de casa — continuou Jeremy, amargurado. — Com certeza seria muito mais feliz na escola de Rawlingsgate. Mas você me mandou para Eton, e quando fui expulso de lá, subornou as pessoas de Harrow, depois fez o mesmo em Winchester, e continuou até que me informaram de que eu passaria os próximos anos de minha vida na faculdade. Eu não tinha interesse algum em ir para Oxford; você sabe disso. Mas insistiu, embora fosse evidente que sou muito mais capaz com a espada do que com o lápis. E agora, o maior dos crimes: fui expulso de Oxford sob a suspeita de ter duelado com um colega...

— Que você admite sem rodeios ter matado — lembrou Edward.

— É claro que o matei! — Jeremy estendeu as mãos para cima, num gesto de desamparo. — Pierce era grosseiro e aproveitador. E não sou o único feliz com a morte dele, embora não tenha sentido mais prazer ao assassiná-lo do que teria ao esmagar um mosquito. E você tem a audácia de me repreender por fazer piada a esse respeito. Ora, o que mais eu deveria fazer? Minha vida até agora foi uma piada, não foi? — Jeremy encarou o tio, furioso. — Hein? Não foi?

Edward retorceu cinicamente o rosto de traços tão bem definidos e bonitos quanto os do sobrinho.

— Ah, sim — disse ele, numa voz claramente cheia de sarcasmo. — Sua existência tem sido trágica, de fato. Você não tem sido amado, nem valorizado. Sua tia Pegeen não se sacrificou durante todos os anos em que cuidou de você, sem a menor noção de que herdaria um ducado. Ela não se privou de comer para garantir que você tivesse um bom café da manhã...

— Deixe Pegeen fora disto — interrompeu Jeremy rapidamente. — Não estou falando dela. Estou falando de como você, depois que nos trouxe para Rawlings e a desposou...

Pela primeira vez desde que Jeremy começou a lhe contar sobre a expulsão, Edward pareceu estar se divertindo.

— Se está incomodado com o fato de eu ter me casado com sua tia, Jerry, devo lembrar-lhe de que é um pouco tarde para mudar isso. Afinal, já lhe demos quatro primos. Seria muito trabalhoso pedir ao arcebispo uma anulação a esta altura.

Jeremy não achou graça.

— Ouça, tio Edward — disse ele —, colocarei da seguinte forma: por que você gastou todo aquele tempo e dinheiro tentando me encontrar, há 11 anos, quando poderia facilmente ter informado a toda a sociedade que seu irmão mais velho não tinha filhos e, assim, ter assumido o título você mesmo?

Edward parecia perplexo.

— Porque isso seria desonroso. Eu sabia que John tivera um filho antes de morrer, e essa criança era a herdeira do título do pai.

— Não foi isso que sir Arthur me contou — retrucou Jeremy, com um rápido balançar de cabeça. — Segundo ele, você não queria a responsabilidade de ser duque e faria qualquer coisa para não herdar o título.

— Bem — disse Edward, inquieto, dando de ombros sob o paletó de corte impecável. — Não é *exatamente* isso, mas também não está longe da verdade...

— E como acha que *eu* me sinto? — reclamou Jeremy. — Também não quero este título!

— Mas por quê, meu Deus? — A voz de Edward era amigável demais. — Você não é dono de uma das maiores fortunas da Inglaterra? Não possui os melhores cavalos que o dinheiro pode comprar? Não tem uma mansão em Londres, um dos solares mais majestosos de Yorkshire, um apartamento em Paris e, ainda, uma propriedade na Itália? Você tem mais de cem criados, o melhor alfaiate da Europa e um assento na Câmara dos Lordes, o qual, agora que alcançou a maioridade, lhe cederei com todo prazer. Você recebeu todos os privilégios e recompensas que alguém da sua posição merece...

— Exceto a liberdade de fazer o que quero — interrompeu Jeremy, murmurando.

— Ah, sim, é verdade. — Novamente, Edward fez uma careta de sarcasmo. — Esse é um preço alto, de fato. Mas o que exatamente pretende fazer, Jerry? Isto é, além de sair por aí se relacionando com prostitutas e assassinando pessoas?

Felizmente para Jeremy, a atendente decidiu se aproximar da mesa naquele instante. Do contrário, poderia ser culpado de mais um assassinato.

— Há alguma coisa que eu possa fazer por Vossa Graça? — Rosalinde era um nome que se ajustava a ela, pois tinha as maçãs do rosto extraordinariamente coradas e os lábios em formato de botão de rosa. Ela abriu um lindo sorriso para os dois cavalheiros enquanto se inclinava para passar um pano úmido no tampo da mesa, proporcionando a Jeremy uma boa visão do decote entre os seios fartos. — Talvez mais uma caneca de cerveja?

— Não, obrigado, Rosalinde — respondeu Jeremy, desviando o olhar dos seios para o rosto da moça com algum sacrifício. — E você, tio?

— Estou satisfeito, obrigado — respondeu Edward. *Ele*, Jeremy percebeu com certo desgosto, não pareceu notar que o corpete de Rosalinde tinha uma abertura na frente. Se bem que jamais ouvira falar de seu tio reparando em outra mulher que não Pegeen. — Como vai seu pai, Rosalinde? — perguntou gentilmente Edward. — Soube que ele estava adoentado.

— Já melhorou, obrigada, milorde. Quando passou a tomar o tônico que sua senhora enviou, logo se recuperou — respondeu Rosalinde sem desviar o olhar de Jeremy, que, evitando admirar o decote, mirava com determinação a paisagem pela janela gradeada. — O senhor ficará no solar algum tempo, Vossa Graça, ou voltará logo para a universidade?

— Ainda não tenho certeza — respondeu Jeremy, um tanto ríspido. — Provavelmente ficarei pelo menos alguns dias...

Com o olhar propositalmente desviado, Jeremy não viu o sorriso de Rosalinde, nem o brilho de seus olhos azuis quando ela falou, efusiva:

— Ah, fico *muito* feliz. E a Srta. Maggie também ficará. Há poucos dias, saindo do mercado, perguntei-lhe quando veria Vossa Graça novamente. Ela não soube dizer, mas comentou que pelo tempo que não se viam, talvez nem se reconhecessem!

Jeremy limitou-se a responder com um aceno de cabeça, mas, aparentemente, isso foi o bastante para Rosalinde, que se afastou da mesa como se tivesse criado asas. Assim que ela se distanciou o suficiente para não ouvi-los, Jeremy parou de encarar o cavalo da carruagem, o que fizera durante toda a conversa com Rosalinde, e olhou para o tio.

— Vê? — reclamou ele. — Vê o que quero dizer? Não estou seguro nem no pub local! Aonde quer que eu vá, preciso ficar de olho nos mercenários!

— Rosalinde Murphy não é uma mercenária, Jerry — replicou Edward suavemente. — Ela parece ter um interesse genuíno em sua felicidade.

— Não em minha felicidade — corrigiu-o Jeremy. — Em meu bolso.

— Em você todo — insistiu Edward, com uma risada. — A jovem está encantada por você. Que mal há nisso?

Jeremy impacientou-se.

— O fato de não ser a *mim* que ela quer! — insistiu. — É meu dinheiro e aquele maldito título! Sempre que conheço uma mulher, assim que ela descobre que sou duque começa com *Vossa Graça* isso, *Vossa Graça* aquilo. As mulheres sonham com o dia em que poderão se apresentar como duquesa de Rawlings. Vejo isso em seus olhos. Já começam a se imaginar com uma tiara na cabeça e pele de arminho nos ombros.

— O que vê nos olhos delas, Jerry, é atração, e não por seu título. — Edward tentou reprimir uma risada, mas não conseguiu. — Olhe para você, Jerry. Talvez ainda se veja como um garotinho mirrado de 10 anos, mas para Rosalinde você é completamente diferente. Ela o vê como um homem alto e forte, de cabelo preto e olhos claros, uma bela arcada dentária...

— Não creio que Rosalinde Murphy tenha notado meus dentes — murmurou Jeremy para disfarçar seu embaraço diante das afirmações do tio.

— Talvez não. — Edward riu. — Mas isso não muda o fato de que você é um belo homem, Jerry, e não pode esperar que as mulheres não reajam a isso. E quando isso acontecer, não pense que a natureza do interesse delas é puramente financeira.

Jeremy, muito envergonhado, murmurou dentro do copo de cerveja:

— Ser duque certamente não facilita nem um pouco esse tipo de coisa. Quero dizer, meu Deus, eu nem posso escolher com quem vou me casar! Terá de ser com uma mulher com condições de se tornar uma boa duquesa.

— É verdade — concordou Edward. — Mas isso não significa que é impossível se casar por amor com o tipo de mulher que daria uma boa duquesa. — Pensativo, ele ergueu a caneca. — Afinal, eu mesmo consegui fazê-lo.

— É uma pena meu pai não ter tido o mesmo discernimento que você — comentou Jeremy amargamente. — Das duas irmãs, ele conseguiu escolher a que terminou por levá-lo ao túmulo.

Edward limpou a garganta, pouco à vontade, e apoiou a caneca na mesa.

— Mas, se não me engano, Pegeen só tinha 10 anos quando John visitou sua mãe pela primeira vez, então não creio que ela estivesse disponível. — Em seguida, como se lembrasse de algo, Edward debruçou-se sobre a mesa e, num tom de voz muito diferente, pediu:

— Não conte a sua tia o motivo de sua expulsão dessa vez, Jerry.

— Como se eu tivesse essa intenção! — exclamou Jeremy, indignado. — Não gostaria que tia Pegeen soubesse de modo algum. Mas ela há de descobrir, é provável que saia nos jornais.

— Certamente — afirmou Edward. — Mas é diferente de você chegar e admiti-lo sem rodeios. Esta seria a única maneira de Pegeen acreditar que *você* seria capaz de cometer um assassinato.

— É verdade — concordou Jeremy, com um sorriso tão cínico quanto o do tio. — Eu, o menino que chorou por horas a fio depois da primeira caçada, de tanta pena da raposa.

— Não por tanto tempo assim — corrigiu Edward remexendo-se na cadeira, pouco à vontade diante da lembrança daquele dia infeliz. — Mas você tem razão, é difícil conciliar quem era naquela época com quem é agora.

O olhar de Jeremy ainda era sarcástico.

— E quem sou agora, tio?

— Isso depende de você, certo? — Edward tomou outro gole de cerveja. — Que tipo de homem deseja ser?

— Um que não seja duque — respondeu Jeremy, prontamente.

— Mas isso — disse Edward —, não é possível.

Jeremy balançou a cabeça como se esperasse aquela resposta. Então, sem qualquer outra palavra, começou a levantar-se da cadeira.

Edward o fitou, surpreso.

— Aonde vai? — perguntou.

— Para o diabo — informou Jeremy, em tom casual.

— Ah — disse Edward com um aceno de cabeça. Ele relaxou o corpo na cadeira e ergueu a caneca num brinde solene ao sobrinho, que já saía. — Esteja em casa para o jantar.

Capítulo 2

— Ah, Maggie! — exclamou lady Edward Rawlings ao afastar o papel de seda que envolvia a pequena tela. — Nossa, que lindo!

De trás da cadeira de Pegeen, Maggie Herbert franziu o nariz sardento de forma cética e olhou para a pintura. Tem verde demais, pensou. Sim, o fundo está muito verde. Enquanto examinava a pintura, uma flor branca soltou-se de um dos galhos acima e pousou na tela que acabara de secar. Maggie considerou a pétala uma melhoria, mas Pegeen, impaciente, retirou-a.

— Ah, mal posso esperar para mostrá-la a Edward — declarou Pegeen, o olhar ainda na pintura. — Ele não vai acreditar. Acho que nenhum dos outros retratos que mandamos fazer das crianças foram tão fiéis quanto este...

— Jura?

O tom de voz de Maggie era de suave incredulidade. Ela apertou os olhos até a imagem na tela ficar embaçada, mas continuava vendo apenas a série de formas e cores que pintara no dia anterior e não o quadro que tanto entusiasmava Pegeen. E tinha verde demais.

— Ah, sim — assegurou-lhe Pegeen. — Minha nossa, é como se você tivesse conseguido captar suas pequenas almas.

Maggie riu.

— Ah, que nada! Se fosse assim, Lizzie estaria totalmente diferente. Ela está com uma expressão meiga demais...

— Como assim, meiga demais? — Pegeen ergueu a tela, que media apenas 15 por 15 centímetros, e estendeu os braços para observá-la melhor, ainda tão extasiada que não conseguia desviar os olhos. — Lizzie está absolutamente adorável. John também. Ah, e olha o biquinho que Mary costuma fazer! E o queixo de Alistair. Você o capturou com perfeição! Já ouvi *algumas* pessoas dizendo que Alistair tem o queixo saliente, mas na verdade é apenas firme.

Maggie olhou para a mãe, que estava sentada numa cadeira de ferro fundido diante de Pegeen. Lady Herbert lhe deu um sorriso de cumplicidade. Os queixos de todos os filhos dos Rawlings eram inevitavelmente projetados para a frente, numa imitação inconsciente da expressão que a mãe fazia quando estava furiosa, e o fato de Pegeen se recusar a admitir isso era motivo de zombaria entre amigos e vizinhos.

— Ah, Maggie — suspirou Pegeen, ainda incapaz de desviar o olhar do retrato. — É simplesmente lindo. Não sei como consegue.

— Nem eu — concordou lady Herbert, curvando-se para servir mais uma xícara de chá do conjunto de prata sobre a pequena mesa dobrável que fora montada no gramado, entre as cadeiras.

Como Pegeen estava grávida — embora não de tantos meses quanto a irmã mais velha de Maggie, Anne, que estava sentada de frente para lady Herbert e cuja xícara e pires balançavam sobre a generosa barriga —, a mulher mais velha assumira automaticamente os deveres de anfitriã. Na verdade, porém, tanto ela quanto as filhas eram convidadas de Pegeen no solar onde sir Arthur, pai de Maggie, trabalhava como consultor jurídico do jovem duque. Os Herbert passavam tanto tempo no Solar dos Rawlings que Maggie já a considerava sua segunda casa e assim costumava tratá-la, o que não era bem visto pela refinada Anne, especialmente quando encontrava a irmã mais nova deslizando pelos corrimões, o que, até um ou dois anos atrás, acontecia com frequência.

— Certamente não foi de mim que ela herdou essa habilidade — completou a mãe de Maggie, mexendo o açúcar dentro do chá adocicado. — Deve ter sido da família do pai.

— De papai? — Anne pareceu incomodada, como sempre acontecia quando o talento da irmã mais nova era mencionado. — Certamente não! Ninguém da parte de papai jamais *pintou*. Ora, mamãe, como pode insinuar algo assim?

Maggie, voltando o olhar para sua pequena obra, balançou a cabeça.

— Não, o sorriso de Lizzie não está correto — murmurou para si mesma. — Falta a malícia que lhe é tão característica.

Infelizmente, a mãe de Lizzie ouviu.

— Malícia! — exclamou Pegeen, abraçando o quadro, como se temesse que Maggie pudesse levá-lo para fazer correções. — Isso é absurdo. Não há um pingo de malícia em minha filha. Ela é um anjinho. *Todos* eles são. — Vendo que Maggie não tinha intenção de resgatar o presente, Pegeen deu mais uma espiadela e então voltou a tecer novos comentários: — Anne, veja como ela fez os olhos de John. Já viu algo tão misterioso?

Maggie, ainda não convencida, desviou os olhos do quadro para o outro lado do jardim, onde os "anjinhos" de Pegeen arrancavam as rosas de um canteiro. Os filhos de Anne participavam da atividade — embora as sobrinhas e os sobrinhos bem-comportados de Maggie fossem consideravelmente menos barulhentos que a prole dos Rawlings. Completavam o grupo cerca de 15 crianças do Orfanato Rawlings, as quais lady Pegeen recebia no solar para um piquenique em comemoração ao Dia do Trabalho. Um único olhar para a filha mais velha de Edward e Pegeen convenceu Maggie de que de fato errara quanto à meiguice da menina. Elizabeth Rawlings era bonita, mas obviamente tão teimosa quanto os pais. Dava para ver pelo monte de terra que jogava na direção do irmão, John, por ele não ter seguido suas ordens.

— Aliás, Maggie, já pediu a seu pai para que a deixe frequentar aquela escola parisiense de arte sobre a qual me falou? — quis saber Pegeen.

— Não — respondeu Maggie, incapaz de conter uma pitada de ressentimento na voz. — Ele teme que, no instante em que pise fora da Inglaterra desacompanhada, seja seduzida e levada para o Marrocos para ser vendida a algum príncipe árabe como um objeto.

— Maggie! — Anne soltou a xícara, que bateu ruidosamente sobre o pires.

Lady Herbert, embora tão espantada quanto a filha mais velha, reagiu com mais suavidade:

— Sinceramente, Maggie, do que está falando? Seu pai não pensa dessa forma.

— Pensa, sim — afirmou Maggie com um suspiro, recostando-se no tronco da cerejeira. — Papai conhece muito bem minhas inclinações peculiarmente carnais.

— Maggie! — O rosto de Anne corou de vergonha. — Quantas vezes eu preciso implorar para você não usar palavras como... como... — a voz se transformou num sussurro — *carnal* em público? — Então, virando-se para Pegeen: — Por favor, lady Edward, pare de rir. Dessa forma só a incentivará.

— Ah! — Pegeen enxugou as lágrimas dos cantos dos olhos verdes de tanto rir. — Ah, céus! Maggie, minha querida, você não deve mesmo dizer essas coisas. Vai acabar ficando com reputação...

— Com quem? — perguntou Maggie, desgostosa. — Os arrendatários? Não creio que *eles* se importem de eu usar ou não a palavra *carnal*.

— Não com os arrendatários, querida Maggie — explicou lady Herbert, afetuosa. — Com os jovens.

— Mas que jovens são esses? — Maggie se aproximou da mãe por trás e começou a raspar a casca do tronco da cerejeira com uma vareta afiada que encontrara na grama fresca da primavera. — Os únicos jovens por aqui são os pastores de ovelhas, e aposto que não há muita novidade para *eles* no campo da carnalidade.

— Maggie! — Anne pareceu querer beliscar a irmã mais nova, mas o volume da barriga a impediu. Além do mais sabia, por experiência, que depois precisaria ser muito rápida para escapar de um tapa de Maggie em revide. — Pelo amor de Deus!

Maggie deu de ombros.

— Bem — disse ela —, é a verdade.

— Sim, mas agora você está praticamente com 17 anos, querida — argumentou Anne, com uma paciência nitidamente forçada. — Debutará no ano que vem. Os jovens que vai conhecer durante sua primeira temporada em Londres não estarão interessados em ouvir sobre suas, hum, inclinações...

— Na verdade — interrompeu Pegeen, pensativa —, tenho certeza de que eles *adorariam* ouvi-la quanto a isso, mas não creio que é algo que se deva sair anunciando...

— Exatamente — concordou Anne. — Viu, Maggie? Ouça lady Edward. É o que não canso de dizer: se você tem vontade de encontrar um marido em Londres, precisa começar a agir como uma dama...

— Eu não *quero* agir como uma dama — murmurou Maggie, concentrada no buraco que fazia no tronco da árvore — se isso significa passar o dia sem nada para fazer além de provar vestidos — um pedaço grande da casca da árvore se desprendeu sob a ponta da vareta —, e a noite toda ouvindo a conversa insípida de baronetes tolos...

— O que está fazendo com essa árvore? — perguntou lady Herbert. — Venha sentar-se e largue essa vareta suja.

Maggie largou a vareta, mas não se sentou. Em vez disso, pressionou as costas contra o buraco que fizera no tronco da árvore. Não sabia por que direcionava sua agressão para uma árvore inocente, mas sentia que antes a árvore do que a irmã mais velha.

— Se não quer agir como uma dama, Margaret — disse a mãe, aparentemente se divertindo com a conversa —, *o que* gostaria de fazer então?

— Eu já *disse*, mamãe. — Maggie suspirou. — Eu quero pintar. É *só* o que tenho vontade de fazer. E queria ir para a academia de madame Bonheur para aprender direito.

Lady Herbert olhou para os céus, mas foi Anne quem explodiu:

— Mas a academia de arte de madame Bonheur está fora de questão! Mãe, você *precisa* dizer a ela, e desta vez seja *firme*. Maggie *não* pode ter permissão para...

— Mas por quê? — perguntou Pegeen, soando impaciente, e Maggie não pode conter um sorriso. Parecia que lady Edward Rawlings estava sempre descobrindo uma nova causa pela qual lutar, e hoje escolhera aquela. — Por que está fora de questão? É completamente ridículo desperdiçar um talento como o de sua irmã. Ora, Maggie é mil vezes mais talentosa do que aquele pintorzinho tolo que Edward contratou para fazer meu retrato no ano passado. Observe as cores desta pintura que ela fez das crianças. — Pegeen levantou a tela para as outras mulheres poderem ver. — O modo como ela combinou as cores fazendo com que cada uma pareça uma joia única. E como captou as expressões delas... É mais fiel que qualquer daguerreótipo!

— Concordo totalmente com você, Pegeen — disse lady Herbert, com ar de cansaço. — Mas...

— Sir Arthur não tem aqueles pensamentos tolos e antiquados de não querer gastar dinheiro com a educação de uma moça, não é? — perguntou Pegeen. — Se for este o caso, terei prazer em fazer uma caminhada até Herbert Park e lhe esclarecer...

— Não é apenas isso — disse Anne solenemente. — Papai não aprova a ideia de mulheres terem atividades fora de casa, e uma ocupação nas artes então... Meu Deus! Só de mencionar, ele tem um ataque. Mas devo dizer que concordo com papai. É de fato escandaloso o número de moças que vão para Londres trabalhar como enfermeiras, lojistas, professoras e sabe-se lá mais o quê! No entanto, suponho que elas não tenham outra escolha... *precisam* trabalhar para sobreviver. Mas Maggie? Ela não *precisa*. Simplesmente *quer*, o que é, claro, absolutamente ridículo. Todos sabem que a única vocação adequada às mulheres é a maternidade...

— Sim, querida — interrompeu lady Herbert com um sorriso tolerante. — Todas nós conhecemos seus sentimentos em relação à importância da maternidade. Mas creio que a objeção principal de seu pai quanto a Maggie sair de casa é por ser a mais jovem de vocês meninas e a única a ainda morar em casa. — Lady Herbert dirigiu um sorriso afetuoso para Maggie, que admirava as flores da cerejeira sobre ela. — Nenhum de nós está preparado para deixar que ela se torne uma adulta.

— Bem, um dia vocês terão de deixá-la partir — disse Pegeen. — Quero dizer, ela já vai debutar na próxima estação.

Lady Herbert emitiu um suspiro sofrido e levou à boca um pedaço de bolo.

— E se conheço Maggie — lamentou, apoiando o garfo no prato em seu colo —, ela odiará cada minuto *disso*.

Pegeen não riu.

— Mas é claro que odiará. Uma garota como Maggie...

— Uma garota como Maggie não durará um minuto em Londres — imitou a dona do nome, irritada por todos falarem *sobre* ela, mas ninguém se dirigir *a* ela. — A *haute monde* irá trucidá-la. As outras moças a menosprezarão porque é alta demais, barulhenta demais e tem as unhas sujas de tinta, e os homens, se perceberem que ela existe, ficarão chocados pelo fato de ela usar palavras como *carnal* em público.

— Ah, não! — exclamou Pegeen. — Certamente não, Maggie! Ora, você é tão bonita, com esse cabelo preto abundante e esses grandes olhos castanhos. É muito mais bonita do que a filha mais velha dos Smythe, e veja como *ela* se casou bem...

— E que importa se Maggie é bonita? — perguntou Anne de forma enfática. — No instante em que abre a boca, todos se afastam. Ela fala o que lhe dá na telha...

— Não é verdade — protestou Pegeen. — Ela apenas expõe seus pensamentos. Sempre foi assim. — Ela se virou para Maggie e sorriu. — É por isso que gosto tanto dela.

Anne, no entanto, fazia qualquer coisa, menos sorrir para a irmã mais nova.

— Ela diz a primeira coisa que lhe vem à cabeça, sem pensar nas consequências, e geralmente sem que ninguém lhe tenha pedido a opinião.

— Ela tem uma sinceridade animadora — defendeu lady Herbert.

— Mãe, ela não tem nenhum senso de decência! Outro dia peguei-a com a bainha do vestido enfiada na cintura daquela parte da roupa que não se pode mencionar, escalando uma árvore!

Os rostos das três senhoras viraram-se de forma acusadora na direção de Maggie. Endireitando-se, ela explicou, com toda a dignidade possível:

— Eu precisava de flores. Para uma natureza-morta que estava pintando.

— Margaret — repreendeu a mãe. — *Realmente*. Você às vezes vai *mesmo* longe demais. Poderia ter pedido ao jardineiro que pegasse um ramo de flores.

— Acho — disse Maggie, engolindo em seco —, que irei ver o que as crianças estão aprontando.

— É uma boa ideia, querida — concordou lady Herbert tão prontamente que ficou evidente para Maggie que sua mãe pretendia falar sobre ela tão logo se afastasse.

Suspirando, Maggie desencostou da árvore e começou a andar na direção das vozes das crianças. Devido ao dia de calor incomum para o mês de maio, o primeiro verdadeiramente quente da primavera até aquele momento, Maggie sentia-se apática desde cedo. Sabia que, em parte, sua letargia devia-se ao tédio. Desde que terminara o retrato das crianças dos Rawlings, não tinha nada para fazer, nenhum novo projeto em vista. Ah, sim, havia o retrato que a velha Sra. Ashforth lhe encomendara, mas seria de dois gatos, e Maggie não tinha muito interesse em pintar gatos. Retratar pessoas era muito mais desafiador, reproduzir com exatidão suas expressões, criar uma imagem precisa sem insultar ninguém... *Isso* sim era interessante. Pintar gatos era fácil demais.

Ao se aproximar das crianças, Maggie viu que Elizabeth, cujo sorriso retratara suave demais no quadro, prendera a cabeça do irmão sob o braço. A babá e os funcionários do orfanato não estavam à vista. Conhecendo as crianças tão bem quanto conhecia, Maggie não ficaria surpresa se descobrisse que elas tinham deixado as pobres moças amordaçadas e amarradas no labirinto de arbustos. Suspirando, ela levantou a barra do vestido de musselina branca e correu para salvar da tirania da irmã o menino aos berros.

— John não para de dizer que *ele* é o primeiro-ministro — declarou Lizzie quando Maggie a repreendeu. — Mas hoje o primeiro-ministro sou *eu*. Mamãe disse que eu podia ser!

— Mas meninas não podem ser primeiros-ministros — insistiu John. — Papai falou!

Maggie, lembrando-se de antigas discussões semelhantes entre ela e o duque de Rawlings olhou para John e disse:

— Por que não brincamos de outra coisa em vez de Parlamento? O que vocês acham de brincarmos de um jogo que seu primo Jerry e eu costumávamos jogar quando éramos crianças?

Lizzie, com o pescoço esticado para ver o rosto de Maggie, pareceu curiosa.

— Quer dizer que *você* já foi criança? — perguntou, espantada. — Mas é tão alta!

Maggie, procurando não se mostrar irritada, murmurou:

— Eu não sou tão alta.

— É, sim — declarou John. — Mais que papai.

— Eu *não* sou mais alta que seu pai — contestou Maggie, cada vez mais irritada. — Talvez mais que sua mãe, mas não que seu pai.

— É, sim — disse John com firmeza. — Não é, Lizzie?

Elizabeth examinou Maggie de cima a baixo e, finalmente, declarou:

— Não, ela não é. Mesmo assim, é *muito* alta. Quero dizer, para uma moça.

Maggie ficou vermelha, depois se irritou consigo mesma por deixar que uma inocente conversa de crianças a provocasse. Ela sabia que era sensível demais em relação à altura. E daí que tinha sido sempre a menina mais alta da escola? Pelo menos tinha parado de crescer. Com 1,77 metro — que alcançara aos 10 anos de idade —, era mais alta que a mãe e todas as irmãs e apenas um pouco mais baixa que o pai.

Mas, sem dúvida, ser tão alta tinha suas vantagens. Maggie sabia que ficava muito bonita na nova saia armada da moda, reta na frente e cheia atrás, estilo que se adequava muito bem às curvas de seu corpo. E sempre podiam contar com ela para alcançar os objetos nas prateleiras mais altas das lojas quando saía para fazer compras.

— Ouçam — disse Maggie às crianças Rawlings. — Quando seu primo Jerry e eu éramos crianças, costumávamos brincar de um jogo muito divertido chamado Marajá. Um de vocês pode ser o príncipe ou a princesa da Índia. Outra pessoa pode ser o corajoso explorador inglês que o marajá captura e amarra a um poste para ser queimado vivo em tributo a um deus pagão. E os outros podem ser os soldados ingleses que tentam libertá-lo, ou selvagens que dançam em volta da pira acesa e tentam atingir os soldados com dardos envenenados. Não parece legal?

— Eu serei o marajá — anunciou Lizzie.

— Não! — gritou John. — *Eu* serei!

— Você — disse Lizzie calmamente — pode ser o explorador destemido.

John enfureceu-se do mesmo modo que Jeremy quando Maggie insistia que ele fosse o explorador. Convicta de que fizera seu dever, ela se afastou e começou a andar de volta para o grupo de mulheres que estava sob a sombra da cerejeira, mas a animação de suas vozes a fez parar.

— Não é nem um pouco inapropriado a uma dama ser pintora de retratos, Anne — dizia Pegeen em sua voz distinta e rouca, com o suave sotaque escocês que ocultava ligeiramente as vogais. — Ao longo da história existiram muitas, sabe...

Anne interrompeu-a, indignada:

— Pois eu gostaria de saber quantas delas se casaram. Imagino que muito poucas. Não é possível uma mulher ser casada e ter uma profissão.

— Talvez não — concordou Pegeen, pensativa. — Isto é, a não ser que escolha bem o marido. Um homem que a compreenda... — E então, numa voz mais animada, acrescentou: — Mas, com seu talento, Maggie felizmente não precisará se casar. Quero dizer, se não quiser. Ela terá condições de se sustentar muito bem fazendo retratos de crianças da alta sociedade.

Ciente de que falavam dela, Maggie sentiu novamente as maçãs do rosto corarem. Sabia que deveria se anunciar, mas a tentação de ouvir às escondidas era grande demais. Fingindo um interesse repentino por um talo de íris, aguçou os ouvidos para escutar a conversa.

— Mas é exatamente isso que mais temo, Pegeen! — exclamou Anne. — Você sabe que Maggie tende a ser muito excêntrica. E se acabar se apaixonando por algum poeta francês de poucos recursos e precisar morar num sótão horrível perto de Montmartre, com vários outros artistas? Nenhum deles acredita na instituição do casamento, sabe. Consideram-na burguesa. Maggie será uma mulher desgraçada. E o que as pessoas irão dizer sobre nós então, hein?

Pegeen pegou fôlego para responder, mas lady Herbert foi mais rápida:

— Francamente, Anne, você está sendo muito dura com sua irmã. Ela não é tola. Acho muito improvável que possa fazer algo assim, como se apaixonar por um francês.

Anne não partilhava da mesma opinião:

— Ela fará coisas bem mais tolas do que isso, mamãe. Pode ter certeza. Você e papai permitiram que Maggie crescesse sem nenhum limite. Por favor, não negue, eu vi com meus próprios olhos! Vocês a mimaram demais. Que outra explicação poderia haver? Nenhuma de nós, nem Elizabeth, nem Fanny, nem Claire, chegou aos pés da teimosia e da obstinação de Maggie.

— Sim — disse lady Herbert, pensativa —, mas nenhuma de vocês teve a mesma *influência* que Maggie...

Lady Herbert não prosseguiu, mas Maggie não foi a única a entender o que ela quis dizer. Pegeen rapidamente se pôs em defesa do sobrinho:

— Ah, você deve estar se referindo a Jerry — disse, calma. — É verdade que os dois foram muito próximos durante certa época. No entanto, apesar de Jerry ser muito mais velho, sempre me pareceu que era *Maggie* quem comandava. Durante muito tempo, ela foi bem mais alta que ele. Imagine que, uma vez, eu a peguei esfregando o rosto de Jerry contra a terra, com força. Ele estava totalmente indefeso, sem condições de impedi-la. Nessa época, ele devia ter 12 anos e Maggie, portanto, 7, mais ainda assim era mais alta que ele. Deve ter sido uma grande humilhação para Jerry.

— Parece que não veremos Sua Graça tão cedo — arriscou Anne com um tom de voz casual e forçado. Maggie sabia perfeitamente o quanto a irmã detestava o duque. — Ele ainda está em Oxford, não é?

— Na verdade — respondeu Pegeen com tranquilidade —, recebemos um telegrama dele na noite passada avisando que chegaria hoje. Segundo Lucy, que ouviu a notícia da cozinheira cujo sobrinho está servindo Jerry neste semestre, ele e o tio marcaram uma espécie de reunião secreta esta manhã. Faz uma hora que Edward partiu sorrateiramente de carruagem para ir à vila recebê-lo, aparentemente tentando impedir que eu descubra o motivo da volta repentina. Será interessante ver por quanto tempo os dois pensam que conseguirão manter segredo desta vez.

Maggie não ficou para escutar o restante da conversa. No instante em que ouviu o nome de Jeremy e soube de sua volta, um lento sorriso se abriu em seu rosto, e seus pés, como se tivessem vontade própria, começaram a se mover rapidamente em direção à entrada do solar. Maggie sabia perfeitamente que, se Jeremy chegasse hoje, teria de passar pela aleia de carvalhos enfileirados que ladeavam o caminho da entrada. Logo, precisaria passar debaixo de um dos carvalhos mais antigos da propriedade, que se inclinava bastante sobre a via pavimentada. Apesar dos esforços inúteis dos jardineiros, que tentavam havia anos levantar o tronco usando suportes metálicos, seus galhos se penduravam formando uma cobertura de apenas 2 a 2,5 metros de altura. Não seria divertido, pensou ela, emboscá-lo do jeito que faziam quando eram crianças com quem se aproximava da mansão? Com alguma sorte, conseguiria derrubá-lo do cavalo. Era o que merecia por ter sido expulso de mais um colégio, segundo ouvira de Pegeen.

Esquecendo os conselhos da irmã para agir como uma dama, Maggie levantou as saias e começou a correr pelo gramado da frente do Solar dos Rawlings, sem se importar com o fato de suas panturrilhas longas e atraentes estarem à mostra sobre as botas de salto baixo. Fazia tanto tempo que não via Jeremy que talvez nem o reconhecesse. Na verdade, tinham se passado anos, pois suas férias geralmente não coincidiam e, quando isso acontecia, um deles quase sempre estava na cidade ou no exterior. Segundo os relatos orgulhosos dos tios de Jeremy, ele se tornara um perfeito cavalheiro: hábil com cavalos, fantástico na esgrima, esplêndido no boxe e um forte nadador. Maggie ouvira das irmãs mais velhas, quando elas por vezes o encontravam nos bailes da sociedade londrina, que o duque de Rawlings se tornara um homem extraordinariamente bonito, o que ela achava difícil de acreditar. Mais absurdo ainda era elas afirmarem que se tornara um homem alto. Nisso, Maggie não acreditava mesmo. Jerry, mais alto que ela? Impossível!

Maggie subiu no tronco do carvalho, o que foi uma façanha simples para ela — embora tenha rasgado uma das meias de seda e a anágua, além de perder um botão de pérola da frente do corpete; problemas que ignorou —, e rapidamente se instalou entre suas folhas. Daquela posição, a cerca de 2,5 metros do chão, Maggie tinha uma visão quase total da via, pela qual um cavaleiro solitário se aproximava a meio galope. Desapontada, logo concluiu que não podia ser Jeremy, visto que o cavaleiro tinha ombros muito largos e, mesmo na sela, podia-se ver que era alto demais. Parecia-se muito com lorde Edward, porém seu cavalo era baio, e o que esse homem montava, preto como piche... Parecia muito com King, o cavalo de Jeremy.

Inclinando o corpo para a frente até ficar inteiramente esticada sobre o galho resistente, Maggie espiou por entre a folhagem verde e viu, para seu espanto, que o animal de fato *era* King, o primeiro cavalo de Jeremy e seu favorito. Mas ninguém tinha permissão de montá-lo além de Jeremy, o que significava que...

Mas não! Não podia ser. Ninguém mudaria tanto, não em apenas — Maggie contou rapidamente com os dedos — cinco anos. Deus, tinham se passado mesmo *cinco anos* desde a última vez que vira o duque? Voltando o olhar novamente para o caminho, Maggie notou que o cavalo e o cavaleiro já quase passavam sob os galhos nos quais se escondera, e não havia dúvida, era *mesmo* Jeremy.

Não fora mentira de suas irmãs: ele *era* bonito — para quem gosta desse tipo moreno ao estilo de lorde Byron, o que não era seu caso, pois preferia homens louros. O cabelo escuro, cacheado e revolto escapulia da cartola de aparência cara, e, sob a aba, os olhos cinzentos observavam o lugar com ar irônico. Maggie reconheceu aquela expressão imediatamente. Jeremy estava irritado, o maxilar tenso, o queixo quadrado erguido sobre uma gravata vistosa, os dedos longos enluvados segurando com facilidade as rédeas de King, o qual montava com tanta naturalidade que era como se o cavalo fosse uma extensão de seu próprio corpo. Um corpo, Maggie observou com interesse, que parecia tão esguio e tão forte quanto os dos homens que trabalhavam na ferraria local, cujos peitos nus ela já admirara discretamente muitas vezes, enquanto eles martelavam as ferraduras dos cavalos de seu pai...

Ai, meu Deus, mais um daqueles pensamentos carnais!

E desta vez com *Jerry*! Maggie estremeceu. O que estava *pensando*? Não podia ter esse tipo de pensamento com relação a Jerry! Jogara bolas de neve naquele corpo tantas vezes quanto esfregara aquele rosto no chão de terra. E agora ele passava exatamente embaixo dos galhos onde ela se escondia, tão próximo que seria fácil arrancar-lhe o chapéu da cabeça. Mais um segundo e seria tarde demais para surpreendê-lo.

Sem hesitar, Maggie estendeu um dos braços com a intenção de tomar o chapéu de Jeremy e se divertir com sua reação. No entanto, ao se abaixar, perdeu o equilíbrio e escorregou. Tentou alucinadamente segurar-se ao galho, mas não adiantou. Quando viu, estava caindo pelos ares...

Capítulo 3

O PRIMEIRO PENSAMENTO QUE VEIO À mente de Jeremy ao ouvir o grito e, logo em seguida, sentir o impacto de um corpo contra o seu foi que, de algum modo, Pierce retornara dos mortos e finalmente se vingava da defloração da irmã e de seu subsequente assassinato. Desse modo, virou-se na sela para tentar derrubar o adversário, mas não foi bem-sucedido, pois seu atacante envolvera seu pescoço com braços firmes, sedosos e bronzeados e estava conseguindo levar ambos ao chão.

Jeremy nunca soube ao certo em que momento notou que seu atacante tinha seios de tamanho considerável e o cabelo na altura da cintura, mas deve ter sido quando eles atingiram o chão e rolaram alguns metros pela grama num emaranhado de crinolina, saias e abas de fraque. Quase sem ar, Jeremy logo concluiu que, se Pierce não adquirira seios no além, o corpo sobre o qual estava deitado era obviamente feminino. Na verdade, antes de levantar o rosto, este descansava entre dois seios do tamanho de melões-cantalupos que pareciam ter se livrado do corpete que os confinava e, embora sua dona estivesse de bruços, se empinavam como se buscassem o sol.

Embora isso fosse, no mínimo, uma sensação agradável, Jeremy sabia que, se ele próprio não conseguia respirar direito, era provável que a dama sobre a qual estava deitado tivesse desmaiado pela força da queda. Numa atitude cavalheiresca, ergueu a cabeça para ver se poderia ajudá-la... E se viu diante de um par de olhos castanhos marotos estranhamente familiares.

— Seu grande porco! — A voz bem-humorada, estranhamente doce para os insultos que proferia, zombava dele. — Você gritou como um porco enjaulado. Nunca ouvi nada parecido.

Por um instante, Jeremy acreditou mesmo que via um fantasma. Só um ser sobrenatural poderia se assemelhar tanto a alguém que ele conhecia e, ao mesmo tempo, não se parecer em nada com ela. Pois a mulher que estava sob si era, sem dúvida, Maggie Herbert — a única mulher que ele sabia que não hesitaria em chamá-lo de grande porco —, mas não a mesma que passara toda a infância a atormentá-lo. *Aquela* Maggie, da última vez que a vira, era magra como um palito, tinha os dentes separados e tranças no cabelo, e suas pernas eram tão compridas e finas que ela mal sabia o que fazer com elas, ao ponto de, quando andava, parecer um potro recém-nascido em seus primeiros passos.

Esta, no entanto, tinha um corpo sensual e curvilíneo como qualquer cortesã cara — e ele conhecera muitas. Não havia mais nada de desajeitado nela, principalmente nas pernas entre as quais estava aconchegado. Na verdade, as coxas separadas sob o peso de seu corpo se harmonizavam muito bem com todo o restante — suaves, fortes e, acima de tudo, muito femininas. Maggie Herbert desabrochara, ele podia perceber, no que ele chamaria de uma mulher com seios volumosos. Porém, por ter sido agraciada com pulsos e tornozelos finos, além da cintura finíssima, seu corpo era mais bonito que o de muitas outras mulheres que conhecera, sendo que esta nem parecia consciente de suas novas curvas femininas... E nem do efeito devastador que elas poderiam ter num homem.

Somente quando conseguiu encará-la Jeremy percebeu que esta Maggie e aquela de sua memória eram a mesma pessoa. Não havia mais tranças, é verdade, mas sim uma cabeleira de um castanho tão escuro que quase parecia negra contra a recém-crescida relva verde; e quanto aos dentes, agora eram uniformes e brancos, sem nenhum espaço entre eles. Mas havia naqueles olhos escuros um brilho inconfundível, sincero demais para ser malicioso, mas travesso demais para ser ingênuo. E havia uma curva naqueles lábios, que antes achava grandes demais, mas ao novo exame se mostravam tentadoramente carnudos, lembrando-lhe os velhos tempos em que Maggie o provocava e torturava impiedosamente, mas, por ser uma garota, ele era proibido de retaliar.

Agora parecia que, só pelo fato de ter crescido, Maggie Herbert vencera mais uma vez, pois ele jamais conhecera uma mulher cuja beleza o impressionasse tanto e que, ao mesmo tempo, ignorasse por completo os atrativos dele.

— Ah! — exclamou Maggie, às gargalhadas. — Você fez uma cara muito engraçada! Foi impagável, simplesmente impagável!

Apoiando-se sobre os cotovelos, o rosto ainda a poucos centímetros daqueles novos seios incríveis, Jeremy perguntou, muito sério:

— Você enlouqueceu?

Ao ver que a resposta de Maggie era rir mais ainda, ele acrescentou:

— Poderia ter morrido!

— Teria valido a pena — respondeu Maggie, satisfeita, ainda rindo.

Jeremy, ainda sobre ela, podia sentir as contrações dos músculos da barriga de Maggie sob o espartilho. Maggie Herbert usando espartilho! Jamais imaginara ver isso algum dia.

— Mesmo assim — retrucou Jeremy com a voz severa. — Não pode atacar as pessoas desse jeito. Poderia ter se machucado seriamente.

— Ai, ai, você nunca aceitou uma brincadeira. Pelo menos *isso* aqueles colégios elegantes não conseguiram mudar em você.

Após afastar algumas mechas de cabelo do rosto em forma de coração, Maggie lutou para se apoiar nos próprios cotovelos, fazendo com que o corpete do vestido se abrisse ainda mais, permitindo a Jeremy uma visão esplêndida do que havia sob os bojos de renda da combinação. Mas, ao contrário do que fez no início do dia, dessa vez foi completamente incapaz de afastar os olhos. Em vez de sair de cima dela, o que sem dúvida deveria ter feito, permaneceu exatamente onde estava e admirou as curvas de pele clara e sedosa dos seios.

Maggie logo notou que os olhos de Jeremy, que para ela sempre foram cinza-claro, na verdade não eram desbotados como guardara na lembrança. Eles eram de um azul-claro suave, com pequenos riscos prateados — e não estavam focados em qualquer lugar de seu rosto. Pareciam, na verdade, estar grudados em seu peito. Quando Maggie acompanhou a direção do olhar, viu que o botão que perdera ao subir na árvore era essencial, pois o considerável decote entre os seios se revelava sob a frente do vestido branco.

No mesmo instante, Maggie se viu inundada de emoções conflitantes. Por um lado, reconhecia que havia um elemento cômico na situação, mesmo em meio ao terrível embaraço que imediatamente a consumiu. Estava de seios descobertos na frente do duque de Rawlings! O que diria sua mãe? Por outro lado, a maneira como ele a fitava não tinha nada de cômico. Se antes tinha dúvidas sobre Jeremy ter mudado desde a última vez que o vira, a expressão que ele trazia no rosto as eliminara. *Aquele* olhar, Maggie jamais vira antes...

Pelo menos, não dirigido a *ela*.

No entanto, era aquele exatamente o tipo de olhar que ultimamente provocava nos homens. Percebera-o nos rostos de estranhos ao cruzar com eles na vila. Era um olhar admirador, sim, mas havia também alguma coisa que só podia ser descrita como... desejo.

Desejo?

Por parte de *Jeremy*?

E foi então que Maggie percebeu que aquilo já não se tratava de uma brincadeira de crianças. Estava deitado sobre ela um homem com mais de 20 anos. E ela era uma mulher — ou quase —, portanto era melhor que ele saísse logo de cima antes que alguém resolvesse passar por perto ou olhar por uma das janelas do solar...

— Saia de cima de mim — gemeu Maggie, descendo os cotovelos e deitando a cabeça e os ombros no chão, tornando a situação ainda mais imprópria. Mas só assim podia usar as mãos para fechar a abertura na frente do vestido.

Jeremy divertia-se com o desconforto de Maggie tanto quanto com aquela visão.

— Parece que está faltando um botão, Mags — observou, despreocupado.

— Acha que não sei disso, seu ordinário?

Maggie não conseguia encará-lo. Os olhos de Jeremy, assim como tudo o mais nele, estavam diferentes, e agora pareciam ter sobre ela um efeito estranho que a fez ficar da cor do botão vermelho que faltava no vestido. Observando o conflito de Maggie com uma sobrancelha levantada, Jeremy disse:

— Parece que você precisa de ajuda. Posso?

O embaraço de Maggie logo se transformou em ultraje. Sem largar o vestido, deu um tapa nas mãos de Jeremy — que eram grandes, morenas, muito calejadas e bem maiores que as suas, percebeu, alarmada.

— Não, não pode — respondeu, enfatizando cada palavra com um tapa. — Saia de cima de mim agora!

— Considerando que foi *você* quem pulou sobre *mim*, Mags — apontou Jeremy —, sua indignação não é muito adequada.

— Saia logo! — Maggie olhou ao redor. — Meu Deus, alguém poderá nos ver!

— Devia ter pensado nisso, jovem lady, antes de me derrubar do cavalo com tanta violência. — Desapontado por Maggie ter finalmente conseguido fechar o vestido, Jeremy franziu o cenho ao ver as mãos dela cerradas. — Por que está tão preocupada? Afinal, não é a primeira vez que vejo suas roupas de baixo. Se bem que, devo admitir, foi antes de você desenvolver esse corpo impressionante...

— *Saia!*

Completamente mortificada, Maggie golpeou-lhe o lado da cabeça com o cotovelo que estava livre. Embora não tenha sido forte a ponto de doer, Jeremy pareceu de fato surpreso. Não devia ser muito comum para o duque de Rawlings levar um soco, pensou Maggie. Que tipo de garota bateria num duque, que dirá um pretendente desejável? Maggie, contudo, não estava preocupada com o que pensava o duque de Rawlings — ou qualquer outro.

E talvez fosse melhor assim, pois o que este duque pensava era o quanto fora tolo de passar tanto tempo longe de casa. Mas não foi isso que disse.

— Vou lhe dizer, isso não foi muito legal. — Jeremy coçava a orelha e tentava parecer insatisfeito. — Você não se transformou numa dessas garotas bobas que dão tapas por aí, não é?

— Francamente! — explodiu Maggie. — Saia de cima de mim. Meu *pai* pode estar vendo.

— Esta — declarou Jeremy, enfático — é a única razão sensata o suficiente para me fazer encerrar este interlúdio tão prazeroso.

Lentamente, ele se levantou, atento para a saia erguida de Maggie que revelava um par de panturrilhas tão bem torneadas que seriam de fazer inveja a qualquer corista. E não foi só nisso que ele reparou. Já de pé, ao estender a mão para auxiliá-la, conseguiu vislumbrar o ponto onde as meias de seda terminavam e a liga começava, na parte interior da coxa alva e sedosa.

Maggie, estirada no chão, notou o rápido olhar de Jeremy em direção ao espaço entre suas pernas, e, confusa, abaixou a saia fitando em seguida, desconfiada, a mão que ele lhe estendera.

— O que foi? — exclamou Jeremy ao ver os olhos franzidos de Maggie. — Sua tola, só estou oferecendo uma mão amiga, mais nada. Não precisa olhar para mim como se eu fosse mordê-la.

Maggie engoliu em seco. Era exatamente isso que ele parecia estar prestes a fazer... mordê-la, ou talvez algo pior. Bonito como estava, era provável que Jeremy tivesse oferecido mais do que a mão para ajudar muitas garotas e tivesse ido muito além de mordidas.

Interpretando erroneamente o motivo da hesitação de Maggie, Jeremy revirou os olhos.

— Não vou mergulhá-la no lago como antigamente, se é o que está pensando. Acho que já estamos muito velhos para esse tipo de travessura infantil; sem considerar sua recente emboscada.

Sabendo que estava sendo ridícula, Maggie ergueu uma das mãos enquanto mantinha a frente do vestido bem segura com a outra. Mas, no instante em que os dedos fortes de Jeremy se fecharam sobre os seus, soube que estava em apuros. Não era um aperto de mão fácil de romper. Ele o manteria exatamente pelo tempo que quisesse, e Maggie não poderia fazer absolutamente nada quanto a isso.

No entanto, apesar da força contida naqueles dedos longos, Jeremy foi de uma gentileza surpreendente, sem puxá-la com força como teria feito quando eram mais novos. Também foi bom ele segurá-la por um pouco mais de tempo do que o necessário, pois, tão logo ficou de pé, Maggie teve o maior de todos os choques.

Jeremy era mais alto que ela.

Não apenas mais alto, *muito* mais alto. Sua cabeça batia nos ombros dele. E seu nariz bateria bem no meio do peito de Jeremy, se ele não estivesse segurando sua mão com força quando ela se desequilibrou de tão chocada.

— Maggie? — Jeremy a fitava, perplexo. — Tudo bem? Você não quebrou nada, certo?

Confusa, Maggie negou com a cabeça. *Jeremy Rawlings, mais alto que ela?* E não só um pouco, pelo menos 15 centímetros! Quando isso aconteceu? Da última vez que o vira, *ela* era pelo menos 30 centímetros mais alta. Jerry crescera 45 centímetros em cinco anos. Meu Deus, ele estava da altura de lorde Edward!

— Eu jamais teria imaginado — comentou Jeremy, pensativo. — Maggie Herbert, dada a desmaiar *e* a estapear! Como os tempos mudaram. Nunca pensei que *você* se tornaria uma flor tão delicada.

Aquilo foi o suficiente para tirar Maggie do estado de choque. Ela ergueu a cabeça — não podia acreditar que de fato precisava *erguer a cabeça* para olhar Jeremy nos olhos! — e vociferou:

— Eu não desmaio. E não estapeei você, apenas dei uma merecida cotovelada. Agora solte minha mão.

Jeremy sorriu, e Maggie rapidamente desviou o olhar. Seu sorriso parecia ter o mesmo efeito devastador que os olhos. Ambos pareciam provocar-lhe uma reviravolta dentro do peito.

— A mesma Mags de sempre — disse Jeremy, levando os dedos dela aos lábios com um carinho sincero. — Apesar das novas curvas.

Maggie, horrorizada com a referência tão informal a seus seios e com a forma que Jeremy observava sua reação ao beijo nos dedos, imediatamente tentou, em vão, puxar a mão. Jeremy, porém, com um sorriso malicioso que tomava seu rosto, não soltou, e até a virou para examinar as unhas.

— Ah — disse ele. — Carmim, magenta e um pouco de... O que mesmo? Ah, sim, branco-neve. Vejo que continua pintando. E como estão os gatos de lady Ashforth? A esta altura, ela já deve ter tantos retratos deles que daria para encher o grande salão...

— Solte minha mão. — Maggie tentava manter a voz firme, o que não era fácil, pois estava a ponto de entrar em pânico. — Falo sério, Jerry, solte-me!

— "Solte minha mão" — repetiu Jeremy, imitando-a. — "Saia de cima de mim." Isso é jeito de saudar um velho amigo que não vê há meia década?

Isso a distraiu, fazendo com que parasse de puxar a mão com tanta fúria.

— Amigo? — repetiu ela, pigarreando em seguida. — Desde quando *nós* fomos amigos? Inimigos seria uma palavra mais adequada.

— Quem abrigava todo o sentimento de hostilidade era você — corrigiu Jeremy, com uma expressão zombeteira de mágoa. — Nunca entendi o motivo. Você tornava minha vida um inferno, quando eu só queria...

— O que você sempre quis foi mandar em todo mundo — interrompeu Maggie. E foi sua vez de imitar: — "*Você* não pode ser o capitão dos piratas, Maggie. Sou o duque, *eu* serei o capitão dos piratas", "*Você* não pode ficar com o último bolinho de cereja, Maggie. Sou o duque, *eu* ganho o último bolinho de cereja", "Você tem de fazer o que eu digo, Maggie, porque sou o..."

— E daí? — interrompeu-a Jeremy, conseguindo mostrar indiferença. — Até parece que você fazia o que eu mandava.

— Ainda bem que *alguém* não se intimidava com você — observou Maggie. — Do contrário, poderia ter se tornado um homem terrível que não solta as mãos das garotas quando elas pedem.

— Terrível? Então eu sou terrível?

Jeremy sorriu. Parecia gostar daquilo tudo, embora Maggie não tivesse a menor intenção de fazer um elogio. Mas soltou-lhe as mãos e continuou a fitá-la com ar um pouco especulativo. Maggie perguntou-se o que Jeremy estaria pensando e, num gesto defensivo, cruzou os braços sobre o peito. Então ele achou seu corpo bonito? E teve a audácia de admiti-lo na sua frente? Ah, sua irmã Anne teria desmaiado se ouvisse *aquela* conversa!

Desmaiar seria pouco para a irmã de Maggie se tivesse consciência dos sentimentos de Jeremy naquele momento. Ele se lastimava por não ter seduzido a filha mais nova de sir Arthur Herbert alguns anos antes. Ele se perguntava como não vira que ela se tornaria essa coisinha adorável? É verdade que nenhuma das irmãs chamava atenção. Mas Maggie... Que descoberta! Nunca se divertira tanto com uma garota que não tivesse sido paga para isso. Algo naquela impertinência desinibida de Maggie sugeria que, embora tivesse recém-terminado os estudos, não havia nada de estudante nela. Ao que tudo indicava, a visita ao lar não seria tão maçante quanto previra...

Maggie, no entanto, não estava gostando nem um pouco dos acontecimentos. Poucas pessoas que encontrava no dia a dia eram mais altas que ela, portanto não costumava se sentir baixa. E agora, Jeremy, a quem atormentara durante anos, tinha a vantagem de lhe provocar essa sensação. Pior ainda, ele era *tão* mais alto que lhe causava certo temor. E a última coisa que Maggie gostava de sentir era medo. Considerava-se corajosa, não tendo — diferentemente das irmãs — aversão a altura, água, ratos e insetos, nem a espaços fechados ou ao escuro. Não entendia bem como podia ter medo de Jeremy Rawlings, mas a sensação era real, e ela precisava fazer algo a respeito, ou admitir para si mesma que havia uma coisa da qual tinha medo... Mas ainda não estava certa se era Jeremy Rawlings ou o sentimento que ele lhe despertava.

Arriscando uma olhadela para o rosto de Jeremy, Maggie constatou que ele ainda a fitava com a mesma expressão reflexiva. Meu Deus, ele é muito atraente! Como não percebera antes? Não que gostasse de homens bonitos... À exceção de lorde Edward e de Alistair Cartwright, seu cunhado. Mas, no geral, Maggie achava que homens bonitos tendiam a ser muito convencidos, e supunha que Jeremy tinha motivo para se sentir superior, já que se tornara um belo homem e possuía mais dinheiro que a rainha. No caso dele, contudo, devia a beleza e a fortuna à sorte, e somente um tolo sentia-se orgulhoso por dádivas divinas...

Maggie desviou os olhos para além dos ombros largos de Jeremy.

— Ah, Jeremy... — disse ela.

— Sim? — As sobrancelhas elevaram-se com expectativa.

— Talvez seja melhor ir atrás de seu cavalo. Ele está fugindo.

Meio aturdido, Jeremy virou-se e viu King seguindo em direção ao pasto do lado sul, onde ficavam as potras.

— Maldito! — praguejou Jeremy, virando-se rapidamente para Maggie. — Fique aqui — ordenou, com um gesto muito semelhante ao que os pastores de Yorkshire faziam para seus collies, quando queriam que eles ficassem parados. — Está bem? Voltarei logo.

— Ah — disse Maggie, muito séria. — É claro.

No instante em que Jeremy virou as costas, porém, ela seguiu em direção à casa — não propriamente correndo, pois seria difícil fazer isso tendo que segurar o corpete. Além disso, não queria fazer parecer que estava *fugindo*. Mas caminhou muito rápido. Retirar-se parecia a melhor estratégia no momento. Além de consertar o vestido, precisava se recompor... Sua mente estava um verdadeiro turbilhão depois de ter sido bombardeada com tantas sensações novas ao mesmo tempo. Jeremy Rawlings era um homem viril e forte como os filhos do ferreiro, aos quais ela admirava de longe havia mais de um ano? Jeremy Rawlings fitando-a de cima com ar de desejo, com os mesmos olhos que antes eram sem graça, mas que agora brilhavam como o conjunto de prata de chá de sua mãe? Jeremy Rawlings *mais alto do que ela*?

O que estava acontecendo com seu mundo?

Era demais para uma garota como Maggie assimilar de uma vez. Acostumada à vida tranquila do campo, não tinha muita certeza de como reagir a esta nova realidade. Precisava de tempo para refletir, se recuperar — literal e figuradamente — e descobrir qual seria a melhor forma de enfrentar esta nova e perturbadora descoberta: ela tinha medo de Jeremy Rawlings.

Mas Maggie não teve tempo de fazer nada disso. Mal passara pelo retorno em frente ao solar de três andares e ouviu aquela voz grave — Deus, até a *voz* dele mudara! — chamar seu nome. Maldição! Maggie parou, olhou para os céus pedindo forças e, lentamente, virou-se na direção dele.

— Aonde pensa que vai? — A voz de Jeremy, embora grave, tinha um tom divertido que Maggie reconheceu. Era o mesmo com que costumava se dirigir a ela depois de sofrer com alguma de suas inúmeras travessuras.

— Hum... A lugar nenhum — respondeu Maggie. — Estava entrando para procurar um botão. — Mas ela mesma percebeu que era uma desculpa ridícula.

— Venha comigo — convidou Jeremy, já com as rédeas de King nas mãos. Estava ofegante do exercício e, na opinião de Maggie, bonito demais, com mechas azuladas pelo brilho do sol no cabelo muito preto (aparentemente ele perdera o chapéu no tombo que ela provocara) e a gravata frouxa que mostrava, na base do pescoço, alguns pelos do peito.

— Hum. — Mais uma vez Maggie estava sem palavras. Normalmente não conseguia ficar calada, mas hoje sua boca pesava como tijolo. — Não vai dar, eu preciso ir...

— Só enquanto eu levo o cavalo para a cocheira. — Jeremy sorria como se a relutância de Maggie fosse uma das coisas mais engraçadas que já vira. — Depois entraremos para procurar o botão. Venha.

— Não posso mesmo, Jeremy. Minha mãe...

— Ora, deixe sua mãe para lá. — Os olhos prateados cintilavam, desafiadores, ao mesmo tempo que o sorriso em seu rosto se ampliava. — Está com medo de quê?

Maggie ficou paralisada.

— De nada — respondeu sem pestanejar. Já não estava mais com problemas para falar.

Os olhos prateados brilharam.

— Você não estaria com medo de mim, não é, Mags?

— Claro que não!

— Não está mentindo, está, Mags?

— Não...

O sorriso de Jeremy se ampliou tanto que Maggie pôde ver os dentes brancos e regulares.

— Claro que não, foi o que pensei. Então venha. — Jeremy virou-se e ofereceu o braço livre para que ela segurasse. — Vamos caminhar. Quero ouvir tudo sobre sua vida nesses últimos cinco anos. É óbvio que continua pintando. O que mais tem feito?

Maggie lançou um último e nostálgico olhar para as grandes portas duplas do solar. Atrás delas estariam a segurança, a sanidade e uma criada com uma caixa de costura. Mas Maggie nunca tolerara covardia, menos ainda partindo dela. Então, com um suspiro, atravessou a rua e aceitou o braço de Jeremy.

— Ah — respondeu ela com indiferença —, não muito.

Capítulo 4

Foi fácil demais. Tudo que precisou foi dar uma alfinetada em seu orgulho e ela era sua. Bem, não propriamente sua ainda. Mas Jeremy conseguira descobrir a fraqueza de Maggie... Ou melhor, redescobri-la, pois agora se lembrava de que bastava uma simples frase para Maggie ser coagida a fazer quase tudo: "Você não está com medo, está, Mags?"

No momento, empoleirada num monte de feno ao lado da baia de King, com as costas apoiadas num poste de madeira e os pés balançando no ar, Maggie estava se saindo muito bem na tentativa de parecer tranquila e sem medo. Infelizmente, uma das mãos ainda segurava firmemente o corpete, privando Jeremy de mais um vislumbre das belas e alvas curvas. Mas ele não achava que demoraria muito para conseguir fazer mais do que apenas olhá-los. Agora que sabia o que dizer para irritá-la, não tinha dúvidas de que, muito em breve, finalmente conseguiria vingar-se de Maggie Herbert por todas as armações que lhe aprontara na infância...

Enquanto isso, ficava feliz em admirá-la, pois estava verdadeiramente bonita sentada ali em meio aos raios de sol que entravam pelas portas abertas da baia, o cabelo comprido e sedoso solto, brilhando ao longo de suas costas. Foi uma sorte ele ter conseguido coordenar sua chegada com a hora do chá. Todos os cavalariços estavam dentro da casa, saboreando os famosos bolinhos de sementes da cozinheira, o que deixava ele e Maggie sozinhos nos estábulos, exceto pelos cavalos e alguns pássaros que tinham construído ninhos nas vigas e chilreavam furiosos pela invasão de sua privacidade.

Maggie, por sua vez, sentia-se mais à vontade. Jeremy não lhe dirigia olhares de desejo como antes, a ponto de ela achar que talvez houvesse interpretado mal. Afinal, o duque de Rawlings podia ter qualquer mulher no mundo. Por que iria querer justo ela, uma simples filha de seu conselheiro jurídico, um nobre que morava a poucas propriedades dali? A irmã de Maggie casara-se com o melhor amigo do tio de Jeremy e, como sua mãe gostava muito da tia dele, eles tinham convivido muito na infância, mas era só. Certamente toda essa cordialidade por parte do duque era por conta dos velhos tempos. Possivelmente ele só a via como uma velha amiga. Esta constatação acalmou-lhe os nervos.

— Então — dizia ela, enquanto Jeremy tirava os arreios de King —, o velho Evers continua aqui no solar, e seu filho está na mansão de Londres. O neto, pelo que sei, está fazendo um curso de mordomo, na esperança de que o avô se aposente em breve e ele possa assumir o posto. Só que, segundo sua tia Pegeen, o velho Evers afirma que só se aposentará quando estiver morto, e ainda insiste em fazer todo o decanto sozinho, mesmo com as mãos tremendo terrivelmente quando segura qualquer coisa mais pesada que uma xícara.

Jeremy, que tirara o casaco enquanto escovava o cavalo, agora pensava em fazer o mesmo com a gravata. E foi o que fez, tentando assumir uma atitude casual e depositando a peça de linho sobre o casaco que lançara para fora da baia pelo vão da porta.

— Verdade? — perguntou ele, curvando-se para dar uma boa escovada na crina de King.

— Sim. E a criada de sua tia Lucy teve mais uma menina. Já são quatro agora, mas ela insiste que não ficará feliz enquanto não tiver um menino, apesar de, francamente, quatro meninas já me parecerem suficientes.

— Claro — disse Jeremy. Ele endireitou o corpo, deixou a escova de lado e fixou o olhar em Maggie sem que ela pudesse ver, pois o sol batia em seu rosto e ele estava de costas para a luz.

— E a Sra. Praehurst fará 65 anos no próximo outono — continuou Maggie, feliz por deixá-lo a par da vida privada dos criados. — Seus tios a presentearão com uma viagem à Itália, mas ela detesta os italianos e diz que uma cozinha que depende tanto de tomate não pode ser boa para a digestão, e que alguém deveria avisá-los...

— Maggie — disse Jeremy.

Alguma coisa em sua voz a preveniu de que Jeremy não a interrompera para fazer alguma pergunta sobre a atitude da criada com relação à cozinha mediterrânea. Ele abrira a porta da baia e em seguida a fechara, e agora se encontrava a poucos metros do monte de feno no qual estava sentada. Maggie não conseguiu ver a expressão de Jeremy, mas pela voz deduziu que não estava sereno.

— S-sim? — disse ela, lentamente.

Quando ele se aproximou mais e sua sombra cobriu o rosto de Maggie, ela pôde ver — esticando o pescoço — que ele não parecia nervoso ou preocupado. Na verdade, tinha um ar zombeteiro.

— Você me contou tudo sobre todo mundo que tenha algum vínculo, mesmo distante, com o Solar dos Rawlings — disse Jeremy, sentando-se ao lado de Maggie no monte de feno sem pedir licença. — Mas não falou uma palavra sobre você.

Jeremy estava tão próximo que os ombros se tocavam, isto é, o ombro de Maggie tocava a parte superior do braço dele. Ela se afastou um pouco para dar-lhe mais espaço antes de responder.

— Não há muito que contar — disse com indiferença. — Eu estava na escola.

— Sim, claro — disse ele. Era imaginação de Maggie, ou Jeremy chegou mais perto no instante em que ela se afastou? — Mas e agora?

— Bem — começou ela, afastando-se de novo —, não sei. Eu queria estudar pintura em Paris, mas meu pai não me dá permissão.

— Ah, é? — Ele tinha de parecer tão satisfeito com isso? E como ela de repente foi parar na beira do monte de feno, sem nenhum outro lugar para onde escapar além do chão? — E o que pretende fazer em vez disso, então?

— Não sei — respondeu Maggie, olhando para o chão. Não estava propriamente nervosa pelo fato de tê-lo tão próximo, mas não conseguia entender por que Jeremy agia assim. O chão parecia preferível ao colo dele, que era onde terminaria se ele chegasse mais perto. Talvez se continuasse falando pudesse distraí-lo. — Creio que terei de ir para Londres para meu *début*...

— Ah, seu *début* — repetiu Jeremy, levantando um dos braços e o passando pelo ombro de Maggie. Ela acompanhou o movimento do braço com os olhos e avistou, um pouco alarmada, cabelos pretos como os da abertura do colarinho em toda a parte descoberta do braço. Havia algo de muito másculo na irregularidade daqueles pelos, e Maggie teve uma explosão de ansiedade pelo simples fato de vê-los. — Está animada para debutar, Mags? — perguntou.

— Não exatamente — respondeu Maggie, virando o rosto para olhá-lo nos olhos. Não foi difícil, pois eles estavam muito próximos, mas acabou se mostrando um erro. Os olhos de Jeremy ainda pareciam ter um efeito estranho sobre ela, sendo que, desta vez, provocavam calafrios em seus braços nus, embora estivesse no sol e sentisse calor. — Tudo isso me parece sem sentido — conseguiu dizer. — Odeio festas, não gosto de dançar... — Maggie reparou que Jerry baixara o olhar. — Jeremy — um surto de ansiedade a tomava novamente —, por que está olhando para minha boca?

Jeremy sorriu e, com a mão que estava pendurada sobre seu ombro esquerdo, apertou Maggie contra si.

— Porque vou beijá-la, Mags — respondeu numa voz suave como uma carícia. — Você não quer?

Nesse momento, o coração de Maggie começou a pular, revirando de forma enlouquecida em seu peito.

— Não exatamente — respondeu ela, inclinando-se para trás e encostando no braço de Jeremy, que a aguardava. Percebendo ter sido pega, Maggie, tão rapidamente quanto um coelho em uma armadilha, ergueu as mãos em atitude defensiva, esquecendo-se do botão que perdera. — Não...

Mas era tarde demais. Ele não era o Jeremy de cinco anos atrás, a quem podia intimidar e amedrontar à vontade. Este era o novo Jeremy, um homem adulto, bem mais alto e forte do que ela, e que não parecia nem um pouco preocupado com seus sentimentos em relação àquilo. Mesmo diante dos protestos, Jeremy aproximou os lábios dos dela...

E, daquele momento em diante, Maggie só conseguia se perguntar por que estava tão preocupada. Pois, embora fosse estranho — *e muito* — ser beijada por Jeremy, também era muito bom.

Ela nunca fora beijada por um homem. Nunca fora abraçada, sequer já estivera tão próximo a algum homem para saber que tudo neles — *tudo* — era diferente. A sensação ao tocá-los era outra. Eles não tinham a maciez das mulheres, em nenhum lugar. Eles eram duros. Em cada parte que Maggie tocava, sentia músculos fortes. Nem a pele era suave. Maggie sentiu a barba áspera de Jeremy roçar-lhe os lábios. O bigode era como urtiga. E ela percebeu que os homens nem mesmo *cheiravam* como as mulheres. Jeremy cheirava a couro, a cavalo, e um pouco a tabaco, odores que, se penetrassem em Maggie, seriam difíceis de tirar. Mas de algum modo, pareciam apropriados num homem. *Tudo* parecia certo: o braço com o qual Jerry envolvia a cintura de Maggie e a puxava para si parecia certo. Os lábios que se movimentavam sobre os seus, em inúmeros beijos ávidos, pareciam certos. Até mesmo a lenta e sedutora exploração da língua dele em sua boca... Até *isso* parecia apropriado.

O que não parecia certo, porém, era o que tudo isso *provocava* em Maggie. Ela sabia que deveria se enfurecer com Jeremy por sua ousadia. Tinha certeza de que deveria afastá-lo. Mas não conseguia. Não estava indignada porque, no instante em que começou a ser beijada, foi tomada por uma deliciosa sensação de abandono. Com o corpo de Jeremy pressionando-a para trás até que tivesse como apoio apenas seus braços fortes, e com aquela boca movendo-se com tanta avidez sobre a sua, Maggie sentiu-se a garota frágil e delicada que sempre quis ser. O tipo de garota que precisa cheirar sais, que não é alta demais para ser facilmente erguida e carregada por um homem na subida da escada...

Mas as sensações de Maggie não paravam aí. Algo totalmente novo lhe acontecia sob as roupas de baixo. Enquanto no resto do corpo tinha uma gostosa sensação de languidez, sentia uma espécie de contração entre as pernas e uma repentina sensação úmida para a qual não havia uma explicação plausível, exceto o que Maggie sempre temera: suas inclinações carnais a tinham dominado por completo. *Algo* certamente a fazia se sentir como uma gata no cio, e não havia como negar que, com a mesma insistência com que Jerry pressionava o corpo contra o seu, ela pressionava de volta, ao ponto de certas partes suas chegarem a *doer* de tanto desejar que ele as tocasse...

Mas quando Jeremy introduziu na abertura do corpete a mão livre que antes, enquanto se beijavam, lhe afagava a pele macia do antebraço, e acariciou-lhe um dos seios redondos e pesados, Maggie retesou-se, assustada, pois logo viu que *aquilo não* era certo. Não que não fosse bom. Nunca tivera uma sensação tão gostosa como a dos dedos calejados de Jeremy se movendo de forma quase reverente por sua pele nua. Mas era uma sensação boa *demais,* tão boa, na verdade, que Maggie viu que, se não o interrompesse agora, talvez não conseguisse mais fazê-lo.

— Jerry — sussurrou, ao sentir os lábios dele se afastando dos seus para trilharem um caminho de beijos pelo pescoço.

— Hummm. — Os dedos que Jeremy introduzira sob o corpete do vestido encontraram a renda que debruava a combinação e deslizaram sob ela para acariciar-lhe a pele sedosa. Maggie respirou fundo.

— Jerry — repetiu ela, desta vez com mais vigor. — Pare...

— Por quê?

Jeremy parecia verdadeiramente curioso, mas não interrompeu sua exploração pelos seios. Ao descobrir um mamilo intumescido, cobriu-o com a palma da mão e, delicadamente, começou a apertá-lo com os dedos, enquanto o comprimia com a palma. Maggie emitiu um som gutural que, mais do que nunca, lembrou-o uma gata no cio, e, instintivamente, arqueou as costas contra os dedos de Jeremy. Sentia os calções cada vez mais molhados.

— Jeremy! — Desta vez a voz de Maggie foi praticamente inaudível. A de Jeremy, por sua vez, veio lenta, como se ele estivesse alcoolizado.

— O que foi, Mags? — perguntou, logo antes de pressionar os lábios na curva protuberante de um dos seios.

Maggie colocou as mãos no cabelo de Jeremy, querendo evitar que ele descesse mais, e surpreendeu-se com a maciez dos cachos negros contra a pele de seus dedos.

— Jeremy — repetiu. Quase lhe causava dor física lutar contra o impulso de se entregar a ele. — Precisa parar...

— Não posso — respondeu Jeremy ao mesmo tempo que lhe beijava o vão entre os seios, aproximando-se cada vez mais do mamilo coberto pela palma da mão. — Ah, Maggie. Quando tudo isto aconteceu?

Ela olhou para o cabelo preto.

— Quando tudo o quê? — perguntou, confusa.

— Tudo isto — respondeu Jeremy, extasiado, transferindo a mão de um dos seios para o outro, deixando rijo e descoberto o mamilo que massageara. E antes mesmo que Maggie tivesse a chance de se cobrir, Jeremy cuidou disso para ela, fechando os lábios sobre o bico intumescido. Uma onda de calor percorreu o corpo de Maggie e, de novo, um gemido de desejo lhe escapou.

Era horrível, muito pior do que inicialmente pensara! Agora, além de não querer que ele parasse, sentia uma *necessidade física* de que continuasse... Mas o que aconteceria se ele de fato continuasse? Se ela estava toda contorcida sob o corpo de Jeremy quando ele apenas lhe acariciara os seios com a língua, o que aconteceria, meu Deus, se levantasse suas saias e...

Não. O coração de Maggie batia tão forte que ela sentia cada pulsação nas têmporas. Não, a mera ideia era muito, mas muito amedrontadora. Imaginar este homem que, para todos os efeitos, mal conhecia, despindo-se na sua frente, e a tocando com mais intimidade ainda... E imaginando sua própria reação à visão daquela nudez e àquelas carícias... Tudo isso era simplesmente demais para Maggie. Jeremy a acusara de estar amedrontada. E estava mesmo.

Nunca tivera tanto medo antes. Sentia-se mais *viva* do que jamais estivera na vida — e, por isso, com medo.

Então, o medo suplantou o desejo. E finalmente veio a indignação. Como ele ousava? Como ele *ousava*? *Ele* podia estar acostumado a rolar sobre o feno quando o desejo o tomasse, mas era um homem. Não um homem qualquer, mas um duque. Podia estar com quem desejasse e nunca se importar com as consequências.

Maggie, por outro lado, jamais beijara um homem até hoje. Como ele ousava tirar vantagem de sua inexperiência, de sua relativa ingenuidade sobre as coisas da vida?

Conseguindo transformar as sensações carnais que Jeremy lhe provocava num sentimento concreto de raiva, Maggie segurou-lhe o cabelo e tentou, com toda força, afastar-lhe a cabeça.

— Saia... de cima... de mim — murmurou entre os dentes cerrados.

Para o espanto de Maggie, Jeremy ergueu a cabeça, fitou-a bem nos olhos e, com a voz irregular, disse:

— Ah, não. Você se divertiu quando éramos crianças. Agora é minha vez, Mags. — Dito isto, voltou a procurar-lhe os lábios.

Maggie não pensou duas vezes. Reagiu instintivamente, tanto quanto tinha feito antes ao receber os beijos de Jeremy. Desta vez, porém, sua ação foi estimulada pela raiva, não pela paixão. Soltando o cabelo dele, fechou a mão direita em punho e, com toda a força que pôde reunir, baixou-a bem na direção do nariz de Jeremy. Como ele mesmo lhe explicara havia cerca de cinco anos, esse é o ponto ideal para se atacar um homem, pois, sendo a cartilagem nasal muito delicada, o fato de quebrá-la não machucaria os nós dos dedos.

Infelizmente, como Jeremy a abraçava forte, Maggie errou o alvo e quase lacerou a mão nos dentes dele. Mesmo assim, o soco teve o efeito desejado: Jerry imediatamente a soltou, permitindo-a se levantar num pulo e se afastar do alcance dele, balançando os dedos doloridos no ar.

— Que diabos... — Jeremy levou uma das mãos à boca que latejava pela forte pancada. Quando a abaixou novamente, viu que havia ali um pouco de sangue do local onde o punho de Maggie chocara seu lábio superior contra os dentes. O soco não doera muito, mas sem dúvida o surpreendera. Jeremy a fitou, incrédulo. — Maggie! — exclamou, espantado. — Por *que* fez isso?

Maggie, sem saber se deslocara um dos dedos, respondeu, irritada:

— Eu *disse* para você me soltar. — Ela olhou para os dedos já inchados. O que faria agora? Quebrara a mão nos dentes do duque de Rawlings. Como explicaria *isso* a sua mãe?

— Sim, mas... — Jeremy olhava para o sangue nas próprias mãos, ainda absolutamente perplexo. — Você me *bateu*, Mags.

Maggie lançou-lhe um olhar severo de onde estava, iluminada pelo sol forte.

— E daí? — perguntou ela, conseguindo parecer mais arrogante do que se sentia. — Você pensa que, só por ser duque, pode maltratar qualquer pessoa a seu bel-prazer? Pois pense melhor, seu canalha arrogante. Eu avisei para parar, e falava sério. — Maggie viu, satisfeita, um filete de sangue escorrer pelo canto da boca de Jeremy. Seu coração finalmente voltava a bater num ritmo normal, e ela se sentia aliviada de ver que o desejo misterioso que ele lhe suscitara desaparecera; pelo menos por enquanto.

— Minha intenção não era feri-la, Mags — explicou Jeremy, com delicadeza. Ele tinha no rosto, ela podia ver, uma expressão estranha que Maggie jamais vira em todos os anos que o conhecia. O que ela não sabia era que *ninguém* jamais vira aquela expressão no rosto do duque de Rawlings. Era a primeira vez que Jeremy a fazia. Afinal, pela primeira vez era rejeitado por uma mulher.

— Eu sei *exatamente* o que você queria fazer — anunciou Maggie, com a raiva ainda quente como ferro em brasa. — E é melhor pensar muito bem quanto a tentar outra vez, Jeremy Rawlings, ou lhe prometo que o final será o mesmo.

Era difícil para Jeremy acreditar no que ouvia. Estava diante de uma mulher maravilhosa, como havia tempos não via — não importava se, por um mero acaso, ela era alguém que conhecia quase da vida inteira —, e *ela não o queria*. Nada semelhante jamais lhe ocorrera em toda a sua longa e indiscutivelmente variada experiência sexual. Nenhuma mulher o rejeitara antes. Nunca. Isso simplesmente jamais lhe acontecera.

Jeremy não sabia o que pensar. Não era um problema de falta de atração. Havia desejo nos beijos de Maggie. Quanto a isso, não podia estar errado. Então por que o impedira de continuar?

Sim, havia o fato de que Maggie fora educada para acreditar que era preciso se casar, ou pelo menos estar noiva, antes de permitir que um homem agisse com ela daquela forma. Mas isso não impedira nenhuma garota da sociedade de alegremente lhe permitir agir da mesma maneira na última estação, quando estivera em Londres. Por que com Maggie era diferente?

Jeremy a observou sob a luz do sol, o rosto corado de excitação, o peito subindo e descendo rapidamente acompanhando a respiração ofegante — mais uma prova de que Maggie não era indiferente a ele. Jeremy admirou a abertura do corpete do vestido que aumentava a cada vez que ela inspirava...

E essa foi a primeira coisa que tio Edward reparou ao entrar nas cocheiras logo depois.

— Jeremy! — vociferou ele. Os passarinhos nas vigas piaram assustados e voaram em conjunto ao ouvirem aquela voz estrondosa no prédio silencioso levemente banhado pelos raios do sol. E não foram eles os únicos que o tio de Jeremy assustou. Maggie soltou um grito e, mais vermelha ainda, apressadamente cruzou os braços na frente dos seios levemente expostos. — O que diabos está acontecendo aqui? — perguntou ele, furioso.

— Nossa, tio Edward — exclamou Jeremy, com a voz arrastada, ainda recostado sobre o monte de feno. — Você tem sempre que chegar com essa hostilidade? Maggie e eu só estávamos colocando a conversa em dia.

— Margaret. — Maggie deu um pulo diante da voz ameaçadora de lorde Edward. Nunca o vira tão furioso, nem mesmo quando os pegara amarrando fogos de artifício à traseira da carruagem do vigário. — Volte para sua mãe. *Agora.*

— Sim, milorde.

Maggie não precisou que ele repetisse. Sem mais palavra, virou-se e saiu correndo; ou pelo menos tentou, pois alguém lhe segurou um dos aros de metal da parte posterior da anágua. Soltando uma suave exclamação ao sentir as fitas que mantinham a anágua amarrada em torno da cintura lhe apertarem o diafragma, olhou para trás com expressão acusatória. Mas Jeremy não olhava para ela e sim para o tio.

— Não é preciso mandar Maggie correr de volta para a mãe — disse Jeremy, ostentando a voz imperiosa que fez Maggie se lembrar de que ele era um duque. — *Ela* não estava fazendo nada de errado. Se quiser brigar com alguém, brigue comigo, pois Maggie é totalmente inocente...

— Ah, eu tenho plena certeza da inocência de Maggie — concordou lorde Edward. Maggie tremia mais à medida que o tio de Jeremy tirava o paletó. Lorde Edward, a quem jamais vira sem um fio de cabelo fora do lugar, estava tirando o paletó nas cocheiras! — É *você* quem estou me preparando para espancar até não sobrar um pedaço. Mas se prefere que Maggie assista, ela será bem-vinda...

Assustada, Maggie soltou um grito e, puxando o aro da anágua da mão de Jeremy, correu com toda a rapidez de que era capaz.

Capítulo 5

COM A TESTA FRANZIDA, JEREMY OBSERVOU as botas de Maggie correndo através da porta da cocheira para a luz do sol do lado de fora e, então, desaparecendo.

— Não precisava apavorá-la tanto — comentou, irritado, com o tio.

— Ah, não — disse Edward, concentrando a atenção nos punhos da camisa que enrolava. — Você mesmo já fez isso com perfeição.

— *Eu*? — Jeremy parecia ofendido. — *Eu* não estava assustando Maggie.

— Não? — Edward, com as mangas da camisa dobradas acima dos cotovelos, soltou a gravata. — Então por que sua boca está sangrando?

Jeremy levou uma das mãos aos lábios; já se esquecera do corte.

— Ah, isto. — E começou a rir. — Você pode acreditar? Fui eu que lhe ensinei esse golpe com a direita. Só não esperava que ela fosse usá-lo justo em *mim*.

— Ah, não? — Edward o encarava. — O que achou que ela faria, Jerry? Que ficaria em êxtase em seus braços?

— Bem — respondeu Jeremy. — É o que elas costumam fazer. Na verdade, foi a primeira vez que não aconteceu. Ainda não entendi bem o motivo, mas...

Edward estava sério.

— É mesmo? Pois tente pensar desta forma: você pode ter alcançado a maioridade, Jerry, mas Maggie Herbert ainda é uma criança.

— Ora, convenhamos — retrucou Jeremy. — Ela tem quase 17 anos. Minha mãe me deu à luz na mesma idade.

Edward, embora parecesse um tanto surpreso ao ver Jeremy referir-se à mãe, de quem raramente falava, apenas disse:

— Maggie Herbert é filha de um nobre. O pai dela é nosso conselheiro jurídico e meu amigo. — Jeremy revirou os olhos, pois sempre ouvira o tio reclamar da personalidade difícil de sir Arthur, mas Edward continuou: — Ela está aqui como convidada de minha mulher, portanto, está visitando o Solar dos Rawlings sob *sua* proteção, e você teve a ousadia... não, me desculpe, a *estupidez*... de tentar seduzi-la, nada menos que numa cocheira, como se ela fosse alguma garçonete de bar que você encontrou numa noite de farra com amigos...

— Não é verdade — disse Jeremy, com a dignidade ferida. — Eu jamais tentaria seduzir uma garçonete de bar numa cocheira. No mínimo, pediria que me levasse para um quarto com uma cama antes de tocá-la.

Ele viu o punho se aproximando. Não havia como não ver. Mas, para o espanto de Edward, o sobrinho não afastou a cabeça, nem procurou evitar o golpe de nenhuma forma. Seu punho alcançou o queixo de Jeremy com um barulho abafado, e ele caiu sobre uma pilha de fardos de feno.

Fazia algum tempo que Edward não participava de uma briga, pois os membros da Câmara dos Lordes costumavam ser desencorajados a dar socos. Sacudindo a mão que pulsava pela força do golpe, ele disse, indignado:

— Sinto muito por ter feito isso. Mas, francamente, Jerry...

— Eu sei. — Com feno no cabelo despenteado, o duque sentou-se e massageou o maxilar golpeado duas vezes. — Sei que mereci.

— Merecia mais — corrigiu Edward num tom severo. — Esta noite, você irá a Herbert Park para se desculpar com Maggie, se ela o receber, o que duvido, e com os pais dela. Amanhã bem cedo partirá para o continente. — Aproximando-se de Jeremy, Edward estendeu a mão para ajudá-lo a se levantar. — Quanto mais cedo estiver fora do país — continuou o tio, resmungando ao levantar o peso considerável de Jeremy —, mais cedo poderemos deixar este incidente infame para trás.

Novamente de pé, Jeremy começou a bater nas calças para tirar o feno grudado.

— E então, quando será o casamento? Em seis meses? Você acha que ainda terei que esperar todo esse tempo para voltar, por segurança? Quero dizer, por causa de Pierce?

Edward, que flexionava a mão dolorida para ver se quebrara algum dedo, lançou um olhar severo para o sobrinho.

— Que casamento? — perguntou, sem entender.

— O casamento — respondeu Jeremy, tirando um pedaço de feno do cabelo. — Você sabe. Meu e de Maggie.

Edward encarou Jeremy.

— Você pediu Maggie Herbert em casamento?

— Não. — Pouco à vontade, Jeremy soltou uma risada sem graça. — Claro que não! Nenhum homem *quer* se casar, certo? — A risada logo murchou, e Jeremy perguntou, nervoso: — Mas você não me *obrigará* a casar com ela? Você sabe, já que nos pegou, hum, como posso dizer... *in flagrante delicto*!

— Embora eu fique feliz de ver que pelo menos você aprendeu um pouco de latim durante sua rápida estada em Oxford — falou Edward, com calma —, devo confessar que não, nunca tive a intenção de obrigá-lo a se casar com Maggie Herbert.

Para o completo espanto de Edward, seu sobrinho pareceu desapontado.

— Mas tio — disse Jeremy —, eu a comprometi seriamente. Supus que...

— Só o que vi foi a frente do vestido de Maggie desabotoada — interrompeu-o Edward, erguendo significativamente o punho que ainda pulsava de dor. — Você está me dizendo que a seduziu de verdade?

Jeremy observou a mão do tio.

— Bem — disse ele. — Não. Mas sem dúvida é o que teria feito caso ela não tivesse golpeado minha cabeça. E se você não tivesse chegado, claro.

— Mais uma razão para mandá-lo para a França — comentou Edward, complacente, abaixando o braço. — Poderá seduzir quantas garotas francesas quiser. Mas fique longe das inglesas, principalmente de Maggie Herbert. Agora vá e se lave, sua tia perguntou por você. Por isso vim a sua procura.

Edward seguiu em direção à porta da cocheira, onde deixara o paletó e a gravata. Ao se virar de novo, Jeremy estava diante dele, com o queixo vermelho e inchado, e os olhos claros faiscando de raiva.

— Por que não? — perguntou ele numa voz baixa e grave que o tio nunca ouvira.

— Como assim? — retrucou Edward, espantado.

— Por que não Maggie? — Seu tio percebeu, com cautela, que Jeremy tinha as mãos fechadas. — Não pensa que ela seria uma boa duquesa? Não acha que ela serve para mim?

Calmamente, Edward começou a vestir o paletó.

— Pelo contrário — respondeu, num tom gentil que contrastava com as palavras duras que pronunciou. — Maggie seria uma esplêndida duquesa. É *você*, meu rapaz, que não serve para *ela*.

Um músculo retesou-se no rosto de Jeremy.

— Por causa de minha mãe? Por ela ter sido quem foi? — perguntou ele, ríspido.

Edward deu uma risada sem humor algum.

— Por Deus, não. Isto não tem nada a ver com o fato de sua mãe ter sido uma prostituta. — Como Jeremy não vacilou ao ouvir a palavra, Edward continuou, tendo um pouco mais de respeito pelo jovem rapaz: — Não, você não merece Maggie, ou qualquer outra mulher decente, porque não passa de um vadio.

Jeremy encarou o tio e piscou.

— Um o *quê*?

— Jerry, estou surpreso com você. — Edward balançou a cabeça como se estivesse muito desapontado, embora, internamente, sorrisse. — Você nunca percebeu como sua tia Pegeen se dedica a todas as casas de caridade e fundações para as quais faz doações em seu nome? Há mais de dez órfãos estraçalhando os canteiros de rosas neste exato momento porque Pegeen os convidou para um piquenique. — Ao ver Jeremy ficar sem palavras, revirou os olhos. — Ela o criou desde que nasceu, Jerry. Será que não absorveu *nada* do que ela lhe ensinou? Sua tia dedicou a vida a tornar este mundo um lugar melhor para as crianças, as mulheres e os pobres. É o que você deveria fazer.

— Trabalho filantrópico? — perguntou Jeremy, evidenciando na expressão facial o desprazer que lhe causava a ideia de se envolver em tais atividades.

— Não necessariamente — disse Edward, impaciente. — Mas você precisa *fazer* alguma coisa da vida que recebeu.

— Por que precisaria? — perguntou Jeremy em tom beligerante. — Sou um duque.

— Pois o fato de ser um duque torna ainda mais essencial que faça alguma coisa. Precisa mostrar que merece o título. Não pode simplesmente passar a vida lutando em duelos e seduzindo jovens...

— Por que não? — insistiu Jeremy. — Quando tinha a minha idade, era só o que fazia.

— Sim — concordou Edward. Ele elevou um dedo indicador. Não tinha intenção de parecer pedante, mas simplesmente não pôde evitar. — Sim, você tem razão, eu era como você. Acreditava que minha única obrigação na vida era me divertir. Mas, Jeremy, quando conheci sua tia, vi o quanto estava errado. Pois se uma mulher é importante para você, não é tentando seduzi-la numa cocheira e esperando que os pais dela a obriguem a se casar com você que vai ganhá-la...

— Não era *exatamente* isso que eu estava tentando fazer — resmungou Jeremy, corando um pouco.

— E não deve esperar que qualquer mulher que valha a pena se impressione com você simplesmente por ter um título. Não, você precisa pelo menos parecer que vale a pena. E, francamente, o homem que eu era quando conheci sua tia não valia nada, exceto algumas centenas de libras por mês em contas de alfaiates, como ela logo me fez ver. Mas eu mudei, Jerry. Eu fiz de mim alguém. Descobri algo que eu fazia bem: discutir. E fiz disso um trabalho. Agora eu discuto, com eficácia, pela melhoria da vida do povo inglês; pelo menos é o que acredito. É disso que você precisa, Jerry. Precisa descobrir o que faz bem, e começar a fazê-lo. *Então* encontrará uma garota como Maggie e...

— Eu não quero uma garota *como* Maggie — retrucou Jeremy, interrompendo o tio. — Eu quero *a Maggie*.

Edward levantou as sobrancelhas. Não que estivesse particularmente surpreso. Afinal, Maggie Herbert era uma das únicas moças do círculo social de Jeremy que não tinha o menor interesse em se tornar duquesa. Só que Edward não sabia ao certo se Jeremy tinha noção de que isso podia ser exatamente o que o atraía nela.

— Bem — disse Edward. — Não importa. Você precisa encontrar algo que...

— A única coisa que sei fazer, tio — disse Jeremy com firmeza —, é lutar.

Edward balançou a cabeça.

— Sim, você certamente tem demonstrado uma certa aptidão para isso. A vida de estudante não teve nenhum atrativo para você, e também não creio que a política seja propriamente de seu agrado...

— Eu sei lutar — repetiu Jeremy. Ele não parecia mais ouvir o tio. Na verdade, virou-lhe as costas e deu alguns passos rápidos sobre a palha no chão. — Sou melhor em esgrima, mas também sei atirar. E sou bom cavaleiro.

— Certo — disse Edward, com calma. — E essas qualidades são admiráveis. Mas...

Jeremy parou de andar a alguns passos da baia de King. Edward o viu se empertigar e erguer a cabeça.

— É isso — falou Jeremy aparentemente para seu cavalo, visto que estava de costas para o tio. — Entrarei para a cavalaria.

Era uma afirmação, não uma pergunta.

— Bem, podemos analisar... — começou Edward.

— Não há nada para analisar — interrompeu-o Jeremy sem rodeios, virando-se para encarar o tio. — Eu preciso de um trabalho. O exército é tão bom quanto qualquer outro. Hoje em dia não se pode mais comprar patentes, portanto precisarei conquistar a posição de oficial por mérito. Isso é bom. Impressiona mais conseguir algo por merecimento do que por dinheiro.

Edward começou a experimentar uma sensação crescente de desconforto.

— Sim... mas Jeremy, o exército é mais para, hum, segundos filhos, jovens que não esperam herdar um título ou propriedade e que não se sentem atraídos por entrar para a igreja. Os duques geralmente não...

— Entrarei para a Guarda Real Montada — disse Jeremy. Edward não sabia se o sobrinho não o ouvia ou se simplesmente o ignorava. Jeremy voltou a caminhar pela cocheira, mas agora estava animado. — Pedirei para ser mandado para a Índia. É o lugar mais perigoso em que temos postos do exército agora, não é? Uma pena que não estejamos em guerra no momento. Eu gostaria muito de participar de uma guerra. Quem sabe inicio uma. — E, sem mais uma palavra, Jeremy se encaminhou para as portas do estábulo.

— Jeremy — chamou Edward.

Jeremy virou-se, como que surpreso por seu tio ainda estar ali.

— Sim?

— Não está falando sério, está? — Edward pigarreou. — Não pode realmente pretender se juntar ao exército de Sua Majestade, não é?

— Ora, tio — disse Jeremy com um sorriso irônico —, eu sou um duque, não sou? Posso fazer o que quiser.

Capítulo 6

— O QUÊ? — PERGUNTOU PEGEEN, num grito, quase soltando o cabo de prata da escova de cabelo.

— A cavalaria — disse Edward. Ele estava sentado na beira da cama, a poucos metros da penteadeira da esposa, com os cotovelos apoiados nos joelhos. Sua expressão era de aflição extrema. — Pelo menos foi o que disse.

— Mas Edward... — Pegeen levantou-se, a escova de cabelo frouxamente presa pelos dedos. — O *exército*? Ele disse a você que entraria para o *exército*?

— A cavalaria — repetiu Edward.

Sem saber o que fazer, observava a esposa, a quem interrompera enquanto se vestia para o jantar e que começara a caminhar pelo quarto, de um lado para outro, usando somente uma combinação e um calção novo de corte francês. Ela segurava a escova de cabelo como se o objeto representasse algum tipo de ligação com a vida organizada que tinha até Edward entrar, poucos instantes antes, e trazer essa notícia inesperada.

— A cavalaria? — Pegeen elevou a voz rouca, em pânico. — A cavalaria? Meu Deus, Edward, ele será morto. Não durará nada na cavalaria. É muito sensível...

Edward se perguntou se deveria revelar à esposa que seu sobrinho sensível na verdade ferira um homem fatalmente num duelo apenas um dia antes. Mas achou melhor aguardar um pouco até ela se acalmar.

— O que um menino como Jerry vai fazer na cavalaria? — perguntou Pegeen, disparando para um lado do quarto, e, em seguida, girando, furiosa, jogando o longo cabelo escuro para trás e voltando correndo para o outro lado. — Ele levará um tiro no primeiro dia...

— Ele não levará tiro algum — disse Edward. — A Guarda Real Montada usa espadas, não pistolas.

— Não me importa que tipo de arma ele vai usar. Jeremy não será capaz de se defender! — gritou Peggen. — Ele nem consegue atirar num faisão. Nunca será capaz de matar um ser humano!

— Bem — disse Edward, lentamente —, na verdade...

— E na Índia! Santo Deus, Edward! A Índia! Ele contrairá malária e morrerá sozinho num país estranho e tórrido...

— Pegeen — disse Edward, observando-a caminhar para lá e para cá sobre o tapete de estampa rosada.

— Precisa impedi-lo — disse ela. — É isso. Terá de fazer isso, Edward.

— Não posso, Pegeen — disse Edward, cansado. — Jeremy é um adulto, pode tomar suas próprias decisões.

— Adulto! — Pegeen virou-se, apontando a escova de cabelo de forma acusadora para o peito do marido. — Adulto! Ele é um menino, Edward. Acabou de fazer 21 anos. E se você não fizer nada, ele não chegará aos 22!

— Legalmente — disse Edward —, ele já é um homem, Pegeen. — Edward estendeu um dos braços e, gentilmente, tirou a escova da mão da esposa para que ela parasse de a exibir como uma arma. — Não podemos proibi-lo de fazer o que quer. E não acho que o exército seja uma escolha tão má assim. Ele aprenderá a ter um pouco de disciplina. E ficará afastado de Maggie...

— Maggie! — Pegeen levou as mãos ao rosto corado. — Ah, Deus! Nunca me perdoarei por isso. Pobre Maggie!

— Como assim, perdoar-se? — Edward estendeu um dos braços e, envolvendo a esposa, puxou-a para seu colo. — O que *você* tem a ver com isso? Não me lembro de tê-la visto nas cocheiras.

— Meu Deus! — Mortificada, Pegeen escondeu o rosto no pescoço do marido. — Como poderei encarar Anne de novo? E a mãe dela? Como ele pôde, Edward? — Ela bateu no peito de Edward, com um pequeno e impotente punho. — Como ele *pôde*?

Edward balançou a cabeça, embora entendesse perfeitamente como o sobrinho podia ter feito algo tão repreensível... E tentador. Edward, que de fato estivera próximo e testemunhara o processo, ficara tão surpreso quanto o sobrinho com a beleza da filha mais nova de sir Arthur. Se tivesse 21 anos e fosse solteiro, agiria exatamente como Jeremy. Só não teria sido tão receptivo à ideia de desposá-la. Para Edward, esta era a parte curiosa da questão.

— Você acha — perguntou Edward, o queixo apoiado na cabeça da esposa — que ele está apaixonado por ela?

A voz de Pegeen estava levemente abafada pela camisa de Edward.

— Por Maggie? Ah, não vejo como. Ela sempre foi má com ele.

— Se me lembro bem, você também me maltratava quando nos conhecemos.

Pegeen ergueu a cabeça.

— Não é verdade!

— É, sim. Tentou cortar fora um de meus dedos com uma faca de pão.

— Ah. — Pegeen voltou a descansar a cabeça no peito do marido. — Mas você mereceu.

Edward franziu a testa, mas achou melhor não dizer nada.

— Você não está achando que é isso, está? — perguntou Pegeen um instante depois, pensativa.

— Achando o quê?

— Ora, você disse que ela batera nele...

Edward confirmou.

— Sim. Com tanta força quanto eu. Mas errou a mira e acertou na boca. Eu não me surpreenderia ao ver a Srta. Maggie Herbert amanhã com uma tala na mão.

Pegeen piscou.

— Ah, Edward, francamente, eu preferia que você não o tivesse agredido. Nenhum *dos dois* precisava fazer isso.

— Se você o tivesse ouvido, Pegeen, teria feito o mesmo, tenho certeza — assegurou-lhe Edward, sério.

— Neste caso — respondeu a mulher, conseguindo soar nobre embora estivesse empoleirada no colo do marido usando somente a roupa de baixo —, imagino que a resistência de Maggie ao, digamos, charme dele pode ter sido o que inicialmente o atraiu. Não acredito que alguma outra mulher tenha resistido a Jeremy, que dirá o *agredido*. Deve ter sido uma grande novidade para ele.

Edward resmungou:

— Novidade suficiente para ele chegar ao ponto de querer *se casar* com ela?

— As pessoas se casam por razões muito mais tolas. Por que Jeremy não deveria querer se casar com alguém que o trata como um igual e não como uma espécie de deus, como se fossem as garotas que conheceu em Londres na última temporada, que o bajulavam por ser rico e ter um título?

— Duvido muito — disse Edward — que o soco de Maggie tenha sido o motivo de ele sugerir que se casassem. Creio que tem mais a ver com o fato de ela ter se tornado uma bela mulher. Minha querida, você se surpreenderia ao saber o quanto um rosto bonito pode levar um homem a esquecer suas mais firmes resoluções. — Edward abaixou a cabeça e a aninhou no pescoço da esposa. — Por exemplo, eu só vim aqui para contar que nosso sobrinho quer entrar para o exército, mas você está tão encantadora nesses trajes... — Pegeen, sorrindo, não protestou quando Edward a deitou na ampla cama de dossel — que tenho certeza de que nos atrasaremos novamente para o jantar.

Capítulo 7

A POUCOS QUILÔMETROS DALI, MAGGIE HERBERT fazia qualquer coisa, menos rir. Ela enfrentava a fúria do pai e da mãe, que ainda era intensa, pois fazia apenas vinte minutos desde que Jeremy deixara a biblioteca de sir Arthur Herbert.

— Eu não perguntarei a você, Margaret — começou o pai de Maggie, de trás da mesa de mogno maciço —, se o que Sua Graça veio até aqui me contar é verdade. Acredito que um homem como o duque de Rawlings não teria motivos para sair por aí inventando histórias sobre as filhas do vizinho.

Maggie, de pé em frente à mesa do pai, tinha as mãos para trás — não podia deixá-lo ver o dedo envolto numa tala — e olhava nervosamente para a mãe, que estava afundada numa poltrona de couro verde e, embora um pouco pálida, mostrava-se mais calma do que Maggie esperaria, diante das circunstâncias.

— E não adianta olhar para sua mãe em busca de apoio, mocinha — avisou sir Arthur da forma mais irritada que conseguiu, o que não era grande coisa considerando que nunca fora muito disciplinador. — Eu e ela estamos igualmente envergonhadas por sua causa. Você desgraçou esta família e, devo acrescentar, trouxe vergonha à casa dos Rawlings. Não tenho dúvidas de que lorde Edward partilha de meu desapontamento com relação ao comportamento de ambos, o seu e o do duque... Embora eu deva dizer que o fardo da vergonha recai basicamente sobre você, Margaret.

Maggie abriu a boca para protestar quanto à injusta acusação, mas diante da quase imperceptível sinalização negativa da mãe, esforçou-se para manter-se calada.

— Você sempre fez o jovem duque sofrer — continuou o pai —, por mais que pedíssemos que não o provocasse, como aconteceu inúmeras vezes. A infância de Sua Graça não foi das melhores, pois o pai foi muito infeliz na escolha da noiva...

Maggie revirou os olhos. Ouvira essa história tantas vezes que não prestava mais atenção. Seu pai, no entanto, aparentemente gostava de repeti-la, e novamente contou a história do irmão mais velho de lorde Edward. Ele desposara a filha de um vigário, Katherine, irmã mais velha de lady Pegeen, o que eventualmente mostrou-se um grande erro pelo qual pagou com a vida. Nunca se falou do paradeiro da mãe de Jeremy, mas fragmentos de conversas que Maggie ouvira quando criança davam a entender que estava viva e morava em Londres, proibida por lorde Edward de ver o filho. O motivo de tal atitude parecia ser lorde John, o qual, aparentemente, morrera num duelo por sua causa.

— Não tenho dúvidas de que o incidente de hoje — continuou sir Arthur, vagarosamente —, assim como outros semelhantes no passado, são consequência de suas armações para levar Sua Graça a agir inadequadamente.

Novamente Maggie inspirou fundo para se defender e, como antes, sua mãe fez um aceno negativo com a cabeça. Com os dentes cerrados, Maggie baixou os olhos, pois não queria que o pai visse sua expressão de rebeldia.

— Diante de tudo isso, pedi a Sua Graça minhas sinceras desculpas por seu comportamento, embora, por ser um jovem educado, ele insistisse que o erro fora todo dele, isentando-a de qualquer culpa. Amanhã, estenderei minhas desculpas a lorde e lady Edward. — Sir Arthur, um homem imponente, estendeu as mãos gordas sobre o couro verde do tampo da mesa e suspirou. — Agora, Margaret, sua mãe e eu concordamos que seu futuro está em risco. Não preciso dizer que o tipo de comportamento que exibiu hoje seria inadequado aos salões de baile londrinos. Há algum tempo a ouvi admitir ser uma jovem governada por seus, hum, impulsos. Se esse é um exemplo de aonde eles a levam, só posso dizer que uma temporada em Londres seria um investimento muito contestável. A apresentação de uma jovem à sociedade é um compromisso financeiramente significativo. Temos de pensar no alojamento, por exemplo, visto que, depois do ocorrido, não poderemos contar com a gentileza de lorde e lady Edward para usarmos a mansão londrina do duque, como fizemos no caso de suas irmãs. Ainda há o guarda-roupa com toda sorte de vestidos, chapéus e tudo o mais que precisaremos comprar. É uma despesa considerável para uma jovem que tem muita probabilidade de nos envergonhar jogando-se nos braços do primeiro homem que a convidar para dançar...

Neste momento, Maggie ergueu o rosto e cravou um olhar lancinante no pai. Mas ele não pareceu notar os dardos envenenados que os olhos da filha lhe atiravam e continuou:

— Assim sendo, depois de muitas considerações, sua mãe e eu decidimos que você *não* terá uma temporada em Londres no próximo inverno.

Maggie sabia que o intuito do pai era puni-la, portanto não soltou gritos de alegria, embora seu primeiro impulso fosse esse. Em vez disso, baixou novamente os olhos e procurou não demonstrar sua felicidade.

— Sim, senhor — foi tudo o que disse, num tom humilde bem adequado à situação.

— Agora chegamos a um impasse, sua mãe e eu. Em minha opinião, alguns meses num convento podem ser a melhor opção para alguém do seu, hum, temperamento; e devo acrescentar que sua irmã Anne concorda comigo...

Perplexa diante do que ouvira, Maggie fitou a mãe, que se limitou a dar de ombros de forma quase imperceptível.

— Sua mãe não concorda. Parece acreditar que parte de seu problema se explica pelo fato de você ter uma alma inquieta de artista.

Ele fez uma careta ao dizer a palavra *artista*, como se pronunciá-la causasse um gosto ruim na boca. — E acha que, como pais, temos a obrigação de tentar controlá-la da melhor maneira que conseguirmos. Em minha opinião, o convento seria o local mais adequado para isso, mas sua mãe acredita que alguém de seu talento poderia sentir-se sufocada num ambiente tão severo. Por isso sugeriu a escola de arte em Paris que você mencionou no mês passado como a melhor solução...

Desta vez, Maggie não pôde conter os sentimentos e se virou para ficar de frente para a mãe.

— Não! — exclamou, incrédula. — Verdade? Está falando sério?

Lady Herbert disfarçava suas emoções um pouco melhor.

— Sim, querida — respondeu ela, tranquila, embora seu semblante brilhasse de prazer. — Você começará no outono...

Maggie jogou-se no pescoço da mãe com uma chuva de lágrimas agradecidas. O pai, ainda sentado no mesmo lugar, pigarreou várias vezes até conseguir capturar novamente a atenção das duas.

— Isso não é uma recompensa, Margaret — lembrou ele em tom severo. — Você terá de estudar muito, e qualquer notícia que eu receber de madame Bonheur sobre outro comportamento leviano resultará na sua imediata saída...

— Claro, papai. — Feliz, Maggie secou as lágrimas com um lenço que a mãe havia tirado da manga. — Vocês não se arrependerão de me dar essa oportunidade. Prometo que não ouvirão nada além de elogios vindo de madame Bonheur.

— Eu sinceramente espero que seja assim. Hill a acompanhará para cuidar de você e vigiá-la. Não pense que a deixaríamos sair de Londres sem uma dama de companhia.

— Claro que não — concordou Maggie, sentada no braço da poltrona da mãe. — Papai, não sabe o que isto significa para mim...

— Você tem razão — interrompeu-a sir Arthur, com certa impaciência —, eu não sei. Na minha época, jovens moças não seguiam jovens rapazes para dentro de cocheiras, especialmente duques solteiros! E nem frequentavam escolas de arte. Não fingirei entender o que está se passando com essa geração e não creio que algum dia eu consiga. O lugar da mulher é em casa, mantendo o marido feliz e fornecendo-lhe herdeiros. Suas irmãs parecem pensar como eu. Só espero, Margaret, que, quando você tiver esgotado esse interesse infernal por fazer rabiscos, volte para casa e se estabeleça aqui, casando-se com um rapaz adequado como fez sua irmã Anne. Não compreendo por que não pode ser como ela. Anne nunca pensou em frequentar uma escola na França. Aliás, as escolas inglesas foram suficientes para todas as suas irmãs. E quando terminaram os estudos, casaram-se, exatamente como damas devem fazer. Essa nova tendência infeliz que as mulheres parecem ter de querer seguir uma profissão fora de casa será a ruína de todos...

— Sim, Arthur — disse lady Herbert, afastando do rosto da filha um cacho de cabelo e prendendo-o atrás da orelha. — Eu sei. Mas Maggie não é como nossas outras filhas. Ela é especial.

— Especialmente preocupante — resmungou sir Arthur. — E é só o que vejo de especial nela. Agora, se vocês duas já terminaram de chorar, eu gostaria de jantar. E o que é isso em seu dedo, Margaret? Uma bandagem? O que aprontou *agora*?

Após o jantar, Maggie dirigiu-se para o quarto com Hill, a aia de sua mãe, para começar a fazer uma lista dos itens de que ambas necessitariam em Paris. Na verdade, só viajaria quatro meses depois, mas, na opinião de Maggie, nunca era cedo demais para começar a planejar uma viagem longa para o exterior. Além disso, precisava de algum interesse que lhe desviasse a mente do acontecido naquela manhã, e já aprendera que a atividade constante tinha o poder de não deixá-la pensar.

Não que Maggie ficasse pensando no duque de Rawlings. De modo algum. Compreendia perfeitamente o que acontecera entre eles e não sentia nada além da pior das vergonhas — e alguma raiva. Tudo era perfeitamente óbvio. Jeremy, entediado, decidira passar um pouco de seu tempo livre tentando seduzir uma garota que fora sua amiga de infância. Certamente não passava disso, ou não teria passado se lorde Edward não os pegasse.

Obviamente era preciso levar em consideração o fato de Maggie ter permitido que tudo acontecesse, mas isso era fácil de explicar. Ela sempre fora uma garota muito emotiva e, por essa razão, acabou sendo levada pelo momento. Felizmente fora salva da desgraça — desta ve: — e aprendera uma valiosa lição: que não se deve confiar nos homens e, mais importante ainda, que também não podia confiar em si mesma ao lado de um. A partir de agora, seria muito fácil prevenir incidentes parecidos. Ela simplesmente nunca mais se permitiria ficar a sós com homem algum. Pronto.

Problema resolvido.

Sua primeira chance de colocar o plano preventivo em prática veio mais cedo que o esperado. Enquanto ela e Hill catalogavam as peças de roupa em seu quarto de vestir, Maggie ouviu uma batida na porta francesa que dava para a varanda de seu quarto. Ao se aproximar para abri-las, pensando que era seu gato querendo entrar, espantou-se ao ver o duque de Rawlings ao luar, sinalizando para que não fizesse barulho.

— Preciso falar com você — sussurrou ele.

Com uma das mãos ainda na maçaneta e a outra no batente da porta, Maggie respondeu:

— Enlouqueceu? Meu pai está lá embaixo. Se descobrir que você está aqui, o matará.

— Não — disse Jeremy, sem se impressionar nem um pouco. — Sou seu empregador, lembra?

— Para meu pai, atuar como seu conselheiro jurídico é um hobby — disse Maggie, com uma virada arrogante de cabeça. — Ele não precisa do emprego, vive de renda. Agora vá embora.

Maggie quis fechar a porta, mas Jeremy a impediu colocando um dos pés entre a porta e sua moldura. Por mais que tentasse, não conseguia expulsá-lo dali.

— Pode me dar licença? — pediu Maggie, finalmente. — Nunca mais quero falar com você.

Sob o luar, Maggie pôde ver o sorriso nos cantos dos lábios de Jeremy.

— Não soou muito convincente, Mags. Talvez se conseguisse manter a boca fechada, a ameaça tivesse algum peso.

— Falo sério, Jerry — sussurrou Maggie, furiosa. — Já me meteu em muita encrenca hoje...

— *Eu* meti *você* em encrenca? — interrompeu-a Jeremy com uma gargalhada falsa. — Ah, gostei dessa! Não sou *eu* que saio por aí desse jeito... — Ele balançou a cabeça significativamente para ela.

— De que jeito?

— Como o ideal de perfeição de qualquer homem — concluiu Jeremy, embora claramente não quisesse admiti-lo. — E então? Vai me deixar entrar, ou terei de empurrar a porta?

— Não ouse! — O rosto de Maggie estava em fogo. Só sobre o seu cadáver haveria uma repetição do que acontecera naquela tarde. — Eu quase fui mandada para um convento por sua causa!

Jeremy respirou fundo como quem se esforça para ter paciência.

— Mags — disse ele finalmente. — Eu vim pedir desculpas. Vai me deixar entrar? Ou serei obrigado a ficar aqui fora gritando até seu pai aparecer e colocar uma bala em minha cabeça?

Mais uma vez o coração de Maggie começou a bater de forma descompassada no peito.

— Eu... — Ela olhou para trás, nervosa, mas não era Hill quem a preocupava. Era sua cama de dossel, grande e confortável, a poucos metros dali. — É só que...

Jeremy estendeu as mãos que, mesmo à luz da lua, ainda pareciam ameaçadoras a Maggie, de tão grandes e másculas.

— Se o que teme são minhas mãos — declarou, numa voz amigável —, eu as manterei nos bolsos. Prometo.

— Não tenho medo de você — mentiu Maggie com o queixo erguido e ar de desdém.

— Ah, eu sei — concordou Jeremy com um sorriso convencido. — Minhas escoriações o comprovam. Se é verdade, então por que não me deixa entrar?

Era um desafio. Maggie não podia fugir sem perder o pouco de honra que ainda lhe restava. Assim sendo, encarou-o desconfiada e então virou-se, chamando:

— Hill?

De dentro do quarto de vestir, veio uma voz abafada:

— Sim, senhorita?

Sem afastar os olhos atentos do homem que estava em sua varanda, Maggie pediu:

— Você se importaria de deixar o resto para amanhã? Estou com um pouco de dor de cabeça, quero me deitar.

A aia de meia-idade esticou o pescoço para fora do quarto de vestir.

— Dor de cabeça, senhorita?

Tarde demais, Maggie percebeu que a desculpa não fora das melhores. A Srta. Margaret Herbert jamais estivera doente em toda a sua vida, e todos os empregados de Herbert Park sabiam disso.

— Quer que eu chame sua mãe? Ou o médico, Dr. Parks?

— Ah, não é necessário — disse Maggie, virando-se devagar e ficando de costas para as portas francesas. — Eu só preciso dormir um pouco.

— Talvez seja melhor eu pegar um tônico para a senhorita. Não seria problema algum para mim...

— Não, não — disse Maggie, gesticulando para a aia não se preocupar. — Pode ir embora e muito obrigada. Terminaremos amanhã.

— Está bem, senhorita — concordou Hill, fazendo uma reverência com ar levemente reprovador. — Mas se precisar de um tônico mais tarde, não deixe de tocar o sino.

— Sim, farei isso. — Maggie sorriu, agradecida. — Obrigada.

Tão logo a aia fechou a porta do quarto, Jeremy entrou pelas portas francesas, quase levando Maggie ao chão na pressa.

— Então — disse ele após dar uma longa e cuidadosa observada no quarto branco com decoração feminina. — Finalmente fui admitido no *boudoir* da Srta. Margaret Herbert. Devo dizer que me sinto honrado. Nunca vi nada tão virginal em toda a minha vida.

— Ah, cale a boca. — Com o rosto corado, Maggie aproximou-se das portas que Jeremy deixara abertas e as fechou. — Não é graças a você que minha virgindade continua intacta, muito obrigada.

Jeremy franziu a testa diante da afirmação, mas achou melhor não continuar naquele tópico. Para não correr riscos, fez o que prometera e pôs as mãos nos bolsos.

— Sinto muito por tudo isso. Eles iam mesmo colocar você num convento?

— Sim.

Maggie jamais permitira que alguém do sexo oposto entrasse em seu quarto, e só depois de tê-lo admitido percebeu que aquele era um local ameaçadoramente inapropriado para receber a visita de um homem. Havia pilhas desorganizadas de roupas de baixo por todo o cômodo, inclusive a anágua de crinolina rasgada, abandonada no chão como uma jaula de pássaros vazia, e vários pares de meias de seda, combinações e espartilhos sobre o dorso de uma poltrona de cetim cor-de-rosa. Jeremy, após o comentário inicial, teve o discernimento de ignorar tudo aquilo. Com as mãos nos bolsos conforme o prometido, caminhou até o cavalete que Maggie armara próximo à janela.

— Nossa — disse ele, após examinar a pequena tela que ali descansava. — Está muito boa. Não sabia que você já fazia paisagens também.

— Ah — respondeu Maggie, envergonhada. — Às vezes eu fico sem pessoas para pintar por aqui.

— Vi o retrato que fez de meus primos. Muito bom, passaria facilmente por um profissional. Você certamente não desperdiçou tempo, seja lá o que for que tenha feito nesses últimos cinco anos.

Maggie não sabia o que dizer. Jamais recebera um elogio do duque de Rawlings — além dos que ouvira mais cedo naquele dia sobre seu corpo novo. Mas esses não contavam, pois seu corpo se transformara sem qualquer esforço de sua parte. O elogio a sua pintura, no entanto, tinha um peso, e a fez corar ainda mais. Devido ao nervosismo, suas palavras não soaram tão cordiais quanto ela gostaria.

— Jerry, fico lisonjeada, mas por que não diz logo o que quer e vai embora? Você realmente já me causou muitos problemas.

— Eu sei.

No meio do quarto, com as mãos ainda nos bolsos, Jeremy a observava. À luz do lampião, Maggie era tão bela quanto sob o sol. O cabelo preto e os olhos castanhos, em contraste com o tom alvo da pele, ficavam ainda mais bonitos à noite, proporcionando-lhe um ar mais exótico. Ela usava um vestido de musselina rosa-claro e parecia quase pertencer a outro mundo, como uma sílfide, ou talvez uma princesa cigana. E certamente tinha toda a dignidade da realeza. Jeremy não tinha qualquer dificuldade em imaginá-la com uma tiara na cabeça ou uma pele de arminho sobre os ombros.

Só uma coisa não combinava: um estranho lenço branco amarrado em volta do dedo médio da mão direita.

Jeremy apontou para o machucado com a cabeça.

— Dói muito?

Maggie também olhou para o dedo.

— Só quando estou pintando. E o seu?

Jeremy sorriu.

— Só quando sorrio.

Maggie deu uns passos para a frente até ficar a apenas 30 centímetros de distância. Era meio desconcertante o fato de que ele agora era tão mais alto que ela. Mesmo assim, se aproximou, segurou seu queixo e girou sua cabeça de modo que pudesse ter uma visão melhor do lábio inchado. Ela percebeu que Jerry recuou a seu toque, mas não tentou impedi-la. Foi então que notou a mancha roxa no queixo dele.

— Hummm — disse ela, incrivelmente calma. — Lorde Edward bateu *mesmo* em você, hein?

— Ah, isto — disse Jeremy, com uma leve risada. — Sim, ele de fato me deu uma boa surra. Entre vocês dois, não sei quem tem o melhor soco. Mas eu mereci. — Ele olhou para ela e notou que ainda tinha o hábito de morder o lábio inferior quando examinava alguma coisa de perto. — Sinto muito mesmo, Maggie, pelo que aconteceu hoje.

Para seu desapontamento, Maggie afastou a mão de seu rosto com tamanha rapidez que parecia tê-la queimado.

— Sim — disse ela, baixando o olhar. Duas manchas bem vermelhas começaram a brotar no rosto de pele alva. — Bem...

— Eu a teria visitado como uma pessoa normal, pela porta de entrada, se tivesse certeza que me receberia — falou Jeremy apressadamente. — Mas sabia que você daria uma desculpa, alegaria uma indisposição ou outro problema qualquer. E eu não teria condições de aceitar esse tipo de desculpa, ficaria furioso e, no mínimo, atacaria o mordomo. Por isso achei melhor entrar pelos fundos e escalar até seu quarto. Precisava vê-la, Mags... — Jeremy segurou a mão machucada entre as suas. Ela sentiu sua mão se aquecer nas de Jeremy, como acontecera ao seu corpo na cocheira. — Tenho de lhe fazer uma pergunta.

Maggie olhou para as mãos entrelaçadas.

— O que aconteceu com sua promessa? — perguntou ela.

Jeremy acompanhou o olhar de Maggie, mas só o que viu foram as próprias mãos, grandes e bronzeadas, aninhando a dela, pequenina e alva.

— Que promessa?

— De manter as mãos nos bolsos, seu idiota miserável.

Jeremy encarou-a, furioso.

— Você tem ideia do quanto é difícil — perguntou ele, com dentes cerrados — pedir em casamento uma garota que acabou de chamá-lo de idiota miserável?

Capítulo 8

— Pedir em casamento? — Os olhos castanhos de Maggie arregalaram-se, ficando ainda maiores, até parecerem ocupar metade do rosto. E então, para desgosto de Jeremy, ela caiu na gargalhada. — Ah, gostei! — exclamou animadamente. — E você pede em casamento todas as garotas que beija, ou sou a única sortuda?

Jeremy, que nunca estivera em situação semelhante, tinha certeza de que pedidos de casamento não costumavam ser recebidos com risadas. Para ele, a reação de Maggie era desencorajadora. Ainda com a mão entre as suas, falou, firme:

— Não estou brincando, Maggie, e agradeceria se você parasse de dar risadas.

Maggie parecia absolutamente incapaz de atender ao pedido de Jeremy, e ele continuou falando, numa voz tranquila:

— Pensei muito sobre isso e acho que, considerando tudo o que está envolvido, você e eu fomos feitos um para o outro. Devo ir para o exterior por algum tempo, mas seria muito agradável se você me acompanhasse. Poderíamos fazer uma parada em Gretna Green no caminho...

Enquanto Jeremy falava, Maggie parecia se recuperar. Ela se endireitou e esfregou os olhos com as costas da mão livre enquanto o observava com ar de suspeita.

— Minha nossa! — exclamou, com a voz levemente rouca das gargalhadas recentes. — Você está falando sério!

— Mas é claro que estou — confirmou Jeremy, irritado. — Não tenho o hábito de sair por aí pedindo a mão de toda garota que aparece. — Ele levou uma das mãos ao interior do colete, tirou um relógio de bolso de ouro para ver a hora e disse: — Se partirmos agora, poderemos chegar a Gretna Green amanhã pela manhã. Precisa de ajuda para arrumar a bagagem? Porque talvez seja melhor não alertar a família pedindo ajuda à aia...

Maggie soltou as mãos com violência e deu alguns passos rápidos para trás até que suas costas encostaram na parede.

— Você enlouqueceu! — exclamou, sem acreditar, os olhos escuros arregalados. — Não pode estar falando sério!

— Você não para de dizer isso — disse Jeremy, guardando o relógio com muita tranquilidade. — É óbvio que não estou louco. Estou conversando com você de um modo bem racional. É você quem não para de rir como uma hiena enlouquecida...

Maggie mal ouvia as palavras de Jeremy, ocupada em tentar entender por que o duque de Rawlings a pedira em casamento. Curiosamente, ele não *parecia* louco, mas era óbvio que *estava*. Só um louco iria querer se casar com uma garota de 16 anos que, apenas algumas horas antes, ferira os dedos esmurrando-lhe os dentes.

Aproveitando a perplexidade de Maggie, Jeremy se aproximou e viu os olhos dela se arregalarem ainda mais. Ela esquadrinhava o quarto à procura de alguma coisa... Provavelmente uma arma para se defender, pensou, desapontado. Ele apoiou as duas mãos na parede, uma de cada lado dela para que não pudesse escapar, e chegou mais perto a ponto de seu tórax roçar-lhe os bicos dos seios. Então, numa voz persuasiva que sempre funcionava, dirigiu-se a ela:

— Maggie, falo sério. Quero que se case comigo. Agora. Esta noite.

Maggie tentava desesperadamente se encolher, ser engolida pela parede. Procurava não respirar muito intensamente, pois toda vez que o fazia, era inundada pelo cheiro másculo de Jeremy, e os seios intumescidos roçavam-lhe o colete de cetim. Isto não podia estar acontecendo, pensou, não com ela. Histórias assim só aconteciam a garotas de livros, não a Maggie Herbert. Nunca com Maggie Herbert.

Jeremy, notando a dúvida no semblante de Maggie, suspirou. Não era sua intenção recorrer a esse tipo de estratégia, queria que ela concordasse em se casar sem precisar usar de sedução. Mas diante da gargalhada e da reação subsequente de Maggie ao pedido de casamento, ficou desnorteado e com o orgulho ferido. Jeremy esperava dela *alguma* resistência à ideia... Isso seria natural — afinal, ela o esmurrara na manhã daquele mesmo dia, e com força —, mas jamais *este tipo de reação*.

Não conseguia entender. Maggie Herbert não era uma garota ingênua. Ele era um dos homens mais ricos da Inglaterra, como comprovavam suas terras e seu título. E, pelo menos uma vez na vida, não se importaria se Maggie o quisesse pelo dinheiro, desde que a tivesse. Além disso, apesar do que dissera ao tio de manhã, tinha plena consciência de que nem sempre eram suas posses que atraíam as mulheres, mas ele próprio. Isso funcionaria a seu favor no caso de Maggie.

Mas nada parecia influenciá-la. Na verdade, ela o fitava com ansiedade, até com medo, e parecia tão pronta a aceitar seu pedido quanto a tirar as roupas e entrar totalmente nua na biblioteca do pai cantando a plenos pulmões "God Save the Queen".

Jeremy chegaria à raiz daquele medo, ainda que levasse a noite toda.

Ele inclinou a cabeça e pressionou os lábios contra os dela, sem deixar que Maggie emitisse as palavras que estava pronta a dizer — provavelmente um *não*, que parecia sair de sua boca com assustadora regularidade.

Desta vez, Maggie pouco se defendeu. Parecia saber que não tinha saída e, com um suspiro resignado, finalmente relaxou. E embora se mantivesse na defensiva, com as mãos contra o tórax de Jeremy, sem lhe abraçar o pescoço nem convidá-lo a se aproximar por qualquer outro meio, seus lábios se abriram novamente sob os dele, convidativos. Jeremy entendeu o convite. Deslizou as mãos até a cintura de Maggie, envolvendo-a e puxando-a para si até que ela estivesse na ponta dos pés, o peso suportado quase inteiramente por seus braços, e tomou-a num beijo arrebatador.

Maggie, com o coração pulsando nos ouvidos, não conseguia acreditar que estava na mesma posição de poucas horas atrás... só que pior, pois desta vez ninguém os interromperia, e havia uma cama a apenas alguns metros. Deus, o que havia com ela? Por que nem *tentava* afastá-lo? Havia mesmo algo de muito errado. Ansiara pelo abraço deste homem, e agora, em seus braços, estava apavorada com o que poderia acontecer depois!

E Jeremy a pedira em *casamento*! Nem sequer parecia apaixonado, mas *a pedira em casamento*. Quer dizer, ele não confessara propriamente seu amor por ela, ou qualquer coisa parecida. Na verdade, fora um pedido de casamento muito pouco romântico.

Mas, ah, quando Jeremy a beijou, foi tomada por uma sensação tão boa! Ou melhor, não exatamente; na verdade, sentia-se o oposto disso. Com os beijos de Jeremy, ela se sentia completamente perigosa... o que era uma sensação verdadeiramente adorável, ela estava descobrindo. Mas sabia que não ficaria só nisso. Em algum momento, o beijo levaria a outras coisas — do tipo que só vira no pasto de ovelhas, e das quais não queria tomar parte, obrigada.... Aquilo devia ser bom para os carneiros, mas as ovelhas nunca pareciam apreciar muito... E então, alguns meses depois, se assustavam ao ver um carneirinho sair inesperadamente de seus ventres! Maggie não queria passar o resto da vida gerando carneirinhos. Não quando finalmente convencera os pais a permitir sua ida para Paris...

E *casamento*? Com o duque de Rawlings?

Não. Maggie sentiu o sangue gelar diante da ideia. Maggie Herbert, a duquesa de Rawlings? Isso seria o mesmo que ter de suportar uma temporada em Londres todos os dias, *pelo resto da vida*. O que Jeremy tinha na cabeça? Estava louco? Ela seria a pior duquesa da história da Inglaterra! Que tipo de duquesa tinha unhas sujas de tinta e passava o tempo caindo de árvores? Nem muitos beijos, por mais maravilhosos que fossem, compensariam algo assim!

Foi mais ou menos nesse momento que Maggie sentiu alguma coisa rija a cutucá-la através das barbatanas do espartilho. Não tinha certeza, mas parecia vir da frente da calça de Jeremy. Sem pensar, tirou uma das mãos do tórax de Jeremy e levou-a àquela coisa dura, acreditando que encontraria o cabo de uma faca, ou, mais engraçado ainda, a coronha de uma pistola. Poderia então caçoar de Jerry e perguntar por que teve a necessidade de vir a Herbert Park armado.

Mas o que Maggie sentiu sob seus dedos não foi o punho de uma faca, nem uma pistola. Foi Jeremy, ao natural, sem nada.

Dizer que Jeremy ficou *surpreso* quando Maggie de repente colocou a mão em sua ereção, que se expandia rápido, seria muito pouco. A verdade é que de repente ele se encheu de esperança — entre outras coisas — de ter conseguido, afinal, levá-la a mudar de ideia. Não esperava que ela fosse tão ousada. Afinal, tinha *apenas* 16 anos, e Jeremy tinha certeza de que o beijo daquela tarde fora o seu primeiro. Ainda assim, se Maggie Herbert queria acariciar sua ereção, não tentaria impedi-la...

E então, quando Maggie retirou a mão abruptamente, como se a tivesse colocado sobre carvão em brasa, em vez de uma simples parte do corpo, Jeremy percebeu que ela não tinha a menor ideia do que estava fazendo. Maggie ficou imóvel em seus braços. Jeremy percebeu e instintivamente soube o que estava por vir. Seu beijo e suas palavras tinham falhado em persuadi-la. Droga, o que havia de errado com essa garota? O que mais poderia querer? Ele teria que se ajoelhar e implorar pelo amor não correspondido?

Aparentemente, sim. Pois, de repente, Maggie o empurrou para longe, com uma força inesperada a ponto de fazê-lo perder o equilíbrio e cambalear. Muito rápida, ela correu para trás da cadeira de cetim rosa, se é que uma poltrona teria condição de protegê-la da força do desejo de Jeremy.

Quando Maggie abriu a boca, murmurou uma única palavra, mas na voz transmitia a dor de seu coração.

— *Por quê?*

Sem entender, Jeremy franziu o cenho.

— Por que o quê?

— *Por que* quer se casar comigo? — perguntou Maggie, o olhar angustiado.

Por quê? Ela quer saber *por quê*! Jeremy quase soltou uma gargalhada. Não era totalmente óbvio? Nenhuma outra garota que conhecera pulara sobre ele de um galho, nem o beijara com tão intenso desprezo, nem lhe socara a boca, nem segurara seu pênis ereto como se fosse uma raquete de badminton. Que homem *não iria* querer se casar com uma garota assim?

— Como assim, *por quê*? — perguntou Jeremy, incapaz de conter o riso.

— Simplesmente isso — respondeu Maggie, com ar sério. — Quero dizer... Jeremy, você mal me *conhece*.

— Eu mal a conheço? — repetiu Jeremy com uma risada. — Eu a conheço melhor que qualquer pessoa, Mags. Conheço a maneira como seus olhos brilham quando você ri. Conheço seu jeito de apertar os olhos quando tenta ver algo de longe, e o de morder o lábio inferior quando olha algo de perto. Eu reconheço quando diz uma mentira porque suas narinas se dilatam. — Maggie encheu o peito de ar para negar, mas, ao fazê-lo, ele deu uma gargalhada. — Como aconteceu agora. Maggie, não há nada em você que eu não conheça. E sei até como os seus lábios se abrem quando é beijada...

Essa afirmação levou Maggie a desviar os olhos para a boca de Jeremy e a se lembrar do machucado no queixo. E, naquele instante, tudo ficou muito claro para ela.

Óbvio. Isso explicava tudo.

Com os olhos apertados de desconfiança, Maggie perguntou, com ar de certeza:

— Foi lorde Edward, não foi?

Jeremy piscou os olhos.

— Como assim?

— Lorde Edward o obrigou a fazer isso. — Maggie estava muito, muito enfurecida mesmo. Como Jeremy *ousou*? Como ele ousou entrar no quarto assim e pedi-la em casamento? O tio o obrigara, claro! — Pois mande um recado para seu tio. Diga-lhe que ele está sendo muito antiquado se pensa que, só porque você me beijou, eu espero ser pedida em casamento. Quero dizer, quando ele tinha nossa idade, pode ser que as coisas fossem assim, mas estamos em 1871! Ele acha mesmo...

— O quê? — Jeremy parecia confuso. — Maggie, do que está falando?

Maggie balançou a cabeça com tanta energia que todo o cabelo solto espalhou-se sobre seus ombros, emoldurando-lhe o rosto.

— Pode voltar agora para o Solar dos Rawlings e dizer a seu tio que agradeço a preocupação com minha reputação, mas *ainda que* ele tivesse me encontrado nua em pelo em seu quarto, eu não me casaria com você, nem que fosse o último homem da Terra!

Embora perplexo diante da última parte da declaração, Jeremy se manteve firme. Até mesmo a expressão furiosa no rosto de Maggie não conseguiu dissuadi-lo de prosseguir com o que planejara naquela tarde. Sabia que aquela fúria só mascarava o que ela sentia, que era medo, puro e simples. Maggie, ele sabia agora, o temia. E ele também tinha uma boa noção do motivo: ela só tinha medo do que não conhecia.

E ele cuidaria para que fosse ele, e nenhum outro homem, o responsável por acalmar aquele medo.

— Meu tio Edward — disse Jeremy, em voz lenta e firme — não me obrigou a fazer nada, Mags. A ideia foi toda minha.

Mas Maggie não parecia ouvi-lo.

— Acho melhor você ir embora agora, Jerry — ordenou com a voz trêmula.

Jeremy notou que o rosto de Maggie estava carmesim. Não era rosa ou vermelho comum. Era cor de sangue.

— Eu não vou embora — disse ele calmamente — até você dizer que sim.

— Então vai ficar aqui muito tempo — informou Maggie com ironia. — Porque eu não vou me casar com você, Jeremy.

Ele nem se abalou.

— Por que não?

De trás da poltrona, Maggie bateu o pé no chão, impaciente.

— Como assim, por que não? — perguntou ela. — Por que devo dar uma razão? Simplesmente saia daqui!

— Não — respondeu Jeremy, cruzando os braços com muita calma. — Pelo menos até você me dizer por que não quer se casar comigo.

— Porque — disse Maggie batendo o pé de novo — é absolutamente ridículo! Nós somos jovens demais para nos casarmos.

— Justo — disse Jeremy. — Estou disposto a esperar por você. Vai me esperar também?

— Eu... — Como ela poderia dizer a Jerry que, mesmo que ele esperasse até ela ter 100 anos, ainda assim teria medo de se casar com ele? Maggie nunca fora capaz de admitir nenhum tipo de fraqueza. Era melhor Jerry achar que ela não gostava dele do que saber que o temia. — Não — respondeu com firmeza. — Não esperarei. Meus pais concordaram em me deixar frequentar uma escola em Paris. Deverei ficar lá muito tempo.

— E daí? — Jeremy deu de ombros. — Eu entrarei para o exército. É provável que também fique fora por um bom tempo.

Maggie quase saiu de trás da proteção oferecida pela poltrona, de tão surpresa.

— Verdade, Jerry? — perguntou, maravilhada. — O exército? Que emocionante! Estou certa de que ficará muito elegante naquele uniforme. Será que conseguirá ir para a Índia e conhecer um marajá, como em nosso jogo?

— Sim — respondeu Jeremy, impaciente. — E então, vai esperar por mim, Mags?

O sorriso sumiu do rosto de Maggie.

— Ah, Jerry, não. De verdade, é melhor não esperarmos um pelo outro. Quem sabe o que poderá acontecer daqui a alguns anos? É possível que eu nunca chegue a me casar, se conseguir me sustentar vendendo meus retratos. Sua tia acredita que eu tenha condições...

— Nunca se casar? — repetiu Jeremy, incrédulo. Maldita Pegeen por colocar uma ideia dessas na cabeça de Maggie! Ao mesmo tempo que a ideia de Maggie nunca se casar fosse pelo menos preferível à de vê-la casada com outro homem, Jeremy não conseguia imaginá-la passando o resto da vida casta como uma freira. Nenhuma mulher como ela *poderia*. Seria simplesmente contra a natureza. — Não seja ridícula — disse ele. — É claro que se casará. Diga que não será com mais ninguém além de mim, e eu irei embora.

— Jerry, de verdade, pense bem. — Maggie percebeu que alguém precisava dizer aquilo. — Eu não seria uma boa duquesa. Certamente não me pareço nem um pouco com uma, e meu único interesse é a pintura. Eu seria péssima como duquesa. Você sabe, ir a bailes e festivais no início da época da colheita na casa do vigário e coisas do gênero. Eu não gosto de conversa fútil e sempre termino por dizer a coisa errada. — Maggie viu Jeremy inspirar fundo, como que se preparando para refutar aquilo tudo, mas se apressou em continuar, sem se deixar interromper: — E não sou nem um pouco doméstica! Não sei qual é o tipo de vinho certo para servir com pato, e sempre acabo usando o garfo de peixe com os vegetais. Ora, eu nem sequer suporto usar o cabelo preso! Os grampos sempre parecem furar meu couro cabeludo. Eu não serviria para isso, Jerry. É melhor você achar outra pessoa.

Mas ao dizer aquilo, Maggie teve uma sensação horrível, como se tivesse levado um coice de cavalo no estômago diante da ideia de ver Jeremy com outra mulher.

— Não — disse Jeremy. — Não é esse o ponto. — Ele atravessou o quarto até ficar diante da poltrona e se curvou para chegar mais perto do rosto de Maggie. — Você está mentindo de novo. Suas narinas estão dilatadas. Qual é o verdadeiro motivo de não querer se casar comigo? — Maggie começou a recuar no instante em que ele colocou um joelho na almofada do assento, mas Jeremy conseguiu alcançar o encosto da poltrona e segurar-lhe o pulso para evitar que ela recuasse mais. — Cristo — exclamou, pensativo, conforme sentia o pulso de Maggie sob seus dedos. — Você de fato *tem* medo de mim! Por quê?

Maggie balançou a cabeça.

— Eu não tenho medo de você. — Ela soltou uma risada trêmula. — Não seja ridículo.

— Tem, sim. E vai me dizer por quê, ou eu ainda estarei aqui de manhã quando Hill voltar. E então nós veremos a opinião de sir Arthur sobre mandá-la para Paris.

Maggie respirou fundo.

— Isso é... isso é chantagem!

— Não é não — defendeu-se Jeremy. — É coerção, mas ambos são muito semelhantes, portanto o erro é compreensível. E agora, vai me dizer a verdade, ou eu terei que me acomodar nesta linda poltrona pelo resto da noite?

Maggie respirou fundo mais uma vez.

— É só que... — Como conseguiria explicar sem parecer uma tola? Talvez se não o fitasse. Maggie baixou os olhos e continuou, hesitante: — É só que quando você... me toca, eu só consigo pensar no quanto desejo que faça o mesmo em outros lugares. E sei que isso não é um pensamento adequado a uma dama! E então começo a ter medo de não ser uma dama, de não conseguir dizer não, e se as coisas forem longe demais, eu terminarei num convento como minha irmã Anne sempre sugeriu por eu ter uma natureza muito carnal...

O que Jeremy ouviu foi tão distante do que esperava que, por um instante, ficou em silêncio, absolutamente pasmo diante daquela confissão. Então segurou a mão machucada de Maggie e, levando-a aos lábios, disse, ansioso, entre beijos:

— Minha querida, não vê? Isso só comprova que você *gosta mesmo* um pouco de mim. Agora simplesmente *terá de* se casar comigo...

— Não! — Maggie soltou a mão que Jeremy segurava. — Isso não prova nada! Só comprova que me derreto toda quando um homem me beija. Não sei se é só com você, ou se aconteceria com qualquer outro homem, porque...

— Porque eu fui o único homem que a beijou na vida — disse Jeremy, terminando a frase por ela numa voz amarga.

— Bem — disse Maggie, os ombros caídos em sinal de derrota. — Sim. Lamento muito, mas é verdade.

Não que ele a culpasse, não era culpa dela. Mas não podia evitar sentir tristeza com relação a várias coisas — a diferença de idade era uma; a criação superprotegida de Maggie era outra. Não que *quisesse* que ela saísse por aí beijando outro homem para descobrir se havia alguma coisa especial na reação a ele. Mas aparentemente essa experiência seria necessária. E com certeza não conseguiria ficar por perto para ver. Não sem querer quebrar o pescoço de cada homem com quem Maggie tivesse contato.

Afundando na poltrona com um suspiro, Jeremy levou uma das mãos à cabeça. A dor que Maggie usara como desculpa para a aia de repente pareceu incomodá-lo.

Maggie, vendo-o do pé da cama onde se sentara, meio cansada, repetiu:

— Sinto muito, Jerry.

— Já disse isso.

— Mas é a verdade. Eu *sinto* muito. Mas você perguntou...

— Eu sei que perguntei — interrompeu-a Jeremy. — Estou muito ciente do fato de ter perguntado. — De repente ansiando por uma dose de uísque, Jeremy se apoiou nos braços da poltrona de cetim rosa e levantou-se. — Bem, Mags, você venceu. Irei embora agora.

— Ah.

Maggie também se levantou, um tanto desapontada. Não sabia o que causara em Jeremy tamanha depressão. Agora parecia que não havia mais nenhuma proposta de casamento... ou beijos. Se por um lado estava aliviada, por outro estava triste.

Jeremy se dirigiu para as janelas francesas pelas quais entrara e se virou mais uma vez para ela.

— Pode me prometer uma coisa, Mags?

Ela cruzou o quarto e se aproximou de Jeremy como uma anfitriã que leva o visitante à porta depois do chá da tarde.

— Claro, se eu puder.

— Creio que poderá. Não é nada difícil. Ficarei fora durante um tempo, mas tia Pegeen sempre saberá onde me encontrar. Quando você por acaso descobrir se sou apenas eu ou se são os homens em geral, pode me escrever uma carta? Nada muito elaborado. Apenas um simples "Sim, é você" ou "Não, não é você" será suficiente. Acha que pode prometer fazer isso por mim? Em nome dos velhos tempos?

Maggie concordou, hesitante.

— Está bem, Jerry.

— Boa menina. — Ele se inclinou e, num gesto fraternal, a beijou no rosto antes de sair para a varanda. — Adeus, então.

Estava uma noite agradável. Maggie ficou diante da janela aberta e observou Jeremy passar uma das pernas por cima da balaustrada da varanda e descer pela hera até a grama.

— Jerry? — chamou ela.

Ele olhou para ela.

— Sim?

— Para onde vai? — perguntou ela.

Jeremy sorriu, um pouco de lado.

— Não sei. Para o diabo, eu suponho.

— Ah — disse Maggie. — Dê a ele meus cumprimentos.

O sorriso de Jeremy sumiu.

— Farei isso — disse Jeremy, e se foi.

PARTE 2

Capítulo 9

Londres, fevereiro de 1876

Era de se esperar que o mordomo de uma casa do porte da que pertencia ao duque de Rawlings tivesse muitas atribuições. Obviamente havia as tarefas comuns ligadas à profissão, tais como contratar, demitir e supervisionar os funcionários de menor escalão. Havia também outras obrigações, como manter a adega bem-cuidada e abastecida, trancar os objetos de prata à noite, anunciar a chegada de visitantes e até mesmo passar a ferro os jornais de manhã caso a tinta ainda estivesse úmida. Quando o patrão estava em casa — neste caso, o tio do duque, lorde Edward —, havia sempre, além dos deveres regulares, os especiais, tais como procurar uma dúzia de rosas perfeitas no frio do inverno para o lugar de lady Edward na mesa do café da manhã, ou, como por vezes acontecia quando o Parlamento se reunia, reportar ao poder local alguma eventual ameaça de morte.

Mas era muito raro, mesmo com as noitadas de lorde e lady Edward durante a alta temporada, o mordomo ser tirado de seu sono profundo às 5 horas da manhã pelo toque da campainha da porta. Quem costumava descer as escadas para atender era um lacaio. Naquela noite, porém, lorde e lady Edward ainda não tinham chegado do campo, embora fossem esperados a qualquer momento, e os lacaios tinham saído com as esposas para celebrar um casamento que aconteceria em breve. O único homem que se encontrava na residência urbana dos Rawlings naquela noite era Evers. E a última coisa que Evers queria fazer era arrastar sua carcaça de 50 anos para fora da cama aconchegante, descer quatro lances de escadas e abrir a porta para a única hipótese que lhe parecia provável àquela hora da noite: más notícias.

Durante algum tempo, Evers permaneceu deitado com um travesseiro sobre a cabeça à espera de que o estranho visitante fosse embora ao concluir que não havia ninguém em casa. Contudo, quem tocava a campainha evidentemente sabia que alguém acabaria por atender, pois não desistiu. Se Evers permitisse que aquilo continuasse por muito mais tempo, a campainha acabaria por acordar as mulheres que dormiam na casa, cuja reação à visita noturna sem dúvida seria a típica histeria feminina. Por isso, Evers finalmente afastou as cobertas que o aqueciam e, tremendo de frio, vestiu o robe, os chinelos e o gorro. Em seguida, com toda a rapidez que a idade e a fraqueza lhe permitiam, começou a percorrer a longa descida de quatro lances da casa de cinco andares.

Evers levou cerca de dez minutos para alcançar a porta. Durante esse tempo, o visitante, quem quer que fosse, não tirou a mão da campainha, mas fez uma espécie de jogo de som. Tocava duas vezes, parava, tocava mais uma vez, e finalmente quatro vezes rápido. O padrão variava, mas a mensagem era clara: *Atenda a porta. Está frio aqui.*

— Já vou! — gritou Evers numa voz rouca de sono quando finalmente chegou ao grande vestíbulo de mármore. Devia fazer frio lá fora, mas no hall de entrada sem aquecimento a temperatura era tão baixa quanto no exterior. Evers pensou em sua garrafa de água quente que, a esta altura, já devia estar morna. — Estou chegando. Já vou, pare de tocar essa campainha!

Quando Evers finalmente conseguiu tirar todas as trancas e abrir a porta, viu que o homem do outro lado não era nem o vigia noturno, como supunha, nem o leiteiro que, por engano, poderia trocar a porta de serviço pela da frente. Quem estava ali na densa neblina amarela que inevitavelmente envolvia Londres no inverno era um estranho para Evers, mas sem dúvida tratava-se de um cavalheiro. Envolto em um sobretudo, um chapéu de pele e um cachecol de lã e usando luvas de couro, o visitante talvez não fosse reconhecido pela própria mãe. Evers só via um nariz comprido que, embora talvez tenha sido aquilino um dia, aparentemente fora fraturado e muito mal restaurado, e olhos azuis incrivelmente claros que contrastavam com uma pele bronzeada levemente amarelada.

— Sim? — falou Evers, que já começava a tremer com o ar gelado da manhã. — Em que posso ajudá-lo, senhor?

— Evers? — A voz do homem foi abafada pelo cachecol, mas era uma voz grave e refinada de um inglês, apesar da pele amarelada.

— Sim, sou Evers — respondeu o mordomo. — Quem é o senhor?

— Mas não é Samuel Evers — disse o estranho.

— Claro que não, sou seu neto, Jacob. Samuel Evers morreu há quatro anos. Ele trabalhava na casa de campo, em Yorkshire, e meu pai, John Evers, assumiu seu lugar. Quem é o senhor que conhecia meu avô?

— Não está me reconhecendo, Evers? — perguntou o cavalheiro, com um tom levemente divertido na voz grave.

Evers piscou para ver melhor em meio à neblina. O frio terrível fazia seus joelhos baterem e já começava a subir pelo robe de brocado. O cavalheiro na soleira da porta, contudo, não parecia sentir frio algum.

— Não exatamente — respondeu Evers, já batendo os dentes. — Está um pouco frio para jogos de adivinhação, senhor.

— Tem razão, Evers — concordou o estranho. — E você nunca foi bom nisso mesmo. — O estranho ergueu o braço comprido e tirou o chapéu de pele, revelando uma profusão de cachos pretos um tanto longos. Ao ver o cabelo, aliado aos olhos claros, Evers inspirou fundo.

— Meu Deus! — exclamou. — É mesmo o senhor, Vossa Graça?

O duque de Rawlings jogou a cabeça para trás e deu uma estrondosa gargalhada. Era um som forte na rua silenciosa, um tanto surpreendente pelo jeito solto e descontraído. Não era o tipo de risada que se ouve em Londres na Park Lane. Pelo menos não às 5 horas de uma manhã de inverno numa quarta-feira do mês de fevereiro.

— Sim, Evers — confirmou Jeremy, finalmente, abrandando o riso. — Sou eu. Recém-chegado do Extremo Oriente e com promessas de malária. Meu criado logo entrará com a bagagem, portanto fique atento. Diga-me, você tem um drinque para um pobre duque errante? Temo que tenha perdido a resistência de antes contra este maldito frio inglês. Preciso tanto de um uísque que chega a doer.

— Claro, Vossa Graça. — Evers apressou-se em sair do caminho para que o duque entrasse na própria casa. — Peço desculpas, mas não esperávamos o senhor. Não recebemos nenhum comunicado de que Vossa Graça deixara a Índia...

— Não, e nem deveriam. — Jeremy cruzara o grande vestíbulo e escancarara as portas duplas que davam para a sala de visitas onde, sem nenhuma cerimônia, começou a tirar as muitas camadas de roupa e a jogá-las sobre o veludo verde de uma das *chaises longues*. — Saí de Nova Delhi meio de repente. Não creio que o hospital tenha tido tempo para enviar algum comunicado à família...

Evers já começara a acender os lampiões a gás e em questão de segundos o fogo na lareira de mármore entalhado já aquecia o ambiente.

— Hospital, Vossa Graça?

— Sim — respondeu Jeremy —, o hospital do exército. É o que há de melhor em Nova Delhi, mas mesmo assim, nada lá é muito bom. A comida não era ruim, mas na Índia há uma falta deplorável de bebida alcoólica. Alguém deveria ter me avisado. — O duque passou pelas *chaises longues* e foi se sentar numa poltrona de couro verde mais perto do fogo. Jogou-se nela com um suspiro e esticou as pernas compridas. — Meu Deus, Evers — disse Jeremy, fechando os olhos. — É muito bom estar em casa.

— É bom ter Vossa Graça de volta. Embora eu deva dizer que lamentarei não mais poder ler suas notícias heroicas no exterior nos jornais. Estávamos todos muito orgulhosos de sua bravura, em especial de sua atuação vitoriosa ao dominar a rebelião em Jaipur.

— Ah — disse Jeremy, sem interesse, os olhos ainda cerrados. — Você ouviu falar nisso?

— Se eu ouvi, Vossa Graça? Ora, durante semanas era só o que todos falavam. Ter recebido da rainha a Medalha de Honra... — Evers silenciou, numa atitude reverente. Depois, vendo que o duque não pretendia responder, pigarreou e continuou: — E ter recebido a honra do próprio marajá! A Estrela de Jaipur, pelo que sei, é mesmo uma das maravilhas do mundo...

— Humpf — foi o que Jeremy teve a dizer a respeito.

Ao ver que não conseguiria mais nenhuma informação do duque, Evers virou-se para servir o uísque. Percebera com aprovação que, por baixo do sobretudo, o duque estava vestido no auge da moda europeia, mesmo sem ter pisado na Europa nos últimos cinco anos. Um fraque cor de carvão cobria a camisa branca e o colete, e os calções pretos justos afunilavam-se para o interior de um par de botas militares bem polidas. Evers também notou que a gravata de Sua Graça tinha a quantidade certa de nós. Pelo menos o criado não fora tomado pela preguiça naquele país quente e bárbaro.

Mas a aprovação do mordomo terminava aí, pois o duque não parecia estar nada bem. O tom amarelado da pele que Evers percebera não se devia aos lampiões de gás da rua ou à neblina. O duque estava nitidamente com malária. Ou se recuperava da doença, ou ainda estava doente. Como certamente nenhum homem arriscaria a vida viajando com uma doença mortal, Evers concluiu que o duque já estava curado. Mas seria bom solicitar uma visita do médico, o Dr. Wallace. Evers cuidaria disso tão logo os outros empregados acordassem. Mandaria uma das criadas com uma missiva.

— Ah — disse Jeremy, abrindo os olhos ao ouvir o pigarro de Evers, que lhe oferecia um copo de cristal com cerca de dois dedos de um líquido âmbar muito familiar. — Evers, meu bom homem, você puxou a seu avô. É um santo.

— Imagine, Vossa Graça — disse Evers, com a costumeira modéstia. — O senhor ficará em Londres muito tempo?

— O tempo que for necessário — murmurou Jeremy, enigmático, para dentro do copo e, em um movimento experiente, virou-o e bebeu o uísque de um gole, provocando um estremecimento involuntário. Então devolveu o copo ao mordomo, que logo cuidou de servir outra dose. Ao perceber, pela primeira vez, que Evers usava chinelos e um robe, perguntou: — Nossa, Evers, que horas são? Eu não o acordei, não é?

— De fato, Vossa Graça me pegou um pouco desprevenido — respondeu Evers, em tom amigável. — E, quanto à hora, são 5h20.

— Da manhã? — Jeremy estava tão espantado que quase deixou cair o copo que o mordomo lhe entregava. — Meu Deus, homem! Por que não disse antes? E lá estava eu, tocando aquela maldita campainha. É incrível como não acordei a casa inteira.

— Está tudo bem, Vossa Graça. No momento, não há ninguém dormindo aqui, exceto...

— O quê? — Jeremy fitou o mordomo sem entender. — Onde está meu tio?

— Lorde e lady Edward foram chamados a Yorkshire para um enterro. — Jeremy fez uma careta significativa, e o mordomo continuou: — Sim, uma tragédia. O filho de um dos arrendatários de Vossa Graça. Mas eles devem chegar a qualquer momento — acrescentou Evers num tom mais alegre. — Vossa Graça prefere ficar nos cômodos normalmente ocupados por sua senhoria ou num dos quartos de hóspedes? — Evers tentou novamente, desta vez de forma menos sutil, falar na Estrela de Jaipur: — Serão só o senhor e o criado, Vossa Graça? Ou devo preparar mais quartos?

— Mais quartos? — repetiu Jeremy. — Por que diabos eu precisaria de mais quartos?

— Caso Vossa Graça tenha trazido, hum, a Estrela de Jaipur...

— É claro que eu a trouxe comigo — disse Jeremy, impaciente. — Que tolo deixaria algo desse nível para trás? Mas não creio que ela precise de um quarto só para si. Não é *tão* grande assim.

Evers tossiu.

— Hum, não, claro que não. — Evers achou prudente mudar de assunto: — Eu poderia sugerir o quarto verde então? O branco está ocupado pela Srta. Margaret, mas posso providenciar que a lareira do quarto verde seja acesa imediatamente se Vossa Graça preferir...

Jeremy engasgou-se com o uísque. Evers se aproximou, preocupado, e conseguiu reprimir o gesto instintivo de dar tapinhas nas costas do duque de Rawlings.

— Vossa Graça? O senhor está bem? — perguntou.

Ainda tossindo do uísque que entrara pela via errada, Jeremy conseguiu falar.

— *Maggie*? O que diabos *ela* está fazendo aqui?

— Ah, Vossa Graça, a Srta. Margaret acompanhou lady Edward a Londres nesta temporada, chegou logo depois do Ano-Novo. — Antes que o duque deixasse o copo cair no chão, como aparentemente estava prestes a acontecer, o mordomo o pegou de suas mãos débeis e retornou ao bufê para enchê-lo pela terceira vez. — Pelo que eu soube, a Srta. Margaret só ficaria aqui em Park Lane por algum tempo, enquanto procurasse um apartamento para si. Mas parece que ainda não encontrou uma moradia que lhe conviesse. Imagino que não seja fácil para uma jovem senhorita se estabelecer numa cidade grande como Londres, principalmente se ela pretende se sustentar num campo tão competitivo... — Ao se virar de costas para o bufê e ver que o duque se levantara sem muita firmeza, Evers, talvez mais preocupado do que sua posição exigiria, não se conteve: — Perdão, Vossa Graça, mas o senhor está bem? Parece muito doente...

Mas Jeremy fez um gesto afastando a preocupação do mordomo.

— E o tal noivo que minha tia mencionou numa carta? Ele não está hospedado aqui também, não é?

— O Sr. de Veygoux? — Evers parecia genuinamente chocado. — Um francês sob este teto? Certamente que não!

Sério, Jeremy balançou a cabeça.

— Foi o que pensei, mas estive longe muito tempo. Não dá para saber o que pode ter mudado durante a nossa ausência, não é? — Resoluto, Jeremy segurou as abas do fraque e perguntou: — Ela está no quarto branco, então, Evers?

— Sim, Vossa Graça — respondeu o mordomo. Em seguida, ao ver que o duque caminhava determinado em direção à porta, Evers chamou, antes que a razão o impedisse de fazê-lo: — Vossa Graça!

Jeremy parou no vão da porta e se virou, de cenho franzido.

— O que foi, Evers?

— O senhor não vai... Vossa Graça não pensa em ir ao quarto da Srta. Margaret... — Evers sorria, nervoso. — O senhor sabe que sua tia não aprovaria. — Embora quase engasgasse nas palavras, pois Evers jamais pensaria em corrigir um Rawlings por mais absurdo que fosse seu comportamento, o mordomo disse, gentilmente: — Vossa Graça, um cavalheiro não visita senhoritas em seus aposentos. Tenho certeza de que lady Edward ficaria muito chocada se descobrisse que o senhor até mesmo entrou na *casa* enquanto a Srta. Margaret estava hospedada aqui sem uma acompanhante...

O duque sorriu, e Evers deu um passo atrás. O mordomo sabia ser uma impressão ridícula, mas por um instante o duque de Rawlings, com aquele cabelo e as sobrancelhas negras, os olhos prateados e a pele estranha e amarelada, se assemelhou sinistramente ao... bem, ao diabo.

— Sua preocupação com a reputação da Srta. Maggie é comovente, Evers — comentou Jeremy com um sorriso forçado —, sem dúvida. Mas pelo que sei, esta casa é minha. Portanto, tudo o que está nela é meu também.

Sem mais palavras, Jeremy virou-se e seguiu em direção à escada de mármore que levava ao segundo andar. Atrás dele, no vestíbulo, Evers, em seu gorro e seu robe, levou o copo de uísque à boca e o esvaziou de um gole. Apreciara seu breve emprego com a família Rawlings. Sua intenção inicial era mantê-lo para sempre, como o bisavô, mas aparentemente sua carreira caminhava para um final repentino. Pois, se lady Edward não o despedisse por ter permitido ao duque e à Srta. Margaret permanecerem sob o mesmo teto enquanto ela estava desacompanhada, o próprio duque certamente o faria.

Evers concluiu que uma breve carta ao pai era necessária. Precisava de um conselho. E de mais um drinque.

Capítulo 10

Jeremy não passara tanto tempo de sua infância na Park Lane quanto no solar, em Yorkshire, mas lembrava-se muito bem da casa para saber o motivo de Maggie ter escolhido o quarto branco. Era o único cujas paredes não eram cobertas de algum papel de parede de cor suave, atapetado com outra e mobiliado ainda com uma terceira. Essa era uma prática decorativa que sua tia Pegeen adotara, convencida de que, quanto mais cores um cômodo tivesse, menor seria a probabilidade de as manchas dos dedinhos infantis aparecerem. E como a casa era muito frequentada por crianças, inclusive pelo próprio Jeremy em sua infância, fora uma sábia providência.

No quarto branco, porém, essa cor imperava nas paredes, no tapete grosso sobre o chão taqueado, nas cortinas transparentes e no mobiliário. Era o único quarto da casa no qual as crianças, com as mãos sujas e a tendência a deixar um rastro de lama pela casa, eram proibidas de entrar. E era o tipo de cômodo que só um pintor, que passa o dia a misturar cores, consideraria repousante.

Jeremy sabia ser esta a razão de Maggie ter escolhido esse quarto e não um dos outros dez da casa. Ele conseguia enxergar com nitidez, mesmo com o brilho alaranjado que vinha das brasas da lareira de mármore branco, que Maggie já imprimira ao cômodo marcas de sua personalidade singular. Havia um cavalete dobrável encostado numa parede distante, ao lado de uma caixa de madeira que Jeremy reconheceu, na qual Maggie guardava pincéis e tubos de tinta. Além desses itens, podia-se ver, destacado dos demais, um imenso portfólio de couro preto e aparência pesada que continha obras em desenvolvimento ou cópias de telas, sem dúvida para mostrar a potenciais modelos. Numa mesa baixa ao lado de um conjunto de cadeiras de espaldar cor de marfim, havia alguns enfeites que não evidenciavam como os outros a ocupação de Maggie: um grande pássaro empalhado empoleirado num pequeno galho; uma espécie de cavalo mecânico; um barco a vela de papel machê e várias bonecas de diferentes tamanhos vestidas em trajes coloridos. Jeremy não tinha ideia do uso que esses brinquedos poderiam ter para Maggie, a não ser que, aos 21 anos, ela ainda fosse mais infantil do que deveria.

O que mais o interessou, no entanto, foram os itens jogados sobre os encostos das cadeiras espalhadas pelo quarto, dentre eles um espartilho e uns calções pregueados. Esses itens lhe atraíam tanto a atenção quanto sua dona, deitada no centro de uma grande cama branca coberta com dossel, a poucos metros da lareira quase apagada. Jeremy observou que Maggie era tão desassossegada dormindo quanto acordada. Ela chutara a maior parte das cobertas e um único lençol lhe protegia apenas metade do corpo, apesar da temperatura fria do ambiente. Lamentavelmente, uma camisola de algodão bem grosso a mantinha aquecida, cobrindo-a do pescoço aos tornozelos, segundo o que se podia distinguir.

Ainda assim, quando Jeremy se aproximou da cama para ter uma visão melhor de sua ocupante, viu muita coisa de seu interesse. Primeiro, que a camisola subira um pouco e revelava uma panturrilha nua e a curva delgada do tornozelo. Segundo, que Maggie dormia com um dos braços jogado acima da cabeça, e o tecido da camisola esticava-se sobre um dos seios — incrivelmente grandes, Jeremy observou, encantado, ainda mais para uma garota que durante anos fora completamente reta — e revelava a depressão suave de um mamilo adormecido. O cabelo longo, destrançado, espalhava-se em desalinho, emoldurando a cabeça. O rosto, virado para a luz que restava do fogo, perdera a redondeza da infância, e Jeremy surpreendeu-se ao ver que as maçãs eram salientes e davam à expressão encantadora um ar altivo que antes lhe faltava.

Meu Deus, pensou Jeremy, inclinando-se para examinar de perto a garota adormecida, Maggie se transformou numa beldade sem que eu acompanhasse o processo.

Esse pensamento irritou Jeremy quase tanto quanto o fato de Maggie ter um noivo.

Mas o que ele esperava, afinal? Que os pais de Maggie conseguiriam protegê-la das atenções dos outros homens para sempre? Que ele era o único capaz de apreciar sua beleza natural e rústica? Que uma garota como Maggie, cuja boca, que ele conhecia tão bem, se abria involuntariamente quando era beijada, esperaria por ele para sempre?

Subitamente cansado, Jeremy sentou-se na beirada da cama e levou uma das mãos à testa. Estava quente, indicando que a febre voltara. Mas isso não era nenhuma novidade, fazia semanas que lutava contra ataques secundários da doença. Os médicos de Nova Delhi lhe asseguraram que isso era normal. Um deles chegou a explicar que Jeremy continuaria a sofrer crises de malária por três ou quatro anos. Jeremy quase agredira o médico nesse momento, mas a fraqueza da febre o impedira de levantar a mão.

O duque abaixou a mão e olhou para Maggie, que ainda dormia um sono profundo, a respiração intensa e regular. Ele se lembrou de que ela sempre fora uma dorminhoca, de sono pesado e tranquilo, que não acordava nem quando era levada para a cama depois de dormir na cadeira da mesa de jantar. Desta vez, também não acordara ao som da campainha da porta e agora ignorava completamente sua presença. Jeremy pensou que já poderia tê-la violado de dez diferentes maneiras sem que ela acordasse.

A ideia era tentadora. Observando o corpo em pacífico repouso, oculto sob a camisola volumosa, Jeremy recordou-se de uma certa tarde, cinco anos antes. Como se não o obedecesse, sua mão deslizou em direção à bainha da camisola e à panturrilha alva e desnuda...

O que o impediu, Jeremy não sabe. Num instante sua mão estava tão próxima que ele podia sentir o calor da pele de Maggie sob as pontas dos dedos, e no seguinte, ele a afastou. O que estava lhe acontecendo? Tinha todo o direito, todo o direito do mundo, de tocar esta garota... Quando partiu da Inglaterra, havia cinco anos, foi com a convicção de que, ao retornar, se casaria com ela.

É bem verdade que, nesse meio-tempo, Jeremy não se absteve de buscar conforto nos braços de outras mulheres. Para ele, foi uma atitude sábia ao menos *tentar* se livrar da lembrança do beijo de Maggie Herbert, afinal, não era um eunuco. As aventuras malsucedidas do tenente-coronel Rawlings foram muito admiradas pelos homens que serviam sob seu comando e se tornaram alvo de inúmeras piadas de seus colegas oficiais, na maioria casados. Jeremy basicamente ignorava as caçoadas e só recorria a socos caso estivesse alcoolizado ou de mau humor... O que era frequente, pois a Índia era um país de um calor insuportável, pobreza e doenças, muito diferente do lugar mágico que ele e Maggie imaginavam em suas brincadeiras de crianças.

Mas, em quase meia década de relacionamentos com inúmeras mulheres, Jeremy não encontrara uma única que fizesse seu coração bater tão forte quanto Maggie aquele dia na cocheira. Ele não conheceu nenhuma outra mulher que o cativasse tanto, emocional e intelectualmente — sem mencionar fisicamente —, como Maggie Herbert. Embora esta descoberta às vezes lhe parecesse estranha — um exemplo característico era o incidente com a Estrela de Jaipur —, também foi extremamente motivadora. Jeremy, lembrando-se do conselho do tio, concentrara seus consideráveis poderes intelectuais em provar a si mesmo que merecia uma garota do calibre de Maggie. Para sua surpresa, o resultado foi sua rápida ascensão pelos diferentes postos da cavalaria de Sua Majestade. Jeremy não perdia tempo no desempenho das tarefas que lhe eram designadas, desde escoltar embaixadores importantes pela selva a dominar a revolta ocasional de algum camponês; tarefas que lhe davam prazer, já que ao menos o impediam de pensar, como ocorria quando ficava desocupado.

Embora fosse a última coisa que tinha intenção de fazer, Jeremy terminou por impressionar os superiores com sua inteligência e aparente coragem. Ao se alistar, propositalmente decidira não usar seu título. Poucos sabiam que o jovem rapaz que iniciara carreira no exército como Jeremy Rawlings era, na verdade, um dos homens mais ricos da Inglaterra, com um título de nobreza e um tio extremamente poderoso na Câmara dos Lordes. Para os colegas oficiais, Jeremy era apenas o capitão Rawlings, embora tenha durado pouco tempo no posto, logo sendo promovido a major e recebendo a Medalha de Honra da rainha por ter dissolvido muito rápido a rebelião em Jaipur. Quando finalmente foi derrubado — por uma doença, e não por uma bala inimiga —, Jeremy foi considerado por todos um dos homens mais bravos a serviço da rainha, um herói destemido e um espadachim inigualável. Em consequência, foi elevado à patente de tenente-coronel, e mais uma medalha de ouro foi acrescentada ao colarinho alto de seu paletó vermelho.

Ainda assim, para Jeremy, as promoções, medalhas e honrarias — até mesmo o recebimento da Estrela de Jaipur — não significavam nada. Tinha consciência de que, pela primeira vez na vida, fazia algo que era seu talento e também seu grande prazer. E ao longo de todo esse tempo, Jeremy só ansiava por uma coisa: uma carta de Maggie pedindo-lhe que voltasse.

Ele acreditou que no quarto ano de ausência a carta viria, pois sua tia Pegeen lhe escreveu dizendo que lady Herbert, mãe de Maggie, não resistira a uma longa doença e falecera na primavera. A carta de pêsames que Jeremy escreveu, contudo — a única comunicação que enviou a qualquer pessoa durante sua longa ausência, pois detestava escrever cartas —, não foi respondida. Somente 12 meses depois, quando Jeremy recebeu a notícia do noivado de Maggie, percebeu que os longos anos de espera tinham sido em vão: a garota que pretendia desposar se unira a outro. Ao que parecia, Maggie não levara sua proposta a sério e o esquecera com a mesma facilidade com que outra mulher poderia se esquecer de comprar ovos no mercado.

Jeremy fora enganado. Sentia-se um tolo. Sofrera num país quente e bárbaro por cinco anos para nada.

E agora retornava para se vingar.

Desde quando soube da traição de Maggie, seu único pensamento era a vingança que poria em prática na primeira oportunidade. Na verdade, foi essa sede de vingança que o manteve vivo durante as semanas em que delirava de febre. Tinha consciência de que esse sentimento lhe salvara a vida. Morto, não poderia fazer Maggie Herbert se lamentar por ter se entregado a outro. Por fim a vingança o tirou do leito hospitalar. Jeremy insistira em partir para a Inglaterra, mesmo com os médicos preferindo que continuasse no hospital para se fortalecer.

No entanto, agora que tinha o objeto de sua tormenta tão próximo, descobriu que não era capaz de punir Maggie. Não ainda.

Sim, era isso. Ainda. Antes se divertiria com ela, da mesma forma que assistira a tigres brincarem com as presas antes de devorá-las. Seria muito mais prazeroso torturá-la um pouco antes de destruí-la.

Jeremy levou uma das mãos ao rosto e, alisando o queixo, observou Maggie dormir. Então, com muita força e barulho, lançou a mesma mão grande e muito bronzeada sobre as nádegas em forma de coração cobertas apenas pelo algodão da camisola.

Capítulo 11

MAGGIE GRITOU TÃO ALTO QUANTO SE alguém tivesse posto fogo em seu cabelo e se sentou, os olhos arregalados de indignação à procura do ofensor que a acordara de maneira tão rude. Quando seu olhar focalizou quem estava sentado na beirada da cama, ela soltou outro grito, perplexa, desta vez por ter sido violada em seu recato, e mergulhou em direção ao lençol enroscado nos pés. Lamentavelmente, porém, o lençol estava sob o corpo do homem sorridente, e por mais que ela tentasse livrá-lo do peso daquele corpo, não conseguia. Finalmente, respirando fundo, ela segurou um dos travesseiros em frente ao peito para esconder o que a camisola não conseguia e perguntou, atropelando as palavras em sua agonia:

— Quem é você? Saia do meu quarto imediatamente! Chamarei a polícia!

Jeremy não conseguia parar de rir. A expressão no rosto de Maggie valeu os cinco anos de clima infernal. Ele cruzaria o Saara a pé se tivesse certeza de que isso lhe proporcionaria mais uma visão daquela expressão de Maggie ao abrir os olhos e encontrá-lo em seu quarto.

— Ah, Mags — disse Jeremy quando o riso começou a arrefecer —, se você pudesse se ver... Está impagável. Absolutamente impagável.

Imediatamente, os belos traços no rosto de Maggie adquiriram uma expressão de reconhecimento. Era difícil identificar na fraca luz das brasas da lareira, mas a pessoa sentada ao pé da cama parecia ser... Era do mesmo tamanho e tinha a mesma estatura de...

— Jeremy? — arriscou Maggie, cautelosa, as sobrancelhas franzindo sobre os olhos ainda mais escuros. — É você?

— O mesmo de sempre — respondeu Jeremy, enxugando com a manga do paletó os olhos que lacrimejavam de tanto rir. — Nossa, que grito agudo. Você parecia Praehurst no dia em que penduramos a cobra na balaustrada do grande salão.

— O que diabos... O que faz aqui? — Maggie ainda o encarava de olhos arregalados.

Jeremy riu.

— Eu moro aqui. Esta é minha casa, lembra-se? — Ele apontou para a camisola de Maggie com a cabeça. — Você sempre usa camisolas tão sem graça? Não tem alguma de renda?

Maggie teve certeza de que seu rosto ficou vermelho. Jeremy de volta da Índia! E em seu quarto! Era um sonho, tinha de ser. Deus sabe o quanto sonhara com esta chegada. E ainda assim... nenhum de seus sonhos fora assim. O Jeremy com quem sonhava não lhe dava palmadas.

Por outro lado, o Jeremy de seus sonhos não viajara para longe nem noivara com uma princesa indiana...

— O que... está fazendo aqui na Inglaterra? — gaguejou Maggie. — Eu pensei... Pelo que eu soube...

— O quê? Que eu ficaria na Índia até apodrecer? Bom, pensou errado.

Maggie olhou na direção da porta do quarto. Estava fechada. Onde estava a princesa? Esperando do lado de fora no corredor?

— Você está... voltou... sozinho?

— Está vendo mais alguém aqui? Claro que estou sozinho, Maggie. O que aconteceu a você? Perdeu a inteligência depois que fui embora?

Jeremy esperava que ela se ofendesse diante daquela afirmativa. Em vez disso, ela continuava a encará-lo mordendo o lábio inferior, os olhos escuros ainda confusos. Jeremy se perguntou rapidamente o que a afligia. Culpa, talvez. Sim, era isso. Maggie estava arrasada, cheia de culpa por tê-lo enganado. Jeremy ficou parado ali, satisfeito consigo mesmo, até que ela declarou sem rodeios:

— Você está com uma aparência horrível.

Era verdade. Maggie analisou aquele homem sentado em sua cama. Ele de fato se *parecia* com Jeremy... Ou pelo menos com o Jeremy que vira pela última vez, pulando da varanda de seu quarto em Herbert Park, cinco anos atrás. E pela palmada que lhe dera, certamente *agia* como Jeremy. Ele teria aproveitado qualquer oportunidade de acariciar ou brincar com suas nádegas, disto Maggie estava certa.

Ainda assim, este não podia ser Jeremy Rawlings. Pois ela sabia muito bem que ele estava a milhares de quilômetros de distância, chamando atenção com uma espada imperial nas colônias de Sua Majestade, na Índia...

E em algum lugar, a Estrela de Jaipur, o *prêmio* que Jeremy recebera por ter salvado a cidade da ruína, esperava por ele.

A não ser, pensou horrorizada, que o prêmio estivesse *aqui*, bem aqui em Londres.

Maggie costumava engolir o que inevitavelmente lhe surgia à cabeça toda vez que pensava na Estrela de Jaipur. Talvez, pensou, este não seja Jeremy Rawlings. Jeremy Rawlings era bonito — de parar o coração — e este homem de palidez doentia não atrairia os olhares de nenhuma mulher, mesmo que estivesse de uniforme.

Jeremy protegeu o rosto com uma das mãos. Não era este o tipo de recepção que esperava. Um susto, uma histeria feminina, talvez até algumas lágrimas, seriam reações razoáveis. Mas Maggie não demonstrava nenhuma emoção desse tipo, ela parecia de fato preocupada — melhor dizendo, enojada — com sua aparência.

— O que quer dizer com isso? — Jeremy se ouviu perguntar na defensiva. — Como assim, eu estou com uma aparência péssima?

— O que aconteceu com seu nariz? — perguntou Maggie.

Jeremy baixou a mão que protegia o rosto e a encarou, furioso.

— Ele quebrou, está bem?

— Ao que parece, muitas vezes. — Maggie largou o travesseiro. De qualquer modo, este, sem dúvida, *era* Jeremy. Só que ele normalmente responderia às suas perguntas rudes com uma indelicadeza semelhante. — Como assim não se usa pistola na Índia? Todo mundo se esbofeteia?

— Nem todos — respondeu Jeremy, tranquilo. — Mas quando os outros oficiais e eu tínhamos uma discórdia, recorríamos a...

— Vocês se atacavam? — Maggie levou uma das mãos ao cabelo e jogou uma mecha escura por cima do ombro. — É uma atitude muito bárbara. E você deve ter perdido muitas vezes, a julgar pelo aspecto desse nariz.

— Não é verdade — começou Jeremy, irritado. — Aliás, eu...

— Por que sua pele tem essa cor estranha? — quis saber Maggie.

Jeremy a encarou.

— Eu tinha me esquecido — disse ele como que para si mesmo — o quanto você é encantadora ao acordar.

— Se não tivesse me acordado — salientou Maggie —, eu poderia ter preparado uma recepção melhor. Desta forma, não acho que mereça cortesias. Se está em busca de elogios, veio ao lugar errado.

— Sim — disse Jeremy, perplexo. Não esperava que ela se jogasse em seus braços... isto é, *esperava*, sim, mas essa hostilidade era ridícula. Seria possível que Maggie nunca o tivesse amado? — Estou vendo.

— Que horas são, afinal? — Maggie aproximou-se do pé da cama e tentou se cobrir com um dos edredons de pena. — Está um frio horrível aqui. Você poderia colocar mais lenha no fogo, por favor?

Jeremy não teria se levantado se Maggie não puxasse com tanta força o edredom sobre o qual estava sentado. Ela tinha razão, *estava* frio. Mais frio para ele até do que para ela, que não passara os últimos cinco anos sob um sol equatorial e não contraíra nenhuma febre malária.

Jeremy então levantou-se e, quando o edredom ficou subitamente leve aos puxões de Maggie, ela desequilibrou-se e caiu para trás, por cima dos travesseiros. Ao fazê-lo, desalojou uma coisa branca felpuda que latiu para ela com indignação e em seguida balançou as orelhas para a frente e para trás, fazendo um barulho semelhante ao dos cisnes do Solar dos Rawlings quando se sacudiam para secar as asas.

— Santo Deus! — exclamou Jeremy, parado ao lado da lareira com um pedaço de lenha na mão. — O que é *isso*?

Maggie jogara o edredom por cima dos ombros e estava sentada de pernas cruzadas, inteiramente coberta, exceto pela cabeça e pelo pescoço. Jeremy irritou-se consigo mesmo. Devia ter-lhe tirado a camisola quando teve a oportunidade.

— Isto? — Maggie olhou para o monte de pelos que estava entre os travesseiros. — É meu cachorro.

Jeremy piscou diante do pequeno animal de olhos redondos.

— Não parece um cachorro — disse ele. — E sim um esfregão.

Maggie não pareceu nem um pouco ofendida por Jeremy comparar seu animal de estimação a um esfregão. Deu de ombros sob o edredom e informou:

— É um *bichon frisé*.

— O que diabos é um *bichon frisé*? *Esfregão* em francês?

— Não, é uma raça, seu bobo. E você não respondeu minha pergunta.

Jeremy tirou os olhos do cão que o encarava com ar acusador e colocou mais lenha na lareira.

— Sim? — disse ele, usando o fole com mais força que o necessário. — Que pergunta?

— Sobre sua pele. — Maggie, Jeremy percebeu, também parecia um cão, pois não largaria esse osso. — Você parece muito doente, sabia?

— Ah, isso — disse Jeremy, levantando-se agora que o fogo pegara — é porque eu *estava* doente.

— Estava?

Maggie estreitou os olhos para observá-lo quando ele largou o fole. Ainda alto como se lembrava, com os mesmos ombros largos e quadris e cintura estreitos. Qualquer que fosse a doença, não o prejudicara. À exceção do tom da pele, Jeremy parecia tão vigoroso quanto da última vez em que o vira...

E Deus sabia que a lembrança *daquele* dia permanecia nítida e vívida como se tivesse sido ontem e não meia década antes. Na verdade, era uma lembrança que Maggie se esforçava para esquecer, pois não queria que ela despertasse sensações que preferia deixar adormecidas.

— Sua tia nunca me disse que você estava doente — comentou Maggie, inadvertidamente revelando algo que preferia que Jeremy não soubesse.

Ele, porém, logo entendeu. Aproximou-se de novo da cama e sentou-se, feliz.

— Ah? Você e tia Pegeen conversam muito sobre mim, Mags?

Maggie, para sua humilhação, sentiu-se enrubescer. Fazia séculos que não corava! Por que tinha de acontecer justo *agora*?

— Claro que não — respondeu Maggie torcendo o nariz —, mas quando lady Edward começa a elogiá-lo, é difícil escapar. Ela não para de falar quando se trata do sobrinho querido.

— Ah. — Levemente desapontado, Jeremy explicou: — Eu não informei nada sobre essa doença ao tio Edward e à tia Pegeen.

Maggie voltou a torcer o nariz.

— Foi o que supus. Você nunca escreveu para eles, não é? As informações que tínhamos vinham dos jornais ou do governo...

Jeremy deu de ombros.

— Escrever cartas não é meu forte, eles sabem. Aliás, como eles estão, Mags? Quero dizer, tia Pegeen e tio Edward.

— Estão bem. — Maggie colocou uma das mãos para fora do edredom e pousou-a sobre a cabeça do cão, que suspirou apreciando a carícia, a língua cor-de-rosa relaxada. — Na verdade, muito bem, você verá. Eles devem voltar hoje. A não ser...

— A não ser o quê? — Jeremy franziu a testa.

— Ela não contou na última carta?

Jeremy levantou as sobrancelhas em expectativa. Então Maggie finalmente admitirá que está noiva, pensou.

— Não, sobre o quê?

— Sua tia está nas últimas semanas de gravidez. Você ganhará mais um sobrinho no próximo mês.

— Santo Deus! — exclamou Jeremy, jogando-se no colchão. Em seguida, levou as mãos para trás da cabeça e olhou para o dossel. — Não me diga que eles ainda estão nessa! Tia Pegeen e tio Ed mais parecem um casal de coelhos, não acha? E na idade deles! É chocante.

— Ora, Jeremy — repreendeu-o Maggie delicadamente.

— Esse é qual? O oitavo?

— Sétimo — corrigiu-o. — *Francamente,* Jerry. Eles são *sua família.*

— Creio que sim.

Jeremy virou-se de barriga para baixo e olhou para Maggie. Ela preferia que ele não tivesse feito isso. Era muito estranho ter um homem em seu quarto... ainda mais em sua cama. Mas Maggie não pretendia deixar que ele percebesse. Cinco anos tinham se passado desde aquele último incidente... E agora ela estava mil vezes mais sofisticada do que naquela época. Afinal, vivera em Paris, vira o mundo que existe fora de Yorkshire, desenhara e pintara homens nus. No início tudo a assustara, mas Jeremy não precisava saber. Ele só saberia que Maggie Herbert conhecia o corpo masculino. Tudo bem que esse conhecimento limitava-se ao lápis e ao pincel, mas isso não importava. Ela superara a timidez e muito do constrangimento de estar com pessoas que não fossem da família. E conversara com pessoas inteligentes e espirituosas que a viam da mesma forma.

Porém, o mais importante foi superar seu amor por Jeremy Rawlings.

Ah, não foi fácil, levou muito tempo. Mas Maggie conseguira, estava curada. Não havia nada que Jeremy pudesse fazer ou dizer que viesse a afetá-la. Nada.

— Fiquei triste ao saber de sua mãe, Mags — comentou Jeremy, numa voz tão suave que a surpreendeu.

Na tentativa de parecer indiferente como ele obviamente se sentia, esparramado na cama, Maggie disse casualmente:

— Ah, você soube? Sua tia deve ter escrito contando.

Jeremy subitamente apoiou-se nos cotovelos, os olhos claros brilhando para ela.

— É claro que eu soube. Não recebeu minha carta?

— Carta? — Maggie piscou algumas vezes. — Não recebi carta alguma, Jeremy — afirmou ela, procurando não soar tão patética quanto se sentia. Jamais recebera uma carta dele. Nem quando sua mãe morreu, nem quando os jornais anunciaram a vitória dele em Jaipur, nem quando as notícias sobre a recompensa pelo feito começaram a circular...

— Pois eu escrevi — afirmou Jeremy. Sua voz já não era suave, ele agora parecia ultrajado. — Foi uma boa carta. Onde diabos ela foi parar? Enderecei a Herbert Park.

Maggie estava um tanto assustada diante da veemência de Jeremy.

— Deve ter extraviado — comentou. — Isso às vezes acontece. Eu não me preocuparia. Foi gentil de sua parte pensar em mim...

Os olhos cinzentos brilhavam prateados agora que Jeremy a encarava à luz rosada do fogo.

— Meu Deus, Maggie. É claro que pensei em você.

Ela afastou o olhar. Não tanto pelos olhos de Jeremy — embora fosse perturbador o jeito que brilhavam como os de um animal à noite iluminados por uma lanterna. Não, isso ela já superara. Jeremy não poderia afetá-la assim. Mas mencionar a morte de sua mãe sempre mexia com ela. Já fazia quase um ano que morrera, e Maggie ainda não conseguia pensar nela, ou na expressão de seu pai ao ouvir do Dr. Parks o anúncio solene de que lady Herbert morrera, sem que seus olhos se enchessem de lágrimas.

Maggie sentiu alguma coisa quente cobrir-lhe a mão. Desceu os olhos acreditando ser o cão, mas ficou surpresa ao ver os dedos grandes e bronzeados de Jeremy se fecharem, reconfortantes, em volta dos seus, alvos e delgados.

— Mags? — Jeremy, sentado ao lado de Maggie, com a cabeça e os ombros ocupando todo o espaço em seu ângulo de visão, tinha uma expressão preocupada. — Maggie? Você está bem?

Ela fez que sim com a cabeça, sem confiar na voz para falar.

— Tem certeza?

Quando Maggie repetiu o aceno, Jeremy pegou sua mão e, num gesto casual, como fazia quando eram crianças, começou a inspecionar-lhe os dedos.

— Ah! — exclamou, feliz. — Vejo que está trabalhando com tinta cor de ferrugem ultimamente. E o que é isto? Preto! Que coragem, minha jovem. Você não costumava usar o preto. O que mais? Ah, um pouco de azul-celeste...

— Índigo — corrigiu Maggie, e uma risada lhe escapuliu, embora soubesse que deveria retirar a mão. E se a aia entrasse? Hill ficaria chocada ao encontrar um homem no quarto de sua ama. Não importava se esse homem era o dono da casa. Hill certamente a repreenderia de manhã por ter passado a noite na mesma *casa* que um homem solteiro, que dirá tê-lo recepcionado em seu quarto...

— Índigo? — Jeremy lançou-lhe um olhar desconfiado. — Um termo elegante da escola de arte, suponho. O que há de errado com azul-celeste?

— Nada — respondeu Maggie, talvez mais afetuosa do que deveria. Na verdade, tão afetuosa que Jeremy a fitou, surpreso, por cima dos dedos que segurava.

Ah, Deus, pensou Maggie, ele vai me beijar. De repente seu coração começou a bater do mesmo jeito forte e descompassado de cinco anos antes... Eles estavam a sós em seu quarto e, desta vez, não haveria ninguém para impedi-los. Maggie não sabia que horas eram, mas, pela escuridão do outro lado das janelas, devia ser cedo, cedo demais para Hill ter acordado. Se Jeremy a beijasse, e ela novamente se sentisse tão envolvida em seus braços a ponto de não conseguir impedi-lo, o que aconteceria?

Capítulo 12

JEREMY NÃO A BEIJOU. A IDEIA lhe passou pela cabeça, como acontecera outras milhares de vezes desde o instante em que Maggie abriu aqueles olhos castanhos grandes e luminosos. Mas algo o conteve, alguma voz interior lhe dizendo que ainda não era o momento certo...

E também havia o noivo. Não que Jeremy se importasse com *ele*, mas queria ao menos ver o imbecil. Preferia não assassiná-lo, se possível. Nos últimos cinco anos cansara-se de matar, e às vezes achava melhor deixar a pessoa viver ao invés de assassiná-la. Não que Jeremy se *importasse* de matar o noivo, de modo algum. Contudo, se Maggie amasse de verdade o idiota, isso poderia complicar tudo.

Assim, em vez de beijá-la, Jeremy afastou a mão.

— Então você agora é uma artista famosa — comentou ele, como que continuando a conversa. — Pelo menos foi o que Pegeen contou na última carta.

Maggie sentiu-se aliviada por ter escapado das mãos de Jeremy, embora um tanto desapontada com a ausência do beijo. Seu coração ainda batia forte, mas não podia esquecer que os beijos de Jeremy agora lhe eram proibidos. Como bem sabia, eles pertenciam a outra.

— Não sei se sou famosa — disse Maggie, cautelosa. Sim, estava bem. O tremor em sua voz não era aparente. — Mas sou uma artista. Ao menos penso que sim.

— Verdade? — Jeremy levantou-se rapidamente, mas logo se arrependeu, pois sentiu o quarto girar. Porém, como não podia mostrar fraqueza diante de Maggie, reuniu suas forças e deu alguns passos até conseguir sentar numa das poltronas forradas de brocado em frente à lareira. — Quer dizer, Mags, que agora as pessoas de fato *pagam* por seus rabiscos?

Maggie empertigou-se.

— Não são rabiscos, mas retratos, e na verdade sou muito bem paga.

— Sério? — Jeremy estendeu o braço e ergueu o pássaro entalhado que estava na mesa de tampo de marfim. — E é assim que pagam? Com brinquedos infantis?

— Claro que não — disse Maggie. — Eles me pagam em libras esterlinas. Os brinquedos são para entreter as crianças enquanto tento desenhá-las. Eu me especializei em retratos infantis.

— Crianças? — repetiu Jeremy, torcendo o lábio superior em uma expressão de desagrado. — E animais de estimação, você ainda faz?

— Às vezes — respondeu Maggie. Que atrevimento! Não podia acreditar na forma como Jeremy se movimentava pelo quarto como se fosse dele. Aliás, era mesmo, mas isso não lhe dava o direito de mexer em suas coisas assim. O exército não ensinara a Jeremy Rawlings nada sobre boa educação. A vontade de Maggie era sair da cama e tirar o pássaro das mãos de Jeremy, mas temia desfilar pelo cômodo de camisola, sem nenhum espartilho por baixo para evitar que os seios balançassem. Sabia muito bem o quanto tinha a esconder, e um simples tecido de algodão não seria capaz de cumprir essa tarefa. — Para pagar as contas.

— Contas? — Jeremy devolveu o pássaro à mesa e pegou o cavalo mecânico. — Que contas? Certamente não paga tio Edward e tia Pegeen para ficar aqui!

— Claro que não — confirmou Maggie —, mas alugo um pequeno estúdio em Chelsea para não empestear sua casa com cheiro de terebentina. Além disso, tenho de comprar telas, cavaletes e tintas. E também pagar meu transporte para as casas de meus modelos, minhas refeições quando não consigo voltar para casa a tempo, e há também Hill...

Jeremy, que dava corda no cavalo mecânico, interrompeu o que fazia e olhou para Maggie como se ela tivesse dito que gostava de sofrer.

— Que história é essa de precisar ganhar dinheiro para pagar tudo isso? — perguntou, nitidamente chocado. — Não me diga que sir Arthur está lhe regulando dinheiro? Sua mãe deve ter lhe deixado alguma coisa...

Maggie sentiu o calor inundar-lhe o rosto novamente. Com os olhos no cachorro e a aparência mais despreocupada possível, ela respondeu:

— Papai não aprova minha pintura. Meu único dinheiro é o que recebi nos últimos meses de trabalho. Por isto está difícil encontrar um apartamento. Seus tios foram muito gentis em me oferecer para ficar aqui na sua casa durante todo o tempo em que permanecerem na cidade...

Jeremy levantou-se da poltrona antes que ela terminasse a frase.

— O *quê?* — Ele exclamou tão alto que as pequenas orelhas caídas do cachorro se ergueram, atentas. — O velho Herbert a deserdou?

Maggie ergueu o queixo na defensiva.

— Não precisa ficar tão espantado. Ganho o suficiente para me sustentar. Ou pelo menos ganharei depois da exposição...

— Exposição? — Jeremy apoiara o cavalo mecânico na mesa, e agora o animal cruzava a mesa de uma extremidade a outra, fazendo um zumbido irritante com suas pernas rígidas. — Que exposição?

— Uma dos trabalhos que fiz até agora — explicou Maggie com ar cansado —, isto é, das peças que ainda não vendi. Será no sábado. Na verdade, será um grande evento. Quanto mais eu vender, mais... Jeremy, não deixe isso cair. Vai quebrar, e eu não tenho dinheiro para comprar um novo.

Jeremy debruçou-se sobre o tampo da mesa para pegar o brinquedo que se aproximava da borda.

— Não posso acreditar — disse ele, balançando a cabeça. — Herbert a deserdou por não aprovar sua pintura! Que velho canalha! — Agora Jeremy entendia melhor as lágrimas de Maggie pela mãe. Com a morte de lady Herbert, morrera também a esperança de receber a aprovação dos pais para a única coisa que amava fazer e que fazia bem. Como a compreendia!

E então Jeremy se lembrou de algo.

— E aquelas suas irmãs? Já estão todas casadas e muito bem de vida, se bem me recordo. Por que não pede a elas uma ajuda de vez em quando?

— Deus — exclamou Maggie, com voz suave —, por mais que você faça isso parecer uma boa ideia, não quero fazer concessões. Acontece que todas elas concordam com papai.

Maggie não conseguiu evitar o tom sofrido na voz. A desaprovação de suas irmãs era o que mais a feria. Uma coisa era desapontar o pai. Outra muito diferente era ser uma decepção para as cinco irmãs, principalmente a mais velha, a quem as outras seguiam sem questionar. Anne jamais aprovara as escolhas de Maggie, desde o relacionamento com o duque de Rawlings até a decisão de entrar para a escola de arte. Depois da morte da mãe, passou a não ter paciência com a irmã mais nova. Anne não a perdoava por ter escolhido a pintura à maternidade, pois, em sua maneira de pensar, esta era a única ocupação que se adequava a uma dama.

Maggie achava que entendia por que a irmã se sentia assim. Anne, sempre a mais delicada das filhas Herbert, sofrera recentemente um aborto, o terceiro em dez anos de casamento. Seus quatro filhos vivos eram tudo de mais precioso para ela por causa dos bebês que tinha perdido, reforçando sua convicção de que a única ocupação que valia a pena para qualquer mulher era a maternidade. A decisão de Maggie de se tornar uma artista — e o fato de não ter mudado de ideia com a morte da mãe — chocou a irmã, e seu recente noivado pareceu apenas enfurecer o restante da família: aparentemente, era melhor nenhum marido do que um marido francês.

Ao ver o sofrimento de Maggie, Jeremy, sentindo-se impotente, guardou as mãos nos bolsos da calça.

— Ah, não ligue para isso, Mags — disse com uma cordialidade forçada. — Eu sempre achei todas as suas irmãs muito sem graça, com exceção de você, claro.

Maggie conseguiu esboçar um sorriso.

— Obrigada, mas creio que desta vez elas têm razão. *Honre seu pai e sua mãe*, lembra-se? Está na Bíblia.

— Eu sei, eu sei — disse Jeremy, sem interesse. — Mas a Bíblia também não diz: quem não pecou, que atire a primeira pedra? Suas irmãs deveriam fazer um exame de consciência...

Maggie teve de rir.

— Ah, Jerry! Você está misturando as Escrituras com as máximas da Sra. Praehurst.

— Talvez — concordou Jeremy, aliviado de ver que Maggie ainda conseguia rir. — Mas conversarei com seu pai quando voltar para casa, não se preocupe.

— Para casa? Quer dizer que não veio só de visita? — Maggie começou a se sentir tomada pelo pânico. — Então se desligou da Guarda Real Montada?

— Bem — disse Jeremy, subitamente pouco à vontade, pois não tinha intenção de revelar o verdadeiro motivo de seu súbito retorno. — Não exatamente.

— Ah — murmurou Maggie. — Eles o transferiram por causa da sua doença? Foi tão séria assim? O que teve, afinal, Jeremy? — Com mais uma risada, ela continuou: — Espero que não tenha sido malária! Sua tia *morreria* de preocupação!

— Não, não foi isso — garantiu Jeremy, pensativo. — Pensei bem e decidi que era necessário fazer uma viagem para passar um tempo em casa e resolver certas questões pendentes.

Então calou-se, e Maggie, que esperava ouvir alguma referência aos acontecimentos em Jaipur, teve de se satisfazer com aquela informação. Embora não fosse um elogio ser tratada como uma questão pendente, não achou que Jeremy se referisse a *ela*. Certamente não! Era evidente que ele esquecera tudo com relação a Maggie Herbert, exceto, talvez, a velha amizade. A questão que mencionara só podia ser sua tia Pegeen, que, como Maggie bem sabia, se enfurecera ao saber do tipo de recompensa que ele recebera por ter libertado o Palácio dos Ventos. Ora, quem não teria uma reação dessas? Tudo aquilo fora chocante, absolutamente chocante. E nem assim eles receberam uma carta de Jeremy. Nem uma palavra.

Jeremy observou Maggie atentamente, perguntando-se qual seria sua reação ao ser mencionada como uma questão pendente. Mas se ele esperava um lampejo de culpa, ou mesmo um suspiro, desapontou-se. A expressão de Maggie não mudou. Ela só emitiu um "Ah" e voltou a olhar para o ridículo cachorro que parecia um esfregão. Não fez menção ao noivo, ele notou, chateado, nenhuma menção *àquela* mudança em sua vida. Seria simplesmente esquecimento — o sujeito obviamente não merecia ser lembrado —, ou Maggie evitando o assunto de propósito?

Jeremy pigarreou e voltou os olhos para as janelas cobertas de geada. O céu começava a clarear na direção do Hyde Park, embora ainda fosse quase imperceptível.

— Bem, acho melhor eu ir ver se Peters já entrou — comentou ele. — Ele vinha do cais com tudo o que é meu.

Tudo. Maggie sentiu seu estômago embrulhar. Sabia que Jeremy interpretaria como uma reação de ciúme, mesmo assim quis perguntar, num tom malicioso:

— Esse *tudo* inclui a Estrela de Jaipur?

Assim que as palavras saíram de sua boca, ela se arrependeu. Preferia não ter dito nada, mas esse era um tópico que precisava ser abordado. Ainda tinha uma leve esperança de que as notícias do *Times* fossem algum engano e na verdade não existisse nenhuma Estrela de Jaipur, e que o marajá, em sua gratidão a Jeremy por ter salvado o Palácio dos Ventos, o tivesse presenteado com um cavalo ou algo assim.

Mas Maggie se desapontou.

Jeremy ficou nitidamente surpreso ao ouvir a pergunta de Maggie.

— Mas é claro, Maggie! Não achou que eu a deixaria para trás, não é? Você e Evers, os dois me perguntarem a mesma coisa!

Maggie o encarou bem nos olhos. Não conseguia acreditar que Jeremy fosse tão frio. Como pôde mudar tanto? Era verdade, fazia cinco anos. E também era verdade que ele passara esses cinco anos lutando, matando pessoas, destruindo coisas. Ainda assim, parecia impossível que um ser humano pudesse se tornar tão insensível.

Mas afinal, cinco anos era tempo demais. As coisas mudam. Maggie sabia disso muito bem. Com o estômago mais embrulhado que nunca, falou:

— É melhor se apressar então! Não vai querer deixar uma preciosidade como a *Estrela de Jaipur* esperando, não é?

Jeremy olhava para ela, sem entender, até que finalmente se levantou.

— Suponho que não. Então nos vemos no café da manhã, certo?

— Creio que não será possível evitar isso — respondeu Maggie, a voz mais com tristeza do que o sarcasmo que intencionava usar.

Jeremy franziu a testa, estranhando o comentário, mas achou melhor não dizer nada. Era evidente que Maggie estava aborrecida com alguma coisa, mas por mais que tentasse não conseguia imaginar o que poderia ser. Se havia alguém com razão para estar aborrecido, era *ele*. *Ele* que fora passado para trás.

Mesmo assim, procurou manter o tom de voz leve ao estender a mão para acariciar a cabeça felpuda do cão.

— Boa noite, Fido.

Para o espanto de Maggie, o cãozinho rosnou à aproximação da mão de Jeremy.

— Jerry! — gritou ela, advertindo o cão sem pensar. — Pare com isso! Que vergonha!

Ela não percebeu o que fizera até olhar para Jeremy e vê-lo perplexo. Rapidamente afastou os olhos, mas era tarde demais. Uma onda de calor tomou-lhe o rosto, que ficou rubro.

— Meu Deus — disse Jeremy com a voz estrangulada. Jamais fraquejara, mas naquele momento, foi o que aconteceu. — Você batizou *seu cachorro* com meu nome, Mags?

A essa altura, Maggie tinha o rosto da cor do carmim. Mas não havia nada que pudesse fazer, visto que Jeremy já descobriria. Explicou, indignada:

— Jerry é um nome bonito.

— Sim — concordou Jeremy, engasgado. — Hum. Bom dia, Mags. — Ele se virou rapidamente e, num passo largo e pomposo, com toda a graça do cavalo mecânico, saiu do quarto e fechou a porta com firmeza atrás de si.

Capítulo 13

ORA, PENSOU MAGGIE, TÃO LOGO JEREMY se foi. Afinal não foi tão ruim assim, não é? Para um primeiro encontro, até que correra tranquilo. Ela se comportara com uma pequena dose de frieza. É claro que não desmaiara ou algo assim tão tolo. Com satisfação, concluiu que não fizera nem dissera nada que pudesse levar Jeremy a crer que ainda gostava dele.

Exceto pelo cão.

Mas isso não fazia mal. Ela o veria no café da manhã e explicaria.

Tudo era mesmo um pouco tolo. Na verdade, ao chegar a Paris, Maggie se sentira miseravelmente solitária. Madame Bonheur, embora fosse uma artista célebre, honrada com uma medalha recebida nada menos que da rainha Vitória, afinal mostrou ser uma pessoa, digamos, amedrontadora. Vestia-se de colete e calças compridas e fumava pequenas cigarrilhas. Maggie se espantara com sua aparência e se sentira aliviada por seus pais e sua irmã Anne não a terem conhecido... Do contrário, não teriam permitido que ela frequentasse aquela escola!

Suas colegas também não deixavam sua vida mais fácil. Poucas alunas de madame Bonheur tinham de fato algum talento, e um número menor ainda desejava aperfeiçoá-lo. Elas pareciam estar ali por falta de opção dos pais, que não sabiam mais o que fazer com as filhas.

Velhas demais, muito pouco atraentes, ou pobres demais para esperar alguma proposta de casamento, elas tinham sido mandadas para a escola de arte na esperança de aprenderem um ofício comercializável, ou simplesmente para ficarem longe de casa alguns dias na semana.

Dessa forma, as garotas de fato talentosas mandavam na escola. Elas lideravam as críticas, definiam os rumos das aulas, recebiam a maior parte dos elogios e muito poucos comentários desaprovadores. Logo no primeiro dia, Maggie observou que a líder era uma jovem francesa rica e atraente, de nome Berangère Jacquard, da mesma idade de Maggie, mas seu oposto em tudo. Berangère tinha cabelos louros, enquanto os de Maggie eram escuros; ela era delicada, enquanto Maggie era grande; e cruel, enquanto Maggie era bondosa. Só num único ponto — além da idade e da posição social — as duas moças tinham algo em comum: o talento. Berangère era uma excelente desenhista, tinha a capacidade de fazer qualquer coisa exatamente como na vida real, nos mínimos detalhes, a ponto de o resultado quase passar por um daguerreótipo. Só em sonho Maggie poderia desenhar tão bem.

E por isso ela se sentia miserável. Estava só — isto é, à exceção de Hill — num país estranho. Sentia falta da família e não tinha amigos. Com frequência era ridicularizada pelas colegas por seu sotaque e por seus estranhos hábitos ingleses. Pela primeira vez na vida, ela nem era a melhor artista da turma.

Até que um dia Maggie chegou ao estúdio de pintura e, sentada em frente ao cavalete enquanto esperava que a assistente de madame Bonheur arrumasse a natureza-morta que as alunas iriam pintar, parou para pensar. Tentava decidir se não deveria simplesmente arrumar suas coisas e voltar para a Inglaterra, quando madame Bonheur entrou no estúdio. Após olhar ao redor para se certificar de que todas estavam atentas, madame colocou uma pequenina coisa branca no pedestal diante das alunas.

— É da última ninhada da cadela de minha sobrinha — explicou madame Bonheur em sua voz rouca, e logo acendeu um dos cigarros marrons que costumava fumar.

Maggie voltou os olhos para a bola felpuda que se contorcia de tristeza no centro de uma natureza-morta de frutas e hortaliças frescas e se apaixonou.

— Mas a senhora não pode esperar que pintemos *isso*, madame — disse Berangère Jacquard, rindo, de trás de seu cavalete.

Madame Bonheur exalou um filete de fumaça azul.

— Por que não?

— Ora, porque está se mexendo!

Madame Bonheur olhou para o cãozinho.

— Sim, está. O que quer que eu faça, mademoiselle Jacquard? Que o mate?

Maggie deu um grito de surpresa que fez a instrutora de pintura se virar e olhar para ela.

— Não tenha medo, mademoiselle Herbert — disse madame Bonheur com um leve sorriso. — Nós, franceses, amamos nossos animais de estimação tanto quanto vocês, ingleses. Agora, meninas, parem de discutir... *e pintem*.

Maggie não precisou de mais encorajamento. Embora o cãozinho de fato se contorcesse — e até mesmo caminhasse no pequeno espaço, encarando, apreensivo, a beira do pedestal, gemendo algumas vezes por ser alto demais para ele pular —, ela conseguiu produzir um adorável retrato. Tão adorável na verdade que, no final da aula, quatro horas mais tarde, madame Bonheur se aproximou, examinou, e então, sem dizer palavra, retirou-o do cavalete.

Ela colocou a pintura na beirada do peitoril da janela, apoiada no vidro, e então se dirigiu para o cavalete de Berangère, retirou a pintura dela e a colocou ao lado da de Maggie. E foi então que Maggie fez uma descoberta incrível.

Sua pintura era melhor que a de Berangère. Muito melhor.

Não que fosse uma pintura perfeita. As uvas estavam verdes demais, o fundo precisava ser mais trabalhado, e os pêssegos estavam um fracasso, os fizera grandes demais no primeiro plano. Mas isso, como madame Bonheur rapidamente salientou, não fazia nenhuma diferença. O importante nessa pintura era o cãozinho. Mademoiselle

Herbert conseguira retratá-lo, não como ele *parecia ser*, mas como na verdade ele *era*. Maggie capturara a alma do cãozinho. Dava para ver, como explicou madame Bonheur, só de olhar para a pintura, que seu modelo era um cãozinho meio bobo, de temperamento explosivo, mas de muito boa índole. Um cachorro bem diferente de qualquer outro, com sua própria personalidade, suas preferências e seus desagrados, suas próprias qualidades caninas.

Aproximando-se da pintura de Berangère, madame Bonheur mostrou os traços limpos do animal executados na grande tela. Este cão, explicou ela para a turma, poderia ser qualquer um. Faltava-lhe personalidade. Seus olhos poderiam ter sido feitos de vidro. Não havia nada por trás deles. Ele fora pintado sem emoção, sem alegria. Um estranho, explicou madame, pagaria por esta pintura, a penduraria sobre a lareira e ficaria feliz de possuí-la, pois é uma beleza. Mas qualquer pessoa que *conhecesse* esse cãozinho iria preferir a pintura de Maggie. E no mundo dos retratos, onde o público pagava o artista para retratar um membro da família, fosse ele um animal ou um ser humano, era a *personalidade* daquele cão ou daquela pessoa que eles queriam capturada, não apenas a aparência. E era por isso, continuou explicando, que mademoiselle Herbert seria uma grande pintora retratista, enquanto mademoiselle Jacquard seria apenas mediana.

Berangère, sentindo-se ultrajada, reclamou que, se o cachorro não se mexesse tanto, ela poderia tê-lo capturado melhor, ao que madame Bonheur replicou que, lamentavelmente, eram poucas as pessoas que pagavam por obras de modelos mortos.

E então, sem mais nenhuma palavra, madame Bonheur se aproximou do pedestal da natureza-morta, pegou o cãozinho em suas mãos, depositou-o no colo de Maggie e saiu da sala. Só quatro anos mais tarde, quando Maggie se estabelecera como a melhor aluna da escola e se tornara grande amiga de madame Bonheur, ela finalmente perguntou à ilustre pintora como ela descobrira que Maggie queria aquele cãozinho. Madame Bonheur sorriu e disse:

— Minha querida, qualquer pessoa que visse aquela pintura saberia que você se apaixonara por ele. Eu só a presenteei com o que, em seu coração, já era seu.

Aquela resposta soou para Maggie como uma ironia, considerando que, no instante em que se vira possuidora do cachorrinho, começara a chamá-lo de Jerry. Não que Jeremy Rawlings a lembrasse um cãozinho branco e felpudo. Ah, não. Mas naqueles primeiros meses longe de casa, nenhum momento se passava em que ela *não* pensasse em Jeremy. Maggie constantemente se perguntava o que ele estaria fazendo, como estaria se sentindo, no que estaria pensando. Preocupava-se com ele. A Índia ficava muito longe. A família dele nunca recebera uma carta. Somente devido aos vínculos de lorde Edward com a Guarda Real Montada conseguia notícias sobre o bem-estar do sobrinho. Maggie, porém, não estava em Herbert Park, que ficava a uma pequena distância do Solar dos Rawlings, e sim do outro lado do canal. Por isso, poucas informações lhe chegavam. Além do mais, seus pais faziam de tudo para não mencionar o duque de Rawlings em suas cartas, considerando o assunto um tabu.

Assim, só restava a Maggie imaginar os perigos que Jeremy devia enfrentar naquela terra distante; perigos como princesas exóticas com joias no umbigo, as esposas atraentes dos colegas oficiais e até mesmo alguma camponesa hindu que passasse a sua frente levando uma jarra de água na cabeça. Quando tinha pensamentos desse tipo, Maggie, que sempre dormia bem, tinha insônia, e no dia seguinte acordava com olheiras e mal-humorada.

Ela sabia que estava sendo ridícula; não tinha o direito de ter ciúmes. Visto que rejeitara o pedido de casamento, não tinha razão em se sentir possessiva com relação a Jeremy.

E era ridículo supor que, apesar de sua rejeição, ele pudesse permanecer fiel. Ridículo e irreal. O duque de Rawlings era um homem viril; mais que isso, um espécime quase *sobrenatural* do sexo masculino. Como todos os homens, tinha necessidades. E, se ela desistira do direito de satisfazê-las, elas seriam satisfeitas por outra mulher.

Portanto, era uma infantilidade de sua parte supor que Jeremy não fosse sair com alguém, talvez até fazer amor com alguém. Ou mesmo, quem sabe, pedir a mão de outra mulher em casamento e, desta vez, ser aceito. As possibilidades de Jeremy voltar da Índia com uma noiva a tiracolo eram muitas; uma noivinha submissa que daria uma excelente duquesa porque teria interesse naquilo que interessa às duquesas, como roupas, joias e conversas tolas sobre quem era casado com quem e quem dormia com quem. O único conhecimento que Maggie teria levado ao casamento seria o amor pela arte e uma familiaridade especial com os hábitos dos *bichons frisés*.

Algumas vezes, porém — não com muita frequência —, Maggie se permitia fantasiar sobre o que poderia ter acontecido. E se tivesse aceitado o pedido de casamento de Jeremy? E se o tivesse acompanhado a Gretna Green? E se tivesse esquecido a cautela e permitido a Jeremy que fizesse amor com ela naquela noite em seu quarto?

Era raro Maggie se permitir esses pensamentos, basicamente porque ficava um tanto sem ar. Pensar no corpo desnudo de Jeremy Rawlings contra o seu a enchia de um desejo tão intenso que precisava colocar a coleira no pescoço de Jerry, o cão, e levá-lo para uma caminhada rápida.

Maggie sabia que havia alguma coisa de muito errada consigo para ter pensamentos desse tipo.

E ao invés de melhorar com o tempo, só piorava. À medida que progredia nas habilidades de pintora, Maggie frequentava aulas cada vez mais avançadas, até que foi matriculada em aulas particulares com modelos vivos, todos nus, sendo alguns deles homens. Pela primeira vez na vida passava um tempo razoável olhando para o físico masculino, e isso só aumentava a frequência com que tinha fantasias com Jeremy. Maggie imaginava se ele teria um tórax tão amplo quanto o de Philippe, o modelo de postura, ou um corpo tão musculoso quanto o de Etienne, o modelo da aula de anatomia, ou se os ligamentos inguinais de Jeremy seriam tão bem definidos quanto os de Gérard. E, obviamente, era comum ficar horrorizada ao se pegar imaginando a genitália de Jeremy e comparando-a com as dos modelos que pintara, além de se perguntar se seria tão grande, tão escura, tão cabeluda...

Maggie concluiu que estava obcecada. Outras garotas na escola eram obcecadas por homens — seus amantes, seus noivos, o homem que entregava o leite de manhã cedo, o garçom no café da esquina — e falavam deles sem cessar. Berangère Jacquard, que, após ser colocada em seu devido lugar por madame Bonheur, passara a tratar Maggie com simpatia, *só* falava em homens. Maggie era mais ou menos a única garota no estúdio que *não* falava no assunto. Ela não pronunciou o nome de Jeremy nem uma vez durante os cinco anos de ausência. Qual era o sentido de falar nele? Maggie o perdera num momento infantil de medo do desconhecido, medo de perder o controle de sua vida. Uma garota covarde, como Maggie se considerava, não merecia uma segunda chance. Por isso não esperava tê-la. Durante os cinco anos, nunca lhe ocorrera que Jeremy não estava brincando ao lhe pedir que o procurasse caso mudasse de ideia quanto a desposá-lo. Homem algum, uma vez rejeitado, arriscaria seu coração uma segunda vez com a mesma pessoa. Maggie não sabia muito sobre os homens, mas sabia *disso*.

No entanto, não falar em Jeremy não era o mesmo que tirá-lo do pensamento. Pelo contrário. Maggie não *parava* de pensar nele. Era raro o dia em que, no meio da manhã, não deixasse o pincel de lado e constatasse: são quase 11 horas e Jeremy não me saiu da cabeça desde que abri os olhos! E essa constatação era sempre acompanhada de tanto sofrimento e remorso que perdurava até a hora de dormir, quando, já deitada, o sono a tomava.

Portanto, não foi à toa que, ao acordar naquela manhã e encontrar Jeremy sentado na beirada de sua cama, Maggie ficou mais que surpresa. Seu choque inicial não foi tanto pela aparência diferente. Sim, aquilo era impressionante. Mas o fato de ele estar ali a abalara muito mais. *Por que razão* Jeremy Rawlings estava sentado em sua cama? Ele a esquecera totalmente, certo? Não lhe dedicara um único pensamento ao longo de cinco anos. Por que agora, quando não podia haver nada entre ambos, ele resolvera reaparecer em sua vida?

Era preciso reconhecer que Jeremy não tinha meios de saber que Maggie estava morando na casa dele. Do contrário a teria evitado, principalmente porque trouxera a Estrela de Jaipur consigo. Mas talvez ele tenha sido levado pela alegria de estar novamente entre amigos. Sim, era isso. Eles eram velhos amigos e só. Muito amigos.

Maggie estava preparada para explicar a Jeremy que batizara o cão com o nome dele por este exato motivo: ele ser um bom e velho amigo. Certamente não fora porque raramente, talvez até nunca, deixara de pensar nele. E nem porque naquele dia, cinco anos antes, ele tinha selado uma imagem em sua memória que desde então ela não fora capaz de apagar. Não fora também por que Jeremy Rawlings tinha se tornado sua definição do homem ideal, que nenhum homem, nem mesmo seu próprio noivo, jamais conseguira igualar.

E, naquele instante, sentada à mesa do café à espera de Jeremy, Maggie lembrou-se de Augustin.

Meu Deus! O noivo! Maggie se esquecera dele! Ora, não era para menos; ela estava completamente perturbada. Seria melhor reservar um quarto no hospício, pois estava quase lá. Passara as primeiras horas do dia conversando com um homem que um dia a pedira em casamento e se esquecera por completo de que estava noiva de outro — não só de que estava noiva, mas do próprio noivo! Ah, Deus, ela era a garota mais ingrata e desprezível do mundo. O que teria na cabeça, recebendo Jeremy em seu quarto de camisola enquanto Augustin, seu futuro marido, dormia a poucos quarteirões dali?

Mas o fato de que não merecia as atenções de Augustin não era tão importante quanto o de que tinha se esquecido completamente de mencioná-lo para Jerry. Não que acreditasse que pudesse se importar — obviamente não, ora, ele tinha a Estrela de Jaipur! Mas ela deveria ter dito *alguma coisa...*

Maggie logo resolveu que esse erro seria reparado sem problemas. Ela simplesmente anunciaria de um modo bem casual, ao explicar o nome do cachorrinho. Sim, era a melhor estratégia. Jeremy, eu dei seu nome a meu cachorro por você ser um velho amigo muito querido, e por falar nisso, sabia que estou noiva e vou me casar? Passe a manteiga, por favor?

Mas quando já eram 10 horas, meia hora antes de Maggie ter seu primeiro compromisso do dia, e Jeremy ainda não aparecera para tomar o café da manhã, Maggie começou a ficar nervosa. Queria contar sobre Augustin antes que lhe faltasse coragem. Onde *estava*

Jeremy? Consultou Evers, mas a resposta do mordomo não a satisfez. Segundo ele, Sua Graça ainda dormia. Igualmente insatisfatórias foram as respostas às suas perguntas sutis sobre onde estaria a Estrela de Jaipur. Evers informou que somente um quarto, fora o dela, estava sendo utilizado. Como Jeremy não seria capaz de mandar a Estrela de Jaipur para um hotel, Maggie só pôde concluir que os dois partilhavam o mesmo quarto. Ah, isso explicava o sono demorado de Jeremy. Teria ele saído diretamente de seu quarto para...

Maggie sentiu o estômago embrulhar só de imaginar.

Assim, em vez de ficar pensando nisso, ela reuniu o material de trabalho e tomou o ônibus puxado a cavalo para seu primeiro compromisso, uma entrevista com lorde e lady Chettenhouse, que queriam encomendar um retrato da filha mais velha, uma dessas jovens mimadas da sociedade. Após uma hora de conversa, decidiram-se quanto ao traje, à pose e ao preço. Ainda não era meio-dia quando Maggie retornou à mansão de Park Lane... e foi informada de que o duque ainda dormia.

Ressentida, Maggie se conteve para não fazer nenhum comentário. Teve um almoço demorado, então foi para o quarto e lá ficou o quanto pôde. Finalmente admitiu que agia como uma tola e decidiu voltar para o estúdio. Foi de ônibus e pintou durante cinco horas, quase sem se lembrar do visitante noturno. Somente quando largou o pincel e alongou o braço dolorido, Maggie se perguntou se Jeremy já estaria finalmente acordado. Já era tarde. Ela fechou o estúdio e pegou outro ônibus de volta para a mansão de Park Lane, preparando-se, ao longo da viagem, para uma conversa desagradável com o proprietário. Maggie usava um vestido de lã azul de padrão escocês com uma longa cauda franzida e um corpete apertado que terminava num ponto logo acima do abdômen. Tinha consciência de que não estava muito bonita, mas tampouco estava deselegante. O cabelo pelo menos estava preso. Seria a primeira vez que Jeremy a veria de cabelo preso. Se *continuasse* preso ao longo da conversa que teriam, tudo ficaria bem.

Maggie, porém, não estava preparada para uma conversa com a amante do duque. E foi exatamente quem encontrou no vestíbulo ao abrir a porta de entrada.

Capítulo 14

A ESTRELA DE JAIPUR ERA TUDO o que Maggie mais temia: pequena, delicada, exótica e muito bonita. Na verdade, a seu lado, Maggie se sentia uma vaca desajeitada.

Não era só porque a princesa indiana tinha os maiores e mais escuros olhos que Maggie jamais vira; nem porque, mesmo envolta numa capa de arminho e veludo, ela parecia delicada a ponto de caber na palma de sua mão; nem pelos pés que se deixavam entrever sob a bainha do sári de seda rosa, em sapatilhas bordadas de pedras preciosas; ou porque os dedos que tirou das luvas forradas de pele eram enfeitados com rubis e esmeraldas.

Ah, não, mas porque a Estrela de Jaipur lhe *sorriu* ao entrar. Um sorriso doce e suave que levou Maggie a tropeçar na cauda do próprio vestido e quase derrubar um vaso de botões de rosas que estava sobre a mesinha de tampo de mármore ao lado da porta de entrada.

Deus, pensou Maggie, arrasada, segurando-se na mesa para se apoiar. Além de tudo, ela tem de ser bonita e *simpática*?

— Desculpe-me. Está se sentindo mal? — perguntou alguém atrás de Maggie numa voz masculina suave, de sotaque pronunciado, mas num inglês correto.

Maggie respirou fundo. Conseguiria sobreviver, pensou. Isso não a mataria. Só precisaria fazer alguns comentários, subir as escadas e depois...

Começar a arrumar as malas. Pois não poderia ficar nesta casa nem mais um segundo.

Maggie virou-se, lentamente, e se viu diante de um homem de pele morena, magro e muito alto, que usava um pequeno chapéu vermelho com uma franja na coroa. Sua barba era bem-feita e, embora não fosse bonito, tinha um semblante inteligente e agradável. Não dava para saber a idade ao certo, mas devia ser mais jovem do que aparentava.

De algum modo, Maggie conseguiu sorrir para ele.

— Estou bem — respondeu. — Vocês apenas me surpreenderam.

— Ah!

O homem sorriu e balançou a cabeça, depois se virou e disse algo incompreensível para a Estrela de Jaipur. Ele usava uma língua ritmada e melódica, sem nenhum som gutural. Ao ouvi-lo, Maggie lembrou-se das brincadeiras de quando ela e Jeremy eram crianças, do som do vento agitando os topos das árvores da propriedade dos Rawlings no verão.

Quando a Estrela de Jaipur respondeu na mesma língua, sua voz suave e afetuosa eriçou os pelos dos braços de Maggie sob as mangas do vestido. Quando ela terminou, o indiano virou-se para Maggie e falou, gentil:

— Permita-me fazer as apresentações, por favor. Esta é a princesa Usha Rajput, do Rajastão. Sou seu intérprete, Sanjay. A princesa deseja transmitir-lhe as boas-vindas à casa dela. Ela pergunta se a senhorita veio vê-la, ou ao coronel.

— À casa dela...

Maggie não conseguiu continuar. Ai, era pior do que jamais imaginara. Jeremy de fato pretendia *se casar* com essa... essa... *mulher*. Quando todos supunham que ele apenas a manteria, como a um animal de estimação, era diferente. Mas evidentemente sua intenção era desposá-la. Pelo menos a princesa tinha essa impressão. A menos que... já estivessem casados!

— Hum... — gaguejou Maggie — ...na verdade, nem uma coisa, nem outra. Estou morando aqui...

— Ah! — exclamou o intérprete. — A senhorita é uma criada? Muito bom! Precisamos de alguém para carregar nossos agasalhos. — Ele apontou para o capote pesado de arminho e para o seu próprio capote do mesmo tom vermelho do chapéu. — O homem que nos recebeu foi muito rude. Pediu que esperássemos aqui e desapareceu. Isso já faz alguns minutos. A princesa está cansada de esperar e deseja se sentar.

Maggie concordou com a cabeça, sentindo como se uma abelha zunisse dentro de seu cérebro, querendo sair. Em suas mais loucas conjecturas, não poderia jamais se imaginar numa situação tão esdrúxula. Sem dúvida, ao abrir a porta para o casal, Evers sentira o mesmo que ela. Do contrário, por que os teria deixado ali no vestíbulo? Um mordomo bem-treinado simplesmente não deixa visitas esperando no vestíbulo. Ele as encaminha para uma sala e se certifica de que estão confortavelmente sentadas, ou então as dispensa. Mas nunca as abandona em pé no hall de entrada.

Maggie, porém, não podia culpar Evers. Ela o compreendia. Era simplesmente demais para um simples inglês suportar a ideia de que o marajá do Rajastão, o supremo poder daquela província — à exceção de Sua Majestade, é claro —, tivesse dado a própria sobrinha como recompensa pelo ato de heroísmo, e que Jeremy a tivesse aceitado! Tudo isso estava acima da capacidade de compreensão.

Maggie estava aliviada por já ter passado muito tempo desde o almoço. Do contrário, poderia perder tudo o que comera ali mesmo.

Ela, contudo, agiu como qualquer cidadão britânico decente agiria: engoliu o gosto amargo e foi o mais cortês e agradável possível:

— Por favor, sigam-me, eu os levarei à sala de visitas. E claro, ficarei feliz em levar seus agasalhos.

O indiano sorriu para ela.

— Obrigado, muitíssimo obrigado. Fizemos uma longa viagem e estamos exaustos. Além disso, o frio daqui é muito diferente da temperatura a que estamos acostumados. É desgastante.

Maggie sorriu, embora temesse deixar transparecer que fora forçado.

— Providenciarei para que alguém lhes traga um chá imediatamente. — Em seguida ela se virou e escancarou as portas que davam para a saleta de visitas.

Maggie não demorou nada para acomodar a princesa e o intérprete. Quando lhe pareceu que todas as necessidades de ambos tinham sido cuidadas — menos o chá, que Maggie solicitou à criadagem —, ela se despediu. Já se encaminhava para a porta quando a princesa tomou-lhe a mão.

Diante daquele rosto adorável, Maggie entendeu com absoluta clareza por que Jeremy não rejeitara a oferta do marajá. O nome Estrela de Jaipur se adequava com perfeição à dona. Além dos olhos grandes e hipnóticos, a princesa fora abençoada com uma boca bem desenhada, uma pele morena cor de avelã, cabelos longos e negros e o corpo tão pequeno e delicado quanto o de uma dançarina. Duas dela caberiam facilmente no espartilho de Maggie. Embora a tia de Jeremy objetasse — Pegeen expressara muito francamente sua desaprovação com relação à doação do marajá, chamando-o, talvez com propriedade, de vendedor de carne humana —, Jeremy encontrara uma duquesa perfeita para os Rawlings, que não envergonharia a pesada tiara de diamantes que acompanhava o título.

A princesa segurou a mão enluvada de Maggie por alguns instantes, enquanto falava com rapidez numa língua que devia ser o hindustâni. Quando terminou seu breve discurso, Sanjay traduziu:

— A princesa Usha deseja que a senhorita saiba que sua bondade será recompensada. Pela generosidade com que nos tratou esta noite, será sempre um membro valioso da equipe de criados pessoais de Sua Alteza. Ela deseja saber qual é sua experiência como aia de uma dama e também pergunta se a senhorita sabe ler.

Maggie levou um minuto para conseguir responder. Ao fazê-lo, ficou aliviada por ter conseguido não rir... nem vomitar.

— Sinto-me extremamente lisonjeada — disse Maggie, tranquila —, mas não sou uma criada, e sim uma hóspede nesta casa. Espero que tenham uma noite agradável, mas agora preciso me retirar para meu quarto.

Sem esperar pela resposta da princesa, Maggie se virou e se afastou rapidamente. Precisava fugir para o santuário do próprio quarto. Tão logo chegou, contudo, sua aia, Hill, saiu apressada do quarto de vestir, trazendo nas mãos um vestido de noite de cetim.

— Finalmente chegou — disse Hill, ao mesmo tempo que Maggie se jogava na cama, de um jeito dramático, preparando-se para cair em prantos. — Está atrasada. Tem poucos minutos para se trocar.

— Trocar-me? — repetiu Maggie, em tom desanimado. — Trocar-me para quê?

— O baile de lorde e lady Althorpe. — Hill balançou a cabeça. — Francamente, Srta. Margaret, sua cabeça ficará nas nuvens para sempre?

Maggie suspirou.

— Ah, não! Eu me esqueci completamente!

O baile! Onde estava com a cabeça? Durante semanas importunara Augustin, temendo que lady Althorpe se esquecesse de lhe enviar um convite para um acontecimento de tamanha importância para a sociedade local. Todas as mães da cidade estariam presentes, acompanhadas das filhas solteiras, e veriam o retrato que Maggie acabara de concluir de Cordelia Althorpe, em cuja homenagem seus pais promoviam a festa. Não teria oportunidade melhor para ser apresentada a pessoas com tanta possibilidade de querer seus serviços de pintora retratista. Se conquistasse a simpatia dos amigos ricos e influentes de lorde e lady Althorpe, talvez conseguisse passar o resto da vida sem se preocupar com dinheiro!

— Ah! — exclamou Maggie, que girou o corpo, se levantou e se encaminhou para a penteadeira. Como conseguiria se lamentar pelos aborrecimentos do dia quando precisava se preparar para um baile? — Ah, Hill — exclamou para o reflexo da criada no grande espelho de moldura dourada que ficava sobre a penteadeira —, eu me esqueci totalmente!

— Por sorte o mesmo não aconteceu com o Sr. de Veygoux. Ele virá buscá-la dentro de meia hora. Ao menos foi o recado que deixou no começo da tarde. Agora ande logo e tire essa roupa. Temos muito a fazer para que esteja apresentável quando ele chegar.

Com um suspiro, Maggie se aproximou da aia e desmoronou em seus braços.

— Ah, Hill — disse ela —, você não pode nem imaginar o dia que tive hoje.

— O dia que *a senhorita* teve! — Hill arrancou o chapéu da cabeça da ama. — Gostei! Então se prepare. Estou pronta para tornar esse dia muito pior.

— Ah, não! — exclamou Maggie, dirigindo o olhar para Hill e sentindo um aperto no peito. — Não me diga que recebeu más notícias de Herbert Park!

— Por Deus, não, senhorita — disse Hill, tirando os grampos do cabelo de Maggie. — Nada desse tipo. É só que... Quero dizer...

Maggie só vira Hill tão perturbada uma única vez, na noite em que tentara despedi-la, logo após ser deserdada pelo pai. Maggie finalmente confessara à criada que não teria como lhe pagar o salário, e Hill limitara-se a erguer o nariz e dizer, muito séria:

— Sua boa mãe me encarregou de cuidar da senhorita quando você ainda tinha 16 anos. Ela rolaria no túmulo se soubesse que a abandonei agora, quando mais precisa de mim. Não se preocupe com meu salário. Sairemos desta de alguma maneira, como sempre.

Maggie estava curiosa quanto ao que teria irritado a sempre apática Hill.

— Qual é o problema, Hill? — perguntou. — Evers fez alguma coisa para irritá-la? Ele é um pouco difícil, mas tente aturá-lo. Como sabe, somos hóspedes aqui.

— Não, senhorita, desta vez o problema não é o Sr. Evers. — Hill pegou a escova de cabelo na penteadeira e começou a trabalhar nos cachos grossos levemente embaraçados. — É *ele.*

Maggie franziu a testa, confusa, e também devido à dor que a bruta escovação da criada lhe proporcionava.

— *Ele?* Ele quem?

— Srta. Margaret. — A criada fez uma pausa para ganhar um efeito mais dramático. — Ele voltou. O duque voltou da Índia.

— Ah — disse Maggie.

Ao ver que sua patroa não desmaiara diante da novidade, Hill inclinou-se e encarou-a.

— A senhorita sabia! — exclamou, depois de analisar o reflexo da jovem durante alguns instantes. — Sabia o tempo todo que ele estava de volta!

— Hum... — começou Maggie.

Hill endireitou-se e lançou-se em mais um ataque perverso aos cabelos de Maggie.

— Não posso acreditar que a Srta. soube do retorno dele e nem sequer teve a bondade de me avisar!

— Ai! — gritou Maggie, retraindo-se diante da força com que Hill puxava seu cabelo. — Hill, dou-lhe minha palavra que também acabei de saber.

A criada, contudo, não mostrou nenhuma piedade. Ela puxava a cabeça de Maggie para cá e para lá enquanto penteava os cachos do cabelo.

— Que vergonha, Srta. Margaret! O que diria sua boa mãe se soubesse que a senhorita estava sozinha numa casa com um homem solteiro? E não era um cavalheiro solteiro qualquer, mas o duque de Rawlings! Ela não gostaria, e a senhorita sabe disso!

Maggie suspirou.

— Sim — disse ela —, eu sei, Hill. Você está certa.

— Estou mais do que certa — declarou Hill. — Estou *absolutamente* certa. — Ela parou de escovar o cabelo e começou a trançá-lo. — Não podemos ficar aqui, Srta. Margaret, com um homem que se une a uma mulher pagã.

Chocada, Maggie olhou para a imagem da criada no espelho sobre a penteadeira.

— Pagã? O que quer dizer com isso?

— A senhorita sabe o que quero dizer — respondeu Hill, com a expressão sombria. — Aquela a quem chamam de estrela. Estrela! — Hill bufou. — Pois eu mostrarei a *ela* uma estrela ou duas!

— Ah — disse Maggie numa voz baixa —, compreendo. Mas...

— Mas o quê? — Hill tinha grampos na boca, portanto a frase seguinte veio difícil de entender: — Não existe mas. Felizmente lorde e lady Edward devem chegar esta noite. Do contrário, sairíamos daqui agora. Não podemos permanecer nesta casa com *ele*.

— Sim, mas para onde iríamos? — Maggie fitou a aia. — Você sabe que ainda não tenho condições financeiras para alugar um apartamento... um *decente* pelo menos, num bairro onde não tenhamos medo de levar Jerry para passear à noite. Talvez eu possa pedir a Berangère...

Hill se horrorizou.

— Aquela francesa que aluga o estúdio de pintura em frente ao seu? — gritou ela.

Maggie, apreensiva, não tirava os olhos da aia.

— Francamente, Hill. Berangère é uma boa amiga. Tenho certeza de que, se tiver um quarto disponível, nos deixará ficar pelo tempo que for...

— Eu não morarei com aquela francesa — declarou Hill, decidida. — Nem a senhorita. Aquela mademoiselle Jacquard tem dinheiro, mas não é nenhuma dama, e a senhorita não dividirá nenhum apartamento com ela. Conheço bem as mulheres desse tipo *artistas*...

— Hill — disse Maggie, delicadamente —, *eu* sou artista, lembra-se?

A aia bateu o pé no chão, furiosa.

— Não se compare àquela senhoritazinha. Já vi mulheres desse tipo. Sei como agem. Não são melhores do que a pagã que o duque desposará. A senhorita sabe, não sabe, que se o duque fosse um cavalheiro, não a teria colocado nessa situação. Sabe disso, não é, senhorita? Vocês dois não são mais crianças. As coisas entre vocês não podem ser como no passado. Ele agora é um homem, e a senhorita, uma dama, apesar do que *algumas* pessoas da sua família possam pensar. — Hill, leal a Maggie, desaprovava inteiramente a forma como o pai e as irmãs a tratavam ultimamente. — Quando lady Edward retornar, veremos o que tem a dizer sobre isso. Suponho que terá algo apropriado a falar ao sobrinho, embora ele seja um duque e um herói de guerra. Só espero que ela não demore.

Maggie observou com tristeza sua imagem no espelho. Esperava sinceramente *não estar* por perto para ouvir lady Edward atacar o sobrinho. Já vira Pegeen nervosa antes, e definitivamente não era algo agradável de se assistir.

Deus, pensou Maggie com um suspiro. Sua vida estava virando uma confusão só...

E tudo por causa do maldito Jeremy!

Capítulo 15

Desde quando Jacob Evers se lembrava, sua família servia ao duque de Rawlings. Seu pai, o pai de seu pai e até mesmo o pai de seu avô tinham sido mordomos em uma das casas da família Rawlings; na mansão da cidade, em Londres, ou no solar de campo, em Yorkshire. E, durante todo esse tempo, somente um único conselho fora passado de geração em geração. Uma única premissa que, até onde Jacob Evers sabia, jamais fora quebrada...

Até agora.

Evers hesitou diante da porta do quarto do duque, que costumava ser ocupado por lorde e lady Edward quando se encontravam na cidade. Sabia que a punição pelo que faria seria imediata. Não tinha dúvidas de que ia sofrer depois. Ainda assim se perguntava se o atual duque se limitaria a despedi-lo ou se também haveria alguma punição física. Pelo que sabia, o duque anterior, pai de Jeremy, era famoso por surrar os serviçais. Embora Evers não tivesse ouvido histórias horríveis desse tipo sobre o filho de lorde John, preparava-se para algum tipo de ofensa. Afinal, estava a ponto de fazer o impensável: acordar um Rawlings.

O mordomo se aproximou da porta e bateu várias vezes. Em seguida, deu um rápido passo atrás, como se a porta fosse golpeá-lo ao se abrir. Passados um ou dois minutos, ela de fato se abriu, revelando um quarto amplo cujas janelas, embora com cortinas fechadas, davam para o Hyde Park. As paredes eram pintadas num agradável padrão de verde, mesclado a um marrom tão pálido que facilmente passaria pelo rosa-arroxeado da flor da malva.

Contudo, não havia nada de agradável na pessoa que abriu a porta. Com tristeza, Evers viu Peters, o criado de Sua Graça, um jovem que aparentemente lutara sob o comando do duque e, pelo que Evers concluiu, não tinha nenhum treinamento formal como criado de um cavalheiro. Pior ainda, ele só tinha uma perna inteira, pois perdera a maior parte da porção inferior da perna direita em alguma batalha no exterior. O jovem já se livrara da perna de pau que usava na chegada, cuja visão provocara na cozinheira uma sensação de repugnância e aterrorizara as copeiras. Peters não era propriamente apreciado pelos criados no número 22 da Park Lane.

— O que deseja, colega? — murmurou o criado com uma expressão de total espanto. — O coronel está *dormindo*...

Antes que Evers pudesse abrir a boca para expressar sua indignação por ser chamado de *colega*, ouviu-se uma voz desajeitada vindo de algum ponto do quarto.

— Correção — disse Jeremy sem rodeios. — O coronel *estava* dormindo.

Peters fez uma expressão hostil para o mordomo.

— Jesus — sussurrou. — Vai ter problemas. Não sabe que ninguém deve acordar o coronel? Quer morrer?

— O que foi, Evers? — perguntou o duque, em tom autoritário. À porta, o criado murmurou:

— Ele não está *bem*, colega. Precisa dormir...

Evers pigarreou.

— Eu não ousaria perturbar o sono de Sua Graça se não fosse uma circunstância tão terrível.

— Circunstância terrível, é?

Evers ficou aliviado ao perceber o tom bem-humorado na voz de Sua Graça. Pela primeira vez desde que abrira a porta principal da casa, há cerca de meia hora, teve esperanças de talvez não perder o emprego depois de dar a péssima notícia.

— Se as circunstâncias são terríveis a ponto de Evers considerar necessário me acordar, é melhor deixá-lo entrar, Peters.

Comprimindo os lábios em sinal de desaprovação, Peters afastou a perna de pau do caminho e recuou, mancando, para que o mordomo entrasse. Evers entrou de queixo erguido — até que viu a figura deitada na grande cama cortinada a poucos metros de distância. Os anos de treinamento impediram que seu queixo caísse, mas ele não pôde evitar a exclamação de surpresa.

— Bom Deus!

— Ora, Evers — disse Jeremy com um sorriso zombeteiro. — Você com certeza já viu piores.

Evers recompôs-se, piscou rápido e atravessou o quarto pouco iluminado, cuidando para não tropeçar em algum dos muitos itens espalhados pelo chão em consequência dos esforços de Peters para desfazer a bagagem de Sua Graça.

— Não exatamente, Vossa Graça — disse o mordomo com firmeza. — Espero que me desculpe, mas devo pedir que me permita chamar um médico. Há um excelente perto daqui, o Dr. Wallace, que sem dúvida poderá visitá-lo a qualquer momento.

Jeremy parecia chocado — pelo menos tanto quanto um homem que estava na cama com febre alta poderia parecer.

— Morda sua língua, Evers. Não há nada que os médicos possam fazer por mim agora. Só preciso suar bastante para a febre arrefecer. Estarei bem dentro de meia hora.

— Ele tem razão, Sr. Evers. — Peters fechara a porta do quarto e caminhava com dificuldade em direção à mala que, aparentemente, estava desfazendo. — Essas febres do coronel vêm e vão com a mesma rapidez. Não me surpreenderei se ele estiver recuperado para o jantar.

— Falando nisso — Jeremy, sem camisa, estava recostado sobre vários travesseiros, sendo que alguns pareciam ter sido torcidos por mãos fortes e febris —, o que Maggie fará esta noite?

Evers, surpreso com a pergunta, gaguejou:

— A Srta. Margaret, Vossa Graça? A aia comentou que a Srta. Margaret e o monsieur de Veygoux irão a um baile organizado pelo conde de Althorpe.

Um olhar de absoluto horror atravessou o rosto de Jeremy.

— O *quê?* — gritou, sentando-se ereto na cama ampla. — Você quer dizer que aquele comedor de lesmas a acompanhará?

— É claro, Vossa Graça — respondeu Evers. — Afinal, é o noivo dela. Posso lhe recomendar que vista uma camisa? Quando se sofre de febre alta, costuma ser aconselhável...

— Mas é claro — concordou Jeremy, afastando todas as cobertas e deixando evidente que, sob os lençóis de linho macio, o duque não usava absolutamente nada. — Peters — chamou ele, em voz de comando. — Meu uniforme.

Evers, assustado, foi rápido em desviar o olhar.

— Vossa Graça! — exclamou o mordomo. — Eu realmente acho...

— O uniforme de gala, coronel? — perguntou Peters, que foi mancando até a cama e segurou um dos braços musculosos do duque para ajudá-lo a se levantar.

— O uniforme de gala, Peters — confirmou Jeremy numa voz rouca, descendo os degraus da cama alta. — Precisarei da espada, das luvas brancas, das medalhas...

Peters ficou surpreso porém feliz.

— Verdade, coronel? Suas *medalhas*? *Todas* elas?

— Todas, Peters. — Nu, Jeremy conseguiu se levantar e olhou para o mordomo. Evers o fitava, chocado. — Obrigado, Evers — disse Jeremy, gentil. — Isso é tudo.

Evers estremeceu.

— Mas... Vossa Graça não pode estar pensando em *sair*.

— Mas é claro que sairei, Evers — afirmou Jeremy com um sorriso. — Tive um desejo repentino de fazer uma visita ao conde de Althorpe.

— Mas... — Evers balançou a cabeça como um cão querendo tirar água dos ouvidos. — Vossa Graça, devo protestar. É óbvio que o senhor não está bem. É uma loucura querer sair neste frio com febre alta.

— Pelo amor de Deus, controle-se — disse Peters, irritado, ao jogar uma camisa branca limpa sobre os ombros largos do amo. — Não sabe com quem está falando?

— Certamente que sim. Estou falando com o décimo sétimo duque de Rawlings.

— Não, não está — murmurou Peters. — Você está falando com o tenente-coronel Jeremy Rawlings. E o tenente-coronel não tem medo de nada ou de ninguém, como suas inúmeras condecorações comprovam.

— Minhas botas estão enceradas, Peters? — perguntou Jeremy enquanto vestia, com dificuldade, a camisa branca de mangas dobradas.

— Certamente, coronel — respondeu o criado que logo lhe apresentou uma calça cáqui. — Do jeito que o senhor gosta.

— Ótimo. — Jeremy conseguiu vestir a roupa de baixo sem ajuda, mas foi obrigado a se apoiar no ombro do pajem para vestir a calça justa. — Evers, mande trazerem minha carruagem logo depois que a de Maggie partir. — Em seguida perguntou: — Ainda temos aquele par de cavalos cinzentos que meu tio ganhou do príncipe de Gales?

— Sim, Vossa Graça, mas...

— Ótimo. — Jeremy vestiu o casaco escarlate cujas abas batiam nos joelhos. As pesadas dragonas douradas sobre o ombro brilhavam à luz das velas, e Peters se apressou a pentear-lhe as franjas. O duque virou-se para examinar sua imagem no espelho comprido no canto mais distante do quarto e afastou alguns cachos pretos da testa ampla. — Peters, você me conduzirá.

— É claro, coronel — respondeu o criado, feliz. — Creio que ainda sei andar pelas ruas de Londres, embora tenha se passado algum tempo.

Evers não pôde mais se conter:

— Vossa Graça! — exclamou. — O senhor não está bem. Devo insistir que me permita chamar um médico. Pelo menos fique em casa esta noite e descanse. Sua aparência está horrível, milorde, de fato um horror.

Diante do comentário do mordomo, Jeremy examinou sua imagem no espelho de forma mais crítica.

— É mesmo? — perguntou, surpreso. — Ora, é só porque Peters ainda não pregou minhas medalhas. Espere até vê-las, Evers. Eu brilho como uma viúva rica.

Sem se intimidar, Evers continuou:

— Seria absolutamente embaraçoso, Vossa Graça, o senhor aparecer no baile dos Althorpe sem ter recebido um convite...

— Você acha que o conde de Althorpe hesitaria em oferecer ao duque de Rawlings uma taça de ponche? — Jeremy deu um sorriso cínico diante do espelho. — Creio que não. Peters, você pode dar um jeito neste meu cabelo?

— Certamente, coronel. — Peters exibiu uma tesoura. — Só precisa de uma aparada. Colocarei uma toalha em torno de seu pescoço para proteger a casaca...

— Loucura — murmurou Evers. — Loucura completa. — E então, mais alto, declarou: — Vossa Graça, temo que o senhor não tenha me deixado escolha. Sua negligência com relação a sua saúde me obriga a concluir que deverei informar lorde e lady Edward logo que chegarem...

Antes que o mordomo terminasse a frase, Jeremy deu meia-volta e, num único movimento, segurou as duas lapelas de Evers e o levantou 15 centímetros do chão. Sem fala, flutuando no ar, o mordomo olhou para baixo e em seguida de volta para o rosto enfurecido do amo que, aparentemente, não estava tão enfraquecido da doença quanto ele imaginara.

— Ai de você, seu medroso — murmurou o duque numa voz que provocou calafrios na espinha do mordomo. — Ai de você se contar a eles qualquer coisa sobre minha doença. Nem uma palavra, ouviu bem?

Petrificado, e mais do que nunca convencido de que seu amo enlouquecera no Extremo Oriente, Evers gaguejou:

— M-mas, Vossa Graça, eles hão de perceber quando o virem. Certamente...

— Eu mesmo lhes direi — informou o duque, friamente. — Do meu jeito. Não preciso que ninguém corra para meus tios toda vez que eu cair de cama. Você deverá manter silêncio a esse respeito. Entendido?

Evers não conseguia falar de tanto que tremia. O criado se aproximou do duque e falou:

— Não se preocupe, coronel. Cuidarei dele se deixar escapar alguma coisa. Farei o mesmo que fizemos com aqueles bengalis em Jaipur... — Para ilustrar, Peters passou um dos dedos pela garganta e produziu um som sibilante assustador.

— Não direi nada — afirmou Evers, ofegante. — Eu juro, Vossa Graça!

Jeremy analisou o rosto do velho mordomo sem saber que seu próprio rosto assumira uma expressão de tamanha aflição que não seria reconhecido por ninguém que o conhecera quando jovem. O duque de Rawlings jamais sentira falta de nada, nunca conhecera a privação.

Pelo menos até recentemente.

— É melhor que não diga mesmo — murmurou Jeremy, logo dispensando o mordomo de forma muito gentil, considerando a raiva de segundos antes.

Evers, imensamente aliviado de, por pouco, não ter sido esmurrado pelo duque, caiu apoiando-se numa das colunas da cama. Seu coração batia forte no peito, e sua boca estava seca. Deus do céu. O que deveria fazer? Estava a serviço de um louco. Jamais na história de sua família um Evers fora tratado dessa forma por um Rawlings.

Mas, afinal, o que podia esperar? Era bem possível que os comentários sobre a ascendência do último duque fossem verdadeiros. Seria de se esperar esse tipo de comportamento do filho de uma prostituta...

— Agora — disse Jeremy, tranquilo, quando o criado lhe cobriu os ombros com a toalha e começou a cortar-lhe o cabelo —, qual era a mensagem urgente que precisava me transmitir, Evers?

Deus do céu. Evers quase se esquecera. Ele pigarreou, endireitou a postura e disse:

— Desculpe-me, milorde. É que a Estrela de Jaipur está lá embaixo, no vestíbulo.

O duque olhou, curioso, para a imagem do mordomo no espelho.

— Não, não está.

— Desculpe-me, Vossa Graça — disse Evers com certa indignação. — O senhor acha que eu teria perturbado seu sono se não tivesse absoluta certeza...

— A Estrela de Jaipur está bem aqui — afirmou Jeremy, um tanto confuso, desviando o olhar do espelho para a bagagem empilhada no chão. — Em alguma dessas malas. Peters, onde ela está?

— Bem aqui, coronel. — O criado se abaixou e, depois de procurar no fundo de uma das malas, levantou-se e estendeu a mão que continha um pequeno saco de veludo.

— Certo — disse Jeremy. — Jogue-a para mim, por favor, meu caro. — O criado o fez, e Jeremy pegou o saco no ar com uma só mão. Em seguida, virou-o do avesso de modo que o conteúdo caísse na palma da mão e estendeu-a para Evers, revelando uma gema do tamanho da mão fechada de um bebê e da cor do Mediterrâneo. — Ei-la, Evers. A Estrela de Jaipur, sã e salva.

Evers, confuso, não tirava os olhos da safira.

— Mas... Desculpe-me, Vossa Graça... Se *isso* é a Estrela de Jaipur, então quem é a jovem indiana que está lá embaixo?

Se Evers temera por sua vida antes, não se comparava ao que sentiu diante da expressão do duque ao ouvir essas palavras.

Capítulo 16

A FILHA MAIS VELHA DO CONDE de Althorpe não era propriamente uma garota bonita. Na verdade, com os dentes salientes, a total ausência de queixo e o corpo tendendo para gordo devido à quantidade de doces que consumia, podia-se dizer que era feia — embora Maggie não tivesse a menor intenção de fazer tal afirmação. Afinal, tivera muita sorte, muita mesmo, de ser a artista encarregada de pintar o retrato da ilustre Srta. Althorpe. Outros artistas haviam disputado a honra — e as muitas centenas de libras que a acompanhavam —, mas Maggie fora a escolhida, competindo inclusive com pintores de considerável renome.

No entanto, embora os outros fossem mais conhecidos, nenhum conseguira, nos esboços iniciais, capturar a beleza singular de Cordelia Althorpe — seus olhos verdes quase iridescentes, como se fossem joias. Nenhum deles, isto é, à exceção de Maggie, que, olhando para a desafortunada Cordelia, procurando desesperadamente descobrir *alguma coisa* atraente na moça, finalmente notou os olhos, quase ocultos entre as dobras de gordura.

Saboreando uma taça de champanhe sob o retrato acabado, Maggie pensou com satisfação que, se a moça sorridente de olhos brilhantes do quadro trazia pouca semelhança com a sorumbática Cordelia, ao menos seus pais estavam felizes. Tanto que tinham comparecido com o generoso — e muito necessário — pagamento sem nenhum atraso, assim como Maggie também terminara o retrato a tempo do baile em honra da retratada.

— É um verdadeiro milagre — entoou uma voz divertida, ao ouvido direito de Maggie.

Maggie virou-se e sorriu para o noivo.

— Concordo plenamente — respondeu no mesmo tom solene de ironia. — O fato de alguém pagar tanto dinheiro por um pedaço de tela coberta de tinta é simplesmente chocante.

— Não é *isso*, mademoiselle Herbert. — Augustin de Veygoux soltou uma gargalhada sonora. — Estou falando da maneira inteligente com que conseguiu fazer Cordelia Althorpe, uma jovem sem nenhum atrativo, passar por bonita, sem cometer um ato de absoluto perjúrio.

Maggie rapidamente desviou o olhar, mas não conseguiu reprimir o sorriso.

— O senhor me insulta, monsieur. Sou uma pintora de retratos. Não embelezo, pinto exatamente o que vejo.

— Então eu gostaria de ver o mundo através de seus olhos, mademoiselle. — O noivo de Maggie ria. — Pois sem dúvida são as lentes mais benevolentes que já conheci. Elas veem beleza em tudo, em especial onde não existe nenhuma.

— *Vous êtes un homme horrible* — criticou Maggie, batendo de leve com o leque no peito do noivo. — A ilustre Srta. Althorpe é uma jovem talentosa. Ela canta e toca esplendidamente. A beleza que lhe falta é compensada com o talento.

— Você quer dizer com o dinheiro. — Augustin passou os olhos pelo salão e avistou a jovem em questão no lado oposto, comendo uma respeitosa massa folhada e ignorando a tudo e a todos a seu redor. — A única razão para que algum homem aceitasse casar com aquela criatura seria o dinheiro.

Maggie abriu o leque e começou a se abanar. Embora estivessem no mês de fevereiro, o salão não era particularmente grande, e a multidão ali reunida elevava a temperatura do ambiente.

— Que coisa horrível de se dizer. Francamente, Augustin. Não é preciso ser tão cruel.

— A crueldade não é minha, *ma chérie*, e sim do mundo — disse Augustin de Veygoux de modo inconsequente. — Mulheres pouco atraentes e desinteressantes como Cordelia Althorpe não têm esperança de se casarem por amor. A não ser que se sintam atraídas por um homem igualmente sem atrativos. Mas com que frequência algo assim acontece? Lamento magoá-la, mademoiselle, mas o encanto da nobre Srta. Cordelia se resume à carteira do pai.

Maggie lançou-lhe um olhar furioso.

— Pode até ser verdade, mas não precisa dizê-lo em voz alta. Você não sabe o quanto sou grata de não precisar me preocupar em ouvir alguém dizer o mesmo de mim.

Augustin sorriu.

— Ora, *ma chérie*, ainda que você fosse tão pobre quanto um rato de igreja, qualquer homem a desposaria com prazer.

— Mas eu sou! — lembrou-o Maggie. — Eu sou tão pobre quanto um rato de igreja. É isto o que eu queria dizer: ninguém se casaria comigo por dinheiro porque não tenho nenhum.

— Sim — concordou Augustin. — Mas tem algo muito mais atraente que dinheiro.

— É mesmo? — Maggie pareceu duvidar. — O quê?

Augustin deu um sorriso maldoso.

— *Votre silhouette, naturellement* — respondeu, deliciando-se com o rubor que, como sabia que aconteceria, logo coloriu as maçãs do rosto de Maggie.

Ciente da reação despertada pela referência ao seu corpo, Maggie olhou ao redor, preocupada em ver se alguém teria ouvido. Por mais sofisticada que quisesse ser, observações sobre sua beleza ainda a deixavam envergonhada. Imaginava que, depois de cinco anos em Paris, teria se acostumado aos elogios, e até mesmo se cansado deles. Afinal, os homens franceses, diferentemente dos ingleses, não economizam elogios a uma moça bonita, mesmo em locais civilizados como salões de arte ou bailes, e Maggie sempre era admirada aonde quer que fosse. Lamentavelmente, declarações como a de Augustin só serviam para deixá-la sem graça. Por mais que a imagem diante do espelho lhe mostrasse a verdade, Maggie ainda se considerava a garota magra e desajeitada que fora na infância, e desconfiava de quem dissesse o contrário.

Não que Maggie não confiasse no noivo. Longe disso, pensou, enquanto o fitava por cima da borda rendada de seu leque. Augustin de Veygoux, apesar da tendência a elogiá-la demais, era uma das pessoas mais bondosas e confiáveis que já conhecera. Um homem alto, carismático, pouco mais de dez anos mais velho que ela, Augustin fora um visitante assíduo no estúdio de madame Bonheur, e não apenas devido à generosidade da madame com seus excelentes charutos. A família de Veygoux era altamente respeitada na comunidade das artes. Eles possuíam galerias em sete cidades europeias, além de uma na América, e uma coleção de pinturas renascentistas considerada uma das mais valiosas do mundo. O próprio Augustin estava sempre à procura de novos talentos para promover em seu salão parisiense, e madame Bonheur, tão capaz como mulher de negócios quanto como artista, cuidara para que muitos dos quadros de Maggie chegassem a suas mãos. Augustin comprara o retrato de Jerry antes mesmo de ter conhecido a pintora. Maggie nunca soube quanto tempo depois de conhecê-la os planos de monsieur de Veygoux para promover seu trabalho assumiram um lado mais pessoal, mas nos últimos dois anos de sua estada em Paris, raramente se passava uma noite em que Maggie não estivesse na companhia de Augustin.

Ela não era apaixonada por ele, nunca houve dúvida a esse respeito. Quando Augustin se declarou pela primeira vez, duas ou três semanas depois de se conhecerem, Maggie chegou a rir, pensando tratar-se de uma brincadeira. Mas ao ver que ele insistia, finalmente lhe informou que os sentimentos que nutria por ela não eram correspondidos.

Quando Augustin entrava num ambiente, o coração de Maggie não batia de forma descompassada. Quando lhe beijava a mão, não a fazia sentir nada. Maggie sabia muito bem como era amar... e por isso com frequência dizia que ele merecia alguém melhor. Augustin certamente teria conquistado qualquer outra mulher, sendo ele rico e relativamente bonito, desde que a mulher em questão se dispusesse a não ligar para a massa espessa e ondulada de cabelos ruivos.

Mas aparentemente Augustin preferia o desafio de cortejar a única mulher no mundo que estava desesperada e irrevogavelmente apaixonada por outro homem — embora Maggie jamais tenha sabido se Augustin conhecia o motivo de seu desamor. O mais perto que ela chegara de admitir a existência dessa pessoa fora no dia em que sua mãe morreu.

Augustin, que insistira em acompanhar Maggie em sua viagem de volta para a Inglaterra ao saber da gravidade da doença de lady Herbert, estava presente quando o médico, Dr. Parks, fez o anúncio solene e testemunhou a reação terrível de sir Arthur diante da notícia da morte da esposa. Fora Augustin que se informara com o vigário sobre as providências para o enterro e enviara um mensageiro para a irmã mais velha de Maggie, Anne, que não podia deixar Londres por causa do nono mês de sua quarta gravidez. Não contente, consolou os criados enquanto eles cobriam os painéis espelhados da sala de jantar com tecidos pretos.

E foi Augustin quem encontrou Maggie chorando na varanda do quarto dela, apesar do frio do outono. Embora fosse bom de conversa, o francês preferiu não dizer nada naquele momento, limitando-se a cobrir os ombros trêmulos de Maggie com seu casaco e se sentar a seu lado, como se estivessem nos seus assentos do camarote na Ópera de Paris. Quando Augustin finalmente se pronunciou, foi para lembrar a Maggie de que a mãe *dele* ainda estava viva e que, se ela aceitasse se casar com ele, ainda teria uma mãe viva. É verdade que seria apenas uma sogra, mas era melhor que mãe nenhuma, não era?

Em qualquer outra ocasião, a inconveniência da observação teria levado Maggie a rir apesar das lágrimas, mas naquele momento específico ela só sentiu vergonha. Pois pela primeira vez naquele dia não chorava pela mãe, mas por si mesma. Apesar dos esforços das irmãs para lhe ocultarem, Maggie lera as notícias matinais do *Times*. O jornal falava sobre a incrível vitória de Jeremy em Jaipur — ele debelara praticamente sozinho a tentativa de uma facção rebelde em destruir o Palácio dos Ventos — bem como sobre a recompensa muito incomum que recebera em seguida do marajá. O *Times* acrescentava essa informação quase como um adendo, uma reflexão tardia, um epílogo fantástico para a história emocionante, um fecho que grande parte da sociedade londrina desprezou e ridicularizou em silêncio. Imagine, nos dias de hoje, oferecer um ser humano como recompensa por um ato de bravura! Ora, os abolicionistas certamente se insurgiriam contra isso.

Mas, para Maggie, esse pequeno detalhe sobre Jeremy ter recebido o prêmio e aparentemente tê-lo aceitado, já que o jornal não dizia nada sobre a oferta do marajá ter sido declinada — uma princesa indiana só dele —, não era fantástico nem divertido. E a arrasara completamente. Fazia quase cinco anos que Maggie o vira pela última vez e, durante todo esse tempo, jamais recebera uma única notícia indicando que ele sequer se lembrava de sua existência. E por que deveria? Ela não passava de uma garota que uma vez ele namorara na cocheira, sem nenhum compromisso. Por que razão, se Jeremy podia ter uma princesa indiana, iria querer Maggie Herbert?

Por mais que fosse vergonhoso chorar por algo tão ridículo no dia da morte de sua mãe, era exatamente o que Maggie estava fazendo quando Augustin a pediu em casamento pela última vez. A última porque, quando ela se recuperou o suficiente para falar, aceitou.

Maggie não estava tão magoada ou enlutada a ponto de não perceber o quanto Augustin fizera por sua família durante os últimos dias da vida de sua mãe. O que Jeremy Rawlings já fizera por ela? Nada! Durante todo o tempo de sua ausência, jamais lhe escrevera. Nem sequer lhe enviara mensagens por intermédio da família. Até onde Maggie sabia, ele nunca mais pensara nela, desde aquele dia na cocheira. O que ela estava fazendo, não aceitando um pedido de casamento de um homem perfeitamente bom por causa de alguém que não se dera ao trabalho de lhe mandar uma linha sequer em anos, e que ainda por cima tinha nas costas uma princesa indiana que conseguira num acordo?

E Augustin fizera tanto por ela! O mínimo que podia fazer era retribuir e procurar fazê-lo feliz. Maggie tinha consciência de que jamais amaria outro homem além do duque de Rawlings, mas ela e Augustin eram bons amigos, e ela gostava dele de verdade. Isso era mais do que muitos casais tinham — amizade e afeto, certo?

E assim, em vez de rejeitar o pedido de Augustin mais uma vez, como teria feito se não tivesse lido o jornal naquele dia, Maggie concordara em se casar com ele. O que mais poderia fazer?

Ainda se abanando, Maggie olhou para Augustin quando ele se virou para cumprimentar um conhecido. É verdade que a massa de cabelos vermelhos de Augustin era triste. Numa mulher, poderia ser extravagante, vistoso, mas, num homem, parecia... Bem, segundo Berangère, ele atraía a atenção das pessoas. E a mãe dele! Sem dúvida a mãe de Augustin era uma provação. Mas Maggie sabia que ele seria um bom marido.

E ela precisava disso. Não podia passar o resto da vida se lamentando por um homem que não pensara nela um instante sequer nos últimos cinco anos. Cinco anos! Ah, havia a carta que ele dizia ter escrito. Talvez *fosse* verdade, mas qual era o sentido de uma carta isolada? Nenhum. Era óbvio que Maggie não significava nada para Jeremy. Ela fora apenas uma mulher dentre várias com quem ele certa vez passara uma tarde agradável. E só se apaixonara por ser tão ingênua e inexperiente. Pois agora se desapaixonaria. Não importava quanto tempo isso levasse. Não passaria o resto da vida amando Jeremy Rawlings. Ah, não *mesmo*.

Maggie estava tão concentrada meditando sobre sua resolução que, a princípio, não ouviu o silêncio repentino a sua volta. Apesar de suas afirmações, meia década antes, de que um baile era o último lugar sobre a Terra em que se sentiria à vontade, Maggie se acostumara ao barulho, ao calor e ao tumulto. Em consequência, não havia nada que mais chamasse sua atenção num salão de baile do que uma voz em tom de sussurro. Ela fechou o leque e olhou com interesse para os companheiros de Augustin. Logo reconheceu lorde e lady Mitchell, cuja coleção de pinturas flamengas se equiparava à da família Veygoux, e com quem Augustin frequentemente travava uma amigável competição nos leilões. Tanto os Mitchell como Augustin, de costas para Maggie, observavam com muita atenção alguém no salão de dança.

— Não tenho a menor ideia de quem seja ele — disse lorde Mitchell em voz alta, obviamente sem se importar em ser ouvido. — E também não me interessa. Não posso imaginar por que me trouxe aqui, Leticia. Sabe que não suporto aglomerações.

— Mas ele deve ser *alguém* — insistiu a esposa. — Os Althorpe não convidariam *qualquer um* para o *début* da única filha.

Ah, é só um rosto desconhecido que eles viram na multidão, concluiu Maggie, abrindo o leque novamente. Realmente, pensou Maggie, rindo para si mesma, Augustin é muito engraçado com esse tipo de coisa! Quase parece uma mulher nesse seu fascínio pela mecânica do *haut monde*.

Pobre Augustin, nunca foi capaz de esconder seus sentimentos, e quando se entusiasma, chega a ser excessivo... Foi difícil para Maggie convencê-lo a esconder sua felicidade diante da aceitação do pedido de casamento, pois Augustin declarava ser o homem mais feliz do mundo. No entanto, o noivado teve de ser mantido em segredo até que um período apropriado de luto por sua mãe se passasse. Aquele fora um ano difícil para Augustin, tornado ainda pior pelo fato de o pai de Maggie ter expressado a mesma desaprovação pelo noivado que pela decisão de Maggie em seguir a carreira de pintora profissional. Segundo o modo de pensar de sir Arthur, o dever de sua filha mais nova era para com ele mesmo. Esperava que Maggie voltasse para Herbert Park para cuidar do pai, embora tivesse duas filhas morando relativamente perto de sua casa.

Pensando no pai, Maggie abanou-se com mais energia do que era necessário. O que diria sir Arthur, perguntou-se, quando soubesse que o duque de Rawlings retornara da Índia... e com uma noiva real a tiracolo? Não ficaria satisfeito. Sir Arthur tinha uma desconfiança inata de tudo o que era estrangeiro. Não seria fácil para ele se curvar diante de uma duquesa que não falava uma palavra do inglês da rainha. E os tios de Jeremy, então! Pegeen quase tivera uma síncope, lembrou-se Maggie, quando soube da existência da Estrela de Jaipur. Ver a princesa Usha organizando um chá no salão dourado no Solar dos Rawlings poderia liquidar de vez com lady Edward.

Maggie fechou os olhos. Hill tinha razão. Ela teria de encontrar um apartamento para morar, e logo. Não podia continuar lá, sabendo que dividia o teto com aquela *mulher*.

Sem falar *naquele homem*.

— Maldito — dizia Augustin, em tom de admiração. — Vejam como todas as mulheres olham para ele! Conseguiu atrair até mesmo o olhar da nobre Srta. Althorpe! Jamais pensei que ela pudesse renunciar àquele doce por um rosto bonito...

Lady Mitchell deu uma risada.

— Ele não é propriamente bonito, monsieur de Veygoux. Mas que garota resistiria a um homem de uniforme? Sabe como elas reagem quando a Guarda Real Montada passa. Os homens da cavalaria exercem uma atração especial...

O marido fez um som rude.

— Eu sei o que é. O fedor de esterco de cavalo que os acompanha a todos os lugares.

— Francamente, James, não é porque você é tão desajeitado para cavalgar com uma espada na bainha que tem o direito de ser rude com quem não o é. — Lady Mitchel olhou-o de soslaio e continuou: — Ah, mas ele é alto. E tem muitas medalhas! Deve ter sido muito corajoso em batalhas de algum lugar.

— Na Índia, ao que parece — disse Augustin. — Onde mais ele poderia ter conseguido um bronzeado tão extraordinário? Está moreno como um cigano.

Foi nesse momento que Maggie, que ouvia sem tanta atenção, se aproximou um pouco mais. Era impossível. Era impossível mesmo, pois Jeremy sequer conhecia o conde de Althorpe. Seu tio talvez o conhecesse, mas Jeremy? Como *ele* conheceria lorde e lady Althorpe?

Como as costas de lorde Mitchell e de Augustin impediam Maggie de ver o salão de dança, ela correu por trás de uma coluna até encontrar um lugar sem obstáculos...

E então seu coração simplesmente parou.

A orquestra continuava a tocar a valsa. Certamente o silêncio não caiu sobre o salão. Os dançarinos não se separaram como o mar Vermelho para lhe dar caminho através do assoalho de parquete. Mas para Maggie era como se tudo isso estivesse acontecendo. Porque, de repente, quando avistou o cavaleiro alto e uniformizado do outro lado do salão, não conseguiu ouvir nada além de sua própria respiração.

Deus do céu. Era Jeremy.

É bem verdade que só o vira em seu quarto mal-iluminado ao nascer do sol. E estivera meio atordoada, primeiro de medo e pela presença de um homem em seu quarto, e depois pela identidade desse homem. Mas não havia dúvida de que era Jeremy que estava ali a menos de 15 metros de distância, com uma *flute* de champanhe nas mãos e os olhos azul-acinzentados esquadrinhando tranquilamente os casais que dançavam.

Maggie imaginara que a boa aparência de Jeremy teria sofrido com a pele amarelada e o nariz quebrado, mas estava errada. É bem verdade que já não era a mesma beleza arrasadora de cinco anos atrás, mas agora Jeremy estava tão mais másculo, portanto mais atraente, que Maggie se perguntou como todas as mulheres no salão não estavam desmaiando aos pés dele, como, ao que tudo indicava, poderia acontecer com *ela*. No paletó de corte perfeito, cujas dragonas salientavam os ombros largos, Jeremy tinha a pose orgulhosa de um almirante. Era como se o chão do salão fosse o deque de um dos grandes navios de guerra de Sua Majestade, e ele estivesse pronto para ordenar o lançamento de todos os canhões.

Ao mesmo tempo, contudo, também havia algo perigoso em sua postura, algo que ele mal conseguia conter, que lhe concedia o ar de um bandido ou assaltante de estrada. Talvez fossem os cachos pretos rebeldes da cabeça, que ninguém jamais conseguira controlar, e que tinham a tendência a lhe cair sobre a testa, por mais recente que fosse o corte. Ou talvez fosse o olhar de desprezo, o desdém com que parecia encarar todos a seu redor. Em todo caso, se Maggie visse brilhar algum ouro no lóbulo da orelha de Jeremy, não se surpreenderia.

Jeremy era arrogante em sua autoconfiança. Maggie jamais vira um homem encher um ambiente com sua simples presença como Jeremy o fazia naquele instante, e sinceramente não sabia como ele conseguia. Com certeza *ela* não conseguia pousar os olhos em nada que não fosse a figura alta e elegante de Jeremy.

Mas ela, claro, era apaixonada por ele.

Foi esse pensamento que, como uma bofetada, trouxe Maggie de volta à realidade. Deus do céu! O que fazia ali, com o olhar preso em Jeremy, embasbacada, como se fosse uma camareira tola? Era evidente que Jeremy estava à procura de alguém... Seria *eu*?, sussurrou-lhe seu coração esperançoso. Dificilmente. Por que estaria Jeremy procurando por ela, quando tinha uma mulher como a Estrela de Jaipur? Onde estava sua pequena consorte? Apertando as pálpebras, Maggie não viu qualquer sinal da princesa Usha. Mas isso não significava que ela não estava em algum lugar do salão. E Maggie jamais ficaria ali para assistir ao encontro dos dois. Não se alimentara muito naquela noite, mas uma visão dessas com certeza a faria vomitar tudo.

Ela se movimentou com um segundo de atraso. Nem sequer um segundo, uma *fração* de segundo. Mas foi o bastante. O olhar incansável de Jeremy foi atraído por seu movimento, apesar de todos estarem se mexendo no salão, e de repente seus olhos se uniram. Ela ficou paralisada observando, sem ação, Jeremy notar seu penteado para o alto e as curvas nuas de seu pescoço e de seus ombros. Ele pareceu ampliar os olhos ao ver o decote, que era considerável, e logo em seguida estreitá-los ao acompanhar o movimento da saia longa branca que terminava numa cauda de 1 metro de comprimento.

Havia um passador na cauda que podia ser preso ao pulso de Maggie para ela dançar, ou mesmo para se movimentar sem a complicação de um monte de panos nos pés. Com toda a dignidade que conseguiu reunir sob aquele olhar arrogante, Maggie curvou-se, ergueu a cauda, jogou-a por cima do braço e, friamente, virou as costas para o duque de Rawlings.

Capítulo 17

JEREMY QUASE CAIU NA GARGALHADA. ELA era mesmo incrível, sua Maggie. Aonde exatamente ela pensava que ia? Não havia lugar algum sobre a Terra para onde Maggie pudesse fugir dele. Ele a seguiria até o inferno se precisasse.

Não que Jeremy imaginasse que esses extremos seriam necessários.

Não. Era evidente que Maggie estava furiosa com ele. Que mulher não estaria? Se Maggie estava sob a mesma impressão que o resto de Londres parecia estar — de que a Estrela de Jaipur era da variedade animal, e não mineral —, ele entendia perfeitamente sua animosidade. Ou melhor, nem tanto. Afinal, ela ficara noiva de um comedor de lesmas. E agora estava irritada com *ele*. Que hipócrita.

Jeremy imaginou se Maggie estaria tão furiosa se tivesse acesso a seus pensamentos quando finalmente a avistou do outro lado do salão. A visão de Maggie Herbert tão serenamente elegante, como jamais a vira antes, o desconcertara. Em seu vestido de baile tomara que caia branco-neve, enfeitado por contas de cristal que imitavam pingentes de gelo, Maggie fez seu pulso acelerar. Naquele salão de baile havia mulheres mais bonitas que Maggie Herbert, mas nenhuma delas lhe provocava as mesmas sensações.

E quando Maggie se abaixara para levantar a cauda do vestido, o coração de Jeremy quase parou. Inclinar-se num vestido daqueles, com um corpo como o dela, deveria ser considerado um crime hediondo. Os seios, transbordando da compressão do espartilho que usava, só faltavam pular do decote do vestido. Jeremy perscrutou o salão, enciumado, para ver se algum outro homem admirava o que ele considerava seu por direito. Onde estava o noivo de Maggie? Como ousava permitir que ela vagasse pelo salão num vestido desses? Ora, só por isso o homem já merecia uma surra.

Rápido como uma serpente, Jeremy cruzou a pista de dança esquivando-se dos casais que bailavam e sentindo nas pernas a varrida ocasional da cauda do vestido de uma ou outra mulher. Ele vira Maggie se esconder atrás de uma coluna grossa, mas, ao contorná-la, deparou-se apenas com um homem alto de cabelo ruivo e um casal de ar pomposo que não paravam de piscar, espantados com sua presença.

— Qual é o problema? — perguntou Jeremy. — Nunca viram um membro da Guarda Real Montada em carne e osso?

Não esperou para ouvir a resposta. Afastou-se apressado na única direção em que Maggie poderia ter ido e entrou por uma porta que, revestida com um painel, aparentava ser continuação da parede. Do outro lado da porta, viu-se numa sala escura de mobiliário masculino, aparentemente uma biblioteca, embora fosse difícil identificar com o fogo da lareira apagado. A única iluminação do ambiente era a luz da lua que entrava por um par de janelas altas no lado mais distante da sala, e não era intensa, pois a lua estava pela metade.

Mesmo assim havia claridade suficiente para que ele visse o reflexo das contas do vestido de Maggie. Ao lado da janela, as mãos enluvadas junto ao corpo, Maggie bateu um dos pés no chão e gritou, exasperada:

— Ah, Jerry, francamente! O que você quer? Por que está me seguindo? — Jeremy podia estar errado, mas teve a impressão de que a voz de Maggie sufocava um soluço. — Por que não vai embora e me deixa em paz?

Jeremy perdeu a vontade de rir ao perceber que não havia nada de divertido na situação.

— Eu já fiz isso — respondeu, fechando a porta atrás de si com um clique suave. A música que vinha da orquestra e a algazarra dos convidados foram subitamente cortadas. Não havia qualquer som na biblioteca, nem mesmo o crepitar do fogo da lareira. Fazia muito frio.

Maggie, contudo, não parecia notar a baixa temperatura, apesar do decote exagerado do vestido.

De novo ela virara as costas para ele... Só que, desta vez, Maggie não tinha saída. E, pelo modo defensivo com que mantinha os braços cruzados em frente ao peito, parecia ter conhecimento disso. Sua respiração embaçava o vidro da janela.

— Como assim? O que quer dizer com essa história de que já fez isso?

— Exatamente isso. — Jeremy notou que Maggie o fitava com o canto do olho, embora fingisse o contrário. Colocou as mãos nos bolsos da calça com o intuito de parecer menos ameaçador. Lembrava-se do quanto Maggie o temia como se tivesse sido ontem. — Você quis ser deixada em paz. Eu a deixei em paz. Por cinco anos, para ser exato.

— Aparentemente — disse Maggie —, cinco anos não foram suficientes.

— Tem razão — observou Jeremy. — Você é um pouco difícil. Para sua sorte, sou generoso e a perdoo. Um homem menos seguro a esta altura poderia se sentir indesejado. Quero dizer, depois de esperar por você durante cinco longos anos. — Ele lentamente contornou um sofá de couro sem tirar os olhos do corpo esguio de Maggie.

— Parece que conseguiu se manter ocupado nesse período — observou Maggie, virada para a janela.

— Ah, é? — Jeremy continuou andando, passando por uma mesinha lateral de tampo de marfim.

— Sim — afirmou Maggie. — Todos nós ficamos muito interessados pelas notícias dos jornais sobre suas atividades heroicas no Extremo Oriente.

A esta altura, Jeremy estava próximo o bastante para poder tocar em Maggie, mas manteve as mãos nos bolsos. Não chegara até ali para ser esbofeteado — embora se lembrasse muito bem de que Maggie preferia um soco a um tapa. Então limitou-se a dizer, num ar casual:

— Sim, eu soube que o *Times* foi bastante fiel ao reportar cada movimento meu. No entanto, eles erraram em alguns pontos.

— Duvido muito — observou Maggie com frieza. — Afinal, o *Times* é o jornal mais lido no mundo. Tenho certeza de que seus jornalistas pesquisam as histórias com muita cautela.

— Há uma história em particular, porém — disse Jeremy, com ar suave —, que eu sei que eles erraram.

Aquilo chamou a atenção de Maggie. Ela se virou e se afastou da janela. Então, obviamente assustada ao ver que Jeremy conseguira chegar tão perto sem que percebesse, deu um passo atrás, fazendo com que suas omoplatas apagassem do vidro o embaçado causado por sua respiração.

— Pare — pediu, numa voz que não era firme.

— Parar o quê? — Jeremy permaneceu onde estava, pois mais um passo adiante faria Maggie cair para fora da janela.

— Você sabe do que estou falando — respondeu Maggie. Como estava de costas para a luz que vinha da janela, Jeremy não podia lhe ver os olhos, mas supôs que estavam tão cheios de lágrimas quanto a voz. — Jeremy, eu *sei* que eles não erraram na história. Você admitiu na noite passada que tinha trazido a Estrela de Jaipur, e eu mesma a vi no vestíbulo há menos de duas horas!

Jeremy ergueu uma das sobrancelhas. Aquele foi o único músculo além da boca que se mexeu quando falou:

— Você viu a princesa Usha no vestíbulo duas horas atrás. Você não viu a Estrela de Jaipur.

Maggie achou que poderia romper um vaso sanguíneo de tão irritada. Ela ergueu o leque fechado, como outra mulher teria feito com uma faca, e o posicionou junto ao peito do duque.

— Jeremy — disse ela, entre os dentes cerrados. — A princesa Usha *é* a Estrela de Jaipur!

— Na opinião dela, talvez — disse Jeremy, dando levemente de ombros. — De fato, muitos se referem a ela assim, inclusive o tio que a adora. Como um apelido. Mas a verdadeira Estrela de Jaipur não é uma mulher, é uma pedra.

O leque se manteve exatamente onde estava, apontado ameaçadoramente para o coração de Jeremy.

— Jeremy — disse Maggie. — O jornal disse que você recebeu a Estrela de Jaipur pela sua bravura no Palácio dos Ventos. Segundo o *Times*, a Estrela de Jaipur é a sobrinha do marajá...

— Certo — confirmou Jeremy. — Até aí é verdade. Ele de fato tentou me impingir a sobrinha. Foi uma situação difícil porque, na Índia, dar a sobrinha ou a filha a um homem é considerado uma grande honra. Principalmente uma mulher como a princesa, que muitos nativos acreditam ser bonita demais para ser olhada diretamente...

Maggie bufava ao ouvi-lo, mas Jeremy a ignorou.

— Quero que entenda — continuou, como se não tivesse sido interrompido — que eu não podia dizer para o marajá algo como "*Ah, obrigado, mas não vou aceitar*". Seria um insulto horrível. Não somos muito populares por lá, e algo nesse sentido teria arruinado qualquer chance de chegarmos a uma relação amigável com o governo da província...

Maggie parecia estar a ponto de enfiar o leque nos olhos de Jeremy a qualquer momento.

— Essa história tem um final? — perguntou.

Ele sorriu. Não havia nenhuma outra mulher no mundo, à exceção, possivelmente, de sua tia, que fosse sempre tão indelicada com ele como Maggie Herbert. Talvez por isso a amasse.

— Tem, sim, Mags. O que o *Times* obviamente deixou de reportar, talvez por não ser uma história interessante, foi o que depois expliquei ao marajá. Isto é, que embora apreciasse a honra que ele me conferia ao me presentear com a sobrinha, eu já tinha uma namorada em meu país. — Jeremy começou a procurar alguma coisa no bolso. — Ele foi bem camarada e me deu isto em troca.

Jeremy tirou a mão do bolso. Ao abri-la, mesmo sob a fraca luz da lua, a Estrela de Jaipur ofuscava. Fora a poeira de tecido que grudara por ficar tanto tempo no bolso, era uma gema de perfeição raríssima.

Maggie, contudo, não abaixou o leque. Jeremy percebeu que nem a beleza da pedra nem seu óbvio valor a tinham impressionado. Uma reação típica de Maggie.

— Se o que diz é verdade — perguntou friamente —, então por que a princesa Usha estava em seu vestíbulo esta tarde?

— Isso é um mistério para mim também — respondeu Jeremy, fechando a mão com um suspiro e guardando a pedra de volta no bolso. — Segundo seu intérprete, visto que, como você deve saber, Usha não fala inglês, ela se apaixonou por mim e está determinada a se casar apesar de todas as minhas objeções.

Maggie arremessou o leque na direção de Jeremy com toda a força que conseguiu reunir. Felizmente, ele anteviu o movimento e se esquivou, fazendo o leque bater no braço do sofá de couro e cair com um ruído no chão de parquete. Ainda agachado, Jeremy olhou para Maggie, pasmo.

— Eu *sabia*! — gritou Maggie. — Eu sabia! Jerry, como pôde?

— O quê? — Jeremy ergueu os braços para se proteger dos tapas de Maggie. Ao que parecia, em sua ausência Maggie se tornara uma esbofeteadora, afinal. — O que eu fiz?

— O que você fez? — repetiu Maggie com a voz falhada e rouca. — Pois eu lhe direi o que fez, seu idiota! *Você fez com que ela se apaixonasse*... assim como fez comigo — concluiu Maggie baixinho, de modo que só ela ouvisse. A ideia era tão exasperante que sentira necessidade de golpear algo. Jeremy, que parecia confuso diante do que ela dizia, parecia ser o escape perfeito para sua raiva contida. Infelizmente, seu punho só alcançou o braço superior de Jeremy, com o qual ele instintivamente protegera o rosto para se proteger.

Mesmo com a excelente proteção de seus músculos, Jeremy se assustou. Maggie ainda tinha uma excelente direita. E, considerando que foi ele quem lhe ensinara o golpe, o soco era ainda mais humilhante.

Pelo modo como ela pulava de um lado para outro — uma visão assaz interessante, considerando a profundidade do decote — segurando a mão direita, que parecia doer do soco anterior, Jeremy viu que Maggie se machucara. Por mais que não quisesse feri-la, Jeremy queria menos ainda que Maggie se machucasse. Ao ver que isso já acontecera, concluiu que estava na hora de pôr fim àquela palhaçada e, como qualquer bom militar, decidiu fazê-lo o mais rápido possível.

Talvez segurar Maggie pela cintura e jogá-la no sofá de couro não tenha sido a maneira mais diplomática de conduzir a situação. E supôs que isso não melhorou quando se lançou por cima dela, prendendo-a onde estava com o peso de seu corpo e, em seguida, quando ela tentou se levantar, segurando-lhe os dois pulsos ao lado da cabeça. A situação, contudo, o encheu de alegria, mesmo diante do rosto lívido de Maggie.

— Saia... de cima... de mim! — disse Maggie, ofegante.

— Penso que não vai dar — disse Jeremy, admirando-lhe os seios que se haviam expandido sob o decote do vestido e os mamilos rosados que o cetim deixava entrever. Do jeito que Maggie estava sem ar e seu peito subia e descia, não demoraria muito para um pouco mais de seu corpo ser revelado. E ele seria um tolo se não continuasse a postos para observar. — Caso você se lembre, da última vez que saí de cima de você tive de esperar cinco anos para conseguir uma chance de subir novamente. Uma coisa eu aprendi na cavalaria, minha querida: oportunidade é tudo, e bater em retirada leva a exatamente lugar nenhum.

— Jer... — Maggie começou a gritar, mas ele achou que comprimir-lhe a boca sob a sua era uma ótima maneira de silenciá-la.

Capítulo 18

— JEREMY — DISSE MAGGIE QUANDO finalmente conseguiu respirar.

— O quê? — Jeremy inclinou a cabeça e começou a beijar-lhe o pescoço, primeiro onde a pulsação batia tão rápido quanto a sua, e em seguida movendo-se inexoravelmente em direção à parte posterior da orelha direita.

— E se alguém entrar? — perguntou sem ar, virando a cabeça para que Jeremy pudesse alcançar seu objetivo com mais facilidade.

— Pedirei — ele lhe cheirou a orelha — que saia.

Maggie suspirou diante das sensações que Jeremy lhe provocava. Não sabia ao certo o que acontecera. Num instante, estava furiosa com ele; queria, de fato, matá-lo. Preparara-se mentalmente ao longo dos anos para a eventual chegada de Jeremy — sabia que um dia ele retornaria. *Teria que* voltar. Afinal, era o duque de Rawlings. Ela ensaiara o que falaria, como agiria...

Mas jamais, em toda a sua imaginação, Maggie se vira, menos de 24 horas após a chegada de Jeremy, deitada em seus braços sendo beijada atrás da orelha.

E não parava aí. Ele lhe soltara os pulsos e agora tinha as duas mãos em seus seios, investigando, ansiosas, um território que só ele tocara antes. Maggie não podia evitar que a sensação dos dedos ásperos de Jeremy contra sua pele suave fizesse suas costas arquearem.

Também não podia evitar que seus braços se elevassem para lhe abraçarem o pescoço ou que virasse o rosto para ganhar mais um beijo. Não foi culpa sua, quando os lábios de ambos se encontraram, sua boca se abrir. Como poderia não gemer ao sentir a língua dele encontrando a sua? E o que podia fazer se aquele gemido o excitou, fazendo com que lhe apertasse os mamilos que estavam duros como pedras, tanto de desejo quanto de frio?

Este é *Jeremy*, era só o que Maggie conseguia pensar. *Este é Jeremy*.

E de algum modo isso fez com que tudo parecesse ficar bem.

Não era nada como antes. Agora era completamente diferente. Antes ela era uma menina, não entendia o que estava acontecendo. Agora só entendia um pouco melhor — afinal não tinha nenhuma experiência —, mas ao menos sabia, pelo que Berangère lhe explicara, que a contração que sentia entre as pernas era perfeitamente normal. Quando Jeremy inclinou a cabeça para saborear-lhe um dos mamilos firmes, Maggie sabia o porquê do consequente fluxo de umidade que sentiu na junção das coxas. E não era mais tão ignorante para achar que o que pressionava insistentemente seu abdômen com tanta firmeza era o cabo de uma faca. Agora sabia precisamente do que se tratava e até se excitava por saber que *ela* provocara aquilo, *ela* fizera aquilo ficar assim. A ideia era tão inebriante que Maggie instintivamente aproximou uma das mãos, incerta, e tocou-lhe a ereção com as pontas dos dedos só para se assegurar de que estava ali... e de que era sua.

Imagine sua surpresa quando Jeremy, cuja respiração se tornara irregular ao primeiro toque de sua mão, seguiu seu exemplo, tocando-lhe entre suas pernas!

Maggie não tinha a menor ideia de como, mas ele conseguira insinuar a mão sob a saia do vestido e sob a cintura dos calções. Pela primeira vez na vida Maggie apreciou a vasta experiência anterior de Jeremy com as mulheres. Jamais sentira nada tão bom quanto os dedos de Jeremy delicadamente a abrindo e, em seguida, a acariciando. Maggie sequer corou quando ele ergueu a cabeça para observar-lhe o rosto enquanto percorria os lábios de sua vagina apertada e úmida com um dos dedos. Ela ofegou, talvez, um pouco — era uma sensação tão estranha! —, mas não corou. Nem mesmo quando Jeremy pressionou a mão — agora escorregadia de sua própria umidade — contra seu osso púbico e começou a massageá-lo, suavemente, fazendo-a arquear a coluna ainda mais e pressionar o corpo sedento contra o seu.

Sem saber, Maggie tirara uma dúvida que incomodava Jeremy desde que ele recebera a carta de Pegeen informando sobre o noivado de Maggie. Durante meses ele se torturara diante do pensamento de que outro homem pudesse ter assumido este território que reivindicara para si havia muitos anos. Mas a reação ofegante de Maggie a seu primeiro toque e o sulco quente entre as pernas tiraram-lhe aquela dúvida: Maggie ainda era virgem. Ele apostaria sua própria vida nisso. E ainda assim era mais ávida e se entregava mais do que qualquer mulher das mais experientes que já conhecera...

E então Jeremy pediu, numa voz irregular:

— Toque-me também.

Maggie entendeu o que ele quis dizer. Soube exatamente o que ele desejava e não hesitou, pelo contrário. Buscou a frente da calça de Jeremy, e seus dedos trêmulos a desabotoaram com facilidade. Então, de repente, segurava o órgão grosso e viril em sua mão, maravilhando-se diante da estranha rigidez, sentindo-o pulsar contra sua pele, enquanto ele pressionava a própria mão, com mais vigor, contra o centro intumescido de seu sexo, provocando-lhe uma necessidade que crescia lá dentro, uma sensação de vazio que, naquele instante, ela soube que só ele poderia preencher...

Foi quando a porta da biblioteca se escancarou, e acima da música da orquestra e dos guinchos e das risadas femininas, uma voz masculina chamou:

— *Marguerethe? Est-ce que êtes vous ici?*

Maggie moveu-se tão rápido que Jeremy só viu uma mancha obscura branco-cintilante. Antes, ela tremia à beira do orgasmo, deitada sob ele, a mão macia fechada sobre seu membro, segurando-o apertado; no instante seguinte, estava de pé, a poucos metros de distância, inteiramente vestida, mas com os seios subindo e descendo rápido, como se tivesse corrido para chegar ali.

— Ah, olá, Augustin — respondeu Maggie com uma voz que não traía sua emoção. — Sim, estou aqui. Estava a minha procura?

No sofá, Jeremy abotoava as calças devagar enquanto uma sensação de calor lhe queimava o fundo do peito. Infelizmente era uma sensação familiar. Como costumava ter antes de matar alguém.

Jeremy olhou por cima do encosto do sofá para o homem que estava à porta, cuja silhueta era iluminada pela luz intensa que vinha do salão de baile. Só dava para perceber que o francês era alto. E que não pronunciava o nome de Maggie corretamente.

— Mas por que está se escondendo aqui, *ma chérie*, neste lugar frio e escuro? — perguntou de Veygoux, num ar gentil e ao mesmo tempo punitivo. — A marquesa de Lynne está aqui fora, quer conversar com você sobre um retrato dos netos...

A voz de Augustin sumiu quando Jeremy se levantou. Finalmente o francês percebera sua presença.

— Ora, mas quem é esse homem que está com você, *chérie*?

Maggie lançou um olhar rápido para trás como se tomasse ciência da presença de Jeremy naquele instante.

— Ele? — Maggie tentava ganhar tempo, torcendo para que tudo fosse um pesadelo do qual acordaria a qualquer momento. — Hum, bem, ele é...

Ao perceber que Maggie deixaria escapar a oportunidade da apresentação, ou que simplesmente mentiria, Jeremy assumiu a dianteira:

— Rawlings. — Com cuidado, sabendo o que precisaria fazer, Jeremy deu a volta no sofá. — Tenente-coronel Rawlings, Guarda Montada de Sua Majestade a rainha.

— É mesmo? — O francês entrou na biblioteca e encostou a porta para isolar a luz e o barulho. — Que curioso! *Marguerethe*, seu pai não trabalhou como conselheiro jurídico do duque de Rawlings?

Maggie só conseguiu confirmar com a cabeça. Parecia ter perdido a capacidade da fala.

— Diga-me, coronel — continuou Augustin —, o senhor é parente do duque? Conheci os tios dele, mas ainda não tive o prazer de conhecê-lo pessoalmente...

— Pois então precisamos corrigir a situação, não é mesmo? — Agora que de Veygoux fechara a porta, Jeremy pôde ver que o noivo de Maggie tinha quase sua altura e sua idade. Mas era ruivo. *Muito* ruivo. Ele era, na verdade, o homem de cabelo ruivo que o fitava atentamente na pista de dança. Mais um motivo para não gostar dele. — Eu poderia muito provavelmente os apresentá-los a você.

— Ah, que fantástico! — exclamou de Veygoux. Ele se aproximou com a mão direta estendida para Jeremy. — Permita-me que me apresente, coronel. Sou Augustin de Veygoux, noivo de mademoiselle Herbert...

As coisas não poderiam ter evoluído mais a gosto de Jeremy, a não ser que ele de fato tivesse conseguido deflorá-la no sofá de couro dos Althorpe. Virando-se para Maggie como se estivesse pasmo, exclamou:

— O *quê?* Você está *noiva*, Maggie?

Ela fechou os olhos, querendo, ao abri-los, encontrar-se em sua própria cama em Herbert Park, bem longe de Londres. Mas não teria essa sorte. Quando abriu os olhos de novo, Augustin e Jeremy a encaravam — um, confuso, e o outro, aparentemente ultrajado.

— Jerry — lamentou Maggie com suspiros. — Eu pretendia contar. Só que...

Mas Augustin interrompeu:

— *Jerry* — repetiu ele, lançando um olhar de suspeita na direção de Jeremy. — Mas não é esse o nome de seu cãozinho, *ma*...

— Ela não é a sua *chérie*, seu francês idiota — cortou-o Jeremy bruscamente.

Sem mais nenhuma palavra, Jeremy recuou uma das mãos em punho e a lançou com toda a força no rosto de Augustin de Veygoux.

Capítulo 19

— Pelo que entendi — disse Augustin, com a voz abafada sob o lenço de linho de Maggie encharcado de sangue —, aquele homem era o duque de Rawlings, não?

Maggie, que mal conseguia permanecer sentada na carruagem de tão furiosa, respondeu, exasperada:

— Mas é claro que sim! Quem mais teria a audácia de se aproximar de meu noivo e esmurrar-lhe o rosto?

Augustin olhava com tristeza para o que conseguia ver da rua iluminada a gás, coberta pelo nevoeiro, através do vidro da janela da carruagem.

— Eu não sabia que a natureza de seu relacionamento com o duque de Rawlings era de tal ordem que ele podia se sentir compelido a dar um soco em seu noivo — observou ele, o nariz quebrado tornando difícil pronunciar corretamente as palavras. — Talvez você tenha deixado de me contar alguma coisa, *chérie*.

Maggie negou com a cabeça, impaciente, e os brincos de diamantes herdados da mãe balançaram como pêndulos. De fato lamentava por Augustin — afinal, o pobre homem tivera o nariz quebrado, e tudo por culpa sua! —, mas estava furiosa demais para falar. Queria ver Augustin seguro na casa dele e depois voltar para casa... onde pretendia ter um confronto tão desagradável com

Jeremy que talvez ele também se visse com o nariz quebrado antes que ela concluísse o que pretendia.

Francamente, ele a *humilhara* no baile! Primeiro por seduzi-la na biblioteca de lorde Althorpe, e depois por esmurrar seu acompanhante. A manifestação violenta de Jeremy fora absolutamente descabida. Augustin, de tão surpreso, nem tivera condições de se defender. Não que Jeremy tenha ido além do primeiro ataque. Um único soco fora o bastante para lançar Augustin de encontro ao bufê e tombar vários sinos que ali estavam sobre arranjos de pássaros empalhados e flores secas. Obviamente, o estrondo resultante logo atraiu todos, inclusive lorde Althorpe. E embora Jeremy instigasse Augustin a se levantar e lutar como homem — Maggie corava só de lembrar! —, ninguém ousara censurá-lo, *ninguém*. Afinal, ele *era* um duque.

Bom, fosse o que fosse, Maggie tinha algumas coisinhas a lhe dizer, mas, lamentavelmente, nada que pudesse ser ouvido pelos outros convidados de lorde e lady Althorpe — aliás, pessoas que até então Maggie nutria a esperança de que lhe contratassem para alguns serviços. Agora não adiantava sonhar com isso. Ah, não. Quem contrataria uma pintora de retratos que podia provocar uma luta e a destruição de um bufê? Todo o seu trabalho daquela noite, a socialização com os convidados, os sorrisos... para quê? Para *nada*, porque Jeremy Rawlings, aquele patife brigão e arrogante, aquele maldito filho da puta — sim, era o que ele era, um filho da puta —, arruinara tudo!

E por quê? Por causa de seu terrível, abominável orgulho. Jeremy Rawlings não a queria. Ou melhor, a *queria*, sim, mas porque ainda não a tivera. Como ousava simular indignação por ela estar noiva de outro homem depois de *cinco anos* sem enviar uma linha sequer? Então deveria esperar por Jeremy indefinidamente? Para quê? Para se tornar sua amante? Pois Maggie certamente jamais ouvira dizer que tentar seduzir a futura esposa no divã da casa de um estranho fosse um ritual aceito na Inglaterra atual...

Mas Jeremy se arrependeria. Ah, Maggie cuidaria para que isso acontecesse. Lorde Althorpe podia tratá-lo bem, oferecer-lhe um charuto e dizer-lhe, para acalmar os nervos — "Ah, os homens são assim" — enquanto seus criados limpavam o sangue e varriam o vidro quebrado. Mas Maggie não deixaria que ele se livrasse disso. Na verdade, ela não deixaria que ele se livrasse do fato. Quando ele chegasse a casa, ela o atacaria de uma forma que ele jamais vira. Se Jeremy achava que os tigres da Índia eram perigosos, ainda não vira Maggie com a disposição que estava.

— Pareceu-me que já houve algo entre vocês dois.

A voz suave de Augustin interrompeu os pensamentos de Maggie.

Ela se virou, assustada, para vê-lo sob a luz indistinta do lampião da carruagem.

— Sim — continuou ele, analisando o rosto de Maggie envolto na fina pele de arminho. — Sim, houve. Não negue, *chérie*.

— Não houve... — A voz de Maggie saiu rouca, e ela limpou a garganta. — Não houve, Augustin — repetiu ela, calma, e ao fazê-lo acreditou no que dizia. — Eu tinha 16 anos. Ele era mais velho. Foi apenas uma tarde inconsequente. — Percebendo a expressão de Augustin, ela acrescentou depressa: — Nada aconteceu. Ele foi embora e eu também. Só isso. — Maggie virou o rosto para olhar pela janela. Sabia que seus olhos poderiam traí-la tanto quanto o forro dos calções que, ainda úmido, evidenciava sua excitação de antes.

No entanto, apesar dos esforços de Maggie para ocultar a verdade, Augustin pareceu saber que ela mentia.

— Isso não foi tudo — disse ele na mesma voz suave de quando a advertia de que estava usando gesso demais na tela. — Talvez para você tenha sido só isso, mas não para ele, *Marguerethe*. Não creio que um homem quebre o nariz do noivo de alguém só por isso.

Dentro do agasalho, Maggie fechou as mãos.

— Está enganado, Augustin. Jeremy não sente nada por mim. Fui apenas uma diversão de uma tarde de primavera, mais nada. Além disso, ele agora tem outra pessoa. — Sua voz sequer falhou ao dizer isso. — Você deve ter lido a respeito. É uma princesa indiana.

— Mas então por que ele me atacou?

— Porque — respondeu Maggie, desgostosa — bater é a única coisa que Jeremy sabe fazer. Ele costumava bater nas pessoas quando era criança. A única diferença é que, na Índia, as pessoas começaram a contra-atacar.

— Então devo atacá-lo, *chérie*, da próxima vez que o vir?

Maggie virou-se para fitá-lo, horrorizada.

— Claro que não! Ele o matará, Augustin!

O noivo deu um sorriso amargo que Maggie não pôde ver pois o lenço ensanguentado lhe cobria a parte inferior do rosto.

— Você tem tão pouca fé em minhas habilidades pugilísticas, *chérie*!

Ao perceber seu erro, Maggie logo tentou se explicar:

— Não, não é isso. É só que...

Mas naquele instante a carruagem deu uma solavanco e parou. Um dos lacaios abriu a porta, ansioso para levar o amo para o interior da casa, onde um médico já aguardava. Felizmente, antes de deixar a casa do conde de Althorpe, Maggie enviara um mensageiro à casa de Veygoux para informar sobre o "acidente". Pelo menos havia algo de bom: a mãe de Augustin ainda estava em Paris. Só Deus sabe o que madame de Veygoux diria se soubesse da triste sorte de seu amado filho.

— Cuide para que ele siga a orientação do médico — avisou Maggie ao lacaio enquanto eles o ajudavam a descer da carruagem. — Augustin, faça o que o médico mandar.

— Não gosto disso — disse Augustin da rua. Sob a neve que caía suave, sua figura alta, de cartola e um lenço ensanguentado junto ao nariz, era triste. — Não gosto da ideia de você ir para casa sozinha. E se ele *estiver* lá esperando por você?

Maggie não precisou perguntar a quem Augustin se referia.

— Não se preocupe comigo — respondeu, convicta. — A esta altura, lorde e lady Edward já devem ter voltado de Yorkshire, portanto não estarei sozinha. Além disso, sou capaz de me cuidar, Augustin.

Sem esperar pelo lacaio, Maggie bateu a porta da carruagem e afundou no assento de couro. Que noite! E só iria piorar. Pelo menos para uma pessoa.

Mas quando Maggie chegou à mansão de Park Lane, foi informada por Evers de que Sua Graça ainda não retornara. Maggie não se surpreendeu. Ele ainda devia estar se deleitando com os excelentes charutos de lorde Althorpe. Sem dúvida os dois estariam jogando bilhar; Jeremy sempre fora um bom jogador. Que tipo de país é este, perguntou-se Maggie enquanto desfazia os laços do capote, em que um homem pode golpear um convidado numa festa e destruir um bufê e logo ser perdoado, só por ser o décimo sétimo duque de Rawlings? É lamentável, pensou. Absolutamente lamentável.

— Quero ser informada quando Sua Graça retornar — avisou Maggie ao mordomo sem rodeios quando ele pegou seu cachecol. — No *instante* em que ele retornar, Evers, por mais tarde que seja.

— Sim, senhorita — disse Evers. — Claro, senhorita.

— Porém não é preciso informar lorde e lady Edward — acrescentou Maggie, em tom casual. — Quero dizer, quanto a meu pedido de ver Sua Graça tão tarde da noite.

— Lorde e lady Edward ainda não voltaram de Yorkshire — explicou o mordomo, cauteloso.

Maggie virou-se para encará-lo com os olhos arregalados.

— *Como?* Mas eu pensei que eles eram esperados de volta esta noite!

— De fato, mas deve ter havido algum problema. — Evers sacudiu o capote de Maggie antes de dobrá-lo e pendurá-lo no braço. — Talvez uma nevasca. Ou quem sabe chegou a hora de lady Edward...

— Oh, Deus! — Maggie levou as mãos ao rosto, sem conseguir esconder sua angústia. — Evers, se eles não... Quero dizer, não posso ficar aqui a sós com...

— Eu não me preocuparia, Srta. Margaret — disse Evers de uma maneira que Maggie considerou gentil demais em se tratando dele. — O mais provável é que o mau tempo os tenha atrasado. Nesta época do ano é comum os trens que vêm de Yorkshire só chegarem à estação depois da meia-noite. Se a senhorita quiser, eu a acordarei quando chegarem.

Maggie mordeu o lábio sem saber o que fazer. Se mais gente soubesse que ela passara a noite desacompanhada na casa do duque de Rawlings...

Por outro lado, depois da cena na casa de lorde Althorpe, seria difícil arruinar mais sua reputação.

Maggie olhou para as portas que levavam à sala de visitas e foi tomada de um pensamento ainda pior.

— Evers? — chamou Maggie, ofegante.

— Sim, senhorita?

Maggie não sabia exatamente como abordar o assunto.

— Os visitantes que tivemos no fim da tarde...

Evers estremeceu de forma quase imperceptível.

— A senhorita quer dizer a, hum, princesa?

— Sim — respondeu Maggie. — A, hum, princesa. — Onde...

— A princesa e o Sr. Sanjay voltaram para o Dorchester, onde, pelo que sei, a princesa ocupou uma suíte.

Maggie tentou não demonstrar seu alívio.

— Ah — disse ela. — Obrigada, Evers.

— Não há de quê, senhorita.

Apesar da informação reconfortante, seguida de um demorado banho de imersão e de um chocolate quente trazido por Hill, Maggie continuou acordada por muito tempo a coçar as orelhas de Jerry, atenta ao som de alguma carruagem que se aproximasse e parasse em frente à mansão. À medida que os minutos se transformaram em horas e o sino da igreja bateu meia-noite, depois 1 hora, a ansiedade de Maggie cresceu. Nenhum sinal do duque, nem dos tios dele. Onde *estavam* eles? Era fácil entender a demora de Jeremy. Sem dúvida temia voltar para casa de tanta vergonha de encará-la, o covarde.

Por outro lado, ele *era* um herói militar condecorado. Será que um confronto — qualquer que fosse — o intimidaria de fato? Suponhamos que ele não a estivesse evitando, que estivesse apenas se divertindo em algum lugar, sem vontade de voltar para casa. Suponhamos que estivesse com a princesa no hotel dela! Maggie sentou-se, já sem sono, e examinou o relógio que ficava ao lado da cama, aproveitando a luz que ainda restava do fogo da lareira. Duas horas da madrugada. Onde mais ele poderia estar? Mesmo em Londres havia poucos locais abertos até tão tarde, até para duques. Jeremy *só podia* estar com a princesa. Onde mais *poderia* estar?

E por que não? A *princesa* não atirara nenhum leque nele, não lhe socara o braço nem ficara noiva de outro homem. A *princesa* não gritara com ele como uma vendedora de peixes, não o ridicularizara com sarcasmo ou se comportara no geral de forma tão desagradável quanto Maggie desde que ele retornara da Índia. Que homem não teria preferido a companhia de outra mulher, qualquer uma, à de Maggie, com sua atuação detestável?

Ah, Deus! Com certeza ele estava lá! Com Usha. A bela Usha, de olhos amendoados, sandálias incrustadas de pedras preciosas, pequenos seios eretos e dedos morenos e hábeis...

A suave batida na porta do quarto de Maggie não a acordou. Havia algum tempo concluíra que seria impossível dormir naquela noite. Ela abriu a porta, piscou diante da luz de uma vela e só então percebeu que a vela estava nas mãos de *Evers*, logo ele. O mordomo usava uma camisola de dormir e um robe, além de um gorro vermelho vivo que pendia de sua cabeça, muito diferente de sua aparência durante o dia, com a gravata branca engomada e o terno preto.

— Lamento acordá-la, Srta. Margaret — murmurou Evers, com um tom de ansiedade sob a desculpa polida. — Mas estou no fim de minha capacidade. Alguém precisa argumentar com ele.

Maggie mostrou-se surpresa.

— Argumentar com quem? — perguntou, a voz rouca depois de tanto tempo sem falar. — Que horas são?

— Três e meia. Com o duque, senhorita. Temo que ele...

— O duque? — Maggie balançou a cabeça, sem entender. — Ele chegou?

— Sim, senhorita. Mas...

Maggie já buscava o robe.

— Mas o quê? — perguntou, vestindo-o. Então virou-se para o mordomo, assustada. — Deus do céu, ele não está doente, está?

— Doente, não, senhorita. — Evers engoliu em seco antes de continuar. — Temo que tenha levado uma punhalada.

— Uma *punhalada*?

Sem esperar por mais explicações, Maggie passou correndo pelo mordomo em direção ao corredor.

Capítulo 20

Jeremy falhara.

Ele sabia disso, e não se importava em admiti-lo. Era preciso ser um homem de verdade para assumir que estava errado, e Jeremy era um. Cometera um grande erro. Fracassara. Arruinara tudo. Fizera uma confusão.

A única pergunta, agora, era: como iria corrigir?

Estava preparado para admitir que surrar o comedor de lesmas não fora a jogada mais inteligente de sua vida — embora não se sentisse necessariamente culpado por seus atos naquele instante. Afinal, estava a minutos, talvez segundos de conseguir o que se tornara seu objetivo de vida.

Alguns homens sonham em construir pontes. Outros, vencer guerras. Outros, ainda, sonham em curar a fome e as doenças, enquanto outros desejam apenas a riqueza. Jeremy compreendia esses sonhos e estava preparado para tolerar os homens que os nutrissem. Mas para ele, só havia um objetivo que valia seu tempo e sua energia: um objetivo único que o impulsionara por cinco longos anos. E ele era, simplesmente, Maggie Herbert.

Jeremy estivera próximo, muito próximo, e de repente vira suas esperanças serem transformadas em pó por culpa de um francês desajeitado com cabelos vermelhos.

Althorpe deu um tapinha nas costas de Jeremy, tirando-o de seu devaneio.

— Venha, Vossa Graça. Não é tão mau assim. Essas campânulas não valiam mais de dez, 12 libras. E estavam sobre uns ridículos pássaros empalhados. Não ligue para as palavras de minha esposa. No que me concerne, estamos muito bem sem isso. Beba mais um brandy.

Jeremy, sentado no mesmo sofá em que, poucas horas atrás, poderia ter alcançado a felicidade almejada por cinco longos anos, estendeu o copo para ser reabastecido.

— Eu estraguei tudo — disse, enquanto Althorpe derramava a bebida. Jeremy sabia que estava se tornando um doentio sentimental, mas não conseguia evitar. Afinal, estivera tão perto...

— Ora — disse Althorpe, endireitando o corpo para examinar o conteúdo do decantador de cristal que tinha nas mãos. — Você não estragou nada. Compre-lhe uma pulseira e ela o perdoará. É sempre assim com elas.

— Não — disse Jeremy com um suspiro. — Não ela.

— Besteira. Ela é uma mulher, não é?

— Sim...

— Pois então o perdoará.

Althorpe suspirou ao se sentar numa poltrona. Agora que havia fogo na lareira antes apagada, a biblioteca estava iluminada e aquecida demais, mas lorde Althorpe não parecia notar. Jeremy sabia que ele estava bêbado, ainda mais porque a atuação insensata do duque de Rawlings lhe fornecera uma desculpa para continuar bebendo muito tempo depois que os outros convidados tinham ido embora.

Não era agradável discutir sua vida amorosa com um conde que estava na casa dos 40 e completamente bêbado. No momento, contudo, Jeremy não tinha muitas opções. Poderia ter ido para casa, mas isso inevitavelmente resultaria em mais sofrimento. Ah, certamente Maggie estava lá. Mas ele não poderia tocá-la, não poderia sequer se aproximar dela, agora que estava furiosa por seu ataque ao noivo. Jeremy vira a expressão em seu rosto logo após ter tido a satisfação de quebrar o nariz do comedor de lesmas. Não era uma expressão de quem perdoa. E quando ela disse "Eu o verei em casa", a frase fria soou mais como uma ameaça do que como uma promessa de que continuariam aquilo que de Veygoux interrompera.

Não, não havia nada a seu favor: ele arruinara tudo.

— Está bem, está bem — disse Althorpe subitamente, engolindo as palavras devido à bebida. — Talvez não uma pulseira. Que tal uma casa? Uma casa para ela. Nenhuma mulher consegue resistir a uma casa. Ela poderá reformá-la, pendurar cortinas de renda nas janelas, esse tipo de coisa. As mulheres adoram isso. O caminho é presenteá-la com uma casa, meu rapaz. Por que não procura em Cardington Crescent? Minha irmã mora lá e simplesmente adora.

Jeremy fitou seu anfitrião com uma expressão de tristeza. Sentia que ter esse tipo de ajuda não era tão melhor que não ter ajuda alguma. Bem, pelo menos era divertida. Lorde Althorpe, contudo, parecia incapaz de captar a magnitude do erro de Jeremy. Porque amassar o nariz do francesinho comedor de lesmas não foi como tudo começou. Não, tudo começara muitos meses antes, na Índia, quando ele ouvira aquele ridículo boato de que estava prestes a receber a mão da sobrinha do marajá em troca de sua bravura em Jaipur. Jeremy rira dos rumores sem acreditar numa palavra sequer — até a noite em que o marajá de fato lhe fizera a oferta.

E mesmo na hora, Jeremy achara engraçado, tratando toda a situação como uma grande piada. Deveria ter desconfiado, principalmente quando a própria princesa começou a se aproximar, lançando-lhe olhares apaixonados a ponto de seus próprios soldados se cutucarem de forma significativa em solenidades públicas. Nas solenidades privadas às quais Jeremy era obrigado a comparecer, Usha aparentava ser uma boa garota — embora eles só trocassem palavras por intermédio do intérprete e Jeremy jamais demonstrasse qualquer interesse. Até que um dia um sujeito da embaixada teve com ele uma conversa em particular e o informou sobre as possíveis consequências de se quebrar o coração de um membro da família real do Rajastão. Foi aí que Jeremy compreendeu que o gesto do marajá, que ele via como antiquado, na verdade era muito sério. A princesa se considerava noiva, e, para a embaixada, Jeremy era um risco diplomático...

Algumas palavras em particular com o tio da moça seriam o bastante para resolver a situação... Pelo menos no que se referia a Jeremy. A sobrinha do marajá, contudo, agia de uma maneira que ia muito além da capacidade de Jeremy resolver; a jogada da princesa no começo da noite ilustrava muito bem sua atitude. Jeremy ficara lívido ao encontrá-la em sua sala de visitas... E, pela primeira vez, conscientizou-se de que aquilo que imaginara ser um episódio muito divertido em suas aventuras no exterior na verdade assumira proporções gigantescas na imprensa inglesa. Estava claro que, se para ele a Estrela de Jaipur tinha um significado, para o resto da população de Londres — em especial para Maggie — tinha outro totalmente diferente.

Somente naquele instante Jeremy começou a entender, cada vez mais horrorizado, que poderia haver uma razão que ele ainda não levara em conta por trás do súbito noivado de Maggie: o noivado *dele*. Embora isso não fosse desculpa para sua falta de confiança nele — Maggie o conhecia muito bem para saber que jamais amaria outra mulher, princesa ou não —, ficava mais fácil compreender. Agora Jeremy teria a tarefa monumental de provar a Maggie que Usha não significava nada para ele, sendo que a própria Usha tornara a tarefa mais difícil ainda ao voar em seus braços quando ele chegou à sala de visitas naquela noite. Graças a Deus Maggie não estava presente para assistir!

— Coronel-duque — exclamara Usha ao comprimir seu pequeno corpo contra o dele. — Olá!

Revirando os olhos, Jeremy gentilmente se desvencilhara da princesa e se voltara ao intérprete, um rapaz respeitável que se graduara na mesma universidade que expulsara Jeremy cinco anos atrás:

— Tenha dó, Sanjay. O que ela está fazendo aqui? O tio dela sabe onde ela está?

Sanjay negou, pesaroso, a borla do chapéu de seda balançando de um lado a outro.

— Não, Vossa Graça. Ela insistiu em viajar para a Inglaterra usando nomes fictícios. Creio que isso fazia parte da empolgação de... Como vocês dizem? Ah, sim, fugir de casa.

— Pois não poderão ficar aqui — explicou Jeremy. — É melhor você escrever para o marajá, e rápido. Só me falta ele pensar que raptei a Estrela de Jaipur.

— Já tomei essa providência, Vossa Graça — informou Sanjay. — Deixei uma carta para Sua Excelência.

— Ótimo. — Jeremy olhou na direção da princesa Usha, que o admirava com adoração em seus olhos escuros. Jeremy, contudo, percebeu que havia algo sutilmente calculado e rapidamente desviou os olhos, sentindo-se pouco à vontade. — Ouça, Sanjay, isto é muito estranho. Vocês não podem ficar aqui.

— Não é preciso se preocupar com nossas acomodações, Vossa Graça. Já reservei uma suíte para a princesa no Dorchester. — Sanjay lançou um breve olhar para a princesa, que continuava com os olhos em Jeremy. — Ela desaprovou, claro. Estava convencida de que o senhor iria preferir que ela ficasse consigo.

— Mas nós já conversamos sobre isso — começou Jeremy, cansado. — Eu achei que...

— Eu tentei explicar a ela — interrompeu Sanjay, com tristeza —, o significado de suas palavras ainda em Jaipur, quando lhe disse que havia outra mulher. Mas o senhor precisa entender que, se a princesa não desposá-lo, sua única alternativa será voltar para Jaipur e se casar com o homem a quem está prometida desde que nasceu, um marajá de uma província próxima do Rajastão.

— Isso não parece tão mau assim — opinou Jeremy.

— Mas sem dúvida *é*, Vossa Graça. A princesa não será a primeira esposa do marajá, honra que acredita merecer, mas a terceira. Isto significa que será obrigada a servir as outras duas. Casar-se com o senhor é sua única esperança de manter a mesma qualidade de vida à qual se acostumou morando no Palácio dos Ventos. Por isso sua rejeição é um golpe tão grande para ela. — A voz de Sanjay não continha nenhum sinal de censura, ele apenas se limitava a expor a situação. — Isso e o fato de a princesa obviamente não estar acostumada a qualquer tipo de rejeição. Os Rajput são conhecidos em meu país por sua incapacidade de aceitar um não como resposta. Eles são uma tribo guerreira que produz muitos dos melhores líderes militares da Índia, bem como suas mais famosas beldades.

A história triste não sensibilizou Jeremy.

— Por que a princesa não pode simplesmente se recusar a desposar quem o tio escolheu para ela?

Sanjay estava sério.

— Tal recusa só traria desonra para a família Rajput. A princesa seria banida do palácio e perderia todo o conforto que sempre teve. Toda a sua riqueza lhe foi concedida pelo tio. Se ela o desagradar, logo estará na pobreza...

Sanjay se interrompeu quando a princesa, que estava confortavelmente sentada numa *chaise longue* e envolta num sári colorido, fez um pequeno discurso acompanhado de muitos olhares oblíquos na direção de Jeremy. Quando ela terminou, Sanjay suspirou e disse, com evidente relutância:

— A princesa deseja que o senhor saiba que ela pensou bastante sobre o assunto e está disposta a permitir que se case com essa outra mulher, desde que deixe claro que ela, Usha, é a primeira esposa, e que essa outra deverá necessariamente servi-la...

Jeremy revirou os olhos mais uma vez.

— Meu Deus. Você disse a ela que a bigamia é ilegal neste país?

Sanjay pareceu ofendido.

— Claro que sim, Vossa Graça. Mas temo que a princesa seja incapaz de compreender por que um herói militar e membro da classe dominante não pode ter duas esposas.

Jeremy, completamente frustrado, emitiu um som muito semelhante a um rugido.

— Veja bem, Sanjay — disse ele —, isto já foi longe demais. Não me importa como você o conseguirá, mas terá de deixar bem claro para sua princesa que jamais, e sob nenhuma circunstância, me casarei com ela. Jamais. Não é nada pessoal, eu apenas não estou interessado. E se vocês me dão licença, tenho um compromisso importante agora, portanto preciso mesmo ir...

No entanto, quando Jeremy se virou para sair, a princesa pulou da cadeira e tentou detê-lo, envolvendo-lhe o pescoço com os braços bronzeados e recusando-se a permitir que seu "coronel-duque" partisse. Foi preciso Sanjay usar todos os seus poderes de persuasão — e Jeremy blasfemar um bocado — para convencê-la a soltá-lo, e mesmo assim Jeremy teve a sensação de que ainda não seria a última vez que veria a princesa Usha. Ele não pôde evitar admirar a tenacidade da moça. Uma vez que a Estrela de Jaipur sabia o que queria, nada a detinha até consegui-lo. Muito semelhante a ele próprio, notou Jeremy. Com uma diferença: Usha se iludia caso pensasse que ele poderia amá-la, enquanto que ele *sabia* que Maggie o amava.

O problema era conseguir que ela admitisse.

Jeremy estava envolto nesses pensamentos melancólicos quando dirigiu os olhos para seu anfitrião e viu que ele finalmente sucumbira a Morfeu. Lorde Althorpe dormia em sua poltrona, o queixo apoiado nas dobras sedosas da gravata e um ronco suave partindo de seus lábios a pequenos intervalos. Com um suspiro, Jeremy pôs seu copo de lado e se levantou. Por um breve instante, o cômodo pareceu girar, até que ele se recuperou. Seriam sintomas da malária ou simplesmente a bebedeira? Qualquer que fosse a razão, ele concluiu que estava na hora de ir para casa.

Era mais fácil falar do que agir. Peters era um excelente criado, mas estava longe de ser o melhor cocheiro do mundo, e levou algum tempo até encontrar a Park Lane. Quando finalmente parou a carruagem em frente ao número 22, já era perto das 3 horas da madrugada, e o frio torturava Jeremy como nunca. Fevereiro era um mês cruel, o que poderia explicar por que era também o mais curto; quem poderia suportar aquele frio de congelar os ossos por trinta longos dias? Não o duque de Rawlings. De tão debilitado pelo vento gelado, ele não conseguia descer da carruagem com facilidade e chamou o criado. Peters correu para ajudá-lo e oferecer-lhe um ombro forte como apoio. A perna de pau, contudo, não se firmava na calçada coberta de gelo, e os dois logo andavam aos tropeços como se estivessem bêbados.

Talvez por isso tenham sido escolhidos como presas para o ataque mal-intencionado que se seguiu. Ou talvez pelo fato de o lampião em frente à mansão ter-se apagado, deixando às escuras a rua coberta de neve. Teria o acendedor de lampiões deixado de fazer a ronda, desencorajado pelo frio extremo? Ou teria alguém apagado a chama propositalmente? Qualquer que fosse a razão, Park Lane estava mais escura e fria do que em qualquer das lembranças de Jeremy, porém, como estava muito concentrado em permanecer ereto, não parou para pensar sobre o fato. Depois se censurou por não ter avaliado que dois homens ostensivamente bêbados, numa rua escura e exclusiva como a Park Lane, nas primeiras horas da manhã, seriam um alvo tentador para ladrões.

Quando o ataque veio, Jeremy não o esperava. Foi de fato vergonhoso dois militares serem pegos tão desprevenidos. Peters o ajudava a subir o primeiro degrau que levava à porta de entrada do número 22 quando um indivíduo alto, todo vestido de preto, saiu das sombras da entrada de serviço onde aparentemente aguardava. Jeremy só teve tempo de levantar a cabeça e dizer:

— O que... — E logo foi golpeado fortemente no ombro com um objeto brilhante que o espectro trazia em sua mão direita.

A seu lado, Peters deu um grito rouco e moveu-se para proteger o amo, mas o atacante foi mais rápido. Ele deu a volta por trás do duque e ergueu o braço de novo... Só que desta vez ele estava a postos. Embora o primeiro golpe não o tivesse machucado, Jeremy jamais deixaria o canalha atingi-lo de novo, e desta vez, quando viu o braço do estranho descer, lançou-se para cima dele com um belo soco, aparentemente surpreendendo o assaltante e provocando-lhe alguma dor, pois ele soltou um grito forte.

E então, antes que Jeremy pudesse repetir a dose, o vulto de preto fugiu correndo, como uma aranha que sai em retirada depois de perder uma perna, deixando o duque e o criado ofegantes e chocados na base da escada.

— Santo Deus — exclamou Peters, o primeiro a recobrar a voz. — O senhor está bem?

Jeremy, com o corpo inclinado para a frente para evitar que caísse e as mãos sobre os joelhos, fez um aceno e respondeu:

— Creio que sim — disse ele. — Ele pegou sua carteira, Peters?

— Não, senhor. E a sua?

— Não. — Jeremy levou uma das mãos ao bolso do colete, pensativo. — Ele sequer tentou.

— Comportamento curioso para um salteador, senhor — observou Peters.

— Sim — concordou Jeremy —, se era mesmo um salteador...

— O que mais ele poderia querer além de nosso dinheiro, senhor?

Jeremy forçou os olhos à procura do assaltante.

— Não sei o que pensar. Londres ficou muito fora de controle desde que viajei, Peters.

— É verdade. O senhor quer que eu busque alguém? Um dos lacaios? Nós poderíamos mandá-lo chamar a polícia... — Peters interrompeu a frase, assustado. — Coronel! O senhor está sangrando!

— O quê? — Jeremy fitou o criado sem endireitar o corpo. — Do que está falando? Não estou ferido...

E então Jeremy viu as gotas vermelhas como pétalas de rosa que se derramavam sobre a neve do chão. Elas pareciam vir de seu peito.

— Maldição — disse Jeremy, irritado.

Capítulo 21

— Quer parar de me perturbar com esse exagero todo? Estou bem, já disse!

Essas foram as primeiras palavras que Maggie ouviu ao cruzar a porta do quarto do duque. Pelo tom de irritação com que foram proferidas, ela logo se sentiu aliviada. Se Jeremy conseguia reclamar assim, o ferimento não podia ser tão grave.

A aparência dele, contudo, era assustadora. Deitado sobre uma montanha de travesseiros, sem camisa e, pelo que Maggie pôde perceber, também sem calça embora coberto por um lençol da cintura para baixo, sua pele era pálida como cera de vela — exceto pelo ombro esquerdo, onde fora aplicada uma bandagem tão branca que atraía o olhar.

— Só quero ver se o sangramento parou — disse, em tom áspero, alguém que Maggie não conhecia; aparentemente o criado de Jeremy. Ele subira a escada que ficava na borda da imensa cama de Jeremy e tentava examinar o ferimento por baixo do curativo. Mas estava difícil, tanto pela resistência do duque quanto pelo que parecia ser uma perna de pau amarrada à sua perna direita logo abaixo do joelho. Maggie imaginou que devia ser difícil se equilibrar no degrau da escada com uma única perna.

Infelizmente para o criado, logo em seguida ficou ainda mais difícil conservar-se de pé. Quando Jeremy dirigiu o olhar para o lado da porta e viu Maggie, o choque foi tão grande que ele se sentou ereto — embora com o movimento tenha se retraído de dor — e levou o homem de uma perna só a perder totalmente o equilíbrio. Graças à cortina, ele conseguiu se segurar a tempo de evitar a queda.

— Você! — exclamou Jeremy. Ele mudou de mão um copo que parecia conter uísque e apontou para Evers, que humildemente seguira Maggie até ali. — Está despedido. Arrume as malas e vá embora até amanhã de manhã.

— Ah, meu Deus! — exclamou Evers com voz trêmula.

Maggie olhou irritada para o vulto que estava na cama.

— Ora, Jerry, cale essa boca. Você não pode despedir Evers. Ele só me chamou porque você tinha sido ferido e não deixava ninguém chamar um médico.

— Tampouco a Scotland Yard — acrescentou Evers, queixoso.

— Eu também o proibi de acordá-la — disse Jeremy, furioso —, uma ordem que ele desobedeceu. Evers, pode pegar seu pagamento na semana que vem. Agora, saia.

— Não, Evers — disse Maggie para as costas do mordomo que saía apressado. — Fique onde está.

Evers parou no meio do caminho e olhou para trás.

— Acho melhor eu agir de acordo com o que Sua Graça sugere — disse ele para Maggie com ar miserável.

— Absurdo — foi a resposta sucinta de Maggie. Então, virando-se na direção da cama, Maggie perguntou ao criado que a fitava boquiaberto desde o instante em que ela adentrara o aposento: — Qual é a gravidade?

— Bem... — O jovem dirigiu o olhar para o patrão.

— A verdade, por favor — insistiu Maggie, cruzando os braços.

— Ele ficará bem. A lâmina da faca resvalou pela clavícula. Só feriu um pouco a carne, mas não foi nada sério. Obviamente teria matado um homem menor. Mas este coronel aqui é forte como um touro, pois ele tem...

— Peters — reclamou Jeremy, irritado.

O jovem, Peters, sorriu para o duque em resposta.

— O quê? — perguntou com ar divertido. — Vai me despedir também, coronel?

— Ninguém vai ser despedido esta noite — afirmou Maggie, decidida. — O que tem o coronel, Peters?

— Ora, malária, claro — disse Peters, dando de ombros.

Aquilo foi demais. Primeiro ouvir que Jeremy fora ferido com um punhal, e depois que tinha malária, era simplesmente mais do que Maggie podia suportar. Felizmente havia um baú bem perto, pois ela desabou sobre ele; seus joelhos pareciam ter cedido completamente.

— Malária — murmurou. — Por que não me contou? Jeremy, por que não disse nada?

— Maggie — disse Jeremy, agitando o copo de uísque. — Não é o que você pensa.

— Não — disse ela, pesarosa —, com você nunca é, não é mesmo?

Jeremy a fitava, os olhos cinzentos encobertos pela sombra. A única luz no quarto vinha da lamparina ao lado da cama e do fogo da lareira. Maggie não conseguia ver-lhe a expressão, mas pôde notar a preocupação em sua voz.

— Peters — disse ele para o criado —, sirva um uísque para a Srta. Maggie. Ela parece estar precisando de um drinque.

— Não, não, estou bem — disse Maggie com um frágil gesto de mão.

Mas na verdade não estava nada bem. Apunhalado? Malária? *Apunhalado?*

Antes que Maggie pudesse fazer outra pergunta, Peters surgiu com um pequeno copo do líquido cor de âmbar nas mãos.

— Aqui está, senhorita — disse ele, amável, ao entregar-lhe o copo. — Agora beba tudo. E não se preocupe com o coronel. Ora, ele é o homem mais forte que já conheci! Já o vi usar a espada com o cotovelo quebrado. Quando os médicos de Nova Delhi lhe informaram que a viagem de volta para a Inglaterra o mataria, ele deu uma risada em resposta.

Piscando, Maggie voltou a olhar para Jeremy. Todas as suas intenções hostis anteriores desapareceram numa onda de adoração.

Que homem teimoso! E tolo! Onde estava com a cabeça para voltar à Inglaterra ainda tomado por uma doença que podia ser fatal? A própria viagem poderia tê-lo matado, que dirá a mudança repentina de clima. Não é de se espantar que tenha passado o dia todo na cama. Ele não estava nela por preguiça, como Maggie supusera. Na verdade lutava contra a febre.

Mas apunhalado?

Maggie aproximou o copo dos lábios. Embora o uísque lhe queimasse os olhos, ela deliberadamente os fechou e bebeu até a última gota. A cada gole sentia o líquido ardente descer pela garganta...

De repente Maggie engasgou e começou a tossir sem parar. Peters, com muita delicadeza, deu-lhe alguns tapas entre as omoplatas, supondo que ela se sufocara.

— Não, não — conseguiu dizer Maggie finalmente. — Estou bem. — E de fato sentia-se melhor. O uísque a aquecera, e os joelhos voltaram ao normal. Talvez a situação não fosse tão ruim... — *Apunhalado?* — repetiu ela, sem acreditar.

— Maggie, não foi nada — afirmou Jeremy da cama. — Peters e eu só tivemos um pequeno transtorno...

Ela se enfureceu.

— Eu devia imaginar. Onde você estava a essa hora da noite? No Vauxhall? Sabe que não é um local seguro...

— Nós não estávamos no Vauxhall — informou Peters. — O sujeito atacou o coronel bem na frente da porta da mansão...

— Peters! — vociferou Jeremy, mas era tarde. Maggie já abandonara o copo de uísque sobre o baú, se levantara e se aproximava da cama.

— O *quê?* — gritou ela, irritada. — Alguém o atacou com um punhal bem aqui na Park Lane?

— Está vendo, senhorita? — Evers continuava na porta, esquecido. — Eu lhe disse que era preciso chamar a Scotland Yard, mas Sua Graça...

— Evers — disse Maggie, fazendo um esforço para se controlar. — *Por favor.* Continue, Jerry.

Jeremy, no entanto, examinava a camisola de Maggie.

— Por que será que as mulheres gastam tanto dinheiro nas roupas de sair e uma ninharia nas roupas que usam dentro de casa, quando são estas as que o homem mais vê? — perguntou-se.

Maggie, que estava ao pé da cama, olhou para sua roupa. De fato o robe xadrez era bem simples, mas...

— Não mude de assunto — avisou, furiosa. — Quero saber como você foi apunhalado.

— Ah, Maggie — disse Jeremy, jogando-se sobre os travesseiros com cuidado para não machucar o ombro. — Não sei. Temos que discutir isso agora? Estou certo de que há coisas mais importantes...

— Se quer saber minha opinião — interveio Peters —, foi o francês.

Maggie ficou de queixo caído.

— *O quê?*

De sua cama, Jeremy fitou o criado com uma expressão de mágoa.

— Obrigado — disse. — Obrigado, Peters. Isto é tudo.

— Bem — disse Peters. — Foi o senhor mesmo quem disse isso, não faz nem dez minutos...

Horrorizada, Maggie exclamou:

— Augustin *jamais* faria...

— Sim, Maggie — disse Jeremy tentando acalmá-la. — Nós sabemos. Não deve ter passado de uma tentativa malsucedida de levarem meu dinheiro.

Não convencida, Maggie agarrou-se a uma das colunas da cama e o fitou com os olhos arregalados. O curativo não era grande, mas já estava molhado de sangue. Não era *muito* sangue, mas o suficiente. Alguém certamente tentara ferir Jeremy seriamente. Poucos centímetros abaixo, o coração teria sido atingido. *Seria* Augustin *capaz* de feri-lo assim?, perguntou-se Maggie, supondo que de fato ele devia estar furioso o bastante para querer se vingar de Jeremy...

Mas Augustin não era do tipo que agiria furtivamente no escuro empunhando uma faca. Longe disso! Ele era decente demais, equilibrado demais e, devia admitir, um fraco. A ideia era absurda.

Mas quem mais teria tanto rancor contra Jeremy — isto é, além dela mesma?

Jeremy se aborreceu com o olhar preocupado de Maggie. Não sabia o que ela pensava, mas não gostou. Nem um pouco. Maggie podia protestar o quanto quisesse, mas Evers seria despedido, e Peters também. Imagine os dois se unindo assim para humilhá-lo na frente de Maggie. Veria ambos tendo de mendigar, ah, sem dúvida. As coisas hoje em dia estavam de tal jeito que um homem nem conseguir achar ajuda decente...

Jeremy decidiu que era melhor tirar benefício da má situação. Assim, fechou os olhos e gemeu.

— Jerry?

Ele entreabriu um dos olhos e viu que Maggie o fitava, preocupada, mordendo o lábio inferior. Perfeito. Fechou os olhos novamente e gemeu, desta vez batendo a cabeça de leve contra os travesseiros.

— Coronel? — A voz de Peters tinha traços de suspeita, não de preocupação. — O senhor está bem?

Jeremy fingiu ter os olhos pesados demais para abri-los. Ele pestanejou algumas vezes, como se estivesse grogue.

— Sim — respondeu com um suspiro. — Só quero ficar sozinho.

Peters, esperto como era, não parecia conseguir controlar o riso.

— Ah, entendo — disse ele. — Sim. Então creio que o verei de manhã, senhor. — E se virou para ir dormir na cama que construíra no quarto de vestir contíguo.

— O quê? — gritou Maggie, perplexa. — Você vai... dormir?

Peters fitou-a, surpreso.

— Hum, sim, senhorita. O coronel quer ficar sozinho. Então eu vou para a cama.

— Mas ele... ele está doente!

Peters dirigiu um olhar crítico para o homem que estava na cama.

— Sim, senhorita. Mas ele não quer que eu o paparique.

— Mas... mas alguém precisa cuidar dele! — exclamou Maggie.

— Justo — concordou Peters com um aceno brusco de cabeça. — Mas não serei eu. Ele pode não se importar em ser despedido — ele indicou com a cabeça o mordomo de gorro —, mas eu não me arriscarei. Boa noite.

Peters saiu mancando e deixou Maggie e o mordomo se entreolhando. Evers pigarreou.

— Desde que me lembro — disse o mordomo com alguma dignidade —, sempre houve um Evers trabalhando para a casa dos Rawlings...

— É claro que sim — concordou Maggie, encorajando-o. — Por isso a ideia de Jeremy despedi-lo é tão ridícula.

Jeremy, alarmado, levantou a cabeça e lançou um olhar tão venenoso para o mordomo que o fez cambalear. Maggie, cujas costas estavam viradas para o duque, não tinha ideia do que acontecera, portanto só observava, confusa, enquanto Evers procurava, desajeitado, a maçaneta da porta.

— Longe de mim — gaguejou Evers — quebrar a tradição da família. Se Vossa Graça precisar de mim, é só tocar o sino.

Com uma reverência apressada, ele abriu a porta e saiu. Somente quando se ouviu o clique da porta se fechando e Maggie e Jeremy ficaram a sós, ela olhou para ele e viu que tinha os olhos entreabertos.

— Jeremy — começou Maggie, desconfiada, mas era tarde demais. Jeremy tirou um dos braços das cobertas, abraçou-lhe a cintura e puxou-a para a cama, fazendo com que ela se estatelasse, de maneira muito indigna, sobre ele.

Foi então que teve certeza de que ele não usava nada sob o lençol.

Capítulo 22

— Jeremy — disse Maggie, indignada, embora fosse difícil falar com clareza quando tinha o rosto virado para o colchão. — O que pensa que está fazendo?

Jeremy levantara a bainha do robe de Maggie acima dos quadris e observava com interesse o formato de coração de suas nádegas através do algodão da camisola.

— Eu? — perguntou ele com ar inocente. — Só continuando o que interrompemos mais cedo...

— Meu Deus! — Maggie tentou sair de cima dele, mas Jeremy segurou-lhe os quadris com firmeza. — Jeremy, francamente! — Maggie brigava com ele e girava o rosto para olhar para trás. — Alguém acabou de tentar matá-lo! Como pode pensar em fazer amor numa hora dessas?

— Minha querida Mags — respondeu, secamente —, se consigo pensar em fazer amor com você quando há centenas de balas bengalesas voando sobre minha cabeça, certamente posso fazer o mesmo num momento como este. — Inclinando-se sobre Maggie para beijar-lhe as costas, Jeremy acrescentou, quando ela abriu a boca para falar de novo: — E não me pergunte sobre meu ombro. Não está doendo, e não me parece que fazer amor com você possa reabrir a ferida...

Maggie suspirou.

— Seu porco convencido! — exclamou, desta vez conseguindo se desvencilhar dos braços de Jeremy. — Como se eu fosse *cogitar* fazer amor com você depois do que fez!

— O que *eu* fiz? — perguntou Jeremy, levantando uma sobrancelha escura.

Maggie espantou-se por não conseguir afastar os olhos de seu peito nu, que, além de ferido, era coberto de pelos. Os cachos escuros formavam um tapete que se espalhava sobre os mamilos, estreitando-se à medida que desciam pela barriga seca e musculosa, desaparecendo sob o lençol como uma seta provocante. Contudo, ela não tinha intenção de investigar o que havia na direção que ela apontava.

Ou queria se convencer disso.

— Você sabe muito bem o que fez — disse ela, balançando o cabelo longo com arrogância. — Você...

Mas quando viu, Jeremy estava sobre ela. Num movimento rápido com os braços, tentou se proteger do impacto do corpo dele, mas logo suas mãos foram agarradas por outras de ferro e presas ao colchão, como se Jeremy suspeitasse que ela fosse golpeá-lo de novo, como na biblioteca dos Althorpe — sem falar naquele dia na cocheira do Solar dos Rawlings, cinco anos atrás. Com o peso do corpo de Jerry sobre o seu, no entanto, Maggie mal podia se mexer, que dirá fazer qualquer tipo de contra-ataque. Encarando o rosto que estava a poucos centímetros do seu, ela falou:

— Saia de cima de mim, seu idiota.

Jeremy, que aproveitava o prazer de sentir o corpo sensual de Maggie sob o seu, quase não respirava. Sabia que Maggie estava como ele, pois sentia os seios dela subindo e descendo rapidamente. Podia até mesmo sentir o coração dela bater contra o peito, fazendo a pele suave estremecer a cada pulsação. Estaria tão apaixonada e ardente quanto ele, ou meramente amedrontada? Só havia um meio de ter certeza.

Erguendo uma sobrancelha, ele perguntou, casualmente:

— Está com medo, Mags?

Maggie se indignou.

— Nunca! Seu...

Com um beijo, ele não deixou que ela terminasse a frase.

Por um instante de pânico, Maggie socou os travesseiros enquanto murmurava um protesto incompreensível contra os lábios de Jeremy. Não que não estivesse gostando, mas é que *isso*...

Isso era *sério*.

Jeremy não ouvia os protestos de Maggie, ou, se ouvia, não entendia. Ele só sabia que finalmente, depois de cinco longos anos, Maggie estava exatamente onde sempre quisera vê-la: sob seu corpo. E desta vez não haveria interrupções. Ele cuidara bem disso. Não haveria ameaças de tios, mordomos à espreita, nem noivos convencidos. Só Jeremy e Maggie, como sempre deveria ter sido, e *teria* sido, não fossem pelos cinco anos de teimosia de ambas as partes. Pois bem, isso nunca mais aconteceria, não enquanto ele estivesse vivo. Afinal, Maggie era sua...

E estava sendo muito bem recompensado por todos os aborrecimentos e tristezas que passara por Maggie. Jeremy estivera com inúmeras mulheres no passado, mas jamais abraçara alguma que se encaixasse tão bem em seus braços, cujo corpo fosse um complemento tão perfeito do seu. Com os seios generosos e a cintura e os membros esguios, Maggie era pura feminilidade, enquanto que ele, com os ombros largos, os quadris estreitos, e músculos fortalecidos pelas longas horas sobre o cavalo e lutando em combates, era um perfeito exemplo de masculinidade. Era *óbvio* que um pertencia ao outro.

E se Maggie ainda não pensasse assim, ele cuidaria para que até de manhã ela já enxergasse isso.

Mas, ao que parecia, Maggie já começava a perceber, se considerasse a reação a seu beijo como indicação. Ao primeiro toque de seus lábios contra os dela, Maggie pareceu se derreter sob seu corpo, e os braços, que até aquele momento ele mantinha presos ao colchão, agora estavam livres de tensão. Ela recebeu o beijo com a mesma naturalidade daquela tarde na cocheira e o mesmo desejo daquela noite na biblioteca, e correspondeu com o mesmo entusiasmo inocente. Só que desta vez usava muito menos roupa, para o deleite de Jeremy. Quando ele lhe soltou um dos pulsos para sentir as batidas do coração, não foi necessário afastar as camadas de vestido e combinação. Só o que ele precisou foi desabotoar um único botão de madrepérola e, onde quer que seus dedos pousassem, sentia a pele nua, macia como cetim, irradiar um calor ardente, apesar do frio do quarto e de Maggie não estar totalmente vestida; um calor que o surpreendeu.

Maggie soltou um gemido quando sentiu os dedos de Jeremy sobre a delicada pele de seus seios. Quando os dedos desceram mais, afastando com ganância a gola da camisola para expor um dos seios volumosos e pesados, Maggie interrompeu o beijo e abriu bem os olhos para fitá-lo à meia-luz, espantada com a miríade de sensações que ele lhe provocava. E ela sentia-se mais viva do que jamais estivera nos últimos cinco anos. O que sentira na biblioteca poucas horas antes não era nada comparado a isto. Era como se seu corpo, ao qual ele dera vida na cocheira aquele dia, tanto tempo atrás, tivesse hibernado até este momento. E agora tudo o que ela sentira na época voltava numa torrente de emoções e sensações, com uma vingança.

Para Jeremy, a expressão de absoluta admiração no rosto de Maggie teve um efeito perturbador. Ele pretendia ir devagar, ser cauteloso. Afinal, Maggie era virgem — embora ela mesma tenha admitido ser muito sexual. Não queria amedrontá-la, e sim ir aos poucos, seguir o ritmo dela.

Mas ao ver os olhos castanhos arregalados de surpresa e de êxtase, Jeremy ficou perdido, e seu autocontrole desapareceu. De repente, as mãos que ele acreditava comandar agiam sem líder, buscando o amarrado do robe, procurando a bainha da camisola para levantá-la. Jeremy se entregara ao desejo por completo.

Mas felizmente para ele, Maggie parecia ter a mesma reação. Em vez de se esquivar dele e de sua paixão desenfreada como qualquer outra inocente faria, ela o acompanhava em seus beijos ardentes. De repente, Maggie teve uma necessidade vital de sentir a pele nua de Jeremy contra a sua, e enquanto Jeremy desabotoava sua camisola, ela tirava o robe, até que ele perdeu a paciência e, sem ligar para o ferimento do ombro, o retirou ele mesmo de uma vez. Por um instante, seu tronco bronzeado brilhou à luz do fogo, e Maggie pôde admirar, com olhos de artista, o físico de Jeremy, tão másculo quanto o de Michelangelo...

Mas esta obra de arte era feita de carne e osso, e não de mármore frio.

E então, com um grito de triunfo, Jeremy conseguiu desabotoar o último botão que mantinha a camisola fechada, liberando o que esperara tanto tempo para ver. Os seios de Maggie estavam livres do tecido de algodão, e o brilho do fogo brincava sobre a pele clara como a luz do sol sobre a neve. Ao perceber a respiração ofegante de Jeremy, Maggie ergueu os olhos e se maravilhou ao vê-lo sorrir — um sorriso tranquilo de satisfação pessoal que, mais do que os beijos, mais do que a ansiedade do desejo, a convenceu de que ele a queria. Não só a queria, mas *precisava* dela. E essa percepção transformou o que no início era uma suave pulsação na virilha numa ânsia que, ela sabia, só poderia ser aliviada de uma maneira...

E então Jeremy se debruçou sobre Maggie mais uma vez, movendo-se para segurar os seios redondos em suas mãos. Maggie estremeceu ao sentir as mãos fortes na pele sensível dos mamilos, mas ainda era apenas o começo daquela doce tortura: logo a seguir, as mãos foram substituídas pela boca de Jeremy. Maggie resfolegou diante da sensação desconhecida de um calor úmido envolvendo o bico intumescido do seio. Ao primeiro toque da língua de Jeremy, seus dedos, que ela instintivamente enterrara no cabelo dele, contraíram-se entre os cachos, e os quadris, como que por iniciativa própria, começaram a se movimentar. Ela sentiu a rigidez da masculinidade de Jeremy pulsar contra seu corpo e começou a se movimentar de encontro a ela, mal percebendo o que fazia.

Jeremy, porém, estava bem ciente do que Maggie fazia, e foi preciso muito esforço para não se deixar explodir naquele instante.

Com a boca contraída, ele afastou o rosto dos seios de Maggie e olhou para ela. A cabeça estava jogada para trás contra os travesseiros, o cabelo longo formando uma cortina escura e densa sobre o lençol de cetim, os olhos entreabertos, a respiração ofegando. Quando Maggie percebeu que ele a fitava, não tentou esconder sua nudez como outra mulher poderia ter feito. Ela estava claramente mais à vontade nua do que vestida, o que era incomum, pela experiência de Jeremy, em uma mulher de seios grandes. A descoberta, no entanto, o encantou... Embora não tanto quanto ver-lhe o estômago reto, as pernas compridas e alvas, e, acima de tudo, o tufo de cabelo preto que havia entre elas.

Aquele triângulo sedoso o atraiu como nenhum outro que conhecera. Jeremy se viu tão magnetizado por aquilo quanto as marés pela lua. Cobrindo o corpo dela com o seu mais uma vez, procurou a boca de Maggie com a própria, enquanto os dedos penetravam a fenda escura na junção das duas pernas.

O conhecimento de Maggie sobre o ato sexual era muito mais sofisticado do que nos tempos de escola, graças principalmente a suas aulas de desenho com modelos vivos e às informações de Berangère. Já vira homens nus antes — embora, justiça seja feita, nenhum *tão* grande — e sabia o quê ia aonde, mas ninguém lhe avisara como era *sentir* aquilo. Maggie achou que morreria de espanto ao sentir a boca de Jeremy cobrir-lhe o mamilo, mas quando ele inseriu primeiro um dedo, depois outro dentro dela, estava completamente despreparada para as sensações que a inundaram. De repente, sua única opção era segurar aquela vara aveludada que tocara com hesitação na biblioteca de lorde Althorpe — surpreendendo Jeremy — e guiá-la para dentro de si. Mas se Jeremy parecera tão chocado quando ela apenas o tocara, o que pensaria se tentasse...

Mas Maggie não precisava se preocupar. Jeremy não se surpreendeu com a boa vontade com que ela afastou as pernas para recebê-lo, nem com a umidade escorregadia que seus dedos encontraram. Quando os quadris de Maggie se elevaram instintivamente para que a palma de sua mão roçasse o centro de sua feminilidade, provocando nela um suave gemido, Jeremy soube, com certeza, que Maggie estava pronta.

Por um instante eles ficaram assim, respirando fundo, os dedos de Jeremy excitadamente dentro dela, e os mamilos intumescidos de Maggie envoltos pelos cabelos de seu tórax. Ele a fitou nos olhos, e ela pestanejou sob a intensidade daquele olhar cor de prata.

Então Jeremy aproximou-se, e seus lábios sentiram a doçura dos lábios dela ao mesmo tempo que ele retirou os dedos e os substituiu pela parte de seu corpo que mais ansiava por senti-la.

Maggie perdeu o fôlego contra os lábios de Jeremy quando ele começou a se introduzir. Era uma sensação *muito* diferente daquela provocada pelos dedos que ele introduzia e tirava com facilidade. Na verdade, desde o primeiro instante em que a ponta do pênis ereto a cutucou, Maggie estava convencida de que não daria certo por ela ser anormalmente pequena e *ele* anormalmente grande; de que essa união era uma impossibilidade física que seria melhor nem experimentar. De repente, todo o medo que ela admitira tão ingenuamente naquela noite em seu quarto, tempos atrás, retornava com mais intensidade e, como uma vingança...

Maggie estava a ponto de protestar, de gritar para ele parar — apesar de saber que isso no mínimo provocaria uma acusação de covardia —, quando algo dentro dela se quebrou. Os dedos de Maggie, que ela levara ao peito de Jeremy num último esforço de autopreservação, afundaram na carne nua, as unhas lhe arranhando a pele — até que aquela coisa absurdamente comprida mergulhou por inteiro dentro dela, e a dor desapareceu como por milagre.

Jeremy ficou imóvel, enterrado dentro de Maggie. Não só pelo modo como ela o arranhara, mas pela maneira como interrompera o movimento dos quadris, soube que a machucara. E por um instante teve pânico. O que poderia fazer? A última coisa no mundo que Jeremy queria era machucar Maggie. Achava que ela estava pronta para ele! E de fato estava bem úmida. Ah, por que esse infortúnio de se apaixonar por uma virgem? Por que não se apaixonara por uma prostituta como seu pai?

— Maggie — disse Jeremy, ofegante —, estou muito...

Mas ela não o ouvia, e logo Jeremy entendeu por quê. Sentiu que os quadris voltavam a se movimentar, a princípio cautelosos, depois, descobrindo que a dor verdadeiramente passara, com mais confiança. Jeremy parou de respirar quando Maggie arqueou o corpo, e a pele quente que lhe envolvia o pênis puxou-o mais para dentro dela. Em seguida Maggie abaixou os quadris, soltando-o... apenas para novamente puxá-lo para dentro no instante seguinte, quando outra vez arqueou o corpo contra o dele. Jeremy, atônito, foi de encontro aos quadris de Maggie em resposta. Ela, sob seu corpo, murmurava de prazer, a cabeça batendo nos travesseiros.

Jeremy não precisou de encorajamento. Além do fato de ser *Maggie*, essa mulher também era a mais apertada e mais quente que já possuíra. Sentia-lhe a pulsação ao envolvê-lo, enquanto as coxas alvas o prendiam e os dedos entrelaçados em seu cabelo o puxavam para que os lábios de ambos se encontrassem novamente. Segurando-lhe os seios macios, Jeremy introduziu-se nela o mais profundo que pode, com a língua e o pênis.

E Maggie, sua Maggie, o acompanhava a cada movimento.

Não demorou muito para que a ânsia que Maggie experimentava entre as pernas se tornasse um desejo urgente, fazendo com que ela pressionasse o corpo cada vez mais contra a rigidez de Jeremy. Mas Maggie estava totalmente despreparada para quando, depois de uma investida que aparentemente a pregaria ao colchão, ela pareceu sair do próprio corpo — embora fisicamente estivesse mais presa a ele que nunca. Emocionalmente, ela de repente se afogou num mar de cores — dourados, azuis, vermelhos, mais cores do que jamais fora capaz de misturar em sua caixa de tintas, mais cores, a certeza de pintora lhe dizia, do que existiam. Elas brilhavam num lampejo repentino sob suas pálpebras numa explosão de luz líquida que jorrava a sua volta, como uma chuva de pingos de tinta semelhantes a pedras preciosas. Maggie, com uma sensação de alegria consumada, lançou os braços para o alto para pegar quantas pudesse.

Quando Jeremy sentiu Maggie começar a atingir o clímax, sua primeira sensação foi de júbilo — em toda a sua experiência com mulheres, nunca soubera ao certo se sua parceira de fato tivera orgasmo, ou se fingia para satisfazê-lo, muitas vezes por seu dinheiro. Com Maggie, contudo, não havia dúvida. Ele a satisfizera, mais do que isso até, se a expressão de absoluto deleite que tinha no rosto era uma indicação...

E então, ao ver aquele rosto, aquele pescoço longo, a cabeça jogada para trás em êxtase, Jeremy também chegou ao clímax, com tanta intensidade que Maggie, que começava a se recuperar, pensou, por um instante de pânico, que ele poderia parti-la ao meio. Jeremy explodiu dentro de Maggie, levando-a a bater contra o colchão, soltando um grito de tamanha alegria e orgulho que ela teve certeza de que todos na casa acordariam.

E então Jeremy desmoronou sobre Maggie, e a testa úmida descansou no espaço entre o pescoço e o ombro dela. Ele respirava pesadamente, e seu coração batia tão forte contra o peito de Maggie que ela chegou a se perguntar se ele sofrera uma apoplexia. E não pôde deixar de pensar, convencida: "Eu causei isso. *Eu. Eu* fiz isso."

Essa sensação era quase tão gratificante quanto o orgasmo.

Só algum tempo depois, quando Jeremy começou a sair de cima de Maggie, ele a viu assustada. Ele entendeu ao olhar para os lençóis.

— Mags! — exclamou, apoiando-se nas mãos, sem ligar para a dor que tomou seu ombro ao fazer isso. — Você está bem?

Maggie, sem saber do que Jeremy falava, acompanhou a direção de seu olhar.

— Ah, não! — exclamou ela ao ver a mancha vermelha no lençol de linho branco. — Como vamos explicar *isso*?

Jeremy franziu a testa

— Não faz mal. *Afinal, você está bem?*

Maggie olhou para ele, confusa.

— Sim, claro. Só um pouco dolorida. Talvez se deixarmos de molho durante a noite...

— Não se importe com os malditos lençóis — insistiu Jeremy. — Comprarei novos amanhã.

Maggie animou-se.

— Ah, eu me esqueci! Como deve ser bom ser rico.

Jeremy pensou em salientar que, uma vez casada com ele, também seria rica, mas no último instante decidiu que aquele não era o melhor momento para trazer o assunto à tona. Sim, ele a levara para sua cama. Agora precisava se certificar de que lhe conquistara o coração.

Mas, enquanto isso, pretendia tirar vantagem do tempo que a teria em sua cama.

Maggie deve ter identificado o brilho nos olhos de Jeremy, pois logo disse:

— Ah, não. De novo, não, Jeremy, preciso voltar para meu quarto antes que Hill...

Mas ele não a deixou terminar a frase. De qualquer modo, achava que não gostaria do que ela tinha a dizer.

Capítulo 23

Jeremy estava convencido de estar sonhando. Já tivera o mesmo sonho antes e o final era sempre o mesmo: ele acordava, e a mulher maravilhosa que estava em seus braços, aquela com todo aquele acolchoamento na frente, desaparecia, como todas as outras.

Mas desta vez Jeremy imaginara uma maneira de não deixar isso acontecer. Ele simplesmente não acordaria. Isso mesmo. Manteria os olhos cerrados para sempre, se necessário fosse, mas valeria a pena, pois teria todo esse calor aconchegante para aninhá-lo, e ele não precisava de mais nada. Quem precisa de alimento ou água quando tem um corpo feminino generoso para abraçar? Jeremy não se lembrava de se sentir tão bem em toda a sua vida. Imagine se estragaria isso acordando.

E então aconteceu algo diferente de todos os outros sonhos. O corpo que abraçava se mexeu e se enroscou nele, com o rosto entre seu pescoço e seu ombro.

Ondas de dor lhe percorreram o corpo. *Isto* também jamais acontecera em um sonho. Jeremy abriu os olhos.

Santo Deus! O sonho se tornara realidade! Ele acordou e encontrou Maggie em seus braços!

Verdade, ele estava com dor. Muita dor. O local onde fora apunhalado na noite anterior parecia estar em brasa. Ainda assim, quando

Jeremy focalizou Maggie na luz suave da manhã, desde o cabelo escuro e denso espalhado sobre os travesseiros até o peso total dos seios nus contra seu peito, facilmente esqueceu a dor. Fazia algum tempo que não acordava na companhia de uma mulher. A associação com mulheres locais era uma atitude censurada por seus companheiros da Guarda Montada, por isso Jeremy fora obrigado a frequentar casas de prazer, onde passar a noite era geralmente desaconselhado.

Mas segundo sua memória, a verdadeira mulher apaixonada — e Jeremy sabia muito bem que Maggie o era — se excitava com mais eficácia por meio de um beijo diretamente sob o lóbulo da orelha, um pouco atrás...

Afastando gentilmente o cabelo longo e espesso de Maggie, Jeremy inclinou-se para beijar-lhe o pescoço. Ao fazê-lo, sentiu a batida ritmada de sua pulsação sob seus lábios. Ela se mexeu e encolheu um ombro em reação aos beijos sob a orelha. Seus lábios, porém, curvaram-se num suave sorriso, como se ela estivesse sonhando com algo vagamente agradável. Encorajado, Jeremy transferiu o beijo seguinte para a boca sorridente, e ficou ainda mais feliz quando Maggie pareceu corresponder ao beijo, carinhosa, com a perfeita inocência de uma criança.

Mas Jeremy não estava interessado numa criança, e sim na mulher em que aquela criança se transformara.

Ainda assim estava disposto a ser paciente. A inocência daquele beijo inconsciente o agradara. Ela ainda beijava, mesmo durante o sono, como quem não está acostumada a isso mas está muito ansiosa para aprender. Isso era bom, muito bom. Jeremy inclinou-se para beijar-lhe os lábios de novo.

Desta vez, quando a beijou, Maggie o surpreendeu com um suspiro. Era um sinal bastante encorajador, especialmente porque com isso os lábios separavam-se o suficiente para permitir que ele aprofundasse o beijo. Deslizando a língua para o interior da boca de Maggie, Jeremy se viu mais uma vez maravilhado com sua reação, de uma sensualidade mais genuína do que qualquer outra mulher que já conhecera. No instante em que as línguas se encontraram, Maggie deixou escapar um gemido rouco...

E se virou, interrompendo o beijo. Mas aproximou mais o corpo do de Jeremy, aninhando-se nele — só que, como estava de costas, só conseguiu aprisionar a ereção que se intumescia entre as curvas suaves de suas nádegas.

Com o coração batendo de forma irregular, Jeremy começou a sentir aquela ânsia muito familiar em sua genitália.

Subitamente, o que começara como uma simples alternativa sensual a dar uma palmada em Maggie para acordá-la transformou-se em algo que Jeremy não mais acreditava ser capaz de interromper, caso Maggie acordasse com sentimentos em relação a ele diferentes dos que evidentemente sentia enquanto dormia.

Mais uma razão, decidiu Jeremy, para aproveitar sua boa vontade, mesmo se fosse apenas por estar inconsciente. Só Deus sabia quando lhe seria permitido tê-la nos braços assim outra vez.

Jeremy correu uma das mãos pelo corpo de Maggie, pausando quando os dedos encontraram um dos seios. Ele cobriu aquele globo macio e pesado com a palma da mão, sentindo o mamilo intumescer da mesma maneira que seu órgão se expandia contra o corpo dela. Seria possível, perguntou-se, que mesmo durante o sono ela o desejasse?

Jeremy contornou-lhe a cintura fina com um braço até seus dedos encontrarem os pelos macios da virilha. Separando gentilmente os lábios aveludados, pôde confirmar suas suspeitas: ela estava molhada. Seus dedos foram inundados por aquela essência. Essa descoberta o excitou a um ponto do qual bem sabia não haver retorno. Estava rijo contra o vale macio entre as nádegas de Maggie. O calor úmido que lhe vinha das entranhas parecia chamá-lo. Para inserir-se, era só se mover um pouquinho e...

Jeremy ficou abismado com a facilidade que foi penetrá-la; e depois, uma vez dentro dela, mais abismado ainda de ver como ela se contraía em torno dele, segurando-o como se fosse uma mão ansiosa. Abraçando-lhe os quadris com um dos braços, a mão pressionada contra a pequena intumescência logo abaixo do osso púbico e a outra num dos seios carnudos, Jeremy começou a se mover lentamente, entrando e saindo, o peito pressionando-lhe as costas e os olhos fechados, como os dela, enquanto se deleitava com a entrega de Maggie.

Então não fora um sonho. Não mesmo... Eles fizeram amor noite adentro, até que, exaustos, mergulharam num sono sem sonhos. Mas Jeremy tinha plena consciência de que muitas vezes o que era construído à luz de velas perdia o brilho quando exposto à luz severa do dia, e não pretendia deixar que isso acontecesse com Maggie. Queria ter domínio total sobre ela. Não permitiria que argumentasse que a luz da lua a fizera perder a cabeça, que a noite fosse desculpa para o que o amanhecer trouxesse.

Somente quando ouviu a respiração de Maggie acelerar ele aumentou a pressão dos dedos entre as pernas dela. O movimento dos quadris de Maggie, quando ele entrava e depois recuava, levou-a a pressionar o corpo contra os dedos calosos de Jeremy. Com o rosto enterrado na cortina perfumada dos cabelos de Maggie, ele a ouviu gemer suavemente em seu sono, sentiu-lhe o corpo se abrir, cedendo às exigências do seu. Jeremy mergulhou mais fundo nela e sentiu o prazer da aceitação ansiosa de Maggie, no orvalho que encharcava seus dedos e na respiração ofegante e desigual, enquanto se afundava em suas profundezas...

E então a sentiu enrijecer em torno dele, as costas arqueando enquanto ela lançava a pélvis com desejo contra a palma de sua mão. O abraço quente que o apertava com tanta força, tentando segurá-lo toda vez que saía, o prendia e soltava, em espasmos. A esta altura, Jeremy não podia mais se afastar. Estava preso numa armadilha feita por ele mesmo, sem nenhum desejo de escapar. Em vez disso, segurou os quadris de Maggie e explodiu dentro dela, inundando-a de líquido quente. Ela emitiu um som rouco, estremecendo com seu próprio clímax.

Somente quando ele jorrou dentro de Maggie foi que ela começou a abrir os olhos. De repente, ele se viu olhando para aqueles olhos castanhos e profundos que conhecia tão bem.

— Bom dia — disse Jeremy, muito agradável, mas, devido à força do orgasmo que experienciara, com a voz rouca e irregular, muito diferente da normal.

Maggie piscou. Sua boca, de tantos beijos e com o roçar do bigode de Jeremy, estava avermelhada, e os seios ainda subiam e desciam rapidamente enquanto ela tentava.

— Isso — disse ela, rouca — foi injusto.

Jeremy franziu o cenho. Embora ainda estivesse dentro dela, ergueu a cabeça e a apoiou num dos cotovelos, fingindo inocência.

— O que foi injusto? — perguntou.

— Você sabe muito bem do que estou falando.

Mas Maggie não parecia nada incomodada. Ela se afastou dele, rolando de barriga para cima e se espreguiçando languidamente como uma gata. E ao fazer isso, por acaso, roçou os dedos na bandagem que ainda cobria o ferimento no ombro de Jeremy. De repente arregalou os olhos e a memória os inundou como lágrimas. Jeremy, deitado a poucos centímetros, observava, fascinado, as íris dos olhos de Maggie passarem de castanhas a pretas.

— *Jeremy* — disse ela, agarrando-se aos lençóis e puxando-os até o queixo. Sua expressão era de pavor. — O que nós *fizemos*?

Jeremy deu de ombros, embora o movimento causasse uma dor aguda no ombro ferido.

— *Eu* não fiz absolutamente nada — respondeu ele, fingindo indignação. — Estava aqui, dormindo calmamente, quando acordei e me vi sob um ataque de lascívia. Defendi-me da melhor maneira que pude, mas você estava muito ardente, Mags. Creio que, por fim, eu simplesmente cedi a suas exigências sensuais.

— Ah, Deus, Jerry! Como pode fazer piada com isso? — Maggie sentou-se, o cabelo longo caindo sobre os ombros sedosos. — Alguém tentou *assassiná-lo* na noite passada, e nós...

— Fizemos amor de forma louca e inconsequente? — Sim, eu percebi. Não tinha ideia de que você era tão sedenta, minha querida. Se eu soubesse que para trazê-la para a minha cama era só sangrar copiosamente, já teria tentado ser assassinado mais vezes.

— Ah, Jerry!

Maggie cobriu o rosto cada vez mais corado com as mãos. Começava a ter noção da dimensão do que acontecera. Tinha feito amor com o duque de Rawlings. Não apenas uma vez, mas muitas. Seu corpo ainda formigava do toque dele. Como se isso não fosse prova suficiente, os lençóis sob seu corpo estavam manchados com seu sangue. Deus do céu, ela perdera a virgindade *com um homem que sequer era seu noivo*!

O que lhe passara pela cabeça? O que ela *fizera*?

Jeremy, completamente alheio à tortura em que Maggie se colocava, cruzou as mãos sob a cabeça — os ombros protestaram, mas agora que seus membros tinham sido alongados de tanto fazer amor, a ferida não doía tanto — e, feliz, examinava o dossel da cama.

— E então, o que vamos fazer hoje, hein, Mags? — perguntou. — Pegar um trem para Yorkshire, fazer uma visita à família? Ou você prefere ficar aqui em Londres, talvez fazer umas compras, ir ao teatro? Não vou ao teatro há cinco anos. Gostaria de assistir a algum musical... — Ele deu uma olhada na direção de Maggie, que tentava vestir a camisola que ele tirara no início da noite. — Mags — falou Jeremy com uma leve desconfiança —, para onde você vai?

— Voltar para meu quarto, claro — foi a resposta imediata. — Viu meu robe?

Jeremy franziu o cenho.

— Não é isto? — perguntou, erguendo a roupa com o pé. — Sabe, Mags, eu realmente acho que você deveria investir em algo um pouco mais ousado do que o xadrez. Talvez alguma coisa diáfana, com penas...

Maggie tirou o robe das mãos dele.

— Ah, cale a boca — ordenou entre dentes. — Não é *você* quem precisa voltar pelo corredor às escondidas como se fosse um criminoso...

— Do que você está falando? — perguntou Jeremy, fazendo um esforço para não rir daquela adorável indignação.

Maggie lançou-lhe um olhar irritado.

— De Hill, claro!

Jeremy a fitou sem entender.

— Sua aia?

— Sim, é óbvio. Ah! — Maggie correu para enfiar os braços nas mangas do robe. — Só espero que ela ainda não tenha percebido minha ausência.

— Por que se importa com o que sua aia pensa, Mags? Siga meu exemplo. Se ela agir com insolência, simplesmente a despeça.

— Despedi-la? — Maggie virou-se para encará-lo e seus olhos, normalmente doces, queimavam. — Jeremy, preciso informá-lo que Hill é o único membro de minha família, pelo menos de Herbert Park, que não me abandonou nesses últimos meses. Não posso despedi-la. — Ela apertou a faixa do robe com um puxão feroz. — Embora o mais provável, de qualquer modo, seja ela me pedir demissão esta manhã...

— Por quê? — perguntou Jeremy, curioso.

— Porque nenhuma aia respeitável ficaria empregada de alguém como eu — respondeu Maggie, levemente exasperada. — Já é ruim eu me associar a artistas e boêmios e minha família ter me rejeitado. Agora arruinei totalmente a pouca reputação que ainda me restava passando a noite sozinha na casa do duque de Rawlings...

— Como assim, sozinha? Não estávamos sozinhos. Aliás, eu tive muito trabalho para me livrar das pessoas que estavam aqui...

— Ah, Jerry — disse Maggie —, certamente você não pode achar que os criados contam! Nós estávamos *desacompanhados*. Seus tios deveriam ter voltado de Yorkshire, mas algo deve tê-los atrasado...

— Felizmente — murmurou Jeremy.

— E agora, se ficarem sabendo que você e eu estávamos aqui sozinhos...

Uma ideia sórdida passou pela cabeça de Jeremy e ele se aprumou.

— E se isso acontecer, que importância terá? Você não está preocupada com o que aquele comedor de lesmas irá pensar, não é?

— Eu estou preocupada com o que *todos* irão pensar, especialmente seus tios, que devem chegar a qualquer momento. — Maggie amarrou meticulosamente a faixa do robe. — E faça a gentileza de parar de se referir a Augustin de Veygoux como um comedor de lesmas. Pelo que sei, ele não come lesmas.

Jeremy abriu a boca para contestar, embora não soubesse com base em quê, quando eles ouviram uma suave batida na porta. Maggie virou-se para ele com os olhos arregalados de pavor, mas Jeremy colocou um dedo sobre os lábios.

— Shhhh — sussurrou ele com uma risada. — Não é preciso ter pânico. É Peters. Ele é a única pessoa nesta casa que ousaria perturbar um Rawlings durante o sono.

Maggie, longe de ouvir os conselhos para não entrar em pânico, procurou a escada para descer da enorme cama de Jeremy e quase tropeçou na bainha da camisola. Felizmente recuperou-se e lançou um olhar indignado para Jeremy, que ria de sua quase histeria.

— Para você nada é problema — reclamou Maggie. — Não tem nenhuma reputação com a qual se preocupar!

— Assim você me ofende — disse Jeremy, simulando seriedade. — Estou extremamente consciente de sua reputação. Tanto que pedirei a Peters para atuar como vigia de Hill enquanto você volta para seu quarto...

— Não — pediu Maggie. — Não...

Mas era tarde demais. Jeremy já chamava o criado para entrar. O homem de uma perna só entrou e lançou um único olhar para Maggie, sem nenhuma curiosidade.

— Bom dia, senhor — cumprimentou educadamente. — Srta. Herbert. Como está o ombro esta manhã, senhor? Ainda o incomoda?

— Nem um pouco — respondeu Jeremy calmamente. — Peters, você viu a criada da Srta. Herbert pela casa esta manhã?

— Sim, senhor — respondeu Peters. Ele se aproximava da janela e abria as longas cortinas de veludo. — Tomei a liberdade de criar uma distração lá embaixo para a Sra. Hill, e agora ela está ocupada limpando tudo. Se a Srta. Herbert quiser se retirar para o quarto, este seria um momento ideal.

Maggie não hesitou por um instante sequer. Correu para a porta sem fazer barulho no chão taqueado. Já com a mão na maçaneta, contudo, ela se virou para olhar Jeremy. Sentado no meio da enorme cama, sua pele muito escura contrastava com o branco dos lençóis. Seus olhos, no entanto, brilhavam como moedas.

— Hum — disse Maggie. — Isto era muito estranho. Estava certa de que Jeremy mencionaria algo, *qualquer coisa* sobre casamento, ou pelo menos sobre *amor*. Afinal ela *se entregara* a ele. Tinha consciência de que a maioria das garotas esperava até o casamento. Jeremy a convidara para ir ao teatro, mas não dissera nada a respeito de ir ao altar.

Ai, ai. Foi muita presunção ter acreditado que...

— Sim, sim — disse Jeremy, sorrindo. — Vá correndo então, ratinho, antes que o gato a descubra.

Maggie, escondendo o rosto rubro com os cabelos, saiu do quarto sem mais nenhuma palavra.

Tão logo a porta se fechou atrás de Maggie, Peters se afastou da janela e disse:

— Parabéns, senhor. Vejo que finalmente conseguiu...

— Cuidado, Peters — disse Jeremy sem nenhum rancor. — Você está falando de minha futura esposa.

— Não pretendia desrespeitá-la, senhor.

— Então está bem. — Perfeitamente contente, Jeremy voltou a se recostar nos travesseiros. Embora fosse fevereiro, parecia-lhe que o sol nunca brilhara tanto, nem os pássaros cantaram de forma tão bela. — Peters, que isto seja uma lição para você. O homem pode conseguir *qualquer coisa* com um pouco de charme, ingenuidade e paciência.

— O senhor é um modelo para todos nós — foi a resposta seca de Peters ao se encaminhar para o decantador de uísque no bufê. — A criada, porém, Sra. Hill, será um problema, senhor.

— Fácil de solucionar, meu bom homem. Dentro de uma hora, você e eu iremos ao centro da cidade e conseguiremos uma licença especial. Até o fim desta tarde, a Srta. Herbert se tornará a décima sétima duquesa de Rawlings, e nossa boa Sra. Hill não poderá dizer nada a esse respeito.

Peters deu de ombros e serviu uma dose generosa de uísque num dos copos.

— Desculpe, coronel, mas poderemos ter uma pequena dificuldade para conseguir essa licença especial hoje. — Ele ergueu o copo e se aproximou da cama. Jeremy o fitou arqueando a sobrancelha de forma curiosa.

— Uísque no café da manhã, Peters? Não pode ser uma notícia tão ruim assim.

— Sim, senhor — respondeu Peters. — Creio que concordará comigo que é.

Entregando o copo na mão do patrão, Peters desdobrou as páginas do jornal que tinha sob o braço — o *Times*, Jeremy percebeu, e lhe mostrou a coluna social na qual sobressaía a manchete *Herói volta para Londres para desposar uma indiana da realeza.*

Jeremy levou o copo à boca e bebeu o uísque de um gole.

Capítulo 24

— Não sei — declarou a baronesa de Lancaster. — O azul é bonito, mas creio que o branco é mais apropriado.

— Ora, mamãe! — resmungou Fanny Lancaster, de 16 anos. — Só os bebês usam branco, e eu não sou um bebê. Usarei o azul.

— Eu realmente não sei — repetiu lady Lancaster, preocupada. — Não parece adequado. Srta. Herbert, o que recomenda? — Desviando os olhos para a pintora de retratos, lady Lancaster sorriu, tolerante. A Srta. Herbert sonhava acordada, claro. O que mais você esperaria de uma artista? Segundo Lavinia Michaels, a moça tinha uma tendência a se deixar levar pela imaginação. Provavelmente estivera acordada a noite inteira em alguma festa boêmia. Mas o retrato que ela fizera da sobrinha de Lavinia! Que perfeição! Praticamente não se percebia o queixo duplo da garota. — Srta. Herbert?

Maggie estivera acordada a noite inteira, mas não numa festa. Ainda não conseguia entender o que ocorrera havia apenas algumas horas. Ela fizera amor com o duque de Rawlings. Não uma vez, nem duas, mas três, talvez quatro vezes... A certa altura, perdera a conta. Fora a noite mais emocionante, mais fantástica de toda sua vida.

Mas quando Maggie se sentara para tomar o café naquela manhã e abrira o jornal no caderno social, como costumava fazer, passando os olhos à procura de clientes em potencial, descobriu que também fora a noite mais humilhante de sua vida.

Pelo menos agora sabia por que Jeremy não a pedira em casamento.

— Srta. Herbert?

Através do pincenê, lady Lancaster examinou a jovem sentada no pé de sua *chaise longue*. A garota parecia estar bem — um pouco pálida, talvez, por seus horários pouco ortodoxos, mas, fora isso, bem apresentável num vestido de lã escuro adequado a uma visita. O chapéu estava garbosamente preso a um vistoso coque de cachos no topo da cabeça — de modo algum a aparência de alguém da classe de lady Lancaster, mas adequado à bonita Srta. Herbert. Mas o que afligia a moça? Fazia quase cinco minutos que olhava fixamente para a mesma rosa do tapete.

— Srta. Herbert — chamou Fanny com mais uma petulante batida de pé no chão. Aquilo chamou a atenção de Maggie, especialmente porque Fanny quase conseguira desequilibrar a pastora de Dresden que ficava na cornija da lareira.

— Sim? — perguntou Maggie com voz alegre.

Ah, ela voltou, pensou lady Lancaster.

Maggie levou apenas alguns minutos para convencer Fanny de que o branco na verdade era a única cor apropriada para o primeiro retrato de uma jovem. Depois, as mulheres decidiram-se por um horário que fosse agradável a todas: a próxima terça-feira às 13 horas. Em seguida, Maggie reuniu seus cadernos de esboços e seus *crayons* e despediu-se da baronesa e de sua filha com um *adieu*.

Já na Grosvenor Square, o frio do inverno trouxe alguma cor ao pálido rosto de Maggie. Ela engoliu um pouco do ar gelado, esperando clarear a cabeça antes de pegar a diligência e voltar para o estúdio. Sentia-se como se tivesse bebido demais na noite anterior. Era verdade que tivera poucas horas de sono, mas já conseguira sobreviver com menos que isso no passado e não se sentira tão deprimida. Concluiu então que descobrir que perdeu a virgindade com alguém que na verdade estava noivo de outra tinha influência no espírito. Se ao menos, pensou ela pela trigésima vez, só naquele dia sua mãe ainda estivesse viva. Lady Herbert saberia exatamente o que Maggie deveria fazer.

A verdade era que Maggie não tinha ninguém a quem recorrer para se aconselhar. Nenhuma das irmãs falava com ela, mas mesmo se falassem, não poderia jamais partilhar com elas seus problemas — suas irmãs ficariam chocadas. Maggie sabia muito bem o que Hill, que gostava muito de Augustin por tudo o que já lhe fizera, teria a dizer. Por outro lado, se procurasse a tia de Jeremy, Pegeen, que a defendera e apoiara lealmente diante de todas as acusações de sua família, sabia que ela insistiria para que não desistisse de Jeremy. Não havia uma única pessoa imparcial a quem Maggie pudesse procurar.

Naquela mesma tarde, de volta ao estúdio, Maggie observava com tristeza um retrato que estava terminando para a exposição de sábado, uma pintura de dois bebês louros de sorriso doce e agarrados ao pescoço de um galgo resignado, não notando a porta se abrir atrás de si. Deu um pulo ao ouvir uma voz rouca.

— O que é isso? A sempre alegre *mademoiselle Marguerethe* está *triste? C'est impossible!*

Maggie virou-se e conseguiu responder com um breve sorriso ao ver Berangère Jacquard apoiada no vão da porta de braços cruzados. Como sempre vestida no auge do *chic* parisiense, embora não fosse a nenhum outro lugar mais elegante que seu próprio estúdio do outro lado do corredor, Berangère fez um som de desaprovação com a língua.

— O que é isso? — perguntou, entrando furtivamente no estúdio iluminado. — Eu pensava que vocês, mulheres inglesas, não se permitiam a luxúria de ficar de mau humor.

— Não estou de mau humor — corrigiu-a Maggie com um suspiro. — Não propriamente...

— Não? Então está imitando direitinho, *princesse* — Berangère fez uma careta ao ver a pintura que estava diante de Maggie. — Arg! *Quelle horreur!* Suponho que sejam pequenos condes, *non*?

— Um marquês — explicou Maggie. — E o irmão menor.

— Mas é claro. O *papa* e a *maman* devem estar muito orgulhosos. Pequenos monstrinhos. Deveria tê-los pintado com o dedo no nariz, que é onde devem ficar a maior parte do tempo.

Berangère deu de ombros e se afastou da pintura, encaminhando-se para o peitoril da janela onde Maggie mantinha uma garrafa de vinho tinto para ocasiões como esta. Ela encheu um copo para si e se aproximou de um sofá baixo cheio de almofadas, onde se sentou com um delicado suspiro. Todos os movimentos de Berangère eram deliberados e graciosos, como os de um gato. Na verdade, ela lembrava a Maggie exatamente isto: um gatinho de pelo macio, astuto, muito parecido com a princesa Usha, enquanto Maggie não passava de um cachorro grande e desajeitado.

— Agora, *princesse* — disse a amiga mais velha depois de tomar um gole de vinho. — Conte à *tante* Berangère o porquê dessa aparência tão infeliz.

— Ah, Berangère — disse Maggie, arrasada —, eu não saberia por onde começar.

— Ah. — Berangère olhou para o vinho em seu copo e, ao avistar um pedaço da rolha flutuando, delicadamente o retirou com um dos dedos. — Não estaria relacionado com o fato de terem quebrado o nariz de seu precioso Augustin na noite passada, estaria?

Maggie suspirou.

— Como soube disso?

Berangère fez um sinal de indiferença.

— Ora, quem não soube? Fala-se disso por todos os corredores.

Maggie suspirou novamente.

O prédio onde se localizavam os estúdios de ambas era velho, malconservado, cheio de outros pintores e de um ou outro escultor. Maggie e Berangère, sendo as únicas mulheres do prédio, eram fontes de constante especulação dos outros artistas, sendo suas atividades fielmente informadas pelos que frequentavam círculos sociais semelhantes.

— Ah, Berangère — disse Maggie, deixando a cabeça cair entre as mãos —, o que vou fazer?

— Fazer? — Berangère tomou um gole do vinho. — Sobre o quê, *princesse*?

— Ora, sobre Jerry, claro! — Maggie ergueu a cabeça e, com uma das mãos, afastou uma mecha de cabelo que se soltara do penteado, deixando uma faixa de tinta violeta na testa alva.

Berangère sorriu com tolerância.

— E qual é o problema com Jerry, *princesse*? Ele está fazendo xixi atrás do sofá de novo?

— *O quê?* — E então Maggie começou a rir, apesar da tristeza. — Ah, não! — exclamou. — Não é *esse* Jerry. Eu quis dizer Jeremy Rawlings!

Berangère franziu a testa.

— Jeremy Rawlings? O militar que quebrou o *nez* de Augustin? — Diante da confirmação de Maggie, um olhar de quem entendeu tudo tomou conta do rosto bem-definido de Berangère. — Ah. As coisas começam a ficar mais claras para mim. Jeremy Rawlings... Já ouvi esse nome antes. — Berangère bateu a unha longa e bem-feita de um dos dedos nos dentes. — Onde já ouvi esse nome?

— Sem dúvida no jornal desta manhã — respondeu Maggie com um suspiro.

Berangère ergueu a sobrancelha loura.

— *Pardon?*

— Seu noivado com a princesa Usha de Jaipur foi anunciado hoje na coluna social do jornal.

— Ah — disse Berangère com ar de reconhecimento. — Sim, agora me lembro. *Aquele* é o Jerry por quem você esperou ansiosamente todos esses anos em que a conheço? — Diante de um aceno positivo e hesitante de Maggie, que não gostava de admitir estar apaixonada por Jeremy, que dirá ter *ansiado* por ele, Berangère continuou: — Entendo. Não é para menos que está tão *triste*. Ele voltou da Índia com uma noiva real, quebrou o *nez* do seu noivo, e você não sabe o que fazer?

Maggie confirmou.

— *Pff!* — exclamou Berangère, um som curioso que costumava fazer quando duvidava de alguma coisa, uma leve explosão dos lábios e da respiração que invariavelmente fazia voar os cachos dourados de sua franja. — Sempre achei você educada demais, *princesse*, mas nunca achei que era *stupide*.

— E não sou! — retrucou Maggie, na defensiva. — Só não sei o que fazer. Nunca estive numa situação destas antes.

— Nunca teve dois homens brigando por você? — Berangère estava pasma. — *Ma pauvre princesse*. Então você de fato não viveu. Ser disputada é a sensação mais maravilhosa do mundo. Precisa tentar prolongá-la o máximo que puder.

— Você enlouqueceu? — Maggie fitou a amiga com espanto. — Berangère, isto é sério. Alguém... alguém tentou apunhalar Jerry na noite passada, e creio que ele suspeita de Augustin.

Berangère endireitou-se na cadeira, e o rosto de belos traços brilhava, de tão animada com a situação.

— Verdade? *Très romantique!*

— Romântico? — Maggie estremeceu. — Berangère, foi terrível.

— Terrivelmente *romântico*! Você acha que foi Augustin? — Berangère estava perplexa. — Não posso crer que Augustin faça o tipo assassino. Duelar, sim. Mas assassinar? *Non*. Ainda assim, com aquele cabelo vermelho, não se pode ter certeza de nada...

— Berangère! — Maggie enterrou o rosto nas mãos. — Isso não tem graça, nem é romântico. Alguém tentou matar Jeremy na noite passada, e não posso deixar de pensar...

Mas Berangère a interrompeu:

— *Nom de Dieu* — disse ela, e algo em sua voz rouca fez Maggie erguer a cabeça e dirigir-lhe um olhar incerto. Berangère a fitava com os olhos arregalados de surpresa. — Você e esse Jerry. Vocês fizeram amor.

Maggie ficou de queixo caído.

— Berangère!

— Não posso acreditar. *Ma petite princesse!* Não é para menos que Augustin tenha tentado matá-lo. — Berangère aplaudiu entusiasticamente. — Como foi? Gostou muito? Não é maravilhoso?

Maggie a fitava de olhos arregalados, sem sequer tentar negar.

— Como você... Como pode *saber*?

Berangère deu de ombros com elegância.

— O brilho em seu rosto.

Horrorizada, Maggie exclamou, quase sem ar:

— Não é verdade!

— É, sim, *princesse*. Sinto lhe informar, mas seu rosto brilha. Só um tolo, ou um noivo, não perceberia.

— Aconteceu... — resmungou Maggie, cobrindo o rosto com as mãos manchadas de tinta. — Ah, Deus, Berangère, aconteceu! Eu não queria. Não esperava. E ele me disse que não estava noivo!

Berangère suspirou.

— Não é assim que todos agem?

— Mas Berangère, eu acreditei nele! Jeremy disse que a Estrela de Jaipur não era uma mulher, e sim uma pedra!

— Agora! — disse Berangère, incrédula. — Não duvido de mais nada.

— Ah, eu provoquei essa confusão toda! — Maggie não conseguiu reprimir um soluço. — Sei que sou culpada e não mereço a solidariedade de ninguém. Eu tinha tanta certeza, tanta, de que ele queria se casar comigo! Simplesmente não sei o que me aconteceu.

— Pois eu sei.

Maggie olhou para a amiga, piscando para limpar as lágrimas. Para sua surpresa, Berangère estava a seu lado, com um copo de vinho em cada uma das mãos. Ela entregou um deles a Maggie e gentilmente a guiou até o sofá, sentando-se então a seu lado — um movimento que exigiu alguma manobra, devido ao tamanho das anquinhas de ambas.

— Eu sei exatamente o que lhe aconteceu — afirmou Berangère. — *L'amour.* Vamos brindar a ele? — Ela tocou seu copo no de Maggie e depois bebeu um bocado de seu conteúdo.

Maggie tomou um gole hesitante, embora jamais em sua vida tivesse tomado vinho antes da hora do chá. Mas também nunca perdera a virgindade antes, portanto concluiu que a ocasião permitia. Para seu espanto, o borgonha encorpado desceu muito bem, aquecendo-a e revigorando-a. Maggie tomou outro gole.

— Então você... — perguntou Maggie, cuidadosa. — Então você não me despreza por isso, Berangère?

— *Desprezá-la?* — Berangère, surpresa com a pergunta, por pouco não derramou o vinho. — Por que a desprezaria?

Desolada, Maggie choramingou:

— Se minhas irmãs soubessem... quero dizer, o que Jerry e eu fizemos, nunca mais falariam comigo.

— Suas irmãs já não falam com você — lembrou-a Berangère —, e seu único crime foi, como muitas outras mulheres antes de você, tentar se sustentar sozinha, usando o talento que Deus lhe deu. — Berangère balançou a cabeça, e as madeixas louras balançaram. — Você é uma artista! Isso não é desgraça alguma. Não é como se fosse uma... — Berangère tentou pensar numa ocupação verdadeiramente chocante. — Uma prostituta!

— Não — admitiu Maggie, relutante. — Mas creio que, na cabeça delas, as pintoras têm uma vida sórdida, de escândalos. E agora foi comprovado que elas têm razão. — Maggie emitiu um suspiro de tristeza profunda. — Sou *mesmo* uma mulher perdida.

Berangère sorriu e se recostou no sofá.

— *Ma chérie*, se *você* é uma mulher perdida, tremo só de pensar o que *eu* sou então. Eu adoraria mesmo conhecer essas suas irmãs, *princesse*. Como é possível você ter crescido num lar tão *bourgeois* e pintar desse jeito?

— Não acho que minha casa fosse *burguesa* — defendeu Maggie. — Pelo menos não mais do que todas as outras. Creio que só fui amaldiçoada com uma natureza mais... carnal do que as outras pessoas de minha família. Por exemplo, não posso imaginar que qualquer das minhas irmãs tenha feito amor com os maridos antes de se casar. Principalmente Anne. Ela é tão decente. Quando mamãe estava viva, Anne ainda era muito mais... tolerante. Agora, parece que se acha no dever de me censurar.

— E você não permitirá. Sendo tão... como você disse? *Oui*, carnal. Essa é uma boa palavra. Foi uma sorte você encontrar um homem para se casar que fosse igualmente carnal.

— Augustin? — Maggie terminou de beber o vinho do copo. — Augustin não é nada carnal.

— Não o Augustin, *imbécile* — retrucou Berangère, com um suspiro. — Esse Jerry de quem você fala.

— *Jeremy?* — Maggie a fitou, piscando de espanto. — Mas eu não posso me casar com *Jeremy*.

Berangère fez a mesma expressão de espanto.

— E por que não?

— Por que não? — repetiu Maggie. — Por que não? Você não ouviu uma palavra do que eu acabei de dizer? *Ele está noivo de outra!*

— *Pff!* — foi a resposta cética de Berangère.

— Berangère, a Estrela de Jaipur é uma mulher linda e exótica. Você não a viu. Ela é como... — Maggie se interrompeu antes de dizer: *Ela é como você*. Em vez disso, disse: — Ela é diferente de tudo que possa imaginar...

— *Oui, chérie*. Mas com quem esse Jerry passou a noite passada? Com essa pedra, essa Estrela de Jaipur, ou com você?

Maggie balançou a cabeça.

— Ah, Berangère, você não vê? Mesmo que por algum milagre Jerry quisesse *mesmo* se casar comigo, eu não poderia desposá-lo...

— Mas por quê?

— Porque estou noiva de Augustin! Não posso desfazer meu noivado com ele de uma hora para outra... — Maggie estalou os dedos. — Não seria justo, ele sempre foi tão bom comigo...

— E daí? — Berangère juntou as mãos atrás da cabeça e se recostou nas almofadas, fitando a claraboia que revelava um céu de inverno frio e cinzento. — Você não *pediu* a Augustin para ser tão bom. Ele foi bom por sua própria vontade. Não precisa se casar com ele por isso. Pode simplesmente lhe agradecer e partir para outra.

— Mas isso seria errado! Deixei que Augustin acreditasse que eu correspondia aos sentimentos dele, quando estava o tempo todo apaixonada por outro!

Berangère revirou os olhos.

— Você é uma garota muito tola. Case-se com o militar e acabe logo com isso. Se quiser, cuidarei de Augustin. Embora não tolere muito bem cabelo vermelho num homem. — Berangère estremeceu só de pensar.

— O que quer dizer com *cuidar* de Augustin? — perguntou Maggie, desconfiada.

— Isso mesmo. — Berangère deu de ombros.

— Você quer dizer... — Maggie endireitou-se no sofá. — Quer dizer que... — Ela se interrompeu, de repente extremamente envergonhada. — Ah, Berangère — murmurou. — Você não deve...

Berangère deu uma gargalhada que ressoou pelo estúdio todo, quicou na claraboia e voltou para o chão de madeira como vidro.

— *Ma pauvre princesse.* Eu a choquei!

— Mas é isso, Berangère — disse Maggie, com tristeza. — Eu *não* sou uma princesa. Jamais poderia sê-lo. Você é a única que pensa assim. E Jerry, o militar, não é apenas um militar. Ele é um duque. Mesmo que me pedisse em casamento, não creio que eu pudesse aceitar, pois nesse caso teria que me tornar uma...

— Uma *duquesa*? — Berangère empertigou-se e juntou as mãos, claramente extasiada com a ideia. — Ah, *Marguerethe, c'est magnifique!* Você será uma *duchesse* adorável! Vai me convidar para todos os seus jantares e bailes, e eu conhecerei muitos homens bonitos e ricos! — Os olhos de Berangère brilhavam como estrelas. — Ah, que perfeito! A *princesse* será uma *duchesse*!

— Não, Berangère, não serei — insistiu Maggie. — Sou uma princesa apenas a *seus* olhos. Na verdade, sou um desastre social pelos padrões ingleses. Mas essa mulher, a Estrela de Jaipur, ela, sim, *é* verdadeiramente uma princesa. Será uma duquesa muito melhor do que eu jamais seria.

Berangère, do sofá, estreitou os olhos da maneira que um gato faz ao mirar a presa antes de dar o bote.

— Entendo — disse a francesa, lentamente. — Então está disposta a desistir dele tão facilmente porque não seria uma *duchesse* adequada?

— Eu... Não é só isso, Berangère. Eu já expliquei, ele não me pediu...

Ouviram-se passos no corredor; Berangère deixara a porta do estúdio de Maggie escancarada. Só havia dois estúdios no último andar do prédio, o seu e o de Maggie, portanto, quem quer que estivesse se aproximando teria que ser para visitar uma das duas.

— E então — insistiu Berangère. — E se ele a pedisse? Você aceitaria?

Mas a resposta de Maggie ficou presa na garganta, pois justo naquele instante, o próprio Jeremy adentrou o estúdio.

Capítulo 25

JEREMY NÃO ESTAVA PROPRIAMENTE DE BOM humor. Ser quase assassinado causava esse tipo de reação. Quer dizer, ser quase assassinado e ter seu noivado anunciado no *Times* com alguém de quem não estava noivo.

Não que Jeremy estivesse preocupado ou algo assim. Já se recuperara totalmente da tentativa de assassinato. Na verdade, com todos os outros desastres em sua vida, esquecera totalmente aquilo. Mas quando saía do prédio do *Times* — onde estivera para exigir uma retratação — foi quase atropelado por uma carruagem.

Uma coisa era ser apunhalado no meio da noite em frente à sua própria casa. A culpa poderia ser facilmente do aumento da criminalidade urbana. No entanto, ser quase esmagado na frente do prédio do *Times* era completamente diferente. Quando Jeremy se levantou da lama misturada com neve na qual mergulhara para evitar ser morto, decidiu que era hora de agir. Despachou o criado com instruções de encontrar Augustin de Veygoux, segui-lo e concluir se era ele ou não o responsável por essas tentativas de assassinato. Não que Jeremy temesse por sua vida, mas... Ora, estava se tornando uma amolação essa história de ficar se jogando pela rua para esquivar-se de punhais e de patas de cavalos. E se fosse mesmo de Veygoux o responsável, Jeremy teria uma desculpa perfeita para desafiá-lo. Um duelo resolveria dois problemas: ele se livraria do maçante assassino e Maggie deixaria de ter um noivo.

— E não deixe que Maggie o veja — avisou Jeremy. — A única forma de convencê-la de que foi esse sujeito quem me apunhalou será o pegando no ato. Mas se ela perceber que o estamos seguindo, pensará que nossa intenção é atormentá-lo, e isso só lhe despertará sentimentos de compaixão pelo noivo.

Peters saudou-o.

— Não tema, coronel. Pode contar comigo. Esta é uma missão na qual não falharei.

Feito isso, Jeremy retornou à mansão, onde tirou a roupa arruinada e vestiu algo mais apresentável para sair novamente. Sua primeira parada foi o Dorchester, onde encontrou a princesa Usha reunida com vários costureiros e chapeleiros. Ao que parecia, a Estrela de Jaipur decidira que os sáris estavam fora de moda; sua intenção era comprar um enxoval ocidental. Seus esforços nesse sentido, contudo, estavam prejudicados pela ausência de seu intérprete — ele aparentemente se ausentara mais cedo para enviar mais uma carta ao marajá. Com isso, Jeremy teve muita dificuldade de se fazer entender quanto a sua opinião sobre o anúncio do *Times* daquela manhã... ao menos pela princesa. Os costureiros, porém, o entenderam muito bem, pelo que indicavam os olhares nervosos que trocaram quando Jeremy se encaminhou para a saída. Afinal, fazer o enxoval de uma noiva cujo noivo estava tão relutante em casar não era uma boa prática comercial, e todos no recinto, à exceção, talvez, da princesa, sabiam disso.

Malsucedido em fazer Usha entender seu descontentamento com as ações dela, Jeremy resolveu se concentrar na tarefa igualmente difícil de encontrar Maggie e reparar a mágoa que a notícia teria lhe causado. A esperança de que ela não tivesse lido o jornal da manhã fora afastada logo após o café, quando, ao procurá-la em seu quarto, a criada abriu a porta.

— Bom dia, Vossa Graça — cumprimentou Hill friamente. — A Srta. Margaret já saiu para o primeiro compromisso do dia. Mas posso desejar-lhe felicidade? Estou certa de que o senhor e a princesa serão muito felizes. Seus tios devem estar *muito* contentes...

Jeremy sabia muito bem que os tios não ficariam *nada* felizes, pelo contrário. Ah, se realmente amasse Usha, eles teriam de aceitá-la... ao menos até ela conseguir desagradá-los com seu total desrespeito pelos sentimentos de qualquer pessoa que não fosse ela mesma. A *isso* eles certamente objetariam...

Jeremy não teve sucesso ao tentar interrogar a criada de Maggie. Só o que conseguiu obter — e quase precisou arrancar dela, a velha teimosa — foi o endereço do estúdio de sua ama. Era melhor do que nada.

Mas ao chegar ao endereço, Jeremy sofreu outro choque. Jamais vira uma construção mais dilapidada, com a possível exceção de algumas tentativas da arquitetura europeia que testemunhara em Bombaim. Seria isto, perguntou-se, o melhor que Maggie tinha condições de pagar? Agora tinha mais um motivo para se aborrecer com sir Arthur. Seu orgulho estava forçando a filha a alugar um local inabitável. Não era de se espantar que os apartamentos do prédio tivessem sido transformados em estúdios de artistas. As únicas pessoas que podiam ser convencidas a habitá-los eram os pintores e escultores, que viviam em mundos criados por eles mesmos.

Jeremy conseguira extrair da ama o endereço do estúdio, mas não o número do apartamento, portanto não era surpreendente que estivesse vagueando pelos longos corredores mal-iluminados em sua procura infrutífera. O cheiro de terebintina era forte, assim como um nítido odor de ópio que Jeremy reconheceu de uma breve incursão a Burma. Enquanto andava pelos corredores, viu vários homens pintando mulheres nuas a partir de modelos vivas, robustas mas de aparência estranhamente desagradável, que tremiam de frio em pedestais ou estavam cobertas, deitadas sobre sofás manchados sem muita graciosidade, na opinião de Jeremy. De algumas das pinturas ele até gostou. Num dado momento, passou por um estúdio em que um homem também pintava um modelo vivo, mas não era uma mulher nua, e sim um homem. Então um pensamento estranho lhe ocorreu: teria *Maggie* pintado algum homem nu? Não seria então o seu o primeiro corpo masculino que Maggie já vira?

Imaginar Maggie em companhia de outro homem desnudo que não fosse ele era uma sensação muito incômoda, e Jerry se apressou em encontrá-la. Num dos estúdios abertos do terceiro andar, perguntou a um jovem que parecia aborrecido e guardava os pincéis num balde cheio de um líquido:

— Escute, você sabe onde eu poderia encontrar a Srta. Herbert?

O jovem deu um pulo e girou a cabeça rapidamente na direção de Jeremy, depois deixou de lado o cachimbo de ópio que fumava.

— Você quer dizer Maggie? — perguntou ele em tom de surpresa.

— Hum, sim — respondeu Jeremy. Ela usava o primeiro nome com esses homens? Cuidaria para que isso mudasse quando ela se tornasse a duquesa de Rawlings. — Qual é o estúdio dela?

— É no sexto andar, a porta da esquerda — foi a resposta lacônica. — Mas nem adianta pedir que ela pose para você, amigo. Ela e aquela francesa vadia não tiram nem uma peça sequer. Acredite, eu já pedi. — Ele voltou a colocar o cachimbo na boca e sugou, pesaroso. — Nós *todos* já pedimos.

Jeremy pigarreou.

— Entendo — disse ele. — Obrigado, então.

— Mas se está procurando vinho — o jovem acrescentou quando Jeremy já ia saindo —, ela não é mesquinha quanto a isso. Essas pintoras são assim. Não tiram a roupa mas são generosas com a bebida. — O rapaz observou, com ar triste, a tela que estava sobre o cavalete no centro da sala. — Claro, *elas* têm condição de comprar muito vinho. *Todo mundo* quer que elas pintem seus retratos. Quase ninguém quer uma pintura das portas da prisão de Newgate.

Jeremy logo desviou os olhos da pintura deprimente.

— Sim... Até logo. — E saiu rápido antes que o jovem pintor pudesse mostrar-lhe mais alguma de suas obras de arte.

Após subir três instáveis lances de escadas, Jeremy ouviu a doce voz de Maggie vindo do fundo do corredor. Não identificou precisamente o que ela dizia, nem soube com quem falava. Mas a alegria que sentiu ao ouvi-la mostrou-lhe que isso não importava. Encontrara sua Maggie, e isso significava que ali era seu lugar.

Jeremy entrou confiante pela porta aberta do estúdio de Maggie.

Capítulo 26

Ela o fitou, incrédula. Deixara a mansão do número 22 da Park Lane pensando que, se algum dia voltasse a ver Jeremy Rawlings, não seria tão cedo. Vê-lo entrar estúdio adentro como se fosse incapaz de praticar qualquer mal foi um choque do qual levaria tempo para se recuperar.

Não que Jeremy estivesse com uma aparência ruim. De modo algum. Ele usava um traje de noite. Não era o uniforme, mas traje de noite mesmo: um capote preto com pele de castor na gola sobre um terno preto de excelente corte, camisa branca e colete, e uma gravata larga em forma de laço no pescoço. Os sapatos brilhavam de tão bem engraxados. Até mesmo as luvas brancas estavam imaculadas. Ele segurava o chapéu nas mãos, e Maggie percebeu que se esforçara para pentear o cabelo, mas não havia penteado que pudesse controlar aqueles cachos. Ainda assim, para Maggie, Jeremy estava maravilhoso.

Um rápido olhar para Berangère, que olhava para o duque como se estivesse em transe, revelou que os pensamentos dela viajavam por uma linha semelhante.

— Ah, finalmente a encontrei — foi como ele teve coragem de cumprimentar Maggie, com uma displicência de como se tivessem se encontrado na rua por acaso. — Posso entrar?

— O-Olá — gaguejou Maggie, desviando o olhar de Berangère e o voltando para Jeremy.

Qual era o *problema* dela? Deveria estar zangada, furiosa! Ele lhe roubara a virgindade — certo, ela se entregara a ele, mas por que preocupar-se com detalhes secundários? —, e aqui estava ela, levantando do sofá com dificuldade, arrumando a saia rapidamente para ficar com boa aparência. Ao perceber que usava um avental sujo de tinta sobre o vestido, apressou-se em desfazer o nó que o prendia e tirá-lo. E por todo esse tempo pensava: Ele a enganou, Maggie. Esse homem a enganou com consciência e frieza. Você *não* deve ser simpática com ele. *Não* deve.

— Você gostaria... hum... — gaguejou ela outra vez, tentando desesperadamente soar tão displicente quanto ele — de beber alguma coisa? Um vinho?

— Um vinho seria ótimo — respondeu Jeremy sem olhar para ela. Dentro do estúdio de pé-direito alto, ele observava com curiosidade as pinturas ainda por terminar apoiadas nas paredes, os cavaletes de madeira com as obras terminadas, o fogo alegre queimando no fogão de madeira, o balde, cujos lados estavam cobertos de tinta endurecida e, mais que tudo, a mulher loura recostada como uma gata no sofá baixo em frente à janela. — Olá — disse Jeremy a Berangère.

Ela sorriu sedutoramente.

— Olá. Você deve ser *Jerry*. — Berangère enrolava os erres de um jeito provocante, apesar do olhar de advertência de Maggie.

— Isso mesmo — sorriu Jeremy. — E quem é você?

— Seu nome — respondeu Maggie em um tom mais ríspido do que gostaria — é Berangère Jacquard, e ela já estava de saída. — Então, quando Jeremy e Berangère se voltaram para ela espantados, Maggie não teve escolha e os apresentou, de má vontade. — Vossa Graça, posso lhe apresentar mademoiselle Jacquard? Mademoiselle Jacquard, Sua Graça, Jeremy, duque de Rawlings.

Berangère estendeu a mão esguia na direção de Jeremy.

— *Je suis enchantée* — murmurou.

— O prazer é meu — disse Jeremy, curvando-se para tomar aquela mão nas suas e levá-la aos lábios. Com uma conduta cavalheiresca, Jeremy na verdade não encostou os lábios, como Maggie bem observou, mas beijou o ar a poucos centímetros da mão de Berangère. Ainda assim, não soltou a mão de imediato. Em vez disso, baixou os olhos até elas. — Está posando para um dos retratos da Srta. Herbert, mademoiselle Jacquard?

— *Moi?* — Berangère deu uma gargalhada. — *Non, non...*

— Berangère frequentou a mesma escola de pintura que eu em Paris — interrompeu Maggie rapidamente. — Veio para Londres, como eu, para pintar retratos. Ela aluga o estúdio do outro lado do corredor. Aliás, estava justamente voltando para trabalhar, não é, Berangère?

Berangère não tirava os olhos de Jeremy, assim como o próprio continuava curvado sem soltar a mão dela.

— *Il est superbe, princesse* — disse ela a Maggie. — *Um duc diabolique. Vous êtes un vrai imbécile.*

Maggie fechou os olhos para fazer uma oração rápida de agradecimento pelo fato de Jeremy, até onde ela sabia, não falar uma palavra de francês.

— Perguntei se estava posando para um retrato, mademoiselle Jacquard, porque não vi nenhuma tinta em seus dedos. — Jeremy segurou-lhe as mãos e as examinou com ar especulativo. — As de Maggie costumam ficar cobertas de tinta.

— Ah — disse Berangère, com ar de quem sabe a que ele se refere. — Diferentemente de *Marguerethe*, eu uso luvas quando pinto. As substâncias com as quais trabalhamos, terebintina, óleo de linhaça, são muito fortes para a pele delicada de uma mulher, e gosto de manter as mãos bem macias.

Que tipo de idiotice era essa? Maggie arrancou seu avental de pintura. Os dois conversavam sobre *pele* enquanto seu coração estava partido! Pois colocaria um ponto final nisso.

— O que o traz a Chelsea, Vossa Graça? — perguntou Maggie. Enquanto falava, ela enrolou o avental até que virasse uma bola apertada e o jogou, sem cerimônia, num canto do estúdio. Em seguida se dirigiu à mesa onde estava o vinho e serviu um copo para Jeremy.

Ele endireitou-se para pegar o copo de vinho das mãos de Maggie, enquanto com a outra mão segurava displicentemente a cartola.

— Pensei em passar por aqui e ver o que você ia fazer esta noite. Tenho bilhetes para o balé e pensei que poderíamos jantar...

— Balé? — repetiu Berangère, empertigando-se.

Jeremy olhou para ela. Era evidente que não sabia o que fazer com mademoiselle Jacquard, que dirá com a amizade dela com Maggie.

— Hum, sim — respondeu, desviando a atenção de volta para Maggie. — Balé. E um jantar, antes ou depois.

Atrás dele, no sofá, Berangère reclinou-se para conseguir ver Maggie e falou para ela, movendo os lábios sem emitir som, de um jeito sem-vergonha:

— *Je l'adore!*

Maggie, muito consciente de que, comparada a Berangère, devia estar horrível, ainda mais com as mãos manchadas de tinta — não sabia que tinha um borrão na testa — e o vestido de lã meio antiquado, decidiu que já estava na hora de parar de fazer o papel de anfitriã e disse, friamente:

— Não acho muito apropriado Vossa Graça levar ao teatro uma mulher que não é sua noiva.

Jeremy tomou um gole do vinho.

— Ah — disse ele com uma ausência de emoção enfurecedora. — Não precisa se preocupar. Esse pequeno problema já foi resolvido.

— Pequeno problema! — repetiu Maggie, incrédula. Berangère, observando do sofá, virava a cabeça de um lado a outro, como se assistisse a um espetáculo. — Jeremy, esse *pequeno problema* é a futura duquesa de Rawlings!

— Não — disse Jeremy. — Ela não é.

— Ah, não? — Maggie estava a ponto de explodir. Como ele ousava ficar ali e negar o que ela (e todos os leitores do jornal de maior circulação mundial) tinha lido naquela mesma manhã? — Então era bom você informar ao *Times*. Diferentemente de mim, eles não acreditaram na sua insistência ridícula de que a Estrela de Jaipur não é uma mulher, e sim uma *pedra*.

— Gostei dessa parte — comentou Berangère do sofá. Quando Jeremy a fitou, ela explicou: — Quero dizer, a parte da pedra. Muito criativo.

— Não é criativo — retrucou Jeremy. — É a verdade. E não é uma pedra, é uma safira. Uma safira de 24 quilates, para ser exato.

Berangère franziu a testa.

— Vinte e quatro quilates, você disse? *Vinte e quatro?*

— Vinte e quatro quilates uma ova — disse Maggie com as mãos na cintura. — A Estrela de Jaipur é uma *mulher* de 1,50 metro de altura, 50 quilos, olhos escuros, pés pequenos e um intérprete pessoal, algo de que evidentemente *eu* também preciso, pois de algum modo me transformei na amante do homem com quem ela se casará!

— Você não é minha amante — corrigiu-a Jeremy com uma voz gutural, obviamente fazendo um esforço para se manter calmo. — E não me casarei com ela.

Maggie revirou os olhos.

— Ah, entendo. Estou certa de que deve haver tão poucas notícias no mundo que o *Times* foi obrigado a começar a inventar coisas para entreter seus leitores...

— Eu não disse que eles inventaram — interrompeu Jeremy. — Estou apenas dizendo que a história não estava correta. Já conversei com o responsável, e na edição de amanhã aparecerá uma retratação...

— Ah, com certeza — disse Maggie, sarcástica. — E aparentemente amanhã também choverá granizo de 24 quilates.

Berangère de repente endireitou-se no sofá e anunciou:

— Está chegando alguém.

Jeremy a ignorou.

— Você realmente acha — perguntou a Maggie com a voz consideravelmente baixa e indiscutivelmente magoada — que eu tentaria torná-la minha amante?

Maggie desviou os olhos, confusa. Meia hora antes, se alguém lhe fizesse aquela pergunta, ela gritaria um inequívoco *sim* em resposta. Mas agora, olhando para o rosto sério e a expressão quase desesperada de Jeremy, lembrou-se das horas que passaram juntos, do modo como ele a abraçara, e se perguntou...

— Augustin! — exclamou Berangère, em tom de alegria, pulando do sofá.

Maggie virou-se. Não. Não podia ser. Não era possível.

Mas era verdade. Augustin estava na porta, a cartola e a bengala numa das mãos e um grande buquê de rosas brancas na outra. Devido a sua discussão com Jeremy, Maggie não ouvira os passos no corredor.

— Boa noite — disse Augustin com um leve tom de mágoa na voz.

E não era para menos, pensou Maggie, desviando os olhos do colete de cetim — Augustin também usava um traje de noite — para o rosto do noivo. Ela quase ficou sem ar ao ver as marcas roxas em volta dos olhos e o inchaço no nariz antes aquilino. Dentro das narinas havia algodão com crostas de sangue, e a respiração, depois de subir seis lances de escadas, estava ofegante e difícil.

E *esse* era o homem que Jeremy suspeitava de tentar matá-lo! Esse ser quase inválido que, mesmo se quisesse, não poderia erguer uma faca acima da própria cabeça de tanta dor que ainda sentia! Ah, Maggie não culpava Jeremy por pensar assim, mas a ideia era simplesmente ridícula. *Augustin* não era a pessoa que tentara matá-lo. *Ele* era incapaz de tamanha violência...

Pobre Augustin! Como fora injusta com ele! Maggie descobriu que não conseguia encará-lo. Como deveria agir?

Sempre um cavalheiro, Augustin entrou no estúdio, cumprimentou a todos com um aceno de cabeça e presenteou Maggie com as rosas.

— Para você, *ma chérie* — disse ele, e Maggie percebeu o olhar que lançou para Jeremy, como se o desafiando a contradizer o ato de carinho. — Como minhas desculpas pela noite de ontem. Ela foi interrompida por aquele... incidente infeliz.

Maggie abraçou o lindo buquê junto ao peito, grata ao florista por ter tido o cuidado de retirar os espinhos de cada flor e ao mesmo tempo achando-se merecedora de muitas picadas de espinhos por sua terrível traição. Como poderia lhe contar isso um dia? Como poderia fazê-lo sofrer assim?

— Bem — disse Maggie, quase passando mal de tanto remorso, mas esperando que ninguém notasse. Contarei esta noite, pensou. Ficarei a sós com ele e contarei. — Ah, muito obrigada, Augustin. Mas não precisava. Sou eu quem deve se desculpar...

— Não — disse Jeremy, com a voz calma.

Maggie lançou-lhe um rápido olhar de advertência, temendo que eles estivessem a ponto de repetir a atuação desastrosa da noite anterior. Mas Jeremy continuou, muito educado:

— Sou eu quem deveria estar me desculpando. Comportei-me de uma maneira escandalosa com o senhor, Sr. de Veygoux. Quero lhe oferecer minhas sinceras desculpas. — Jeremy estendeu a mão direita estoicamente.

Augustin não foi o único a ver aquilo com desconfiança. Maggie e Berangère, depois de uma rápida troca de olhares, tiveram a mesma reação. O que Jeremy estará aprontando?, perguntou-se Maggie. Será que a malária queimou-lhe os miolos? Será possível que ele queria ser amigo de Augustin? *Mas por quê?*

Augustin foi o primeiro a se recuperar. Ele estendeu a mão direita e apertou a mão enluvada de Jeremy. Para nenhum dos dois foi fácil, e Maggie desconfiou de uma certa rigidez de ambas as partes.

— Desculpas aceitas, Vossa Graça — disse Augustin numa atitude amigável. — E devo dizer que aprecio sua atitude protetora com relação a *mademoiselle Marguerethe*. Como o senhor deve saber, ela não tem uma família que lhe dê assistência, portanto é gratificante saber que pelo menos alguém se importa com ela.

Jeremy, numa reação louvável, enrubesceu ao ouvi-lo. Soltou a mão de Augustin, que era mais velho, e disse em tom áspero:

— Creio que exagerei na noite passada. Maggie sempre foi, hum, como uma irmã para mim, e... eu só quero que ela seja feliz.

— Eu também, Vossa Graça — disse Augustin com um sorriso ao abraçar apertado o ombro de Maggie, olhando-a de forma adoradora. — Eu também.

Maggie conseguiu responder com um leve sorriso. Ah, Deus, isto vai ser terrível.

— E então — disse Augustin, com a voz alegre demais para o clima sombrio que impregnava o ambiente —, o que o traz aqui, Vossa Graça? Veio ver a artista trabalhando? Ela tem algumas obras muito bonitas. Foi bom ter vindo agora, pois amanhã elas serão encaixotadas para serem transportadas para a Bond Street. Já soube da exposição de Maggie no sábado, na minha galeria? Estará lá para a vernissage, não é?

— Claro — respondeu Jeremy, desviando o olhar para Maggie que, desesperada, fazia que não com a cabeça. Mas ele nem ligou. — Eu não perderia isso por nada — disse, aceitando o convite.

— Muito bom, muito bom — exclamou Augustin. — Ela será um grande sucesso. Eu não me surpreenderia se a convidassem para expor na Royal Academy em maio. Não ficaria nada surpreso. Nem me espantaria se ela recebesse uma insígnia da própria rainha. *Marguerethe* é fora do comum.

— Sim — concordou Jeremy sem afastar os olhos de Maggie. — Ela é mesmo, não é?

Augustin de repente percebeu a direção do olhar do duque, um olhar ousado a ponto de fazer sua noiva corar. Desviando o olhar para o duque, Augustin perguntou, de forma abrupta:

— O senhor veio *mesmo* ver as pinturas de *Marguerethe*, não é, Vossa Graça?

O coração de Maggie foi parar na garganta diante da expressão de Jeremy. Parecia ser de um prazer diabólico. Ah, pensou Maggie, em pânico, ele vai contar! Queria que Augustin soubesse a verdade, mas não assim!

— Na verdade — começou Jeremy —, eu vim aqui ver...

Jeremy foi interrompido no meio da frase, contudo, por Berangère, que pulou do sofá e declarou, em voz alta:

— Sua Graça veio *me visitar.*

Quando todos os olhares incrédulos, incluindo o de Jeremy, se voltaram para Berangère, ela exclamou, com uma risada:

— Ora, por que tanta surpresa? — Berangère jogou a cabeça para o lado de forma que os cachos dourados balançaram lindamente, e em seguida se aproximou de Jeremy e segurou-lhe o braço com as duas mãos. Berangère era do tipo *mignon*, e parecia uma boneca ao lado do duque, alto e de porte atlético; como a princesa Usha ficaria ao lado dele, pensou Maggie, sentindo uma sensação semelhante a ter uma faca entrando em seu coração. — Ele me levará para jantar. Os duques também comem, sabe, como todos nós.

Augustin abriu um sorriso, nitidamente feliz com o rumo dos acontecimentos.

— Que coincidência — exclamou. — *Marguerethe* e eu também vamos jantar. — Diante do olhar severo de Maggie, ele pareceu um pouco magoado. — Você se lembra, *Marguerethe*! Nós prometemos jantar com lorde e lady Mitchell esta noite. E creio, *chérie*, que se queremos ser pontuais, você precisa ir para casa agora se arrumar. Minha carruagem está lá embaixo. Está pronta para partir?

Uma dor de cabeça lancinante surgia atrás do olho direito de Maggie, que mesmo assim respondeu:

— Sim, claro, Augustin. — Ela teve o cuidado de não encarar Jeremy. — Só vou pegar meu material...

Por favor, Maggie se viu orando, por favor, não deixe que ele diga nada a Augustin. Por favor, também não deixe que ele diga nada como "*Eu a verei depois em casa, então, não é, Maggie?*". Eu preciso contar a Augustin do meu jeito, na hora certa.

— Bem — disse Jeremy, afastando-se para deixá-los passar. — Boa noite, então.

— *Bon soir* — respondeu Augustin e, segurando Maggie pelo cotovelo, guiou-a para o corredor.

— Boa noite — disse ela, tão baixo que acreditou não ter sido ouvida.

Já quase nas escadas, quando Maggie achava que estavam perfeitamente salvos, a voz de Jeremy ecoou no corredor:

— Ah, e Mags — gritou ele.

Maggie ficou paralisada, uma das mãos no corrimão instável, o pé suspenso e pronto para descer o primeiro degrau.

— Eu a verei depois em casa, não é?

Capítulo 27

— VOCÊ ESTÁ AGINDO DE FORMA completamente errada — observou Berangère enquanto descascava e comia mais um camarão.

Do outro lado da mesa, Jeremy tinha os ombros curvados, o queixo apoiado numa das mãos e um dos cotovelos próximo à tigela na qual Berangère jogava as cascas dos camarões que devorava com um apetite invejável. Ele mesmo não conseguira, durante o jantar, tomar mais do que duas doses de uísque. Mas Berangère conseguira comer uma dúzia de ostras, uma lata de caviar e um merengue. Essa já era a segunda tigela de camarões da mesa.

— Tenho certeza de que estou fazendo *alguma coisa* errada — concordou Jeremy com amargura. — Estou sentado num restaurante que não suporto com uma mulher que nem conheço. Gastei uma fortuna em bilhetes para o balé que nem usei, enquanto a mulher que amo está não sei onde com um noivo que tenta me matar. Sim, definitivamente tenho a impressão de que estou agindo errado.

Berangère mastigou com elegância, engoliu o camarão e segurou a *flute* de champanhe.

— Foi uma pena você ter desperdiçado esses ingressos — disse ela após esvaziar o copo. — Depois do trabalho que teve para consegui-los. Esse balé está esgotado há semanas. Como conseguiu comprá-los?

Jeremy deu de ombros, indiferente.

— Paguei uma fortuna a um sujeito na rua.

Berangère o observava e de repente exclamou, em seu bom humor:

— *Imbécile.*

Jeremy a fitou, sem entender.

— Como?

— Você me ouviu. Por que gastou uma fortuna em bilhetes para o balé se *Marguerethe* sequer se importa com balés?

— Ah, não? — Jeremy não parecia convencido. — Pensei que todas as mulheres adoravam balé.

— *Bête* — acusou-o Berangère, pegando mais um camarão. — Não *Marguerethe*. Segundo ela, diante daquelas mulheres delicadas na ponta dos pés, sente-se desajeitada como um elefante. — Escorregando os dedos por debaixo da casca dura, Berangère retirou com perfeição a carne bem temperada. — Eu sempre adorei a *pompe* do balé. Creio que teria sido uma boa bailarina, sou muito pequena e tenho pés bonitos. — Ela fitou Jeremy com ar de flerte. — Quer ver meus pés, *Jerry*?

Jeremy a encarou com ar de espanto. Berangère Jacquard era uma bela mulher. Mais do que Maggie, no sentido restrito da palavra, com seu cabelo dourado, a pele de porcelana, os olhos absurdamente azuis e a boca cor-de-rosa em forma de coração. Não era tão bonita quanto Usha — mas, afinal, quem o era? Graciosa como uma criança, Berangère tinha um corpo, ele percebeu tardiamente quando ela emergiu de seu *boudoir* em um vestido de noite, depois de insistir que parassem em seu apartamento para que ela pudesse trocar de roupa antes do jantar, que em nada parecia infantil: seios pequenos, mas empertigados, cintura bem fina e nádegas extremamente atraentes, enfatizadas por anquinhas de rosas de seda. Sob qualquer outra circunstância, Jeremy aceitaria sem pensar a proposta de ver-lhe os pés, assim como um convite para algum outro balé.

Berangère não estava nem um pouco ofendida com o desinteresse de Jeremy. Ao contrário, isso parecia encantá-la.

— Ah — disse ela, levando à boca o camarão que descascara com tanta dificuldade. — Aprovado.

Ele a fitou com o semblante miserável. A orquestra começara a tocar uma polca, e as dançarinas no palco elevavam as pernas e balançavam as saias, mostrando a quem quisesse as ligas de veludo preto.

Alguma coisa, talvez o uísque, o barulho, ou o fato de Maggie estar em algum lugar de Londres com outro homem, provocou uma dor de cabeça em Jeremy.

— O que disse? — perguntou ele a Berangère.

— Eu o aprovo — respondeu ela. — *Para Marguerethe.*

Jeremy riu com amargura.

— É muito bom *você* me aprovar, Srta. Jacquard. Mas o problema é se *Maggie* me aprova.

— Esse não é o problema, Jerry.

Jeremy suspirou.

— Não. O problema é o comedor de lesmas.

Berangère franziu o cenho sem concordar.

— O problema tampouco é Augustin.

Jeremy revirou os olhos.

— Vai me dizer que o problema é Usha?

— Não. O problema é *Marguerethe.*

— Maggie? — Ele a fitou com curiosidade. — O que quer dizer com isso?

Foi a vez de Berangère revirar os olhos.

— *Mon Dieu! Pense* um pouco, Jerry.

— Pensar não é meu forte — disse ele com franqueza. — Sou muito melhor destruindo coisas com as mãos.

Berangère desviou os olhos para aquelas mãos grandes e queimadas pelo sol que seguravam o copo de uísque e pigarreou, pouco à vontade.

— Sim, entendo. Mas estamos falando de um caso de amor e não de uma espécie de rebelião que precisa ser subjugada. Para persuadir *Marguerethe...* é preciso *finesse* e não punhos fechados.

Jeremy a encarou.

— Por que — perguntou ele, desconfiado — *você me* ajudaria a conquistar Maggie?

Berangère pareceu surpresa diante da pergunta.

— Ora, porque *Marguerethe* é minha amiga — explicou, indignada.

— É mesmo? — Jeremy não parecia acreditar. — Você nem sequer a chama pelo verdadeiro nome.

— *Non* — disse Berangère confidencialmente. — *Você* não a chama pelo nome verdadeiro. *Marguerethe* é o nome verdadeiro, não esse som horrível que você produz, esse Mag-gie. — Berangère arrepiou-se. — Arg! Eu nunca entendi como vocês ingleses podem pegar um nome tão bonito e arruiná-lo, além...

— Está bem — cortou-a Jeremy antes que ela começasse outra preleção sobre a superioridade da cultura francesa sobre a inglesa. Já ouvira várias no decorrer da noite. — Está bem. Então Maggie é sua amiga.

— E quero que meus amigos sejam felizes — disse Berangère, dando de ombros de modo gracioso. — Especialmente *Marguerethe.* Ela é a garota mais amável e verdadeira que já conheci. — Berangère golpeou, irritada, o camarão que tinha no prato. — Ela tem sido tratada da forma *mais* abominável pela família, uma família horrorosa. Já entrei naquele estúdio e a encontrei *chorando* sobre o cavalete por causa da maneira injusta como o pai e aquelas irmãs (bah!) a abandonaram, justo quando deveria estar mais feliz, quando está sendo louvada por seu talento! — Berangère ergueu os olhos e encarou Jeremy com intensidade no olhar. — Quero ver *Marguerethe* feliz, se puder disse ela. — E se para ser feliz ela precisa ter você, farei o possível para que isso aconteça... Nem que eu precise conspirar contra *Marguerethe* para isso acontecer.

Jeremy se viu mais uma vez olhando de forma espantada para a francesa. A veemência com que se expressava lembrou-lhe a tia... Só que Pegeen obviamente nunca se oferecera para mostrar os pés a ninguém num restaurante.

— Está bem — concordou Jeremy. — O que sugere?

A primeira sugestão de Berangère foi que Jeremy pedisse mais uma garrafa de champanhe; sua taça estava vazia. A seguinte foi ele convencer a família de Maggie a aceitar sua decisão de se tornar uma pintora profissional de retratos.

Jeremy hesitou diante da ideia.

— Como *eu* poderei consegui-lo?

Berangère sorriu quando o garçom derramou mais champanhe em seu copo.

— Como vou saber? — respondeu, quando o garçom terminou. — Você é o duque. Não pode ordenar que eles ajam assim?

— Certamente que não — respondeu Jeremy.

Berangère pareceu chocada.

— Então para que serve ser duque, se você não pode obrigar as pessoas a agirem segundo sua vontade?

— Para nada — disse Jeremy. — É o que digo sempre, tudo isso é uma piada.

— Hum. — Berangère batia os dedos na *flute* de champanhe, impaciente. — Isso não é bom. *Marguerethe* precisa da aprovação da família. Diferentemente de mim, ela na verdade se importa com o que a família pensa. Essa história de eles não se falarem porque *Marguerethe* foi corajosa de querer pintar para sobreviver tem sido muito dolorosa para ela. Tenho a impressão de que *Marguerethe* ficou com Augustin por ele ter sido a única pessoa que a apoiou diante do... Como vocês dizem? Ah, sim, do ultimato do pai. Por isso, se você conseguisse levá-los a mudar de ideia, ela transferiria para você essa gratidão que sente por Augustin.

— Por quê? — perguntou Jeremy.

Berangère ergueu os olhos para o teto.

— *Stupide!* Porque para *Marguerethe* parar de se sentir tão em dívida com Augustin, ela precisa ser obrigada a se sentir em dívida com outra pessoa. Se você lhe devolvesse a família, ela perceberia que lhe fez um grande serviço que precisa ser recompensado.

Jeremy piscou.

— Está bem — disse ele —, farei isso. — Jeremy não sabia como, mas, por Deus, o faria. Faria *qualquer coisa.* — Mais alguma ideia, Srta. Jacquard?

Berangère terminou de beber o champanhe e depositou o cálice de cristal na mesa.

— *Oui.* Você poderia pedi-la em casamento. Tenho certeza de que uma garota como *Marguerethe* gostaria de um pedido de casamento, principalmente depois de ter feito amor pela primeira vez. — Berangère o fitou bem nos olhos. — As garotas inglesas são muito antiquadas.

Jeremy franziu o cenho, confuso. Então Maggie já contara a essa francesa que eles fizeram amor? Santo Deus. Ele não tinha ideia de que as mulheres revelavam esse tipo de coisa para as amigas.

Mas ele não pedira Maggie em casamento naquela manhã?

Após uma breve reflexão, Jeremy concluiu que talvez não tivesse pedido mesmo. Era muito difícil lembrar, eles haviam feito amor uma meia dúzia de vezes e depois...

Não. Ele não a pedira. Que rude! Não era para menos que Maggie estivesse tão irritada. Jeremy olhou para a francesa.

— Combinado — disse ele. — Agora posso lhe fazer uma pergunta, Srta. Jacquard?

— Claro — respondeu Berangère elegantemente, inclinando a cabeça para o lado.

— Qual é a *verdadeira* razão de estar me ajudando? — Ele a fitava interessado. — É para poder dizer a todos os conhecidos que é amiga da duquesa de Rawlings?

Berangère abriu um amplo sorriso.

— Mas é claro!

Jeremy correspondeu ao sorriso.

— Assim sendo — disse ele —, vejo que ser duque tem suas vantagens.

— Ah, certamente que sim, *Jerry* — Berangère concordou, séria. — Certamente.

Capítulo 28

MAGGIE ESTAVA CANSADA E COM DOR de cabeça quando voltou para a mansão da Park Lane. Foi um alívio entrar em seu próprio quarto e fechar a porta — embora tivesse ficado um tanto surpresa de não se deparar com o duque na escada. Não ousara perguntar a Evers se Jeremy chegara. Não queria chamar mais atenção para o fato de que ia passar outra noite na mesma casa que ele desacompanhada — pelo menos era o que supunha.

A não ser que, após a desagradável situação no estúdio, Jeremy tivesse encontrado outro lugar para dormir. Com a princesa, por exemplo.

Maggie tentou afastar esses pensamentos. Não lhe importava onde Jeremy dormia. Por ela, ele podia dormir no pé da cama da princesa Usha. Seu couro cabeludo começava a latejar. Na tentativa de segurar a pesada massa de cachos, Hill prendera seu cabelo com tantos grampos que Maggie só queria escovar o cabelo e dormir.

Sozinha.

— Hill? — chamou ao entrar no quarto. A lareira fora acesa e a colcha estava dobrada no pé da cama, mas não havia sinal da aia. Em vez dela, apareceu Jerry, o cão, pulando entusiasmado dos travesseiros da cama para encontrar com Maggie.

— *Bon soir,* Jerry — cumprimentou Maggie, inclinando-se para pegar o cachorro do chão e coçar-lhe as orelhas. — *Ça va?* Hill já passeou com você? — Pela maneira como o cão jogara a cabeça para trás enquanto ela o acariciava, era evidente que sair para passear era a última coisa que ele queria. — Já entendi que sim. Então onde está ela, hein? Tagarelando com os outros criados, suponho.

Maggie aproximou-se do sino que ficava ao lado da cama e puxou o cordão. Depois sentou-se em frente à penteadeira e, colocando Jerry no colo, começou a tirar as luvas que iam até o cotovelo. Achou bom Hill não estar por ali. Não queria ouvir mais um sermão sobre o quanto era inadequado que ela permanecesse na casa sem a presença de lorde e lady Edward. Sabia disso pois ao chegar perguntara a Evers, que lhe assegurara que os tios do duque aparentemente ainda se encontravam em Yorkshire. A desaprovação do mordomo, embora não pronunciada, se evidenciara no olhar enviesado ao pegar o capote de Maggie. Evers não estava mais feliz do que Hill com a atual situação dos moradores e dos hóspedes da mansão.

Mais uma noite nesta casa sem estar acompanhada, pensou Maggie. Mais uma marca negra contra meu bom nome. Um final adequado para um dia terrível.

Maggie franziu a testa enquanto começava a tirar as luvas e as joias. Que noite desagradável tivera! Começara com uma situação extremamente embaraçosa e terminara num verdadeiro tormento. Augustin, determinado a lhe mostrar que o duque quebrara seu nariz, mas não conseguira acabar com seu bom humor, insistira em carregá-la de uma casa noturna a outra depois do jantar, desafiando tanto as narinas cobertas de algodão quanto o cansaço da noiva. Maggie nem sequer se dera ao trabalho de *fingir* se divertir; Augustin não estava se importando com seus sentimentos. Fizera planos para diverti-la, sair para beber e jantar, e pretendia levá-los adiante. Parecia um homem possuído pelo demônio...

E o demônio, Maggie bem sabia, era Jeremy Rawlings.

Maggie, porém, não culpava Augustin pela tentativa. Podia entender como se sentia... Ou pelo menos achava que sim. Era de fato humilhante para um homem ser golpeado por outro diante da noiva. E ele sequer fora capaz de revidar, já que aquele único golpe o derrubara. E depois Jeremy se desculpara, portanto Augustin nem poderia desafiá-lo. Não que fosse sobreviver a um duelo com o duque de Rawlings. Qualquer que fosse a arma que escolhesse — pistola, faca ou os punhos —, Jeremy era um mestre. Ele teria acabado com o francês rapidamente em qualquer tipo de luta.

Pobre, pobre Augustin. Nem imaginava que Jeremy o vencera também em outra modalidade... E não houve um único momento durante a noite em que Maggie pudesse lhe contar. Bem, talvez isso não fosse estritamente verdadeiro... Não houve um único momento que Maggie considerasse *adequado* para isso... Se é que pode haver momento certo para contar a um noivo que se perdeu a virgindade com outro.

E Augustin parecia estar de muito bom humor, falando animadamente da exposição de Maggie no sábado e dos futuros planos para sua carreira. Para ela, por um lado isso era bom, pois não precisaria enfrentar perguntas embaraçosas que Augustin pudesse fazer sobre a observação de Jeremy na saída do estúdio. Estava pronta a lhe assegurar, mesmo não sendo verdade, que a tia do duque retornara de Yorkshire, portanto não seria problema ficar na mesma casa que o duque. Por outro lado, a cegueira de Augustin diante do que acontecia sob seus próprios olhos e seu nariz quebrado era um tanto estranha. Seria possível que Augustin não se importasse tanto com Maggie quanto ela supunha? Seria esta na verdade uma relação puramente de amizade, já que eram tão bons amigos?

Mas não, perguntar isso seria demais. Maggie teria de se separar de Augustin sem ferir seus sentimentos... Não. Coisas como essas simplesmente não acontecem. Safiras de 24 quilates não caem do céu, duques jovens e belos não renunciam a princesas por causa de pintoras, e mulheres jovens não podem romper o noivado sem ferir sentimentos...

Era lá que Jeremy estava. Com a princesa. Só podia ser. Ele não era o tipo de homem que passa a noite sozinho. E se não estava com ela, onde mais poderia estar? Depois de tê-lo tratado de forma tão rude no estúdio, não podia esperar que ele passasse a noite com ela. Maggie certamente não dera a entender que ele seria bem-vindo em sua cama...

E definitivamente ele *não* seria, como Maggie deixaria claro. Amanhã mesmo pediria a Augustin um dinheiro emprestado enquanto não recebia pelas vendas da exposição e se mudaria para um hotel. Não o Dorchester, claro. Outro. Pediria a Augustin que sugerisse um hotel decente. Assim não precisaria se preocupar com acompanhantes, princesas ou qualquer outra coisa. Estaria totalmente sozinha, como em Paris. Diria a Jeremy que, por ela, ele podia ficar com sua preciosa princesa. Era bem melhor assim, pensou.

Mas sentiria saudades. Maggie sorriu ao se lembrar do susto ao acordar naquela manhã nos braços de Jeremy — mais que isso, com ele *dentro* dela! Tinha sido chocante, mas maravilhoso também. Como seria acordar assim todas as manhãs, aninhada nos braços de Jeremy, sentindo aquela respiração suave em seus cabelos? Valeria a pena?, perguntava-se Maggie enquanto tirava o corpete de cetim cor-de-rosa do vestido. Será que suportar todo o ritual sem sentido de ser uma duquesa compensaria poder acordar todas as manhãs dessa maneira?

Maggie não tinha certeza.

Ela depositou os brincos na superfície de vidro da penteadeira e se levantou. Levou as mãos atrás do corpo para desfazer os laços do vestido e libertou-se dele, deixando-o embolado no chão. Em seguida começou a desfazer o amarrado das anquinhas. Talvez Jeremy estivesse certo. Talvez ela de fato pudesse ser uma duquesa e ao mesmo tempo pintar. Afinal a rainha também pintava um pouco. Ah, não haveria exposições, mas conseguiria tempo para desenhar...

Não que isso fizesse alguma diferença agora, relembrou-se Maggie. Jeremy não pedira sua mão. Em todas as suas conversas antes e depois de fazer amor, ele nunca mencionara a palavra casamento. Ah, ele afirmara que não se casaria com a Estrela de Jaipur. Mas não dissera que se casaria com Maggie.

Usando apenas os calções e o espartilho, Maggie voltou a sentar-se em frente à penteadeira. Enquanto tirava os grampos do cabelo, observou sua imagem no espelho. Como pudera se enganar tanto quanto a Jeremy? Justo ela, que o conhecia tão bem! Teria ela se deixado influenciar por sua beleza? Certamente ele era extraordinariamente bonito. Mesmo com a pele amarelada da malária e o nariz torto, Maggie o achava ainda mais bonito do que cinco anos antes. Evidentemente, cinco anos atrás ela não tivera o privilégio de vê-lo nu. Depois que isso aconteceu, sua avaliação do físico de Jeremy se elevara a níveis ainda mais desconcertantes. Mesmo enquanto dormia, seu bíceps tinha um volume impressionante, e os traços que delineavam o abdome reto eram muito bem definidos. Maggie corou só de pensar naquela trilha de cabelo escuro que descia até o ninho espesso da virilha. Não havia dúvida. Fisicamente, Jeremy era o mais próximo possível da perfeição.

Intelectualmente, ele também era quase perfeito. O que lhe faltava no que se referia a uma educação formal ele compensava com a uma vivacidade e uma sagacidade invejáveis. E sem dúvida ele era divertido. Com o humor irônico que lhe era característico, sempre a fizera rir, mesmo se ela estivesse a ponto de chorar. E não havia dúvidas quanto a sua bravura. Podiam talvez acusá-lo de imprudente, de tão descuidado que era quanto à segurança pessoal. E quando foi golpeado no ombro, preocupou-se tão pouco com o ferimento — e o incidente — que uma hora depois já fazia amor apaixonadamente...

Não, se existia um homem perfeito, era Jeremy, apesar de tender à violência. Maggie mal podia culpar a princesa por ter se apaixonado por ele. Afinal, ela mesma o amava.

Quando Maggie tirou o último grampo, o cabelo espesso e brilhoso se esparramou sobre seus ombros. Com um suspiro, ela pegou a escova de crina de cavalo e começou a tentar desembaraçá-lo. Não era tarefa fácil, e logo seus braços cansaram. Maggie passara a semana pintando dez horas por dia para terminar as obras que fariam parte da exposição de sábado. Às vezes, os pulsos ficavam tão doloridos que era difícil erguê-los. Agora era um desses momentos. Dormira muito pouco nas últimas 24 horas para conseguir lutar com o cabelo. Deixaria a tarefa para Hill na manhã seguinte.

Deixando a escova de lado, Maggie abaixou a cabeça e se pôs a meditar. Esperava que a exposição de sábado fosse um sucesso.

Assim pelo menos terminariam as preocupações quanto a seu futuro financeiro imediato.

O que faria com relação a seu futuro romântico era outro problema.

Sentada com a cabeça baixa, Maggie percebeu que alguém entrara no quarto. Supondo ser a aia, pediu, sem erguer os olhos:

— Hill, por favor, veja o que pode fazer com meu cabelo. Estou cansada demais para cuidar dele.

Maggie sentiu a massa pesada de cabelo ser levantada e suspirou de alívio. Mas em vez de sentir na nuca as cerdas da escova, sentiu a pressão quente dos lábios de alguém. Sem ar, ergueu os olhos e viu no espelho a imagem de Jeremy, que lhe sorria maliciosamente.

Capítulo 29

— VOCÊ! — EXCLAMOU, VIRANDO-SE NO banquinho de veludo para fitá-lo. — O que *você* faz aqui?

Jeremy deu de ombros, e o sorriso malicioso ampliou-se num sorriso de verdade.

— Eu moro aqui, lembra-se?

Jeremy estava atrás dela, de pé, trazendo nas mãos um copo pela metade de um líquido que parecia ser uísque. Já se encontrava sem a gravata, o colete e a jaqueta, e os três ou quatro primeiros botões da camisa estavam desabotoados. Jeremy não parecia preocupado com a expressão de ultraje de Maggie. E estava extremamente atraente. A luz fraca do fogo da lareira deixava metade de seu rosto na escuridão, mas era possível ver o brilho prateado de seus olhos presos nela, conscientizando-a de que só usava as roupas de baixo. Através da abertura da camisa, podia vislumbrar o espesso tapete de cabelo sobre o peito de Jeremy.

— E então — disse ele —, qual é o problema com seu cabelo?

— Ah! — Maggie levantou-se, com as mãos fechadas. — Eu achei que você era Hill! O que fez com ela?

— Com sua criada? — Jeremy a fitou de cenho franzido. — Nada. Você é sempre tão desconfiada assim, Mags? Não é uma qualidade muito atraente...

— Quando se trata de você, sim, sou desconfiada — respondeu Maggie rapidamente. — Afinal, onde está Hill?

Jeremy fez uma expressão sombria.

— Ela teve um pequeno acidente.

Maggie engasgou.

— Que tipo de acidente? Se você a feriu, seu insensível...

— Não esse tipo de acidente — consertou Jeremy, revirando os olhos prateados. — Ela bebeu acidentalmente um chá que me era destinado e agora está dormindo no final do corredor.

— Ah, sim, entendo. Ela *acidentalmente* bebeu um chá que era seu — ironizou Maggie. — E o que exatamente tinha nesse chá, posso saber?

— Bem, nada que possa causar algum dano permanente — assegurou Jeremy. — Era só um pouco de ópio.

— Ópio! — Maggie o encarou, boquiaberta, mal acreditando no que ouvia. — *Você drogou minha criada?*

Jeremy recuou e lançou um olhar rápido para a porta do quarto.

— Não lhe fará mal algum — garantiu. — E mantenha a voz baixa, por favor! Eu não droguei o resto das pessoas da mansão, só ela. Se não quiser que Evers apareça batendo em sua porta, sugiro que...

— Então você *admite*? — Maggie levou as mãos ao rosto, horrorizada. — Você *admite* tê-la drogado?

— Ah, claro que sim — respondeu Jeremy despreocupadamente, como se aquela fosse uma maneira de agir muito comum. — Depois de seu estardalhaço esta manhã sobre ela estar chocada por nós passarmos a noite sob o mesmo teto sem acompanhantes, concluí que seria melhor assim. De que outra maneira conseguiríamos ficar a sós esta noite?

— Conseguiríamos ficar... — A voz de Maggie sumiu e ela o fitou, assustada. Ele deve estar louco. A malária deve ter-lhe afetado o cérebro. Ela estava sozinha em seu quarto com um lunático que drogara sua aia. — Jeremy, não se pode sair por aí drogando as pessoas!

— Por que não? — Jeremy começava a se cansar da discussão. Embora se divertisse em ver Maggie indignada, andando de um lado para outro no quarto usando apenas um espartilho e os calções, através dos quais era possível ver algumas manchas escuras interessantes, decidiu que estava na hora de orientar a conversa num rumo mais proveitoso: — Consegui o que queria, não foi? Estamos sozinhos de novo.

E para assegurar que continuasse assim, Jeremy atravessou o quarto com três longas passadas e parou diante da porta. Deixou o copo vazio de uísque sobre um móvel e se inclinou para girar a chave na fechadura com todo o cuidado. Maggie ouviu quando ele a trancou, tornando o quarto inacessível pelo corredor. Depois, olhando para trás e lançando um olhar de desafio para Maggie, Jeremy deliberadamente retirou a chave e depositou-a no bolso da calça. Só então se ergueu de novo. Um sorriso que Maggie descreveria como diabólico tomou conta do belo rosto de Jeremy.

Um duc diabolique. Berangère não estava errada.

Maggie não parava de encará-lo como se ele tivesse perdido o bom-senso. Por um lado, queria cair na gargalhada diante da ideia de o duque de Rawlings se trancar num quarto com a filha mais nova de seu conselheiro jurídico. Mas por outro ela não via graça nenhuma na situação. Na verdade, sentia no peito as batidas irregulares do coração. *Estava trancada dentro de um quarto com o duque de Rawlings.*

Não era preciso ser um gênio para imaginar o que viria a seguir.

Mas isso não significava que Maggie teria de concordar. Pelo contrário. Quem Jeremy pensava que era? Ele não podia sair por aí drogando aias para depois se trancar nos quartos de suas amas. Que tipo de comportamento era esse para um herói militar? E se planejava era mesmo seduzi-la de novo, teria uma triste surpresa. Maggie não tinha a menor intenção de fazer amor com Jeremy, nesta ou em qualquer outra noite.

— Bem — disse ela, os braços cruzados em frente ao peito na tentativa de esconder as batidas enlouquecidas do coração. — Espero que esteja orgulhoso de si mesmo. Nas últimas 24 horas, conseguiu quebrar o nariz de um homem desarmado, quase ser morto...

— Duas vezes — salientou Jeremy.

— Duas vezes? — Maggie o fitou, atônita.

— É verdade. Alguém tentou me atropelar na saída do *Times* esta manhã.

— Ah — disse Maggie. — Enfim. Depois de seduzir a noiva de outro homem, você teve seu noivado com uma princesa indiana anunciado no *Times,* e então drogou uma criada e se trancou no quarto de uma mulher que o despreza. Parabéns. Tenho certeza de que a rainha ficaria encantada ao ouvir como seus oficiais se comportam quando estão de folga.

— Você não me despreza — afirmou Jeremy, confiante.

— Não? — Foi a vez de Maggie franzir o cenho. — É mesmo? Você me ignorou durante cinco anos, ficou noivo de uma princesa indiana, atacou meu noivo, tirou minha virgindade e drogou minha aia. Sim, Jeremy, penso que seria mais seguro dizer que o desprezo.

— Eu não tirei sua virgindade — argumentou ele. — Você me deu.

Maggie olhou para ele com os olhos faiscando.

— Você poderia não aceitar.

— Eu? — Jeremy deu uma sonora gargalhada. — Recusar a oferta de uma bela mulher?

Maggie apontou para a porta, muito irritada.

— Saia. Agora — disse ela, acompanhando cada palavra com uma batida no tapete do pé envolto numa meia de seda.

— Ora, ora, Srta. Herbert! — exclamou ele, maravilhado, ignorando a ordem para sair. — Você está com ciúmes!

— Rá! — Maggie torceu o nariz diante da ideia ultrajante. — Acho difícil!

— Não — disse Jeremy, balançando a cabeça negativamente. Seus dentes brancos brilhavam à luz da lareira enquanto ele sorria e se encaminhava para ela. Já bem próximo, colocou um dos dedos no queixo de Maggie e forçou-a a erguer o rosto, mas ela se recusou a fitá-lo. — Não — disse ele, olhando-a, feliz. — Você está definitivamente, positivamente enciumada. Mas por quê, Mags? Certamente não poderia achar que aconteceria alguma coisa entre mim e sua amiga, Srta. Jacquard. Afinal, já deixei bem claro que você é a única mulher da qual já gostei na vida.

Maggie recuou e afastou a cabeça da mão de Jeremy. A proximidade dele tornava o ato de respirar, que já era difícil devido ao espartilho apertado, impossível.

— Então era com *ela* que você estava? Com *Berangère!* Então... Então você e a princesa não... — Maggie se interrompeu, incapaz de terminar a frase para a qual já sabia a resposta.

Jeremy balançou a cabeça, já sem sorrir. Havia agora um toque de tristeza em seus olhos prateados.

— Meu Deus, Mags, que tipo de homem você acha que sou? Não ouviu uma palavra do que venho lhe dizendo? Só existe uma mulher para mim, e é você, mesmo sendo teimosa demais para enxergar. Se quer saber, passei a noite inteira ouvindo sua amiga Berangère falar sobre você. — Ele afastou alguns cachos do rosto de Maggie. — Ela é mais sua amiga do que você mesma, Mags.

Ah, Deus. O que Berangère andou contando? Ela adora falar, mais ainda fofocar. Contar-lhe um segredo era o mesmo que contar ao peixeiro da esquina. Só Deus sabia o que ela contara a Jeremy.

— O que quer dizer com isso? — perguntou Maggie na defensiva.

— Apenas que a Srta. Jacquard concorda comigo. — Jeremy colocara uma das mãos sobre o rosto de Maggie depois de ter afastado o cacho, e agora descia o calejado dedo indicador pelo arco macio formado pela linha do queixo até o ombro.

Maggie tentou ignorar o arrepio que percorria sua coluna. Mais difícil ainda era ignorar que o arrepio provocara o intumescimento dos bicos dos seios sob o espartilho rendado. Pedia a Deus que Jeremy não percebesse.

— Concordou com você sobre o quê? — perguntou Maggie, esperando distraí-lo.

— Que você será uma tola — respondeu Jeremy na voz mais doce que se pode imaginar, enquanto com muita calma passava o dedo na protuberância cor de marfim de sua clavícula — caso se case com Augustin.

— E Berangère sabe que você desapareceu de minha vida cinco anos atrás? — perguntou Maggie, embora já estivesse com a boca seca só de pensar no que Jeremy faria se percebesse como seus mamilos reagiam a seu toque. — Eu deveria esperar sentada até você resolver voltar para casa? Enquanto isso não acontecia, eu não podia ter vida própria?

— Você só precisava me escrever uma carta, Mags. — O dedo desceu para o início do seio esquerdo, onde o coração batia mais forte. — Uma única carta, e eu teria voltado imediatamente.

— Ah, jura? — falou Maggie de maneira arrastada, procurando no sarcasmo refúgio para o mal-estar que sentia.

— Sim, juro — confirmou Jeremy. Ele estava tão perto que era possível sentir o cheiro de homem limpo emanando de sua camisa desabotoada. Se Maggie estendesse a mão, poderia acariciar-lhe os cabelos do peito. — Durante cinco anos esperei uma palavra sua, algum sinal de que havia alguma esperança para mim, até que um dia soube por minha tia que estava noiva de outro homem...

— Por sua tia? — Maggie o fitava, confusa. — Lady Edward?

— Ela me escreveu alguns meses atrás avisando sobre seu noivado — admitiu Jeremy, observando, com alguma satisfação, que Maggie estava de queixo caído. — Antes de viajar, pedi a ela que me mantivesse informado de todas as suas atividades enquanto eu estivesse na Índia. O que ela ouvia de sua mãe ou de suas irmãs, relatava na correspondência. Quando soube de seu noivado, me escreveu. Entrei no primeiro navio que partia para a Inglaterra.

— Você...

Maggie percebeu que abria e fechava a boca, como um peixinho dourado que tivesse pulado do aquário para cima do tapete, mas não podia evitar. Estava tomando consciência do que Jeremy acabara de dizer. Ele retornara para a Inglaterra porque sua tia lhe escrevera dizendo que Maggie iria se casar? Ele saíra da cama do hospital, com malária, para impedi-la de se casar com outro homem?

Então o tempo todo Jeremy sabia que estava noiva, e fingira ignorar o fato no baile só pelo prazer maligno de vê-la gaguejar uma explicação?

— Você! — gritou ela, furiosa, afastando com um belo tapa a mão de Jeremy de seu coração. — Você sabia o tempo todo! Na noite em que chegou de viagem, quando se sentou em minha cama, e depois no baile, você fingiu... — Maggie inspirou fundo, sentindo como se fosse explodir. — E eu estava o tempo todo agoniada, sem saber como lhe contar, quando você sabia o tempo todo! Você planejava atacá-lo desde o começo, não é? Foi ao baile com o firme propósito de bater em Augustin e me humilhar na frente de todas aquelas pessoas!

— Mags — interveio Jeremy com o dedo levantado, mas exibindo um brilho divertido nos olhos cinzentos. — Cuidado com esse seu temperamento...

Maggie soltou um grito estrangulado e fechou as mãos em punho.

Então, antes que Jeremy pudesse dizer mais alguma palavra em sua defesa, Maggie lançou-se para cima dele, usando primeiro os punhos. Somente graças ao afiado treinamento militar Jeremy conseguiu se abaixar a tempo de evitar um soco na boca. Para sua grande surpresa, entretanto, Maggie girou no último momento e afundou o punho em seu abdome. O golpe não doeu — ela não tinha força suficiente para de fato lhe causar algum dano, e além do mais, os músculos da barriga de Jeremy eram muito rijos —, mas ele se surpreendeu bastante, principalmente porque ele mesmo lhe ensinara aquele golpe quando ainda eram crianças.

— Vou dizer uma coisa — declarou Jeremy, endireitando o corpo com um sorriso no rosto. — Muito bom, Mags! Vejo que andou treinando sua direita.

— Seu... — Isso foi só o que Maggie conseguiu dizer diante da dor na mão direita. Quem imaginaria que o abdome de um homem podia ser tão duro? Era como se tivesse socado uma parede. — Saia do meu quarto!

— Mags, realmente — disse Jeremy, observando-a circular ao redor dele, obviamente buscando uma abertura através da qual pudesse empreender outro ataque. — Isso é ridículo. Vai acabar se machucando. Não podemos conversar como dois adultos? Afinal, não somos mais crianças...

Com um grito de raiva, Maggie lançou-se mais uma vez para cima de Jeremy, desta vez com ambos os punhos erguidos, aparentemente com a intenção de estraçalhar-lhe o rosto. Jeremy, alarmado mais pelo som estranho que Maggie produzira do que pela nova tentativa de ataque, lançou as duas mãos para o alto. Sem dificuldade alguma, segurou-lhe os punhos e os puxou para cima, fazendo com que a frente do espartilho se afastasse do corpo formando um vão deliciosamente atraente. Maggie, que não queria ser subjugada sem lutar, lançou um dos pés com a meia de seda em direção à canela de Jeremy, conseguindo apenas machucar os dedos do pé nos ossos absurdamente duros. Finalmente recuou e soltou um grito de dor.

Foi aí que Jeremy finalmente perdeu a paciência:

— Está vendo — repreendeu ele enquanto ela se contorcia em seus braços, tentando soltar os punhos daquele aperto de ferro. — Eu avisei que se machucaria. E veja o que aconteceu.

— Sol-te-me! — gritou Maggie.

— Só quando se acalmar — informou Jeremy. — Você é uma ameaça para si mesma. Ai! — O grito final foi pronunciado quando os dentes de Maggie, pequenos mas muito afiados, penetraram os dedos que lhe seguravam os pulsos. Com um rápido olhar Jeremy concluiu que, se não saía sangue, não era por falta de vontade da parte de Maggie. Ele a fitava, estupefato. — Sua pequena...

Maggie não ouviu que palavra ele usou depois de *pequena*, porque, na segunda sílaba da palavra, o ombro dele de repente se chocou contra seu abdome, fazendo com que as barbatanas do espartilho penetrassem dolorosamente suas costelas e deixando-a sem ar. Um instante depois, seus pés estavam no ar, e a cabeça dependurada balançava sobre as costas amplas de Jeremy. Todo o sangue de seu corpo imediatamente começou a correr em direção às raízes do cabelo.

— O que pensa que está fazendo? — perguntou Maggie quando conseguiu reunir ar suficiente para falar.

— O que esperei o dia inteiro para fazer — murmurou Jeremy com a voz rouca enquanto abraçava-lhe o traseiro com um dos braços e, com a mão livre, segurava-lhe os tornozelos agitados para evitar que chutassem seu rosto enquanto ele caminhava.

— Solte-me, seu bárbaro — ordenou Maggie. Além do fundilho das calças de Jeremy, ela só podia ver o chão passar rapidamente sob sua cabeça. Estava tonta e perdera o senso de direção, portanto não podia imaginar para onde Jeremy a levava. De repente teve certeza de que a carregava para fora do quarto, em direção ao corredor, ou até possivelmente para fora de casa, com o intuito de desfilar com ela pela Park Lane. Maggie começou a se debater de forma mais desesperada ainda. — Coloque-me...

— Com todo o prazer.

Como se ela não fosse mais pesada que um saco de farinha, Jeremy a lançou de seu ombro, fazendo Maggie soltar um grito de terror. O quarto girou loucamente em torno dela até que de repente parou, quando suas costas afundaram no colchão macio de sua própria cama. Ela tentou se apoiar nos cotovelos, consciente da dor palpitante nos nós dos dedos, nos dedos dos pés, e agora nas costelas, afastou um pouco o cabelo emaranhado do rosto e olhou para Jeremy, que estava ao lado da cama com o olhar fixo nela.

— Vai se comportar de uma maneira racional agora? — perguntou ele educadamente, embora não houvesse nada de educado na maneira como seus olhos prateados, já faiscando de raiva, varriam o corpo nocauteado que tinha diante de si.

Maggie olhou para ele, cujo cabelo escuro se desalinhara quando ela se agarrara nele, o peito coberto de pelos densos subindo e descendo tão rapidamente quanto o seu. Com o mesmo mau humor de quando eram crianças, nas situações em que Jeremy, o mais velho e autodeclarado "mais maduro", lhe fazia a mesma pergunta, Maggie respondeu prontamente:

— Não!

Os olhos prateados faiscaram.

— Não? — Ele sorriu de prazer, e Maggie sentiu o coração bater descontrolado. — Você não pode imaginar como fico feliz em ouvir isso.

Capítulo 30

Considerando o grito que Maggie deu ao ver Jeremy se lançar sobre ela, drogar a criada foi provavelmente uma boa medida. Obviamente ela não percebeu que ele pretendia escorar a queda com as mãos. Só o que ela pôde ver de repente era que mais de 90 quilos de pura masculinidade voavam em sua direção. Convencida de que ele queria matá-la, tentou proteger a cabeça com as mãos.

Mas matar Maggie não era exatamente o que Jeremy tinha em mente. Longe disso, aliás.

Ele ainda conseguiu prendê-la à cama, embora a maior parte de seu corpo estivesse apoiada nos braços; eles os posicionara um de cada lado de Maggie. Ela não ousou olhar por entre os dedos até quase um minuto se passar e a cama parar de balançar. Arriscando um breve olhar, viu que Jeremy sorria maliciosamente.

Seu coração batia contra as barbatanas do corpete. Maggie disse:

— Tudo bem, você atingiu seu objetivo. Agora saia de cima de mim.

— Na verdade — disse Jeremy, ampliando o sorriso —, eu ainda nem *comecei* a atingir meu objetivo...

Maggie sentiu uma das coxas de Jeremy, que estava entre as suas, pressionar o fundilho de seus calções. Começou a protestar, chocada, mas Jeremy abaixou-se e silenciou-a com um beijo.

Ah, não, resmungou ela para si mesma, o coração batendo desordenado dentro do peito. *Outra vez, não.*

Mas estava acontecendo de novo e, como antes, ela não teve forças para interrompê-lo — não *quis* interrompê-lo Mais uma vez Jeremy lhe assaltava os sentidos, até parecer que só existia ele no mundo. Não só o sentido da visão — embora todo o seu campo de visão estivesse tomado por ele, pelas superfícies planas de seu rosto, pela covinha do queixo, pela saliência marcada do pomo de adão. Também não era só o sentido do tato, embora Maggie percebesse o crescimento diário da barba de Jeremy contra a pele suave de seu rosto e o calor que parecia irradiar da camisa desabotoada enquanto ele se mantinha suspenso a poucos centímetros dela.

Não, eram seus outros sentidos, dos quais mal se conscientizava até Jeremy entrar no ambiente, que pareciam ser hipersensíveis a sua presença. A respiração desordenada que soava rude a seus ouvidos, mas também a excitava por saber que *ela* provocara aquela oscilação. E o que eram os sons guturais — mas muito prazerosos — que Jeremy emitia quando a beijava, deixando-a tão frágil e derretida? Era como se a mera noção de que ele não conseguia controlar esses sons — como se ele próprio estivesse descontrolado — a atraísse numa dimensão de certa forma animal.

Mas não era só isso que lhe provocava uma reação animalesca. Ainda que estivesse de olhos tapados numa sala com cem homens, Maggie seria capaz de reconhecer Jeremy exclusivamente pelo olfato, pois seu cheiro lhe era inconfundível. Inconfundível... e excitante. Os mamilos de Maggie jamais deixaram de se intumescer só de sentir-lhe o odor, embora certamente não pudesse explicar o que podia ser tão erótico no misto de cheiros de sabonete, uísque, tabaco e, mais vagamente, de cavalo. Ainda assim, sempre que o odor peculiarmente masculino de Jeremy penetrava suas narinas, Maggie era inundada por uma sensação de contentamento como se...

Como se sentisse o cheiro de casa.

Jeremy chegava a *ter gosto* de algo de seu passado, alguma coisa boa, algo que Maggie comera de sobremesa algum dia e apreciara muito. Alguma coisa não propriamente doce, mas de modo algum ácida. Amarga, mas não desagradável. Ah, nem um pouco desagradável...

Por que, *por que* tinha de ser assim? *Por que* tinha de ser tão difícil conseguir não amá-lo? Por que Jeremy não cheirava a alho, como era inevitável acontecer com Augustin, graças a sua cozinha parisiense? Por que ele tinha um sabor tão gostoso, uma *voz* tão agradável? Por que ele a atraía tanto?

Por que Maggie não pensara em trancar a porta do quarto no instante em que chegara a casa?

Jeremy desceu os lábios até o pescoço de Maggie, que foi *incapaz* de continuar pensando. Em vez disso, ela arqueou a garganta, lançando os seios, cujos mamilos estavam duros como seixos sob os bojos da combinação, de encontro ao tórax peludo de Jeremy, provocando-lhe um gemido rouco. Um instante depois, suas mãos estavam dentro dos bojos rendados, erguendo-lhe os seios e levando-os — primeiro um, depois o outro — aos lábios. A barba curta em torno da boca roçava-lhe as aréolas sensíveis enquanto ele a sugava, e Maggie mergulhou os dedos nos ombros largos, deixando escapar um gemido suave.

Isso só pareceu encorajá-lo a agir com mais intimidade. Antes que Maggie soubesse o que ele pretendia fazer, Jeremy já lhe soltava o laço dos calções e furtivamente os abaixava até os quadris. Só então Maggie percebeu que o tecido de algodão estava ensopado com seu próprio desejo. Deus, ela fizera tudo para Jeremy acreditar que não sentia nada por ele! Maggie tirou as mãos dos ombros de Jeremy e tentou cobrir protetoramente o que ele revelara à luz do lampião, mas seu repentino pudor provocou em Jeremy uma suave gargalhada.

Ele então lhe afastou os dedos e inseriu os seus na zona úmida, os olhos cobertos pela meia-luz, as pálpebras baixando como numa leve sonolência.

Mas Jeremy não estava nada sonolento. Ele observava, atento, as reações de Maggie a seu toque, sentindo um enorme prazer a cada ondulação dos quadris e a cada suspiro que ela soltava. Com a cintura muito apertada pelo espartilho, a respiração de Maggie era cada vez mais curta, mas Jeremy não conseguia se fazer desamarrar os cordões, pois ela estava tão incrivelmente feminina com os seios pesados e os quadris muito alvos desnudos e aquela cinta estreita de cetim rosa a lhe apertar a cintura, descendo num enfático V logo abaixo do umbigo, como se apontasse para aquela parte de Maggie que já lhe atraía o olhar, hipnotizando-o.

Não era só o olhar de Jeremy que aquele triângulo escuro atraía. Seus lábios já começavam a queimar uma trilha ao longo da parte interna de uma das coxas bem-torneadas. Maggie, com a cabeça jogada para trás, os olhos fechados e o cabelo longo espalhado sobre os travesseiros brancos, amavelmente o acomodou separando as pernas um pouco mais...

Então Jeremy curvou-se, o cabelo desobediente caindo para a frente e roçando as coxas dela, e começou a explorar aquele emaranhado de cachos úmidos, desta vez não com os dedos, mas com os lábios e a língua.

Maggie quase o atirou para fora da cama. Num gesto instintivo, ela fechou as coxas, efetivamente prendendo Jeremy num aperto que, embora altamente erótico, era de certa forma restritivo.

— O que está *fazendo*? — perguntou Maggie sem ar, espantada.

Jeremy respondeu com uma voz levemente sufocada:

— Se soltar a minha cabeça, poderei mostrar.

— Mas não é... Você não deve... — No entanto, enquanto falava, Maggie relaxava, recostada nos travesseiros. Jeremy usou a oportunidade para gentilmente afastar-lhe as coxas. — Jeremy, não é *certo*...

Mas as palavras terminaram num suspiro de puro enlevo ao sentir a língua de Jeremy penetrar-lhe o sulco aveludado. *Isso* era algo que nenhuma das garotas no instituto de madame Bonheur mencionara... A sensação mais maravilhosa que Maggie já experimentara... Quer dizer, fora ter Jeremy de fato dentro dela. Maggie afundou os dedos no cabelo espesso de Jeremy, guiando-lhe a cabeça enquanto ele a sugava e se deliciava com os estremecimentos de prazer que provocava.

E então esses tremores se transformaram em ondas, mais cedo do que Maggie poderia achar possível. Em vez de percorrê-la suavemente, elas se intensificaram, cada uma com mais força e mais intensidade que a anterior. E nenhum dos dois conseguia extinguir a chama que a tomava por dentro, mais quente à medida que ele continuava em seu ataque implacável. A respiração de Maggie, que antes era apenas irregular, tornou-se também ofegante e cada vez mais curta. Seus dedos contorciam-se no cabelo de Jeremy, como se ela segurasse as rédeas de um cavalo rebelde.

E quando Jeremy segurou-lhe as nádegas para aproximá-la mais de sua boca, ela jogou novamente o corpo para a frente... mas desta vez com júbilo. Pois subitamente pareceu que ela enfim fora abraçada por uma dessas ondas, cada vez mais alta até se encapelar, com Maggie no topo. Ela apagou a chama, ensopando-a totalmente. Maggie soltou um grito rouco de imensa satisfação, e seus membros estremeceram por completo diante da intensidade da experiência, como se ela de fato tivesse sido mergulhada num mar gelado de tom turquesa e coberto de espuma. E quando tudo terminou, ela estava fraca e sonolenta, como na infância quando saía do lago no Solar dos Rawlings num dia quente de sol, completamente molhada...

Mas Maggie só pôde aproveitar a letargia por um breve instante, antes que o rosto de Jeremy reaparecesse em sua linha de visão. Ela reconheceu aquela expressão de extrema satisfação, embora percebesse nele também um brilho diferente, algo a mais nos olhos cinzentos. Maggie não identificou o que era até ele se apoiar nos joelhos e, sem tirar os olhos dela, começar a desabotoar a calça. Quando sua ereção emergiu, livre do tecido que a continha, Maggie arregalou os olhos. Ora, é claro. Aquele algo mais indefinível que vira no rosto de Jeremy era *desejo*.

Jeremy a desejava.

E foi por isso que Maggie não questionou quando ele segurou um dos travesseiros de pena de ganso e o posicionou sob seus quadris com determinação. Ela também não disse uma palavra quando, sem ao menos se preocupar em tirar a camisa depois de baixar a calça apenas o suficiente para não atrapalhar, Jeremy se posicionou entre suas pernas, apoiando o corpo sobre as mãos e tendo o de

Maggie entre elas. Ela deu uma única olhada apreensiva para o órgão dilatado que pairava no ar a poucos centímetros de si — ainda lhe parecia tecnicamente impossível algo tão grande caber num espaço tão pequenino, embora já tivesse comprovado a maravilha mais de uma vez nas últimas 24 horas — e então ergueu os olhos para encontrar os de Jeremy...

Ela entendeu, assim que ele mergulhou dentro dela, a função do travesseiro: elevava e inclinava seus quadris a um ângulo tal que Jeremy podia praticamente se enterrar nela. Era quase como se ele conseguisse lhe tocar a espinha dorsal com o pênis, uma sensação nada desagradável. Mas a função do travesseiro não terminava aí. Ele fazia as pregas da pele logo abaixo do osso púbico de Maggie irem de encontro ao abdômen de Jeremy, funcionando com a mesma eficácia que a língua em estimular o que estava escondido ali. De repente, a sensação de saciedade a abandonou, e ela se viu sendo levada a mais um turbilhão de desejo... Mas, desta vez, Jeremy a acompanhava, viajando pelas mesmas ondas incríveis.

Maggie não soube ao certo quanto tempo levou para o mar cristalino jogá-los de volta à praia. O tempo pareceu parar... E depois, enquanto lutava para recuperar a respiração perdida por mais um orgasmo devastador, Jeremy soltou um grito estrondoso. Assustada, Maggie o fitou e viu que o rosto dele se contorcia com algo muito semelhante a dor... sendo logo em seguida substituído por uma completa alegria. Jeremy desmoronou sem cerimônia sobre ela, o peito nu sobre o peito dela e o hálito quente a lhe penetrar o ouvido.

— Entende agora por que droguei sua criada? — sussurrou ele, numa voz de tanto torpor que era quase um murmúrio.

— Estou começando a entender — respondeu Maggie ousadamente, mas com a voz tão indolente quanto a de Jeremy.

— *Começando* a entender? — Jeremy suspirou. — Parece que a noite será longa...

Capítulo 31

QUANDO MAGGIE ACORDOU, FOI PORQUE JERRY, seu cão, respirava ofegante em seu rosto. Afastá-lo não adiantou. Ele voltou a se sentar em frente a ela, ofegante como na primeira vez.

Finalmente, Maggie ergueu a cabeça para examinar o relógio na mesa de cabeceira. Se já estava na hora de Jerry sair para a caminhada, estava na hora de Hill entrar e preparar seu banho. Onde estava Hill?

Mas Maggie notou que não era possível ver o relógio na mesa de cabeceira, basicamente porque um enorme ombro nu lhe bloqueava a visão. Olhando para o ombro, seus olhos embaçados de sono adquiriram nitidez, e Maggie foi tomada da terrível noção de que havia um *homem* em sua cama.

Um *homem*. Em *sua* cama.

Em seguida a memória lhe voltou e, com ela, uma sensação de aflição que a fez enrubescer. Deus do céu, ela passara a noite com Jeremy Rawlings.

Novamente.

Aliás, ela não tinha *simplesmente* passado a noite com ele. Quando Maggie se lembrou de tudo o que tinham feito durante a noite, seu rubor transformou-se num vermelho vivo. Ah, Deus, como ela pudera permitir que isso acontecesse? Uma vez era perdoável. Duas, embora censurável, era compreensível, depois de ter gostado tanto na primeira vez. Mas três... Não, quatro... Deus, quantas vezes tinha sido mesmo? Mal conseguira guardar na memória. Mas foram muitas vezes.

E ainda nada de pedido de casamento. Nenhuma explicação plausível para as pretensões da princesa Usha. Nem sequer um único "eu te amo".

Ela fora para a cama com Jeremy como uma prostituta do cais do porto.

Novamente.

Como pudera deixar acontecer outra vez? *Como?*

Mas só de olhar mais uma vez para Jeremy, num sono profundo a seu lado, a resposta a sua pergunta foi prontamente revelada. Deitado de lado, nu até a cintura, a pele bronzeada surpreendentemente escura contra a brancura dos lençóis, Jeremy lembrava um deus dormindo. Mas qual? Ele era grande demais para ser Pã, embora sem dúvida tivesse sua personalidade travessa. Era moreno demais para ser Apolo, embora mesmo em repouso seus músculos torneados fossem evidentes. Talvez fosse Vulcano. Havia algo extremamente diabólico naquelas sobrancelhas pretas espessas, as quais, quando acordado, ele sempre elevava suspeitosamente. Sim, teria que ser Vulcano...

Maggie recobrou-se. Meu Deus, qual era seu problema? Lá estava ela viajando para um de seus mundos de sonho, quando tinha problemas bem aqui no mundo real! O que faria com esse homem dormindo em sua cama?

Dava para distinguir pela luz que entrava através das cortinas alvas que já eram pelo menos 9 horas da manhã. A qualquer momento, Hill entraria no quarto... Ou pelo menos tentaria, e, quando encontrasse a porta trancada, entraria em pânico, pois, durante todo seu tempo de serviço para os Herbert, nenhum deles jamais trancara um aposento. Tomada pelo medo, ela acordaria Evers, que sem dúvida chamaria os lacaios, e então Jeremy seria obrigado a destrancar a porta só para não deixar que a pusessem abaixo. E então todos da mansão saberiam que Maggie e Jeremy tinham...

Maggie inclinou-se e sacudiu os ombros largos de Jeremy.

— Jeremy — sussurrou, aflita. — Jeremy, acorde!

Jeremy suspirou em seu sono e rolou na cama para o lado dela, de modo que seu rosto ficou a poucos centímetros do rosto de Maggie.

— Jeremy — sussurrou Maggie mais uma vez. — É sério. Você precisa acordar.

Jeremy, sem abrir os olhos, estendeu um dos braços e abraçou-lhe a cintura nua. Mesmo num sono leve, sua força era impressionante. Ele a puxou para si com extrema facilidade, como se ela fosse uma boneca de pano.

— Bom dia, Mags — murmurou-lhe no ouvido.

— Não me venha com bom-dia — reclamou Maggie. — Você precisa ir embora, antes que os criados saibam que está aqui.

— Hum — gemeu Jeremy, enterrando o rosto na nuvem de cabelo de Maggie para acariciar-lhe o pescoço logo abaixo da orelha esquerda. — Você é sempre tão agradável de manhã, Mags. É uma das coisas que adoro em você. Sua terrível consistência.

— É sério, Jeremy — disse Maggie. Ela tentou ignorar o estremecimento que ele lhe provocava ao mordiscar o lóbulo de sua orelha. — Hill baterá na porta a qualquer instante...

— Ah, Hill não baterá na porta — informou Jeremy, acariciando-lhe o seio esquerdo preguiçosamente. Ele observou, fascinado, o mamilo reagir imediatamente a seu toque.

— O que quer dizer com isso? — Maggie apertou os olhos com ar de suspeita. — Você disse que a drogou. Certamente... — Maggie ficou sem ar. — Jeremy, você não a *matou*, não é?

Jeremy arqueou uma sobrancelha.

— *Claro* que não. O que pensa de mim, Mags? Eu só quis dizer que o ópio que dei a ela ontem à noite tem um certo efeito, digamos, debilitante na manhã seguinte, para os não iniciados...

— Você quer dizer que...

— É provável que ela durma a maior parte do dia — explicou Jeremy, disfarçando muito mal um sentimento de remorso. — Se não vomitou tudo, claro.

— Jerry! — Maggie estava tão horrorizada que sequer percebeu que o cão pulou de alegria diante do grito e começou a saltar sobre os travesseiros, latindo sem parar. — Como *pôde*?

— Pare de surtar por causa dessa mulher — disse Jeremy, aborrecido ao ver Maggie se afastar dele. — Eu darei um aumento a ela quando voltar a si. Ela ficará bem.

— Um *aumento*! Jerry, há seis meses eu nem consigo pagar o salário regular de Hill!

Jeremy a fitou, espantado.

— Ah, então pagarei os salários atrasados, um aumento e um bônus pela lealdade.

Maggie recostou-se nos travesseiros e olhou para Jeremy.

— Eu acho que a pessoa que drogou a criada deve levar o cão para passear.

Jeremy ergueu uma das sobrancelhas. Parecia ter a intenção de fazer uma expressão carrancuda mas, diante da declaração de Maggie, teve de sorrir, traindo-se.

— Ah, você acha mesmo?

— Acho — afirmou Maggie com um aceno de cabeça, voltando a recostar-se no travesseiro com muita calma e meticulosidade.

Jeremy desistiu da expressão carrancuda e sorriu, exibindo os dentes brancos.

— Está bem, então — disse ele, encolhendo os ombros. — Vamos, Jerry. Papai o levará para passear.

O cãozinho abanou o rabo de felicidade e foi gingando até o pé da cama, de onde pulou para um divã que Maggie pusera ali com esse fim, e em seguida do divã para o chão. Jeremy afastou as cobertas e se levantou, espreguiçando-se até estalar tão ruidosamente que dava para se ouvir. Maggie, na cama, sabia que não devia olhar para as nádegas nuas, mas estava totalmente incapaz de afastar os olhos dali. Elas eram perfeitamente redondas, com cavidades de ambos os lados e nenhum sinal do cabelo preto que cobria o restante do corpo. Como Maggie já concluíra, ele era um espécime perfeito de homem, de frente e de costas. Madame Bonheur adoraria tê-lo como modelo para suas aulas de anatomia! Seu ligamento inguinal era de fato bastante pronunciado.

— A coleira de Jerry está pendurada num gancho atrás da porta do quarto de vestir — anunciou Maggie, limpando a garganta, enquanto observava Jeremy tentar entrar na calça que abandonara em algum momento do ato de amor na noite anterior.

Resmungando para si mesmo, Jeremy andou até a porta, descalço, e encontrou a guia com a coleira.

— Certo. Só vou até meu quarto para vestir alguma roupa mais adequada. Creio que os vizinhos comentarão se eu aparecer caminhando pela Park Lane às 9 horas da manhã usando um traje de noite.

— Como quiser — respondeu Maggie com uma expressão aérea.

Jeremy inclinou-se para prender a coleira no cão, mas o *bichon frisé* contorcia-se e pulava de alegria, e ele levou quase um minuto para encontrar o pequenino fecho dourado. Maggie observava da cama, preocupada. Quando Jeremy finalmente conseguiu prender o cachorro, ele se ergueu e olhou para ela.

Sentada na cama branca, com o cabelo escuro caindo revolto sobre os ombros e com um lençol pudicamente preso sob os braços, Maggie estava exatamente como Jeremy a imaginara depois de uma noite tórrida de amor. Seus lábios tinham uma aparência levemente machucada dos muitos beijos que tinham trocado, e havia um brilho em seus olhos que ele nunca vira antes. Mais do que qualquer coisa, queria voltar para a cama e ficar com ela. Dane-se o cachorro idiota.

— Não se atreva a sair dessa cama até eu voltar — avisou Jeremy. — Entendeu, Mags? Nós temos alguns assuntos a tratar.

Maggie, observando o desafio nos olhos prateados, concordou com a cabeça. Não achava que discutir valia o risco de atrasar o tão necessário passeio de Jerry.

Jeremy, aparentemente satisfeito com a resposta, tentou abrir a porta. Não conseguindo, levou a mão ao bolso da calça e tirou a chave, ignorando o resmungo irônico de Maggie. Lembrou-se, embora tardiamente, de que a trancara na noite anterior para assegurar-se de que ninguém os incomodaria. Após lançar um último olhar de advertência para Maggie, abriu a porta, deu uma olhada para se certificar de que ninguém o observava e então saiu para o corredor com o cão que o seguia feliz e saltitante.

Da cama, Maggie sorriu. Jeremy deixara a camisa, as meias e os sapatos para trás, tudo espalhado pelo chão e misturado com sua própria roupa da véspera. Ele não era, obviamente, a pessoa mais arrumada, mas nem ela era. Talvez por isso se dessem tão bem. Augustin era incrivelmente organizado, e não parava de reclamar que ela amassava as luvas para guardá-las nos bolsos e deixava as escovas de molho durante a noite...

De repente, como se alguém tivesse derramado um jarro de água fria em suas costas, Maggie sentou-se de um pulo. Deus do céu. Augustin. A exposição. Sua estreia seria no dia seguinte à noite. Os homens chegariam para transportar suas pinturas às 11 horas. Isso seria — ela olhou para o relógio da cabeceira — dali a uma hora e meia!

Rapidamente, Maggie pulou da cama e tocou a campainha.

No fundo do corredor, Jeremy abriu a porta de seu quarto e entrou, com o cão de Maggie pulando entre suas pernas e as arranhando com suas pequenas garras.

— Eu *sei* — retrucou Jeremy, irritado, para o cão. — Estou fazendo tudo o mais rápido possível.

Ele abriu a porta de seu quarto de vestir, acordando Peters, que adotara o costume de dormir num catre sob os muitos casacos do amo, apesar de lhe ter sido oferecido um quarto particular no alojamento dos empregados no andar superior. Ao que parecia, o criado achou que tal mudança poderia impedi-lo de estar prontamente acessível no caso de seu coronel precisar dele com urgência.

— Coronel! — exclamou, feliz, sentando-se e esfregando os olhos para afastar o sono. — Valha-me Deus, já amanheceu? Onde o senhor esteve? Aguardei o máximo que pude...

— Sim, sim — retorquiu Jeremy, mal-humorado. Ele puxou Jerry para mais perto pela guia. — Vá passear com isto, por favor.

Peters fitou o animado cãozinho, e o sorriso em seu rosto esmoreceu.

— Coronel! O senhor não pode estar falando sério. *Eu?* Levar *isso aí* para passear? Serei objeto de gozação do...

— Faça isso e pronto — interrompeu-o Jeremy sucintamente. — Agora me diga, o que descobriu na noite passada ao espionar o comedor de lesmas?

Peters franziu o cenho.

— Que se foi ele quem tentou matá-lo, deve ter contratado alguém para fazer o trabalho. O francesinho não serve para isso, coronel. As luzes na casa dele já estavam apagadas antes da meia-noite. Nunca vi um homem com menos probabilidade de apunhalar alguém com uma faca, muito menos passar por cima com uma carruagem puxada por quatro cavalos.

Jeremy, examinando as roupas penduradas num cabideiro acima de sua cabeça, perguntou, irritado:

— Onde está meu robe? O de seda?

Peters buscou a perna de pau sob o catre e rapidamente a colocou sob a calça que usara para dormir.

— Bem ali onde o deixou, coronel. Quer que eu continue seguindo o homem?

— Sim, claro. — Jeremy vestiu o robe feito de seda indiana, todo bordado com imagens de pavões e tigres. — Que outros suspeitos nós temos? *Só pode* ser o comedor de lesmas.

Peters parecia cético.

— O senhor é quem diz.

Jeremy estendeu a mão por trás do criado para pegar a Estrela de Jaipur, que se encontrava num saco de veludo sobre a cômoda. Ele pegou o saquinho e, quando abriu, a pesada safira rolou para a palma de sua mão, brilhando mesmo à luz fraca do quarto de vestir. Jeremy a lançou para o alto e a pegou, guardando-a em seguida no bolso fundo do robe.

— Mais alguma coisa, Peters?

— Só isto, senhor. — Peters tirou do bolso um envelope. Com tristeza, Jeremy reconheceu a letra bonita da tia, embora o endereço parecesse ter sido escrito às pressas. Ele fora obviamente entregue em mãos, já que não trazia nenhum carimbo postal, e o portador sem dúvida viajara a noite inteira para trazê-la do Solar dos Rawlings. — Parece que o senhor foi descoberto.

— Maldito artigo de jornal — resmungou Jeremy.

Depois de rasgar o envelope, ele passou rapidamente os olhos pela carta. Era verdade, ele fora descoberto. Pegeen estava furiosa. Pelo visto, algumas complicações — pequenas, mas sérias o bastante para alarmar o médico — a impediram de retornar para Londres após o funeral, e Edward lhe faria companhia. Mas o fato de Pegeen estar acamada não evitara que a notícia da volta de Jeremy para a Inglaterra chegasse a ela. Tarde demais, Jeremy lembrou-se da habilidade da tia para extrair todo tipo de informação dos criados, ainda que estivessem a centenas de quilômetros de distância.

Pegeen pedia que ele voltasse para o Solar dos Rawlings imediatamente com explicações para o anúncio do noivado e para sua permanência na mansão de Londres com Maggie por tanto tempo, sem ninguém além dos criados. Caso contrário, ela ameaçava pedir a Edward para ir atrás dele.

E se Edward por acaso perder o nascimento de nosso sétimo filho, dizia a carta, *para ir a Londres buscá-lo, Jeremy, eu jamais o perdoarei. Sua tia, Peggy.*

— Cristo — disse Jeremy. — Só piora.

Peters, ainda ignorando o cão que não parava de latir, informou, sem expressão:

— Já arrumei sua valise, senhor. Imaginei que seria alguma emergência.

— Obrigado, Peters.

Jeremy guardou a carta no bolso, embora a Estrela de Jaipur não deixasse muito espaço. Talvez uma viagem a Yorkshire não fosse uma ideia *de todo* ruim, pensou Jeremy consigo mesmo. Queria agir da maneira apropriada. Em casos como este, o pedido costumava ser feito primeiramente aos pais. Jeremy não apreciava a ideia de pedir a sir Arthur a mão da filha, mas talvez fosse o melhor a fazer nas atuais circunstâncias. E como Berangère mencionara, talvez não fosse uma má ideia aproveitar a ida para tentar fazer com que Maggie e a família fizessem as pazes.

Enquanto tentava enfiar os pés num par de chinelos indianos cuja parte dianteira, onde ficam os dedos, era curvada para cima, Jeremy começou a dar ordens, como se de um instante para outro tivesse voltado a ser o líder militar:

— Leve esse animal ao parque, Peters, e muito cuidado para não perdê-lo. Se eu fosse você, não o soltaria da correia.

— Certo — concordou Peters. — Um rato como ele pode ser comido por um cachorro maior.

— Exatamente. E minhas chances de desposar a mulher que quero diminuiriam significativamente se meu criado deixasse o cão dela morrer no passeio matinal.

— Certamente, coronel — concordou Peters rapidamente. — Pode contar comigo. — Quando Jerry, que estava ansioso pelo passeio, arranhou-lhe a perna de pau com as duas patas dianteiras, o criado limitou-se a rir, em vez de recuar de dor, como Jeremy fizera. — Ei, tigre — disse ele, inclinando-se para coçar carinhosamente as orelhas do cão. — Acalme-se, já vamos sair, só preciso vestir uma camisa.

Jeremy, amarrando a faixa do robe na cintura, ansiava por voltar ao quarto branco. Não acreditou nem por um instante que Maggie tivesse permanecido na cama, como lhe pedira. Desde quando ela seguia algum pedido seu? Talvez isso fosse parte de seu charme. Quantas vezes os duques eram desobedecidos? Talvez tantas quanto os coronéis, isto é, muito raramente.

Mas neste caso específico, o nível em que Maggie conseguiu desobedecê-lo foi surpreendente. Ao voltar para o quarto de Maggie, Jeremy levou um susto diante das mudanças sofridas durante sua breve ausência. Todas as evidências de sua presença tinham sumido, inclusive suas roupas. A cama estava sem os lençóis, e a porta da sala de vestir estava escancarada, deixando escapar sons de água e o nervoso falatório de uma das copeiras. Logo apareceu a própria Maggie, com o cabelo preso numa espécie de trança e o corpo envolto no robe xadrez que ele criticara no dia anterior.

Seus olhos arregalaram-se ao ver Jeremy no vão da porta. Assegurando-se de que a criada estava ocupada com outra coisa, Maggie sussurrou:

— Por que voltou tão cedo? Onde está Jerry? E que roupa é essa?

Jeremy olhou para o robe.

— Meu robe — respondeu, num tom ofendido.

Maggie suspirou.

— Então tá! — Ela se aproximou da cômoda.

— Olhe só quem fala. E onde você conseguiu esse aí? Com um trapeiro?

— Muito engraçado — observou Maggie. Ela mergulhou os dedos num pote de creme e começou a aplicá-lo generosamente sobre a pele do rosto. — Onde está meu cachorro?

— Peters o levou ao parque — respondeu Jeremy, lançando um olhar indignado para a porta do quarto de vestir. — Eu acho que disse a você para...

— Não posso acreditar — declarou Maggie com os olhos escuros arregalados sobressaindo em meio a toda aquela pasta branca que lhe cobria o rosto — que você teve a audácia de pedir a um homem de uma perna só para levar meu cachorro para passear. *Francamente*, Jeremy.

Atrás dela, a porta do quarto de vestir se abriu, e Pamela, uma jovem da família de um dos arrendatários das terras no Solar dos Rawlings, adentrou o quarto apressada com os braços carregados de roupas.

— É este o vestido que a senhorita queria? — perguntou ela, pouco antes de colidir com Jeremy. — Oh! — Com os olhos azuis arregalados, a criada deixou cair todas as roupas de Maggie e, envergonhada, fez uma reverência. — Vossa Graça! Desculpe-me, Vossa Graça! Não o tinha visto!

— Não faz mal, Pamela — disse Maggie. Ela tirou o creme do rosto antes de se levantar, com muita calma, para ajudar a garota a recuperar as peças de roupa que deixara cair. — Sua Graça já estava de saída. Não é, Vossa Graça?

— Num instante, Pamela — disse Jeremy, que se inclinou e segurou Maggie pelo braço. — Eu só preciso ter uma palavrinha em particular com a Srta. Herbert. — Ele puxou Maggie para o quarto de vestir, onde viu resquícios de um banho terminado às pressas, fechou a porta, virou-se e encarou Maggie com ar de censura. — Eu achei que tinha pedido para você não sair daquela cama.

— E eu achei que tinha pedido para você passear como meu cachorro — retorquiu Maggie.

— Seu cachorro foi levado para passear — salientou Jeremy. — Eu não deixei de cumprir minha parte do acordo.

— Pois eu teria cumprido a minha — assegurou-lhe Maggie arrumando uma das lapelas do robe de Jeremy que estava virada para o lado errado —, se não tivesse me lembrado de que os transportadores chegarão a meu estúdio às 11 horas. Preciso estar lá para recebê-los.

— Transportadores?

— Sim, Jeremy. A exposição, amanhã à noite. Lembra-se? Eles precisam transportar os quadros para a galeria de Augustin...

À menção do nome do francês, Jeremy fez uma carranca.

— Escute — disse ele num tom imperativo. — Eu preciso conversar com você.

— Jeremy, sinceramente, não tenho tempo. Já estou muito atrasada. E você já conseguiu chocar Pamela. Vamos conversar outra hora...

Ela começou a se encaminhar para a porta, mas Jeremy a pegou pela faixa do medonho robe xadrez. Maggie o encarou de forma levemente irritada, sem entender. Jeremy disse apenas:

— Ouça. Terei de me ausentar por algum tempo. Cuide disto para mim enquanto isso, está bem?

Desesperado para mostrar a Maggie o quanto a amava, pois não parecia conseguir expressar por meio de palavras, Jeremy tirou a Estrela de Jaipur do bolso do robe e depositou-a no bolso do robe de Maggie.

Chocada, Maggie não desviou os olhos para a enorme safira — ela mal parecia tê-la percebido — pois os mantinha fixos nas costas de Jerry, que já partia.

— Você vai embora? — repetiu ela, fragilizada. — Para onde, Jerry? Você vai para onde? E quando voltará?

Mas a única resposta a sua pergunta foi o estalido da porta do quarto quando Jeremy a fechou.

Capítulo 32

MAGGIE SABIA QUE NENHUM PINTOR GOSTAVA de ver suas obras manipuladas por ninguém que não fosse ele mesmo. Quem mais além do próprio artista pode saber o cansaço e o suor que uma determinada obra exigiu? E ao ver o resultado de seu esforço nas mãos de um homem rude que solta comentários do tipo "até que os quadros não são maus" e que parece não ter visto um banho há anos... Bem, que artista não ficaria ligeiramente nervoso?

Mas para Maggie a angústia com relação a ver outros segurarem suas pinturas era a menor de suas preocupações. Havia também a estranha cena que vivera com Jeremy naquela mesma manhã e que não lhe saía da cabeça. Quando Maggie finalmente conseguiu se recobrar e procurá-lo, descobriu que não era uma brincadeira... Ele de fato se fora! Seu criado tampouco foi encontrado. Ah, ele lhe devolvera o cão, mas, segundo Evers, cuja indignação não tinha tamanho, o criado saíra pela porta logo em seguida!

Maggie acreditava que a causa de tudo isso fora sua falta de tato ao lidar com o pedido de Jeremy para eles "conversarem". Não precisava ter sido tão rude com ele. Mas sua mente estava totalmente voltada para a exposição! Com certeza uma mulher de *negócios* poderia ser desculpada por ter um compromisso que exigia sua atenção!...

Compromisso! Só de pensar na palavra, Maggie instintivamente deu um tapinha na própria testa. *O que faria com Augustin?* Precisava descobrir uma maneira de terminar o noivado. Não podia continuar deixando que ele pensasse... bem, que Maggie algum dia poderia fazer com *ele* o que vinha fazendo com Jeremy nos últimos dois dias. Simplesmente não era uma possibilidade, não importava o que viesse a acontecer com Jeremy. E Maggie estava longe de achar que eles poderiam ter algum tipo de relação harmoniosa um dia. Exceto, talvez, quando se tratava do quarto; eles nunca tinham nenhum problema quando estavam juntos na cama. Apenas quando *saíam* da cama é que toda sorte de desastres ocorria. De qualquer modo, nunca existiria ninguém além de Jeremy para ela. Sentia-se agradecida a Augustin por toda sua bondade e gentileza, mas sabia que *jamais* poderia permitir que ele... Ah, Deus, ela corava só de pensar!

E foi exatamente devido a essas preocupações que algo aparentemente simples transformou-se num pesadelo. Maggie não conseguia manter a atenção na tarefa que desempenhava... E Augustin, que já se aborrecera com ela por ter se atrasado uma hora e meia, obrigando-o a pagar aos responsáveis pelo transporte mais meia hora de espera no hall, não cansou de chamar-lhe a atenção.

— Nem parece que é você, *Marguerethe* — repetia ele. — Eu poderia esperar esse tipo de comportamento de qualquer dos outros artistas que represento, mas de você, *Marguerethe*? Está com algum problema?

Maggie, quase sem ar ao ver um dos homens pegar o retrato do marquês com o irmão de cabeça para baixo, só conseguiu murmurar:

— Não, não há nada de errado.

— Minha intenção não é criticá-la, mas se você sabia que iria se atrasar, poderia ter me emprestado a chave para que pudéssemos começar sem você...

— Eu não sabia que iria me atrasar. Ah, cuidado com... — Maggie estremeceu de susto quando a moldura de madeira que sustentava uma das telas partiu-se ao meio sob o manuseio rude de um dos homens — ...aquele cavalete.

O homem a encarou, assustado, quando a pintura caiu de suas mãos.

— Não foi culpa minha! — exclamou ele quando Augustin começou a praguejar em francês, exasperado.

— Ah, Deus. — Maggie correu para examinar a tela acidentada. Felizmente a pintura ainda não secara por completo, portanto o óleo não se partira. — Talvez eu consiga consertar. — Ela acenou para o transportador. — Vá pegar aquelas paisagens que estão ali, por favor. Deixe esta por minha conta.

Acontece que "aquelas paisagens ali" também não estavam totalmente secas, fato que Augustin salientou tarde demais. Assim sendo, ao final havia marcas de imensos polegares sujos nas margens de quatro pinturas. Ciente de que não poderia vendê-las nessas condições, Maggie colocou-as sobre cavaletes para fazer um rápido retoque, mas descobriu que não conseguia se lembrar da mistura correta dos tons para camuflar o estrago. Enquanto isso, os transportadores, confusos diante das ordens de uma pessoa tão nervosa e irritados com as imprecações em francês de Augustin, deixaram para trás metade das obras que deveriam levar. Maggie e Augustin foram obrigados a persegui-los por seis andares de escada, enquanto os outros artistas do prédio se divertiam à porta de seus estúdios, soltando exclamações de encorajamento.

Já eram 13 horas quando os transportadores finalmente partiram, de mau humor, pois aparentemente esperavam receber na mesma hora o pagamento de Augustin, ideia que ele ridicularizou com entusiasmo.

— Ah, não, *mes garçons* — disse ele. — O pagamento é contra entrega.

Isso gerou muita reclamação por parte dos transportadores, que comentaram, em resmungos, o terrível destino que aguardava as pinturas de Maggie nas ruas enlameadas no caminho para a Bond Street. Ao ouvi-los, Maggie caiu sentada no sofá que ficava ao lado da janela, sem força nos joelhos.

— Ah, Augustin — murmurou —, vá com eles, por favor. Vá com eles.

Diante do rosto pálido de Maggie, Augustin teve de sufocar a torrente de maledicências que estava a ponto de repetir. Finalmente pegou o chapéu e, com toda a simpatia que conseguiu reunir, disse:

— Está bem. Eu os acompanharei para garantir que suas obras não sejam jogadas na lama. Ficará aqui para reparar as paisagens danificadas?

Maggie, completamente estupefata, confirmou.

— E mais tarde, quando as telas já estiverem fixas nas molduras, você me encontrará na galeria para que possamos pendurá-las de acordo com suas especificações?

Maggie repetiu o aceno de cabeça, embora se sentisse tão animada quanto a pendurar suas pinturas quanto estivera com relação ao transporte.

Augustin despediu-se e saiu, nitidamente tão infeliz quanto ela apesar de por razões muito diversas. Ele, claro, ainda tinha de lidar com a dor de um nariz quebrado, além da tensão e da preocupação com a inauguração de uma exposição no dia seguinte, apresentando uma nova artista. E a artista sabia que não estava ajudando nada com seu mau humor. Na verdade, ela deveria estar aos pés de Augustin de gratidão... Ele estava fazendo maravilhas para ela, e agira com muita paciência e tolerância.

Por que não conseguia amá-lo? Tudo seria tão mais simples se pudesse amar Augustin!

Mas Maggie sabia que isso jamais aconteceria. Ela lhe contaria esta noite. *Precisava* contar tudo esta noite.

Maggie levou quase todo o restante do dia para reparar as obras danificadas. Eram 5 horas da tarde quando chegou à galeria, na Bond Street. Tremia de frio devido à viagem desconfortável na carruagem, espremida entre as telas, além de estar com muita sede por ter consu mido cada gota de vinho que ainda restava no bufê do ateliê. Imaginara que o vinho lhe daria a coragem necessária para dizer a Augustin as palavras que ensaiara durante todo o dia. *Augustin,* ela diria, *eu sinto muito, de verdade, mas não posso me casar com você. Acontece que estou apaixonada por outra pessoa, e não seria justo com você se eu...*

Sim, assim estava bom. Maggie, não mencione o fato de já ter ido para a cama com essa outra pessoa...

Mas no instante em que Maggie atravessou as portas da galeria, viu que não teria a oportunidade de fazer sua confissão. Augustin gritava furiosamente com um de seus ajudantes, que, aparentemente, conseguira enfiar um prego através da parede de modo que ele saiu do outro lado e entrou num mostruário de luvas de pelica que pertencia à loja vizinha. Outros ajudantes corriam apressadamente de um lado para outro com as pinturas debaixo do braço, morrendo de medo de provocar a ira do chefe se tentassem pendurar qualquer coisa durante o discurso que ele dirigia ao colega.

Assustada, Maggie passou discretamente por eles, com a intenção de entregar as telas ainda úmidas ao moldureiro que se instalara no fundo da galeria, onde as obras ainda não penduradas estavam guardadas. O homem, um artesão italiano que aparentemente a tomou por algum tipo de vendedora, pegou as pinturas e, ao notar que Maggie se demorava tentando ver seu trabalho, acenou com impaciência para que ela fosse embora. Sem Augustin para traduzir, Maggie não tinha como comunicar ao moldureiro que era a autora das obras e tinha todo o direito de ver como suas pinturas estavam sendo emolduradas. Por mais que Maggie gesticulasse, apontando para si e para as telas e, em seguida, fingindo pintar, o italiano continuava a fita-la com muita raiva. Finalmente ele soltou, em sua língua, uma torrente de palavras ameaçadoras, de modo que Maggie recuou e voltou para o centro da galeria.

Lá, por acaso, Maggie presenciou Augustin esbofetear o infeliz ajudante próximo a uma das orelhas. Isso foi demais para Maggie, que imediatamente saiu pelas mesmas portas por que entrara sem ser notada por ninguém, muito menos pelo dono da galeria.

Sentindo-se miserável, Maggie hesitou um pouco antes de sair para a rua gelada, onde esbarrou com cidadãos londrinos muito bem-vestidos que faziam suas compras de sexta-feira à noite nas lojas caras e requintadas da Bond Street. Francamente, pensou consigo mesma, que covardia é *essa*? Com todo aquele vinho, faltara-lhe a coragem de terminar com Augustin. Era uma garota horrível mesmo.

Maggie concluiu que não tinha escolha, teria de voltar para a casa da Park Lane. A mera ideia a fez suspirar, e o ar que saiu de seus pulmões formou uma espécie de fumaça no frio. Jeremy estaria lá, e Maggie não se sentia segura, não sabia se teria forças para encará-lo. Ao que parecia, toda vez que eles se encontravam terminavam na cama, o que não resolvia nada. Maggie tinha tantas perguntas, tantas preocupações referentes ao relacionamento deles. Por exemplo, ela queria saber, e já se perguntara mais de uma vez naquele dia, por que Jeremy guardara a Estrela de Jaipur no bolso dela. Ainda sentia o peso da pedra no fundo da bolsa. Maggie hesitara em levá-la consigo ao sair naquela manhã, sabendo que estaria fora o dia inteiro, mas não poderia deixá-la em casa. Imagine se sumisse! Maggie confiava em Hill, assim como em Evers, mas os outros criados...

Não, era melhor a pedra ficar consigo. Mas por que motivo Jeremy lhe confiara tal coisa? Era algo curioso de se dar a uma garota com quem se passou a noite. Era quase como um sinal de seu afeto. Outros homens davam anéis de noivado. Jeremy Rawlings dava safiras do tamanho de uma ameixa.

A não ser que — a ideia lhe ocorreu enquanto era sacudida no assento da diligência —, a não ser que presenteá-la com a Estrela de Jaipur fosse a forma de Jeremy de pedi-la em casamento. Mas não. Isso era absurdo. Ele já a pedira em casamento uma vez e fora rejeitado. Não o faria de novo, certo? Além do mais, ele não lhe *dera* a pedra. Apenas lhe pedira para cuidar dela. Afinal, alguém *queria* assassiná-lo, e tratava-se de uma pedra de rara beleza. Maggie a retirara da bolsa somente uma vez, quando o sol da tarde entrava pela claraboia do ateliê, e se surpreendera com o brilho de suas muitas facetas. Certamente era algo que poderia ser o motivo de um assassinato. Não que Maggie achasse que esse era o motivo para alguém tentar matar Jeremy. Ele não lhe daria a pedra se acreditasse nisso...

Pois então ela perguntaria a Jeremy e pronto. Sim, tão logo o encontrasse, perguntaria por que ele lhe dera a pedra. E não apenas isso. Procuraria saber para onde ele fora, e também qual era o assunto sobre o qual ele queria tanto conversar naquela manhã.

Além disso, perguntaria que fim exatamente ele achava que esse relacionamento teria...

Mas, ao chegar à mansão de Park Lane, Maggie logo foi informada por Evers enquanto ele lhe pegava a capa que Sua Graça não chegara. Além de não aparecer para almoçar, deixara um aviso de que não jantaria em casa. A notícia deixou Maggie mais do que desconfiada. Onde Jeremy poderia estar? Com a princesa?

Mas não, isso não seria possível, já que a princesa também o procurara.

Maggie, contudo, só soube disso quando entrou em seu quarto e encontrou a criada, Hill, que voltara havia pouco do passeio com Jerry. Maggie quase perdeu o ar de tão surpresa por encontrá-los ali.

— Hill! — exclamou, envergonhada de, em seu nervosismo, ter se esquecido da aia e do cão. — Você está bem? Fiquei muito preocupada.

A criada de fato não tinha uma boa aparência, mas pelo menos estava viva.

— Ah, senhorita — começou Hill, desamarrando as fitas do capote de Maggie enquanto Jerry corria para perto de sua dona e se lançava para ela. — Que noite passei! A senhorita não acreditaria. Evers insiste em dizer que deve ter sido algo que comi, mas a cozinheira não concorda porque ninguém mais adoeceu. Mas, ah! Que noite! — Hill zanzava pelo quarto enquanto falava. — Não me lembro de ter vomitado tanto em toda minha vida. Mas vou lhe dizer uma coisa, nunca tive tantos sonhos, e tão bonitos. É uma pena não conseguir me lembrar de tudo.

Maggie, cheia de culpa por ter sido a causa direta da doença da criada, pediu insistentemente que ela se sentasse e descansasse um pouco mais, porém Hill não quis. Ela estava tão disposta a conversar e fofocar quanto Maggie estava deprimida.

— E o que achou, Srta. Margaret — perguntou Hill enquanto afofava os travesseiros de Maggie —, dessa agora do duque, hein?

— O quê? — perguntou Maggie, sem conseguir esconder o nervosismo.

Hill lançou-lhe um olhar reprovador.

— Quer dizer que não leu?

— Não li o quê?

— O *Times* desta manhã!

— Ah — disse Maggie, já menos trêmula. — Não, por quê?

— Está bem ali, na página 2. O Sr. Evers me mostrou, do contrário não acreditaria. — Hill fez uma pausa dramática. — Uma retratação.

— Uma retratação? — repetiu Maggie numa voz quase inaudível.

— Sim, senhorita. Uma retratação referente ao artigo do dia anterior, o que falava sobre ele se casar com a princesa pagã, aquela esperta.

Deus meu! Então era verdade! Cada palavra do que Jeremy dizia era verdade. Afinal, ele de fato não pretendia se casar com a princesa Usha! Por que será que, embora ainda estivesse escuro lá fora, Maggie de repente teve a sensação de que o sol brilhava?

— Ah, eu não gostei do jeito dela, não mesmo — dizia Hill. — Desde o instante em que entrou nesta casa. Ela não olha nos olhos. Não se pode confiar numa pagã que não olha nos olhos...

— Hill — perguntou Maggie, curiosa —, quando *você* viu a princesa?

— Há menos de meia hora, quando ela e aquele intérprete entraram pela casa.

Maggie pulou da poltrona que ficava ao lado da lareira, desalojando Jerry que se aninhara em seu colo.

— O quê? — gritou ela. — A princesa esteve *aqui*? A princesa Usha esteve *aqui*?

— Santo Deus, sim — respondeu Hill, bastante surpresa. — Por que está gritando? Quer que a ouçam até Newcastle?

— Jeremy já sabe disso? — perguntou Maggie. — Alguém já lhe contou?

— Como alguém poderia ter contado se faz horas que o duque pegou um trem para Yorkshire?

— *Yorkshire?* — perguntou Maggie, quase gritando. — Jerry foi a *Yorkshire*? Tem certeza, Hill?

— Claro que sim — respondeu a aia, irritada.

— Mas *por quê*? — perguntou Maggie. — Jer... Quero dizer, Sua Graça explicou o motivo da viagem? Ele recebeu alguma notícia ruim do Solar dos Rawlings durante o dia, ou algo parecido?

— Segundo o Sr. Evers, o duque recebeu uma carta manuscrita esta manhã. Devia ser de lady Edward. Não duvido que ela finalmente tenha ficado sabendo que a senhorita e ele estão aqui na casa sem mais ninguém além dos empregados.

Maggie lançou um olhar furioso para a criada.

— E já imagino como ela pode ter descoberto *isso* — comentou ela, muito irritada.

Hill fez ar de inocente.

— Eu certamente não sei de nada. Mas aquele Sr. Evers... Eu não duvidaria. Mas por que Sua Graça não pode fazer uma visita aos tios, posso saber? — Hill se aproximou da poltrona que Maggie desocupara naquele instante e começou a afofar as almofadas. — Se quer saber minha opinião, já estava na hora. Se *meu* sobrinho entrasse para o exército, passasse cinco anos na Índia e depois ficasse noivo de uma pagã pronta para trazer seus budas de sete cabeças para a igreja...

— Hill — interrompeu Maggie. — Por favor. A princesa não é uma pagã. Ela só tem um culto diferente do seu e do meu...

— Eu a vi! — declarou Hill, enfática. — A princesa é uma pagã! Mas só quero dizer que, no lugar de lorde e lady Edward, eu ficaria indignada com meu sobrinho se ele voltasse para a Inglaterra e não fosse me ver antes de qualquer outra coisa.

— Sim — murmurou Maggie —, creio que sim. Mas é muito estranho! Estive com ele esta manhã e ele não mencionou nada... — Sua voz sumiu. Talvez a decisão de ir a Yorkshire tenha sido *uma consequência* da conversa que tiveram naquela manhã. Afinal, Maggie não foi propriamente afetuosa.

Durante a noite, porém, ela com certeza agira apaixonadamente... Isso teria de contar a seu favor! Mas talvez Jeremy não visse assim. Pode ter interpretado mal suas observações sarcásticas e provocadoras, tomando-as como verdadeiras quando, na verdade, não passavam de uma simples tentativa de disfarçar seu constrangimento e vergonha. Talvez ele tenha viajado para Yorkshire convencido de que Maggie não o amava. Afinal, estava noiva de outro homem, não é? No entanto, se entregara a *ele*...

Ah, Deus. Maggie estremeceu. Que tipo de homem estaria disposto a se casar com uma mulher que agia *assim?* Bom, Jeremy parecia gostar muito de fazer amor com ela. Na noite anterior, Maggie o ouvira gritar de prazer no momento do clímax. Não era o grito de um homem entediado, mas de alguém que se liberta depois de um período de aprisionamento interminável.

E então ele se fora.

Ah, Maggie o queria. Era melhor admitir. E se para ter Jeremy fosse preciso se tornar uma duquesa e desistir da pintura, faria isso. Ah, Deus, o que estava acontecendo com ela? Nunca em sua vida quisera tanto alguma coisa quanto a pintura, mas agora...

Ela queria Jeremy.

Justo quando ele não parecia nem um pouco interessado nela. Com os olhos tristes voltados para a cama onde fora tão feliz na noite anterior, Maggie começou a chorar baixinho e a fungar. Foi só por um momento, mas Hill infelizmente ouviu.

— Ora! — exclamou a aia saindo do quarto de vestir onde preparava um banho quente para sua ama. — Que história é essa? Sou eu quem está com uma dor de cabeça a ponto de explodir. Qual é o motivo desse choro?

— Não é nada — murmurou Maggie por trás das mãos que lhe cobriam o rosto.

— *Alguma coisa* não vai bem com a senhorita. O que é? É porque não recebeu nenhuma mensagem daquele seu francês, imagino. Já lhe expliquei, senhorita, se um noivo não a procura *um* dia não quer dizer que o noivado está terminado. Mesmo se não procurá-la por dois dias não será motivo para preocupação. Já *três,* se ele não viajou para o exterior, então eu diria que sim, é motivo para se preocupar. Mas *só um* dia...

— Não é isso, Hill — disse Maggie em meio a soluços.

Então ergueu a cabeça. *O que estava fazendo?* Chorando porque o homem com quem fizera amor naquela noite fugira para Yorkshire? Estava louca? Não era nenhuma governanta abandonada, ou ordenhadeira tola. Era uma artista! Provavelmente faria amor com inúmeros homens ao longo da vida! Não podia cair em prantos a cada vez que um deles decidisse tomar o trem no dia seguinte para visitar a família. Veja Berangère. Maggie nunca a vira chorar, e ela tinha muitos amantes, alguns dos quais sequer lembrava o nome uma semana depois. Para ser como Berangère, Maggie teria apenas de ser menos sensível e se acostumar a essas situações, nada mais.

Lá no fundo, porém, Maggie sabia que, por mais que pudesse se esforçar, nunca seria como a amiga. Ela não *queria* ter muitos amantes, não conseguia se imaginar fazendo amor com nenhum outro homem que não fosse Jeremy. Só de *pensar* nisso sentia repulsa. Maggie queria apenas Jeremy, e ele estava num trem em direção a Yorkshire. Ou talvez tivesse voltado para a Índia.

Alguém bateu na porta e Hill foi abrir aos resmungos. Maggie, que ainda tentava reorganizar os pensamentos, só conseguiu ouvir murmúrios, mas então Hill fechou a porta e se aproximou da cama.

— Ora — disse numa voz bastante afetuosa. — A senhorita está muito popular esta noite, Srta. Margaret. Talvez lhe interesse saber que, segundo Evers, o Sr. de Veygoux está lá embaixo e deseja vê-la!

Maggie sentiu o estômago embrulhar.

— Ah, Hill, pode fazer o favor de pedir que ele vá embora? Não me sinto bem para vê-lo esta noite.

Hill torceu o nariz.

— Não farei isso. É seu noivo, não pode dispensá-lo assim como se fosse um pretendente indesejado.

— Ah, Hill... — disse Maggie, e começou a chorar.

Ao ver aquilo, a aia saiu apressada. Em poucos instantes ela voltou e encontrou Maggie, envergonhada de ter chorado, tentando secar as lágrimas com as costas das mãos. Hill não gostou nada daquilo, cedendo seu próprio lenço de tecido para enxugar os olhos da ama.

— Pronto, Srta. Maggie, não precisa se preocupar, ele já se foi. Ficou aflito em saber que a senhorita estava doente. E com aquele nariz todo inchado e os olhos machucados, é incrível que ainda consiga enxergar. Pobre homem. Ele lhe trouxe mais rosas. — Hill mostrou um buquê que deixara sobre a cama. — Devo colocá-las no mesmo lugar das outras?

Maggie examinou o vaso apinhado de flores sobre a mesa de cabeceira.

— Suponho que sim — concordou, numa voz miserável. — Eu queria que ele parasse com isso, já deve ter gastado uma fortuna em flores.

— O Sr. de Veygoux mandou um recado. Disse que essas flores são por não ter visto a senhorita na galeria esta tarde. Ele sente muito não tê-la encontrado e não sabe como isso pôde acontecer. Espera que o perdoe se de algum modo a deixou chateada. — Hill começou a colocar as flores de caule comprido no vaso, junto às do dia anterior. — E que os retoques que a senhorita fez nas... paisagens? Sim, nas paisagens, estavam perfeitos, e que a veria às 10 horas em ponto amanhã para começar a pendurá-las. Falando de amanhã, imaginei que talvez a senhorita quisesse usar o vestido de cetim branco na sua vernissage, por isso amanhã cedo o passarei a ferro. O problema é que falta um botão na luva que o acompanha. Não sei como a senhorita pode ser tão descuidada. Irei a Trumps procurar um botão que combine. Pronto. — Hill recuou e admirou seu arranjo. — Está bem bonito, não acha? E essas flores têm um perfume maravilhoso! Sempre acho muito bom ver um pouco de cor no inverno.

Maggie olhou para os botões entreabertos.

— Sim — concordou, embora não pensasse nas flores. Seus pensamentos estavam em Jeremy. — Não é mesmo?

Capítulo 33

JEREMY ESCANCAROU A PESADA PORTA DUPLA do solar e praguejou, irritado. Um vento cortante que vinha da charneca ganhara força nas duas horas — *duas horas* — de viagem entre a estação de trem e a porta de casa. Não se lembrava — por conveniência, claro — de como era Yorkshire em pleno inverno, principalmente próximo às charnecas. Precisou alugar um coche a um preço três vezes maior que o usual, e o maldito veículo quase se espatifara na rua. A neve cegava tanto que o cocheiro queria retornar. Jeremy precisou oferecer mais 5 libras e metade do uísque do cantil para convencê-lo a continuar a viagem.

E então, ali no grande vestíbulo, com neve pingando das botas e dos ombros, Jeremy praguejou novamente, desta vez por ter chegado tarde demais para ser recebido por alguém. Já devia passar das 22 horas, e a essa hora no campo todos já se recolheram ou desmaiaram de tanto beber, uma das poucas atrações disponíveis numa noite de inverno. Não havia ninguém sequer para pegar seu capote!

Jeremy atravessou o chão de pedra com passos pesados e não gostou de ver que a maioria das velas dos candelabros já estava apagada. Quando encontrou uma cadeira, começou a empilhar os agasalhos encharcados. A esta altura, Jeremy tremia de uma maneira incontrolável e ansiava pelo fogo de uma lareira, mas não acreditava que pudesse encontrar alguma acesa no andar principal. Precisaria encontrar Evers — *John* Evers, relembrou-se ele — e pedir que mandasse alguém a seu quarto para preparar um bom fogo. Que recepção! Deveria ter trazido Peters. Aliás, deveria ter ido direto a Herbert Park e resolvido tudo com sir Arthur. Certamente seu humor estava próprio para isso.

Mas, não. Com este estado de espírito, Jeremy teria atirado no velho, e isso não funcionaria. Nunca conseguiria convencer Maggie a se casar com ele depois de ter matado seu pai.

Somente quando começava a tirar o cachecol Jeremy percebeu que a chama de uma vela se aproximava através da escuridão do grande vestíbulo. Ele logo gritou para o portador da vela. Quando a chama se aproximou o suficiente para iluminar a pessoa que a trazia, Jeremy viu tratar-se de alguém que não reconheceu, uma garota de cerca de 14 ou 15 anos de cachos louros revoltos que formavam uma moldura no rosto vagamente familiar. Seu robe, um brocado de cetim azul-claro, era de muito boa qualidade para ser de uma criada, e os chinelos pareciam ter acabamento em pele de coelho. Jeremy registrou mentalmente que precisava falar com o tio sobre o salário que estavam pagando às arrumadeiras. Não deveria ser suficiente para comprar robes de brocado de cetim.

Até que a garota falou, e Jeremy concluiu que ela não poderia jamais ser uma arrumadeira. Sua tia não empregaria alguém tão mal-educado.

— Quem é *você*? — perguntou ela numa voz desconfiada.

Jeremy a examinou. Seus olhos eram tão claros quanto o robe.

— Eu estava pronto para fazer a mesma pergunta — retorquiu Jeremy.

— *Eu* sou Elizabeth Rawlings — respondeu a garota, orgulhosa. — *Moro* aqui.

— E eu sou seu primo Jerry — disse ele, após superar o choque momentâneo. Na última vez em que vira Lizzie Rawlings, ela batia em seus quadris. Agora a cabeça cacheada quase lhe alcançava os ombros. — E eu também moro aqui. Na verdade, sou *o dono* desta casa.

Lizzie o fitou, assustada.

— Você está mentindo — afirmou com rispidez. — Meu primo Jerry está na Índia.

— Não está, não — retrucou Jeremy. — Ele está *bem na sua frente*. E o que está fazendo fora da cama, afinal? Sua mãe sabe que ainda tem o hábito de passear pela casa no escuro? Achei que ela tinha conseguido fazê-la parar com isso dez anos atrás, quando a pegaram na cozinha depois da meia-noite se enchendo com restos de bolo do aniversário de seu irmão.

Lizzie escancarou a boca e arregalou os olhos a ponto de ficarem grandes como ovos.

— Primo Jerry? — Ela respirou fundo. — Então *é você* mesmo!

— Claro que sou eu. — Jeremy jogou o cachecol sobre a cadeira. — Onde estão todos, afinal? Este lugar parece um túmulo.

Lizzie não conseguia afastar os olhos do primo.

— Mamãe está de cama. O Sr. Parks mandou que ficasse de repouso até o bebê nascer, mas ela não obedece muito. Papai deve estar na biblioteca lendo. Minhas irmãs já estão na cama, e não sei de meus irmãos. Por que sua pele está com essa cor engraçada?

Jeremy a fitou, furioso.

— Estou bronzeado. Na zona do equador, isso acontece. Por que você não está na cama?

— Não precisa falar comigo como se eu fosse uma criança — reclamou Lizzie, indignada. — Já tenho 15 anos. Posso sair da cama se quiser.

Jeremy resfolegou, irritado.

— Para encontrar algum jovem admirador, sem dúvida. Quem é? Um dos lacaios? Eu o despedirei amanhã. — Jeremy segurou-a pelo braço e começou a puxá-la em direção à escada dupla que dava numa galeria aberta. Três lados dela tinham vista para o grande vestíbulo que ficava abaixo. — E não pense que não vou contar a seu pai.

Lizzie puxou o braço com uma força surpreendente para uma garota tão esbelta.

— Solte-me, seu grandalhão convencido! Eu desci para procurar o livro que estou lendo.

— Ah, com certeza — zombou Jeremy. — E qual é o título? *Guia para meninas sobre casos tolos de amor?*

— Acontece que estou lendo *Letters on Education* — retorquiu Lizzie, indignada —, um tratado sobre os direitos das mulheres escrito por Catharine Macaulay, uma contemporânea de Mary Wollstonecraft. Ela foi muito admirada em sua época pela história da Inglaterra em oito volumes que escreveu. — Na palavra *Inglaterra*, Lizzie conseguiu soltar o braço das mãos do primo, mas só porque Jeremy estava chocado demais para continuar segurando.

— Deus do céu! — exclamou Jeremy. — Para que está lendo *isso*?

Com toda a calma e meticulosidade, Lizzie endireitou as mangas do robe.

— Porque, seu ignorante, o assunto me interessa — respondeu com desprezo.

Jeremy soltou um suspiro. Ela era igual à mãe, apesar do cabelo louro. Não se lembrava de já ter visto a tia sem o nariz enterrado entre as páginas de algum livro de tema igualmente árido. Perguntou-se como seria estar na pele de Lizzie Rawlings, obviamente uma intelectual aprisionada no corpo de uma corista, e teve uma espécie de compaixão por todos os homens que viessem a ter a má sorte de se apaixonar por ela.

— O que diabos está acontecendo aí embaixo? — soou uma voz grave da galeria no andar superior.

Jeremy olhou para cima e avistou a figura alta e sombria do tio no topo da escada.

— Ah, olá, tio Edward — saudou Jeremy de modo casual. — Peço desculpas, nós o incomodamos?

— Jeremy?

O duque viu o tio levar uma das mãos ao rosto e tirar um par de óculos do nariz. Ora essa!, Jeremy quase exclamou. Edward Rawlings, míope? Que outras calamidades teriam acontecido durante sua ausência?

— Sim, tio — respondeu Jeremy com voz alegre. — Sou eu. Estava tentando disciplinar sua filha mais velha, mas, ao que parece, ela acha que sou eu quem precisa de orientação.

— Jeremy!

Por mais que Edward tivesse envelhecido durante a ausência do sobrinho, ainda conseguia manter seu porte atlético, como se via pela vivacidade com que desceu a escada para envolver Jeremy num abraço apertado.

— Meu Deus! — exclamou Jeremy, bastante constrangido, com a voz abafada pelo paletó aveludado do smoking do tio. — Se eu soubesse que iria ter este tipo de recepção, nunca teria saído de Nova Delhi.

Edward, levemente surpreso diante de sua própria demonstração de afeto ao rever o sobrinho, soltou-o abruptamente, mas manteve uma das mãos afetuosamente sobre seu ombro.

— Bem-vindo ao lar, meu rapaz. — Sentimos sua falta. — Edward examinou o sobrinho e acrescentou: — Você está com uma aparência horrível. Quer um uísque?

— É uma excelente ideia — aceitou Jeremy prontamente. Em seguida, quando já se dirigiam para a escada, Edward parou e se virou. Com o semblante sério, viu a filha se encaminhar para as portas da sala de jantar, situada no centro da área onde as duas escadas gêmeas em curva se encontravam.

— Aonde *pensa* que vai? — perguntou ele.

Lizzie olhou para trás e fitou o pai com ar ofendido, mas não interrompeu os passos.

— Pegar meu livro, claro — respondeu a filha. — Eu o esqueci no meu lugar depois do jantar.

Edward pigarreou em desaprovação.

— Pois então vá e depois volte para a cama. E não deixe sua mãe saber que deixo você ler à mesa, ou ela me punirá.

— Sim, papai — respondeu Lizzie com um suspiro sofrido.

Voltando-se para Jeremy, Edward sorriu.

— As meninas ficam um pouco nervosas sempre que a mãe fica de repouso. Pegeen está no andar superior há um ou dois dias, e não me lembro de tê-las visto desde então.

— Então o número sete está relutando para nascer? — perguntou Jeremy com um sorriso.

— Um pouco, mas não creio que vá demorar. — Edward correspondeu ao sorriso quando ambos já alcançavam o segundo andar. — Só de olhar para você uma vez sua tia ficará chocada o bastante para entrar em trabalho de parto imediatamente.

— Estou tão mal assim? — Jeremy acariciou o queixo com a barba por fazer. — Lizzie não me reconheceu, apesar de eu também não ter sabido quem era ela.

Edward o examinou.

— É o bronzeado — concluiu. — Sem falar no nariz. Você finalmente conseguiu instigar alguém a quebrá-lo, hein? Bom trabalho. Sei o quanto queria se livrar daquele nariz afilado que herdou. Uma pena. — Eles já tinham alcançado o topo da escada e se dirigiam para a biblioteca quando Edward parou e franziu o cenho para ele. — Eu estava pensando em quebrá-lo eu mesmo assim que você reunisse coragem para aparecer por aqui.

Jeremy recuou um passo, cauteloso, ao lembrar do soco potente do tio.

— Se o problema é a Estrela de Jaipur, posso explicar.

— Pode mesmo? — Edward abriu um sorriso não muito animado. — Isso vai ser interessante. Vi a retratação no *Times* desta manhã. Então devo entender que *não* teremos uma nova duquesa de Rawlings tão cedo?

— Eu não disse *isso* — corrigiu Jeremy. — Mas ela não é da Índia. Na verdade, é de um lugar consideravelmente mais próximo de casa.

Edward Rawlings já fora acusado de muitas coisas, mas ter raciocínio lento não era uma delas.

— Então é *isso* — disse ele balançando a cabeça. — Pegeen me contou que sua volta se devia à notícia do noivado de Maggie, mas não acreditei.

Jeremy sorriu.

— Espero que não tenha feito nenhuma aposta.

— Na verdade, creio que fiz. Maldição! Se não me engano, agora devo ao Orfanato Rawlings cem libras. — Balançando a cabeça de desgosto, Edward se encaminhou para a porta da biblioteca. — Convenhamos, Jerry, já faz cinco anos. Não pode deixar a pobre moça em paz?

O sorriso de Jeremy murchou na mesma hora.

— Não, não posso — respondeu, inflexível. — Assim como aparentemente *você* também não pôde deixar minha tia em paz.

Foi a vez de Edward sorrir.

— *Touché!* — exclamou, girando a maçaneta.

No interior da biblioteca, Jeremy sentiu alívio ao ver um belo fogo na lareira e um decantador de uísque já destampado sobre um bufê. Imediatamente se aproximou do fogo e começou a aquecer as mãos, enquanto Edward fechava a porta e preparava dois uísques bem-servidos.

— Eis seu copo — disse Edward. — A seu retorno ao lar.

— Obrigado.

Jeremy bebeu mais da metade em um único gole e logo sentiu o líquido ardente começar a lhe aquecer as extremidades congeladas. Ainda não estava tão recuperado a ponto de uma noite de amor ardente e um dia viajando em vários meios de transporte não o exaurirem por completo. E agora, sabendo que ainda tinha pela frente a difícil tarefa de lidar com a tia — sem mencionar a de persuadir a família de Maggie —, o cansaço o dominou, como o frio, e penetrou-o até os ossos.

Seu tio, muito gentilmente, pegou o copo vazio e tornou a enchê-lo.

— Bem — disse Edward com um suspiro, sentando-se no sofá de couro verde onde aparentemente estivera lendo o jornal havia pouco, deixando o *Times* dobrado às pressas no chão a seu lado. — Deixe-me ver se entendi bem. Você se alistou na Guarda Montada, foi enviado para a Índia, matou inúmeros bengaleses rebeldes, foi promovido, salvou o embaixador da rainha em Bombaim da bala de um assassino, foi promovido, evitou que o Palácio dos Ventos em Jaipur fosse saqueado e destruído por rebeldes, recebeu como recompensa a Estrela de Jaipur... interrompa-me se esqueci de mencionar alguma coisa...

— Pelo contrário — disse Jeremy, impressionado. — Você parece ter seguido minha carreira militar nos mínimos detalhes. Exceto por um pequeno detalhe: a Estrela de Jaipur na verdade é uma safira, não uma princesa.

Edward pareceu aceitar a informação com facilidade.

— Ah. E aquele artigo no *Times* de ontem?

— A princesa parece ter problemas em acatar minha decisão de aceitar a safira em vez de ficar com ela. — Jeremy deu de ombros, como que dizendo: *O que um pobre homem como eu deve fazer?*

Edward pigarreou.

— Entendo. Devo dizer que você conseguiu impressionar muitos de meus colegas de trabalho com sua bravura, Jerry. Inclusive, andam falando em convencê-lo a atacar os zulus em Isandhlwana. Eles querem cortar a revolta pela raiz enquanto ainda está no início. Fiz o possível para dissuadi-los da ideia. Na minha opinião, você seria mais bem aproveitado aqui na Inglaterra, no Whitehall, como consultor do governo...

Jeremy sentou-se em frente à lareira para melhor aquecer os ossos.

— No Whitehall? — Ele balançou a cabeça. — Sinceramente, tio, não me imagino fazendo isso. Não é um tipo de atividade para os velhos almirantes aposentados, uma forma de reviverem os dias de glória?

— De modo algum — respondeu Edward, indignado. — O Whitehall é o centro de operações das forças armadas de Sua Majestade. Caso o convidem para o Whitehall, fará bem em aceitar, Jerry. Nenhum oficial vivo perderia essa chance.

Jeremy deu de ombros.

— É, deve ser melhor que Nova Delhi. Estou cansado da Índia. Para começar, não há uísque, e os mosquitos são do tamanho da sua mão.

— E pelo visto também não há mulheres — observou Edward, num tom sarcástico. — Quero dizer, exceto pela princesa.

Jeremy olhou para o tio sem entender.

— Do que está falando? Havia muitas mulheres por lá.

Edward parecia cético.

— E mesmo assim ainda quer Maggie?

— Claro que ainda a quero — respondeu Jeremy, em tom defensivo. — E penso que finalmente a mereço.

Edward elevou as sobrancelhas.

— *Você a merece?* Como assim?

— Você deve se lembrar de nossa conversa na cocheira, depois que nos pegou juntos. Você me acusou de ser um inútil e de não merecer uma garota como Maggie, pois não fizera nada de minha vida. — Jeremy curvou-se e apoiou os cotovelos nos joelhos, mantendo o copo de uísque nas mãos. — Pois agora creio que concordará que fiz muito. Arrisquei a vida inúmeras vezes a serviço de meu país.

Edward pôs de lado seu uísque quase intocado.

— Você não está querendo dizer... Jerry, você está me falando que fez tudo isso... a Guarda Real Montada, Jaipur... para se tornar merecedor de *Maggie*?

— Por quê, você não acha que ela merece? — perguntou Jeremy, imediatamente na defensiva.

Edward o fitava, incrédulo.

— Se eu acho que ela... Meu Deus, Jeremy, não tem nada a ver com isso. Estou surpreso, é só. A esta altura, eu imaginava que você já tivesse esquecido Maggie Herbert.

— Por quê? Cinco anos atrás, você afirmou que ela seria uma excelente duquesa. Mudou de ideia agora? Ou quem sabe sir Arthur o influenciou. Talvez você concorde com ele que pintar retratos não é um caminho apropriado para uma mulher...

— Não é nada disso, Jeremy — zombou Edward. — Eu só quis dizer que cinco anos é um tempo relativamente longo para um jovem da sua, hum, natureza permanecer, hum, fiel a uma mulher. Principalmente uma mulher que, se entendi bem, ficou noiva de outro recentemente.

— Ora, e por que outro motivo você achou que eu voltei? — perguntou Jeremy, levantando-se de súbito para caminhar pela sala.

— Veja só! — exclamou Edward, observando o sobrinho. — Eu não sabia, mas você chega a ser pior que Pegeen. Quando cisma com uma ideia, não a abandona, não importa o que aconteça, não é?

— Isso é tão errado assim? — perguntou Jerry de pronto.

— Não há nada de errado nisso. Mas acho engraçado. E então, já matou o noivo?

— Não — disse Jeremy. — Embora tenha considerado a hipótese. Mas depois pensei melhor e resolvi tentar uma abordagem diferente. Na verdade, é por isso que estou aqui.

— É mesmo? — Edward pareceu interessado. — Não diga isso a Pegeen. Ela pensará que você de fato seguiu as instruções dela, para variar.

Jeremy sorriu.

— Eu recebi a carta dela. E fico feliz em saber que todos estão bem...

— Engraçado. — Edward tinha um olhar cético. — Você nunca foi um bajulador, não é mesmo, Jerry? Como então chegou tão longe na carreira militar? Está bem, não falemos nisso. O que o traz a Yorkshire, quando o amor de sua vida está em Londres; sem falar que o noivo dela também está lá?

— A família dela — respondeu Jeremy, sucinto.

— A *família* de Maggie? — Edward pareceu não entender. — O que eles têm a ver com isso?

— Tudo. Pretendo convencê-los a desistir dessa atitude ridícula de não aceitarem que Maggie tenha como atividade pintar retratos. E também preciso conseguir que aprovem nosso casamento em vez de o dela com aquele noivo comedor de lesmas. — Jeremy parou de caminhar e fitou o tio. — Tem alguma objeção a isso?

Edward pegou o copo de uísque que abandonara.

— E se tivesse? — perguntou com um sorriso.

Jeremy deu uma risada, mas não havia humor em seu semblante.

— Então eu não teria escolha, tio, seria obrigado a atacá-lo.

— Neste caso — disse Edward com uma falsa seriedade —, não farei nenhuma objeção.

Jeremy relaxou, parecendo surpreso.

— Verdade, tio Edward? Não fará mesmo?

— Nenhuma — respondeu Edward, dando de ombros. — Gosto de Maggie Herbert. Ela não se zanga com quem não merece, incluindo a própria família, que não se pode escolher. E por isso tenho de admirá-la. Mas me pergunto como você se sairá com Anne, a irmã de Maggie. Segundo Pegeen, desde o último aborto a Sra. Cartwright não anda nada bem. Não propriamente no sentido físico. Ao que parece, ela cismou que as mulheres que decidem não engravidar por algum motivo de certa forma estão agindo contra a natureza. Acho que é porque Anne gostaria muito de ter mais filhos, mas não conseguiu. Creio que por isso ela sofre ao ver mulheres com plena condição de serem mães não se voltarem para a maternidade.

Jeremy, que não tinha nenhuma queda especial por bebês e achava que na maior parte das vezes estavam com dedos melecados e dando gritinhos, acenou com a cabeça, embora na verdade não entendesse aquilo muito bem.

Edward continuou:

— Anne nunca apoiou a decisão dos pais de permitirem que Maggie fosse estudar fora da cidade, mas, em se tratando de *Maggie*, a escola de arte pareceu o menor dos males. — Ele fitou Jeremy com seriedade. — Dentre muitos.

Jeremy ergueu uma das sobrancelhas quando o tio se referiu a ele como um mal, mas, considerando que o mesmo tio já se referira a ele de formas piores no passado, preferiu não dizer nada.

— Mas segundo Pegeen, quando Maggie anunciou que pretendia de fato ser uma artista — continuou Edward —, Anne enlouqueceu. Para ela, sua própria irmã, além de desafiar a ordem natural das coisas, também estava arruinando o bom nome da família Herbert.

— Entendo — observou Jeremy. — Então é isso que terei de enfrentar?

— Sim, mas ainda não mencionei tudo — assegurou Edward, animado. — Não se esqueça de sir Arthur. Ele se revolta e age contra Maggie instigado por Anne. Eu nunca o vi falar de alguma decisão com tanta firmeza. Sua intenção é mantê-la em casa, desenvolvendo as atividades caseiras e cuidando da lareira, sem vagabundear por Londres pintando ricos inúteis. Sir Arthur não ficará satisfeito com sua interferência nos assuntos da família, muito menos com sua intenção de desposar a filha. Ele tem ideias muito firmes a respeito de ambos os tópicos.

— Eu sei — concordou Jeremy com tristeza. — Por isso trouxe minha pistola.

Edward franziu o cenho.

— Ah — disse ele. — Entendo. Isso muda tudo, certo?

Foi a vez de Jeremy sorrir.

— Espero que sim.

Capítulo 34

MAGGIE ESTAVA NO CENTRO DA GALERIA de Veygoux, mordendo o lábio inferior. Eram quase 11 horas da manhã e Augustin ainda não aparecera. E ele não costumava atrasar. Nunca.

Não que Maggie se importasse com isso. Não estava nem um pouco ansiosa para vê-lo. Sabia que hoje não poderia haver mais desculpas, nenhuma dor de cabeça, nenhum transporte desastrado, nenhum ajudante desajeitado, e, talvez mais importante que tudo, nenhum Jeremy.

Hoje Maggie terminaria o noivado.

Felizmente, os ajudantes de Augustin estavam na galeria para abrir a porta quando ela chegou, ou teria congelado na Bond Street à espera dele. O clima estava típico de Londres em fevereiro — frio e ventoso, com uma fina camada de gelo cobrindo tudo. Um dia maravilhoso para uma vernissage, pensou Maggie, sarcástica. As pessoas seriam muito tolas em se aventurar num tempo desses para admirar os "bonitos cacarecos", quando podiam ficar em casa confortavelmente sentadas em frente à lareira. Maggie sabia perfeitamente bem que ninguém compareceria a sua vernissage.

Mas para ela isso não importava.

Augustin ficaria desapontado, claro. Mas Maggie, no fundo, se sentiria aliviada. Depois do turbilhão emocional que vivenciara nos últimos dias, não se sentia capaz de sorrir e ouvir pessoas elogiarem seu trabalho — ou criticarem, como podia muito bem ser o caso. Pela primeira vez em sua vida, Maggie verdadeiramente não se importava com as opiniões dos outros sobre suas pinturas. O que significava um grupo de telas quando seu coração estava partido? Sim, ele estava. Maggie se convencera disso. Seu coração estava partido, merecidamente, pois ela era a pior garota que existia na face da terra. Uma garota que fizera amor com um homem enquanto estava noiva de outro... Ora, ela merecia mais que sofrer; merecia críticas terríveis e horrorosas de sua exposição no jornal de domingo. Era disso que Maggie se considerava merecedora. E esperava que o *Times* não a desapontasse.

O ajudante de Augustin — o mesmo cujos ouvidos ele socara no dia anterior — parecia levemente preocupado com ela, talvez por estar parada como uma idiota no centro da galeria, com o guarda-chuva pingando sobre o chão lustroso de madeira. O jovem aproximou-se timidamente, trazendo uma xícara de chá bem quente. Surpresa diante da gentileza, Maggie aceitou o chá e quase não percebeu quando o funcionário pegou o guarda-chuva de baixo de seu braço e sem avisar o guardou em algum lugar. Depois, desculpando-se pelo atraso do chefe, perguntou se Maggie não gostaria de fazer um rápido passeio pela galeria para ver se aprovava a forma como as pinturas haviam sido penduradas.

Maggie não conseguiu esconder sua surpresa. Estava certa de que lhe haviam pedido para estar na galeria naquela manhã para supervisionar a colocação dos quadros nas paredes.

O jovem corou, sentindo-se culpado. Sim, disse, ela tinha razão. Contudo, ele e os "colegas" haviam se adiantado e pendurado tudo durante a noite anterior. Maggie entendeu tudo. No dia anterior, vira o rapaz mortificado diante do erro cometido com o cavalete. Ele certamente trabalhara a noite inteira para impressionar o patrão com sua iniciativa e mostrar que era um funcionário com quem se podia contar.

E o patrão sequer tivera a cortesia de aparecer.

Mas de modo algum esse era o estilo de Augustin.

Maggie, sensibilizada com a preocupação e a solicitude do funcionário, começou a se impacientar com a desatenção do noivo e aceitou o convite do rapaz para guiá-la num passeio pela galeria. O Sr. Corman — esse era o nome do jovem — prontamente a orientou na visita.

As pinturas de Maggie estavam muito bem emolduradas — em alguns casos, ela as considerou mais bonitas do que as obras em si — e penduradas com muito cuidado, de modo que as maiores não prevalecessem sobre as menores. As paisagens se encontravam cuidadosamente intercaladas entre os retratos para que o observador não se cansasse de ver muito verde ou azul.

Enquanto caminhavam, Maggie tomava seu chá e fazia inúmeros elogios ao Sr. Corman e a seus companheiros, embora mal conseguisse fixar a mente no passeio. Não parava de se perguntar onde estaria *Augustin*. Ele *jamais* se atrasava. E então lhe ocorreu um pensamento horrível. E se Jeremy tivesse razão, e *Augustin* fosse o responsável por tentar assassiná-lo em frente à mansão do número 22 da Park Lane e outra vez em frente ao *Times*? E se Augustin o seguiu na viagem para Yorkshire, e neste momento, tentava terminar o serviço?

Meu Deus! E aqui estava ela em Londres, sem condições de fazer algo para impedi-lo!

Mas não, isso era ridículo. Augustin nunca mataria alguém. Não havia uma célula de violência em seu ser. Ele estava atrasado e só. Era apenas isso. Jeremy estava perfeitamente seguro. Ao que parecia, ele a usara e a abandonara, mas estava seguro.

E justo no instante em que esses pensamentos passavam por sua mente, o Sr. Corman a guiou por uma curva que levava a outro ambiente. Lá, num lugar de honra sob a luz de um lampião, estava pendurada uma grande pintura de Jeremy. Maggie ficou tão chocada que quase deixou cair a xícara e o pires. Paralisada pelo horror, arregalou os olhos.

— De onde você tirou *isso*? — perguntou Maggie, mal conseguindo falar.

O Sr. Corman pareceu sinceramente confuso diante da pergunta, e com razão, considerando, como prontamente salientou, que a própria Maggie a enviara com todas as outras do estúdio.

— Ah, não! — exclamou Maggie. — Deve haver algum engano. Eu não pretendia... essa pintura não fazia parte da exposição. Os homens que Aug... Quero dizer, *monsieur* de Veygoux contratou devem tê-la trazido por engano. Não era minha intenção expô-la! Para ninguém!

O rosto pálido do Sr. Corman estava tenso de preocupação.

— Ah, mas... Perdoe-me por dizer isto, senhorita, mas trata-se de uma das melhores pinturas de sua coleção. A senhorita não pode querer que a retiremos. Nós a posicionamos de modo que fosse o foco central da exposição.

A essa altura, Maggie *precisou* se livrar da xícara de chá para que ela não se espatifasse no chão. Depositando-a num pequeno pedestal, desmoronou num canapé de veludo azul posicionado em frente ao retrato de Jeremy, como que antecipando o êxtase de aprovação das mulheres e seu consequente desfalecimento.

Maggie na verdade não ficaria surpresa se alguma infeliz *de fato* desmaiasse só ao ver o quadro. Ela o pintara havia alguns anos, e o retrato mostrava Jeremy exatamente como estava naquela noite na varanda, quando Maggie perguntara para onde ele iria, e ele respondera "Para o diabo". A expressão era exatamente a mesma, meio contorcida, meio zangada, uma das sobrancelhas escuras erguidas ceticamente, um dos cantos da boca virado para cima. De pé, com uma das botas que usava sobre a balaustrada da varanda de Maggie, Jeremy estava retratado levemente virado para o observador. Em uma das mãos, segurava o chapéu. A outra estava vazia, em punho, apoiada na coxa levantada. Ao fundo, aparecia o Solar dos Rawlings, retratado exatamente como Maggie se lembrava de tê-lo visto naquela época, tantos anos atrás. Jeremy usava um traje de montaria que cobria o corpo másculo sem conseguir ocultar-lhe os músculos. Maggie corou só de olhar. Que *pensamentos* teriam passado por sua mente ao pintar aquilo?

Ora, estava muito óbvio.

Toda a pintura fora executada de memória, embora ninguém que a visse pudesse supor. Cada linha, cada detalhe era preciso como um daguerreótipo. No entanto, diferentemente de um, a pintura capturava *tudo* de Jeremy, não apenas sua aparência externa, mas também sua essência — o humor sarcástico, a inteligência sagaz e, acima de tudo, a sensualidade natural, evidente nessa pintura a ponto de Maggie sentir que Jeremy quase podia sair da tela, caminhar até ela, erguê-la do chão e começar a beijá-la ali mesmo.

Felizmente havia o canapé, pois os joelhos de Maggie estavam tão enfraquecidos que não havia meios de ela conseguir permanecer de pé.

Ela pintara o quadro havia quase dois anos, em quatro dias seguidos. Quatro dias de dedicação intensa durante os quais não permitira que ninguém, nem mesmo Berangère ou madame Bonheur, vissem o que estava criando. Isso aconteceu logo após ter conhecido Augustin, quando Maggie decidiu que, se pintasse um retrato de Jeremy, talvez fosse possível arrancá-lo de sua mente e de sua vida.

Mas não adiantou em nada. Maggie não conseguia olhar para a pintura terminada sem sentir um inexplicável aperto no peito. Por isso decidira guardá-la e nunca mais olhar para ela. E de fato isso acontecera.

Até agora.

— Precisamos retirá-lo da parede — disse Maggie, sem forças.

O Sr. Corman aparentemente trabalhara tanto com artistas temperamentais que aprendera a lidar com eles, pois disse, suavemente:

— Sei que a senhorita está nervosa com o evento desta noite, Srta. Herbert, mas essa pintura é realmente sua melhor criação. Seria um verdadeiro crime não incluí-la na exposição. E repare como nós a posicionamos entre essas paisagens de cada um dos lados. Não temos nenhum quadro de tamanho semelhante para substituí-la.

— O senhor não entende, Sr. Corman, nós *temos* de retirá-la. Essa obra faz parte de minha coleção *pessoal*. Não está à venda e nunca foi minha intenção mostrá-la a ninguém. Nem mesmo ao, hum, modelo. Sendo que... Bem, existe uma leve chance de ele vir à exposição.

Era uma esperança que Maggie mal ousava ter. Ela não sabia por que Jeremy viajara de repente para Yorkshire, mas esperava — embora soubesse ser uma ideia tola — que ele pudesse reaparecer em Londres para esta noite muito importante de sua vida...

Pela primeira vez o jovem rapaz pareceu compreender.

— Ah, entendo o problema. Mesmo assim, Srta. Herbert, não pode acreditar que o cavalheiro retratado ali possa se sentir *insultado* diante dessa obra. A senhorita o pintou de um modo altamente elogioso. — Os olhos claros do rapaz direcionaram-se para a pintura. — Nenhum homem poderia objetar a ser percebido com tanta... masculinidade.

Maggie, com um suspiro, abaixou o rosto e cobriu-o com as mãos. Ainda estava nessa posição quando foi surpreendida por uma nova voz.

— *Marguerethe?*

Maggie endireitou-se no canapé com muita rapidez, como se alguém tivesse puxado um barbante preso no topo de sua cabeça. Horrorizada, virou-se e viu Augustin entrando apressado na galeria, livrando-se do casacão e chamando-a.

Então ele não fora a Yorkshire para matar Jeremy. Não mesmo.

— E agora? — murmurou Maggie, lançando um último olhar para a pintura. Por sorte, o Sr. Corman pareceu entender sua aflição, pois rapidamente se posicionou na frente do retrato, bloqueando a visão de quase todo ele.

— *Marguerethe?* — chamou Augustin mais uma vez. Havia algo em sua voz que Maggie não conseguiu reconhecer. Por mais que tentasse, não sabia definir.

Mesmo assim, ela se levantou do canapé e conseguiu atravessar a galeria com uma tranquilidade surpreendente para quem estava tão transtornada poucos instantes antes. Mas, quando já estava a cerca de 3 metros de Augustin, viu que ele estava muito mais transtornado que ela. Na verdade, estava com uma aparência horrível. Não pelos ferimentos, que pareciam estar cicatrizando bem, as manchas roxas sob os olhos se transformando num amarelo razoável e o inchaço do nariz já bem mais suave. Não, havia algo de errado com ele. Maggie não conseguia identificar o que era, mas ele estava diferente... estranho.

— Ah, *Marguerethe* — repetiu Augustin ao vê-la. Seu sorriso estava nervoso. Ele se inclinou e beijou-lhe o rosto rapidamente. — Sinto muito ter me atrasado. Não sei o que aconteceu. Nunca dormi até tão tarde em minha vida...

Maggie franziu a testa.

— Você *perdeu a hora*? — Ela teve dificuldade para acreditar. Augustin, durante todo o tempo em que o conhecia, sempre fora um madrugador. Mas Maggie via nos cantos dos olhos do noivo que ele dizia a verdade; eles ainda estavam levemente inchados de tantas horas de sono. — Augustin — disse ela em tom punitivo. — Que vergonha! Você saiu ontem à noite depois de me deixar aquelas lindas rosas?

Augustin virou-se para entregar o paletó a um de seus funcionários.

— De modo algum, de modo algum — disse ele.

Augustin falava com tanto entusiasmo que Maggie soube que ele mentia. Perguntou-se o que ele poderia querer esconder.

— Acho que — continuou — deve ser um simples resfriado que está chegando.

— Ah, claro — disse Maggie —, um resfriado. Espero que você não esteja negligenciando sua saúde.

— Não, não é nada disso. — Augustin falava com Maggie, mas sua mente parecia longe. — O que é isso? — perguntou, enquanto seus olhos emaciados varriam a galeria. — Vocês já fizeram tudo isso? Estiveram ocupados, *chérie*! Trabalharam muito!

Maggie o fitou. Havia algo de errado com ele. Estava certa disso. Mas o *quê exatamente*? Maggie não conseguia identificar.

— Não fui eu — corrigiu-o, sendo honesta. — Os responsáveis foram o Sr. Corman e seus companheiros. Eles se deram ao trabalho de pendurar todos os quadros na noite passada para que estivessem prontos quando eu chegasse. E devo dizer que fiquei muito feliz com o resultado. — Maggie mordeu os lábios. Esperava que Augustin não notasse o retrato de Jeremy... Se bem que não sabia como isso seria possível. A pintura parecia atrair olhares da mesma maneira que o modelo por onde passava.

Enquanto Maggie falava, percebeu a inquietação dos funcionários de Augustin, ansiosos para ver qual seria a reação do patrão ao saber que tinham agido por iniciativa própria. As expressões de surpresa que se seguiram à aprovação de Augustin mostraram a Maggie que elogios por parte dele eram difíceis, mas, nas raras ocasiões em que ocorriam, eram merecidos.

— *Superbe* — declarou, ao passar os olhos pelos quadros pendurados. — Gostei muito. E você, *Marguerethe*? Também gostou?

Maggie informou que sentira o mesmo, e só então descobriu qual era o problema em Augustin. Ora, ele não a fitava nos olhos. Então é isso! Ele não está se comunicando com Maggie pelos olhos. Augustin está agindo como alguém que se sente culpado por alguma coisa. Que estranho, pensou Maggie. Quem deveria sentir alguma culpa era *eu*, no entanto consigo encará-lo. Maggie se perguntou o que Augustin poderia ter feito para gerar tanta culpa. Seria possível ele ter feito alguma coisa contra Jeremy afinal? Mas, não, isso não era possível. Se alguma coisa tivesse acontecido com Jeremy, a esta altura ela já saberia. Não é?

Não saberia?

Enquanto Maggie conjecturava, Augustin começou a dizer alguma coisa, do mesmo jeito falso, ainda sem a olhar nos olhos.

— Agora, *chérie*, espero que esteja preparada para algumas notícias excelentes — anunciou, ajustando a gravata. — São ótimas notícias mesmo, quase não acreditei quando ouvi, mas foi confirmado esta manhã por um bilhete que recebi do próprio lorde chanceler. Está preparada, *Marguerethe*?

Maggie se sentia preparada para qualquer coisa, menos encarar novamente a pintura de Jeremy. E foi muito sincera ao responder:

— Sim, Augustin, creio que sim.

— Sua Alteza Real o príncipe de Gales comparecerá a sua exposição esta noite. — Augustin falou com tanto prazer que Maggie teve de sorrir, não pela perspectiva de ver o príncipe de Gales, mas pela alegria evidente de Augustin diante da notícia. Verdade seja dita, Maggie estava um pouco desapontada. Esperava que ele dissesse alguma coisa diferente, que seu pai compareceria, ou algo do tipo.

Mas achou que seria bom receber a visita do príncipe de Gales, e então disse:

— Ah, que bom.

— *Vraiment*, mas você não se entusiasmou de saber, *Marguerethe*! — reclamou Augustin. — Quem sabe você não ouviu muito bem o que eu disse. O príncipe de...

— Sim, eu ouvi — retrucou Maggie com um sorriso forçado. — E achei muito bom.

— *Marguerethe*... — E então, ao que parecia, Maggie conseguiu que Augustin voltasse toda a sua atenção para ela. — Você não entende? A rainha está à procura de um pintor de retratos para os netos. Se o príncipe de Gales vem à exposição a pedido dela, quer dizer que ela deve estar pensando em contratá-la...

Apesar da tristeza, aquilo impressionou Maggie. Ser contratada pela rainha? Nenhum artista poderia querer honra maior.

Augustin tentou sorrir. Fora um sorriso horrível devido ao nariz quebrado e à total falta de sinceridade, mas era um sorriso.

— *Mademoiselle*, o que acha de almoçar comigo no café em frente para celebrar? Podemos conversar sobre qual seria a melhor estratégia para lidar com o príncipe.

Não era só isso que eles precisavam conversar. Uma casa de chá não era o lugar ideal para se romper um noivado, mas Maggie resolveu se contentar com isso. Teria concordado com qualquer coisa para evitar que Augustin visse a pintura.

Por outro lado, talvez Maggie estivesse sendo tola. Que mal uma pintura poderia causar, afinal?

Capítulo 35

— *Como pôde fazer isso?*

Jeremy abriu um dos olhos. A pergunta feita ao pé do ouvido parecia vir de alguém bem próximo. A princípio esquecido de onde estava, Jeremy estendeu o braço em busca de Maggie, achando que a encontraria deitada a seu lado.

Em vez disso, encontrou algo redondo e firme. Ao abrir o outro olho, Jeremy levou um susto; tratava-se da barriga extremamente proeminente da tia.

Jeremy afastou a mão e logo se sentou, horrorizado.

— Tia Pegeen!

Pegeen não pareceu notar o susto do sobrinho.

— *Como você pôde?* — perguntou ela novamente de onde estava, de pé ao lado da cama. — Que vergonha, Jerry!

Jeremy fitou a tia, apreensivo. Embora realmente grávida, não parecia nada diferente de quando a vira cinco anos antes, à exceção de algumas linhas finas nos cantos da boca e dos olhos verdes e umas mechas grisalhas entre os fios escuros, que caíam soltos sobre os ombros. Via-se que Pegeen acabara de acordar, vestida num volumoso robe de veludo verde amarrado sob os seios por um cordão dourado.

Jeremy não sabia a que sua tia Pegeen se referia. Seria por acaso ao fato de ter ficado noivo de uma princesa indiana? Ou, quem sabe, a ter passado tanto tempo longe sem escrever? Esperando distraí-la para que não se aprofundasse em nenhum dos dois tópicos, Jeremy falou, cauteloso:

— Acho que Parks recomendou que você ficasse na cama.

— Ficar na cama! — Pegeen quase gritou. — Como posso ficar na cama e saber que meu sobrinho voltou para casa depois de cinco anos de ausência? E que ainda por cima está com malária? Jeremy — Pegeen balançou a cabeça para ele num gesto de censura —, como pôde fazer isso? Como pôde não escrever? Eu nunca teria contado sobre Maggie se soubesse que você estava doente!

— E foi por isso mesmo que não contei — murmurou Jeremy.

— Mas malária, Jeremy! — Pegeen balançou a cabeça mais uma vez. — Você está com uma péssima aparência.

— Foi o que me disseram. — Jeremy pensou em sair da cama, mas se lembrou de que estava nu sob as cobertas. Não podia se descobrir na frente da tia. Em vez disso, reclamou: — Quem deixou você entrar em meu quarto? Sua bolsa já não estourou, a esta altura?

— Não, ainda não — respondeu Pegeen, sentando-se na ponta da cama e deixando Jeremy ainda mais consternado. — E não seja espertinho. O fato de ser um tenente-coronel não lhe dá licença para ser rude com os mais velhos.

Jeremy suspirou.

— Tio Edward sabe que você não está na cama? Ficará furioso quando descobrir...

Pegeen fez um aceno de mão que demonstrava não estar preocupada com aquilo.

— Edward não consegue nem saber onde estão os filhos, que dirá a esposa. Agora me conte sobre você e Maggie. Foi um erro você ficar na mansão da Park Lane com ela, sem ninguém mais além dos criados. O pobre Evers quase teve um ataque cardíaco. Precisei convencê-lo a não largar o emprego imediatamente. Foi preciso lhe oferecer um bom aumento *e* assegurar que sua intenção era se casar com Maggie. E então, o que ela respondeu?

Sem saber a que pergunta responder primeiro, Jeremy tentou:

— O que quem respondeu?

— Ora, Maggie, claro, quando você lhe propôs casamento!

— Se quer saber, Maggie não disse nada sobre o pedido de casamento porque ainda não cheguei lá. — Diante do susto da tia, Jeremy revirou os olhos. — Veja bem, tia Pegeen, estou mais feliz de ver você do que pode imaginar, e quando tudo isso terminar, vamos matar as saudades. Mas agora tenho coisas a fazer. E me parece que você também.

— Ainda ficarei algumas horas em trabalho de parto — informou Pegeen, com outro aceno de desprezo. — O que exatamente você quis dizer com ainda não ter chegado lá? Não me diga que deixou a pobre moça em suspenso, sem ter nenhuma noção das suas intenções, não é, Jerry? Creio que Edward lhe avisou...

— *Você está em trabalho de parto?* — interrompeu Jeremy quando finalmente assimilou as palavras de Pegeen. — Você está em trabalho de parto *neste exato momento*?

Pegeen não se acovardou:

— Ah, só desde que amanheceu. Ainda deverá demorar pelo menos mais duas horas até...

— Pegeen! — O grito estrondoso veio acompanhado de um forte estampido. Pegeen pulou e se virou para ver a causa de todo aquele tumulto. Edward escancarara a porta e fitava Pegeen com extrema fúria. Mal conseguindo reprimir a raiva e levando o cabelo na nuca de Jeremy a se eriçar, ele falou:

— Eu tinha a impressão de que você ficaria na cama.

Pegeen fez um meneio com a cabeça.

— Pois era uma impressão exclusivamente sua e do Dr. Parks. Eu nunca compartilhei dela.

— Pegeen. — Edward parecia fazer um enorme esforço para não quebrar alguma coisa. — Volte para a cama. Agora.

— *Agora?* Não pode estar falando sério. Jeremy — Pegeen virou-se para o sobrinho —, Alistair e Anne Cartwright estão lá embaixo na sala de visitas dourada, com sir Arthur. Segundo Edward, você queria conversar com eles. Espero que coloque um pouco de juízo naquelas cabeças. Eles têm sido terríveis com Maggie desde que... Ah!

A última exclamação foi pronunciada quando Edward, que se aproximara, tirou a esposa de perto da cama de Jeremy e a ergueu nos braços sem nenhum esforço aparente.

— Edward! — gritou Pegeen, indignada. — Coloque-me no chão imediatamente! Você enlouqueceu?

— Não — foi a resposta sucinta do marido, quando já se encaminhava para a porta. — Mas, obviamente, você, sim.

— Você me ofende desse modo. Ao longo da história, os homens alternam entre ignorar ou ser condescendentes com as mulheres grávidas — a voz de Pegeen foi se distanciando enquanto Edward a levava pelo corredor — só porque elas são consideradas seres irracionais. Pois quero informá-lo de que não há nada de errado com meu intelecto.

— Essa — disse Edward com firmeza — é uma impressão exclusivamente sua.

Jeremy estremeceu, imaginando como sua tia tão decidida teria reagido ao ouvir as próprias palavras dirigidas a ela. Infelizmente a essa altura Pegeen já estava longe demais e não foi possível ouvir a resposta à ironia do marido, o que não fez diferença alguma para Jeremy, que tinha coisas mais importantes a fazer do que ouvir a discussão dos tios. Ele afastou as cobertas e vestiu-se rapidamente, embora com esmero — afinal, quem o esperava lá embaixo não era qualquer um: eram seus futuros parentes e Jeremy queria dar uma boa impressão.

Em dez minutos Jeremy estava barbeado e vestido. Desceu uma das escadas em curva que dava no grande vestíbulo ainda lutando com as pontas da gravata. Maldita ideia de não trazer Peter. Jeremy estava tão concentrado em dar o nó que quase se chocara com um criado que se dirigia para as portas da sala de visitas com uma travessa de copos de xerez nas mãos. No último instante, o mordomo viu o jovem e parou abruptamente.

— Perdoe-me, Vossa Graça — disse, surpreso.

Jeremy olhou para ele.

— Evers? — Com os olhos apertados, perguntou, desconfiado: — Você é o Evers, não é?

— Claro, Vossa Graça. Meu filho teve o prazer de servi-lo na mansão de Londres, enquanto que meu pai teve a honra de trabalhar aqui como mordomo por muitos anos...

Jeremy não detectou nenhuma diferença visível entre esse Evers e o de Londres, exceto que o de lá tinha um pouco mais de cabelo penteado sobre a cabeça já em processo de calvície.

— É muito bom vê-lo novamente, Evers. Este nó está bom?

Evers examinou a gravata do duque.

— Muito bom, Vossa Graça.

— Ótimo. — Jeremy sinalizou com a cabeça a bandeja que o mordomo trazia. — Não acha que está um pouco cedo para o xerez?

— Talvez, Vossa Graça. Mas como sir Arthur chegou da viagem de Herbert Park sentindo muito frio, imaginei que...

Jeremy suspirou.

— Entendo. Deixe a bandeja comigo, Evers. — Diante do olhar de espanto do mordomo, Jeremy explicou: — Vamos, pode me dar. O bebê de minha tia está nascendo. Tenho certeza de que os seus serviços vão ser necessários. Vá ferver um pouco de água ou algo assim.

Evers pareceu ofendido.

— Essa tarefa é da competência da cozinheira, Vossa Graça.

— Então vá decantar um pouco de brandy para meu tio. Tenho a impressão de que ele precisará.

Evers o cumprimentou com um aceno de cabeça, embora parecesse desaprovar inteiramente a decisão de Jeremy em servir seus próprios convidados.

— Como quiser, Vossa Graça. — Evers já soubera pelo filho que o novo duque era difícil, mas não imaginava que seria a *este* ponto. Teria uma conversa com lorde Edward. Esse tipo de situação simplesmente não podia continuar no Solar dos Rawlings. Afinal, o ducado tinha uma reputação a zelar.

Jeremy fez uma pausa diante das portas da sala de visitas dourada e usou a mão livre para puxar as pontas do colete. Era possível ouvir o murmúrio de vozes vindo da sala. A voz tranquila de barítono de Alistair contrastava com o soprano nervoso da esposa, mas a voz irritada de contrabaixo do pai sobrepunha-se a ambas. Sir Arthur parecia indignado:

— Eu só queria saber por que fui obrigado a abandonar minha confortável lareira para viajar à casa de um homem que sequer é capaz de nos receber com propriedade.

— Realmente — Jeremy ouviu Anne dizer. — Devo concordar. É difícil imaginar que sejamos bem-vindos aqui na casa dos Rawlings, com a senhora da casa indisposta e lorde Edward muito preocupado...

Jeremy não esperou para ouvir qual seria o comentário seguinte do pai. Escancarou as portas duplas e perguntou, com ar despreocupado:

— Alguém aceita um xerez?

Sir Arthur, que estava sentado num sofá de tecido aveludado cor de ouro velho, com as mãos gordas estendidas em direção ao fogo, levantou-se de um pulo, numa rapidez surpreendente para um homem tão corpulento.

— Santo Deus! — exclamou, balançando a papada. — É... Será que pode ser...

— Com toda certeza — assegurou-lhe Jeremy. Ele apoiou a bandeja no mármore da mesa à direita de Anne, que o fitava perplexa, como se ele tivesse surgido dos mortos. — Como está, Sra. Cartwright? — cumprimentou-a Jeremy, segurando-lhe galantemente uma das mãos enluvadas e levando-a na direção dos lábios — Faz muito tempo, não é? Tempo demais, eu diria. Está pálida, posso lhe servir um xerez?

Anne era uma mulher atraente, mas Jeremy observou que usava trajes de luto — certamente não era pela mãe, falecida havia um ano; seria pelo filho que perdera, como Edward lhe contara? Anne não mudara quase nada desde a última vez em que a vira, exceto pela pele que nunca tivera um brilho natural e agora estava totalmente desprovida de cor. Jeremy ficou sem saber se a mudança se devia meramente ao choque de vê-lo ou aos desapontamentos recentes.

— Eu... Eu... — Anne passou a língua sobre os lábios pálidos. — Oh, Deus... — disse ela quase num murmúrio. — Eu não sabia que estava de volta, Jeremy.

— *Vossa Graça*, minha querida — apressou-se sir Arthur a corrigi-la. — Deve se dirigir ao duque como *Vossa Graça*. Afinal, ele já atingiu a maioridade. — Abandonando o conforto da lareira, ele correu para Jeremy com a mão direita estendida. — Não fomos informados que Sua Graça estava para chegar! É uma verdadeira surpresa!

— Espero que bem-vinda — disse Jeremy, sorrindo ao cumprimentar o pai de Maggie.

— Mas é claro! — Sir Arthur, embora expressasse alegria em ver o duque de Rawlings, ainda parecia nervoso. — E você está bem? Espero que não tenha voltado para casa por motivo de doença.

— Uma doença insignificante — respondeu Jeremy, indiferente. — Nada comparado ao que vocês passaram no último ano.

Sir Arthur desviou os olhos para o tapete felpudo cor de esmeralda e dourado.

— Ah. Então você soube de nossa triste perda — disse com o semblante triste.

— Uma grande perda — acrescentou Jeremy, pousando uma das mãos no ombro volumoso do conselheiro jurídico em um gesto confortador. Não estava na hora de estrangulá-lo. Ainda não. — Senti muito quando soube da morte de lady Herbert, sir Arthur. Não seria exagero dizer que sua esposa era amada por todos.

— É muita gentileza sua dizer isso — respondeu com a voz embargada. Jeremy se preocupou ao ver que tinha os olhos úmidos.

De cenho franzido, Jeremy procurou a ajuda de Alistair, que logo depois de cumprimentá-lo retornara para uma poltrona de veludo. Jeremy observou que o cabelo louro que caía em franja sobre a testa já se misturava ao cinza, mas de resto Alistair Cartwright estava exatamente como antes. Não tinha assento na Câmara dos Lordes por não ter um título como Edward. Sua fortuna não lhe fora passada por herança, ele a construíra com seu fantástico tino para negócios.

Por conta da vida atabalhoada, Alistair envelhecera muito menos que Edward Rawlings, a quem se referia como seu "amigo feliz com a Reforma de 1832".

Quando os olhos de Alistair encontraram os de Jeremy, ele deu de ombros e olhou para o teto. Embora amasse a esposa, não tinha muita paciência para o pai dela. Jeremy logo percebeu que ele não seria de grande ajuda nas atuais circunstâncias, e decidiu seguir sozinho em seu plano. Afastou a mão do ombro de sir Arthur e, com um entusiasmo forçado, comentou:

— Mas eu soube que sua família também tem motivos de alegria, sir Arthur. Sua filha mais nova não ficou noiva?

A primeira reação partiu de Anne. Ela soltou um grito surdo e se levantou abruptamente. Em seguida, como que surpresa em se ver de pé, dirigiu-se rapidamente para uma das janelas. Tentou dar a impressão de estar ali para admirar a vista, mas Jeremy conhecia a vista monótona da sala dourada no inverno. Só se via a charneca ao longo da qual se situava o Solar dos Rawlings coberta de neve.

— Hum, sim — confirmou ele sem convicção, com os olhos nas costas esguias da filha. — Sim, Margaret *está* noiva, mas...

Jeremy sentou-se na *chaise longue* que Anne desocupara sem tirar os olhos de sir Arthur.

— Sim? — perguntou Jeremy, com um sorriso que faria sir Arthur pensar, caso o notasse.

— Bem — começou com uma amabilidade forçada. — Como Vossa Graça bem sabe, Margaret sempre foi uma pessoa exageradamente obstinada. Podemos conversar sobre tópicos muito mais agradáveis. Suas aventuras no exterior, por exemplo. Acompanhamos todas as notícias sobre seus feitos heroicos na Índia. E queremos saber de Vossa Graça *tudo* sobre essa jovem, a Estrela da Índia...

— De Jaipur — corrigiu Jeremy. Ele esticou as pernas sobre a almofada de veludo verde e cruzou as mãos sob a cabeça. — E na verdade não tenho nada a dizer sobre ela. O jornal anunciou que nos casaríamos, mas não passava de boato. Agora eu gostaria mesmo de conversar sobre sua filha Maggie.

— Vossa Graça... — Sir Arthur fitou o duque, confuso. — Ah, eu devo... Eu devo mesmo protestar. Este é um tema... É um tema...

— Este é um tema — repetiu Jeremy, arrastando as palavras e olhando para o teto abobadado — no qual tenho grande interesse. Pode-se dizer, um interesse incondicional.

Os olhos de sir Arthur, que pouco apareciam sob as pregas do rosto obeso, ampliaram-se até chegar ao limite máximo. Se Jeremy não guardasse tanto ressentimento por ele, talvez sentisse compaixão pelo pobre homem, que continuou insistindo:

— Mas Vossa Graça... Acho que não está ciente... Não, estou certo de que não pode estar ciente... Margaret se revelou uma decepção...

— Como? — Jeremy teve de rir diante do embaraço do nobre. — O que Maggie poderia ter aprontado para fazê-lo gaguejar tanto, sir Arthur? Esse rapaz com quem se casará tem algum problema? Ele é algum músico de rua?

— Certamente que não — respondeu o nobre, retirando um lenço do bolso do colete para enxugar a testa brilhosa. Para um homem que pouco antes reclamava do frio, ele parecia ter ido de um extremo a outro. — Não se trata disso. Veja bem, Vossa Graça, Maggie escolheu tornar a família objeto de escárnio desfilando por Londres como uma... uma...

Jeremy arregalou os olhos como se estivesse horrorizado.

— Santo Deus! Ela foi ser vedete do *chorus line* no Vauxhall!

— Chega. Pare com isso neste instante!

Jeremy olhou para Anne Cartwright, surpreso. Ela continuava em frente à janela, mas agora o encarava. Não parecia a mesma Anne Cartwright que ele conhecera na infância, nem aquela que vira havia poucos instantes. Agora não estava pálida. Ao contrário, duas manchas vermelhas redondas lhe queimavam as maçãs do rosto. E seus olhos, em nada semelhantes aos da irmã, não tinham calor, nem alegria. Eram frios, embora Jeremy tivesse a impressão de ter visto lágrimas.

— Você sabe muito bem o que Maggie fez — afirmou Anne com a voz trêmula. — Eu deveria ter seguido minha intuição. No instante em que entrou por aquela porta, desconfiei que estivesse tramando alguma coisa, mas jamais poderia imaginar que fosse em relação a Maggie.

O pai, ainda confuso, murmurou:

— Anne, querida, por favor! Não grite tanto. Olhe com quem está falando.

— Ora, papai, eu sei muito bem com quem estou falando — disse ela. — Falo com o duque Jeremy Rawlings, o bom bebedor, bom lutador e bom amante, que não se importa com coisa alguma além da satisfação de seus desejos lascivos...

— Espere aí. — Jeremy endireitou-se na poltrona e colocou os pés no chão. — Não direi que isso não foi verdade no passado, mas é um pouco injusto me julgar pelo meu modo de ser de cinco anos atrás. Saiba que mudei. Trabalhei muito para isso e penso que mereço uma segunda chance.

Anne continuou como se não o tivesse ouvido:

— Jeremy Rawlings, que obrigou meus pais a mandar minha irmã mais nova para outro *país* para protegê-la da sua lascívia imoral...

— Agora já é demais. — Jeremy se levantou de queixo erguido. — Primeiro, minha lascívia, moral ou imoral, não é da sua conta, Sra. Cartwright. Segundo, eu pedi sua irmã em casamento cinco anos atrás, e ela não aceitou, portanto não estou disposto a ouvir nenhuma palavra a mais sobre pais que são obrigados a enviar as filhas para outros países por minha causa. Aliás, francamente, foi *de mim* que se aproveitaram.

— De você *o quê*? — perguntou Anne aos berros, sem conseguir respirar. Seu pai parecia igualmente pasmo. Na realidade, teve de se sentar pesadamente num banco forrado de tapeçaria que rangeu de modo preocupante com seu peso.

— Vocês me ouviram — disse Jeremy, caminhando na frente da lareira de um lado a outro em passos largos. — Vocês podem me desprezar o quanto quiserem, não me importa nem um pouco. O que me importa são as consequências de tudo isso para a Maggie. Vocês a tratam como se fosse uma espécie de criminosa, quando ela apenas faz o que gosta.

Anne piscou várias vezes.

— Você pediu Maggie em casamento e ela não aceitou? — Anne repetiu as palavras de Jeremy como se necessitasse de mais esclarecimento.

— Exatamente. — Jeremy parou de caminhar e se virou para eles. — Posso saber por que é tão difícil acreditar?

— Mas... — Anne já estava pálida novamente. — *Maggie?* Duquesa de *Rawlings*? Não, senhor. Eu não posso acreditar.

Jeremy adotou um ar de determinação.

— Pois é melhor começar a acreditar. Porque pretendo me casar com ela tão logo consiga convencê-la a me aceitar.

Anne não pareceu ter ouvido.

— Se vocês se casassem, eu lhe asseguro, Maggie não deixaria de pintar...

— Nem eu lhe pediria isso — cortou-a Jeremy. — Por que ela deveria parar? Maggie adora pintar e o faz muito bem. Sra. Cartwright, já viu alguma pintura recente da sua irmã? São excelentes...

Sir Arthur pigarreou.

— Isso é indecente — disse ele —, inadmissível, até mesmo vergonhoso. Mais vergonhoso do que se você desposasse a moça hindu. Estou certo de que a rainha não aprovaria.

— O que é vergonhoso — disse Jeremy com firmeza —, e tenho certeza de que a rainha não aprovaria, é a maneira como vocês dois estão se comportando com relação a esse assunto. Cansei de ouvir e estou pondo um fim nisso agora. — Jeremy pegou o relógio no bolso do colete. — Há um trem que sai para Londres daqui a exatamente duas horas. Se precisarem arrumar as malas para uma noite fora de casa, Sra. Cartwright, sugiro que mande um de meus criados a sua casa para isso agora. A carruagem partirá dentro de meia hora.

Anne o fitou.

— Do que você está falando?

— Faremos uma viagem a Londres, Sra. Cartwright — explicou Jeremy com toda a paciência. — A inauguração da exposição de sua irmã será esta noite, na galeria do noivo, na Bond Street. A presença de vocês seria muito importante para ela, portanto cuidarei para que estejam lá.

— Isso... — Anne trocou olhares de surpresa com o pai. — Isso é uma loucura! Não irei a lugar algum!

— Irá, sim — afirmou Jeremy, muito tranquilo, enquanto guardava o relógio.

— Não irei, não! — Anne cutucou o pai. — Papai, diga a ele!

— Ah, Anne — disse sir Arthur, sem firmeza. — Ele é, hum, o duque.

— Mas ele não pode fazer isso! — Anne virou-se para o marido. Um pouco mais ereto na poltrona, ele aparentemente se resumia a acompanhar o curso da discussão como um observador atento e interessado. — Alistair, diga a ele! Diga que não pode fazer isso!

Alistair fitou Jeremy, e deve ter encontrado um olhar suplicante pelo que disse a seguir:

— Sinto muito se isto a faz sofrer, meu amor, mas creio que concordo com ele. Já está mais do que na hora de você mostrar um pouco de fraternidade por sua irmã mais nova.

— Oh! — Anne piscava para ele com os olhos cheios de lágrimas. — Como pôde fazer isso, Alistair? Como *pôde*? — Cobrindo a boca com uma das mãos para abafar um soluço, Anne segurou a bainha da saia e correu para fora da sala. Seu pai foi a sua procura, alarmado.

— Ah, meu Deus! — exclamou. — Acho melhor eu... Acho que devo...

— Sim — disse Jeremy com um suspiro. — Vá atrás dela, sir Arthur. Mas certifique-se de que estará pronta para partir na hora certa.

— Como queira, Vossa Graça. — Sir Arthur deixou a sala apressado, mas não sem antes murmurar uma série de desculpas incoerentes.

Tão logo a porta se fechou, Alistair começou a aplaudi-lo lentamente.

— Muito bem, meu jovem — declarou ele, com a voz cheia de sarcasmo. — Eu não conseguiria fazer melhor. Com tamanha diplomacia, você deveria seguir o exemplo de seu tio e assumir um assento na Câmara.

Percebendo que zombavam dele, embora de forma leve, Jeremy deu de ombros.

— Bem — disse ele. — Pelo menos não precisei usar a pistola.

Capítulo 36

Ao ver Augustin, que não adoçava o café, acrescentar o terceiro cubo de açúcar na xícara, Maggie finalmente explodiu.

— Não vai me contar o que aconteceu?

Ele desviou o olhar da toalha da mesa e olhou para ela, surpreso.

— *Pardon, chérie?*

— Não pode ser bom para nossa digestão — disse Maggie, um pouco mais gentil — comer neste clima sombrio que você trouxe Não vai me contar o que aconteceu?

— Não aconteceu nada, *chérie* — afirmou Augustin, tão paternalista e meloso que chegou a acariciar a mão de Maggie que estava sobre a mesa, ao lado da xícara. — Não há nada de errado.

Mas Augustin mentia. Maggie sabia muito bem disso. Durante toda a tarde ele se dirigira a ela com o mesmo tom paternalista, primeiro na galeria, e agora na casa de chá. Ele não conseguia encarar Maggie, nem a criticara quando ela pediu uma fatia de bolo com o chá, como sempre fazia, pois tinha a forte convicção de que a sobremesa deveria ser consumida somente depois de uma refeição, e não em lugar dela.

Este homem não pode ser um assassino, pensou Maggie. O que então o perturba tanto? Será que descobriu tudo sobre Jeremy e mim? Mas como? Maggie sabia perfeitamente que a perda da virgindade não era aparente... Isto é, exceto para Berangère. Portanto, como Augustin poderia saber? Jeremy certamente não lhe contara. Maggie o conhecia muito bem para desconfiar que o tivesse feito para se vangloriar perante Augustin. Seria uma atitude indigna, e Jeremy não era esse tipo de homem. Para Jeremy, seria preferível atirar em Augustin a se gabar de ter deflorado sua noiva...

Seria possível *Berangère* ter lhe contado? Maggie engoliu um pedaço inteiro do bolo e acenou distraidamente para a garçonete que lhe oferecia mais chá. Ela não se abrira com mais ninguém, portanto, se alguém tinha contado a verdade a Augustin, só podia ser Berangère. Mas por que ela faria isso? Que proveito teria?

Por querer ajudar. Só podia ser isso. Berangère, na tentativa de ajudar Maggie a tomar a decisão certa sobre seu futuro, contara a Augustin a verdade sobre ela e Jeremy. Claro. A própria Berangère lhe dissera: *"Eu cuidarei de Augustin."*

Quanto mais pensava nisso, mais convencida Maggie ficava de ser essa a explicação para o estranho comportamento de seu noivo. Berangère lhe contara sobre sua noite de paixão com Jeremy. E sendo Augustin muito educado para comentar o assunto, Maggie julgou que caberia a ela mesma fazê-lo.

— Você, por acaso — começou ela, hesitante —, encontrou Berangère na noite passada depois que nos despedimos?

Augustin deixou cair a xícara de café.

Felizmente, ela caiu no próprio pires e não se quebrou, embora o café tenha se derramado na toalha branca. Alguns clientes olharam, atraídos pelo barulho, e Maggie, que observara a reação de Augustin boquiaberta, pensou: *Ah, não! Ela contou mesmo! Eu a matarei, ah, com toda certeza. Por que Berangère não deixou isso para mim?*

Augustin tentou enxugar a mancha molhada da toalha com o guardanapo e depois o levou aos lábios, passando-os nervosamente nos cantos da boca.

— Como soube?

Maggie sorriu com tristeza.

— Apenas supus.

— Eu não sei como aconteceu — dizia Augustin de cabeça baixa, ainda sem conseguir olhar Maggie nos olhos.

Ela acariciou-lhe a mão, como ele fizera havia poucos instantes. O gesto era pateticamente inapropriado, mas o que mais ela poderia fazer? Então disse o que lhe veio à cabeça, mesmo não fazendo parte do discurso que ensaiara.

— Augustin, eu sinto muito, muito mesmo...

Ele ergueu a cabeça e lhe dirigiu um olhar de gratidão.

— *Vous êtes vraiment angélique...*

Maggie piscou, sem entender.

— Augustin, realmente, eu sou tudo *menos* angelical.

— Você é, sim! — Ele pegou a mão de Maggie e a prendeu entre as suas, um gesto que parecia de desespero. — Que outra mulher seria tão indulgente, tão magnânima? Sou mesmo o homem mais sortudo do mundo!

— Indulgente? — repetiu Maggie. — Fui indulgente quanto a quê? O que eu deveria perdoar? Sou eu quem deveria pedir o *seu* perdão.

— Não! — exclamou Augustin, levando a mão de Maggie aos lábios e cobrindo-a de beijos. — Não, fui eu quem pecou. Pequei contra meu amor! E ela disse que você não entenderia, mas entendeu! Você perdoou! Ah, minha *Marguerethe*! Eu não a mereço mesmo, sou um canalha...

Maggie, chocada, puxou a mão para livrá-la do aperto dele e o fitou por cima da mesa.

— Do que você está falando? *Quem* disse que eu não entenderia?

— Berangère, claro. — Augustin deu um sorriso trêmulo. — Ela me pediu para não lhe contar, pois você não entenderia, mas eu disse que ela estava errada. Não há no mundo outra mulher como minha *Marguerethe*. Nenhuma mulher perdoaria como você, nenhuma seria tão compreensiva...

Maggie o encarou.

— Só para ficar claro, Augustin, exatamente com relação a *que* eu estou sendo tão compreensiva?

— Ora, a minha traição na noite passada, *chérie*.

Maggie desmoronou para trás na cadeira, estupefata, embora não fosse propriamente uma revelação desagradável. *Berangère! Augustin* dormiu com *Berangère*?

— Você compreende, não é, *chérie*? — Augustin falava rapidamente, numa voz baixa e ansiosa que Maggie mal conseguia ouvir, devido ao tilintar de colheres e xícaras de chá, ao murmúrio das conversas dos outros clientes e à batida dos saltos altos das botas das garçonetes no chão. — Depois que a deixei tão indisposta na noite passada, tive fome e fui ao Vauxhall... É um lugar barulhento demais para o meu gosto, mas devo admitir que me sentia melancólico. Pois justo quem encontrei lá? Berangère, que também estava sozinha. Eu a convidei para jantar comigo, *naturellement*...

— Ah! — exclamou Maggie assentindo, pois aparentemente Augustin fizera uma pausa para receber sua aprovação. — *Naturellement.*

— Pois bem, foi um jantar muito agradável, acompanhado de um pouco de champanhe, e depois um pouco mais... Creio que exageramos no champanhe pois, quando vi, Berangère estava dizendo que tinha arrebentado o laço da sapatilha e perguntando se eu poderia acompanhá-la até seu apartamento para que pudesse trocar os sapatos. É claro que, sendo eu um cavalheiro, não poderia permitir que ela fosse para tão longe desacompanhada àquela hora da noite. Respondi que sim, e, quando chegamos ao apartamento, Berangère abriu mais uma garrafa de champanhe que por acaso ela tinha, e...

— Ah — disse Maggie. Ela sentiu algo que não conseguiria descrever. Era como se um peso enorme tivesse lhe saído não dos ombros, como se costumava dizer, mas do coração. — Entendo.

Augustin sorria, mas obviamente não era com humor, pois logo a seguir falou com mais paixão do que Maggie jamais vira:

— Mas não *significou* nada, *Marguerethe*! Fui um tolo. Bebi demais, e você conhece Berangère, é uma mulher adorável, viva...

— Ah, sim. — Estava difícil para Maggie controlar o sorriso, mas por razões muito diferentes. — Eu conheço Berangère.

Então era *assim* que Berangère pretendia *cuidar* de Augustin! Maggie deveria ter imaginado, claro. Berangère seduzira Augustin! E ao que parecia, Augustin gostara muito. Parte da culpa que sentia devia ser por isso. Ele traíra a noiva e gostara!

Ora, Maggie ajudaria a convencê-lo de que talvez isso não representasse o fim do mundo... Ao contrário, poderia ser o começo de algo muito mais agradável do que o relacionamento com ela.

— Augustin, você está me dizendo que fez amor com Berangère e não sentiu nada por ela? — perguntou Maggie, séria.

— Não — respondeu logo Augustin. — Eu não quis dizer *nada*. Eu só quis dizer que... Talvez, se você e eu não tivéssemos nos conhecido, Berangère e eu... — Augustin balançou a cabeça como se tentasse acordar de um sonho muito agradável. — Mas isso não poderá acontecer.

— Verdade? — Maggie apoiou o cotovelo na mesa e segurou o queixo. — Por quê?

Augustin a fitou como se estivesse louca.

— Porque me comprometi com você, *Marguerethe*!

— E você se casaria comigo mesmo assim — perguntou Maggie —, apaixonado por outra mulher?

O rosto de Augustin ficou literalmente rubro.

— Eu não disse... Não quis dizer...

Maggie sentiu um carinho repentino por ele e segurou-lhe a mão, sorrindo.

— Eu estava provocando você, Augustin, me desculpe. Não pude resistir. Nós dois somos tão bons amigos, que provocá-lo... Ora, isso vem naturalmente. Temo que mais do que... — Maggie baixou os olhos. — Do que outros sentimentos.

— Ah — disse ele. — Então é assim. — Quando Maggie teve coragem de olhar para Augustin, viu que ele não parecia estar arrasado, apenas levemente sentido. — Quer dizer que nós devemos ser apenas amigos, você e eu?

Maggie apertou a mão de Augustin.

— Não concorda que seria melhor, Augustin? Sinceramente, não penso que sentir carinho como o de irmãos seja suficiente para um marido e uma esposa.

— Meus sentimentos por você nunca foram fraternais, *Marguerethe* — disse Augustin com um suspiro triste. Mas quando Maggie, sem graça, tentou recolher a mão, ele a segurou e apertou. — Mas não posso culpá-la por admitir que, para você, sempre foi diferente. Todo o tempo foi muito sincera comigo, *Marguerethe.* Desde o começo avisou que não me amava. Acreditei que com o passar do tempo... Mas agora vejo que isso não seria possível. Uma mulher como você nunca poderia amar um homem como eu...

— Agora você está sendo simplesmente ridículo — disse Maggie, séria. — Você sabe muito bem que tem muito a oferecer à mulher *certa*. Só que, por acaso, não sou eu essa pessoa.

— Talvez não. — Augustin estava pensativo. — Mas...

— Mas...? — Maggie olhou para ele, curiosa. — Mas o quê?

Augustin sacudiu a cabeça, como se quisesse expulsar um pensamento indesejado, e soltou-lhe a mão abruptamente.

— Não é nada — disse ele. — É só que... Você acha possível que Berangère...

Maggie precisou morder a parte interior dos lábios para não rir demais.

— Essa é uma pergunta difícil. — Maggie tentava se mostrar pensativa. — Creio que seria preciso um bocado de planejamento de sua parte. Você precisaria adotar estratégias para conquistar Berangère. Ainda assim, ela não é uma menininha tola. Mas, com os incentivos certos, poderá pensar melhor e gostar da ideia.

— Incentivos, *Marguerethe*?

Maggie sorriu.

— Ela gosta muito de dinheiro, Augustin.

— Ah, entendi! — O semblante de Augustin se iluminou. — E isso eu tenho.

Maggie riu.

— Sim, é verdade. Quem sabe se gastar um bocado com

— Eu a encherei de presentes — declarou Augustin. —
peles e flores!

— Parece — disse Maggie com um sorriso — que você identificou o caminho certo para atingir o coração de Berangère.

— Se você diz... Ainda assim, me pergunto... — Augustin a fitou carinhosamente. — E *seu* coração, *chère Marguerethe*? Sei que ele não sofreu com esta minha tola confissão. Mas eu gostaria de vê-la feliz. Esse seu duque... Pois sei que é ele, e não eu, quem você sempre amou... Poderá fazê-la feliz?

Maggie, surpresa, deu uma resposta qualquer. Mas depois, na charrete que Augustin alugou para levá-la em casa, repetiu as palavras dele para si mesma. E *esse* duque dela? *Poderia* fazê-la feliz? Lembrando-se da noite que passaram juntos, acreditou que sim... Seria muito fácil. E não apenas na cama.

Mas será que *ela* poderia fazê-*lo* feliz?

Capítulo 37

Horas depois, Maggie ainda se perguntava isso.

Seus pés começavam a sofrer nos sapatos altos de cetim. O rosto doía de tanto forçar sorrisos, e a mão direita, de tanto ter sido apertada pelos entusiastas de arte. Se por um lado era muito prazeroso ouvir elogios ao seu talento, na verdade só lhe importava a opinião de uma pessoa, Jeremy, mas ele ainda não chegara.

Será que não viria? Maggie ficara muito ressentida por sua partida repentina de Londres. O único conforto tinha sido a informação de Hill sobre a carta do Solar dos Rawlings. Certamente Jeremy devia fazer uma visita à família. Era mesmo necessário. Mas se afastar dela por tanto tempo...

Porém, só fazia um dia que ele partira! Qual era o problema de Maggie? Estava como uma estudante abandonada que fica sonhando com o primeiro namorado. Que importava se ele não voltasse a tempo para a inauguração da exposição? Que importava se ele não voltasse nunca? Certamente haverá outros homens...

Mas uma voz interior lhe sussurrara a noite toda, e essa voz dizia: Não. Só haverá um homem. Só Jeremy.

E Maggie estava errada quando supôs que ninguém se aventuraria a sair da frente de suas lareiras quentes para olhar para um monte de "cacarecos bonitos". A exposição atraiu um grande número de amantes de arte, e nenhum deles pareceu se importar com o tempo inclemente. Uma bonita recepcionista guardava os agasalhos na entrada da galeria e fornecia a cada pessoa um disco numerado para a devolução na hora da saída. Mas como Augustin cuidara para que o champanhe fosse servido sem interrupção, acompanhado pelas bandejas de prata com ostras cozidas e tortas de cogumelos, não havia tanta gente com pressa de ir embora. Em menos de uma hora, havia laços de veludo vermelho presos ao lado de mais da metade dos quadros que não eram encomendas, indicando que estavam vendidos.

Já eram quase 20 horas e Maggie cumprimentara mais de cem convidados, mas quem ela esperava não estava entre eles. E se ele não vier? A galeria fecharia dentro de uma hora, e em seguida ela iria a algum lugar para ter um jantar de comemoração com Augustin e seus amigos. Maggie obviamente não conseguiria comer, só pensando em Jeremy. Como ele reagiria à notícia de seu rompimento com Augustin? Será que a pediria em casamento pela segunda vez? Seria presunçoso de sua parte crer que sim? Ou não seria o caso de *ela* pedi-lo em casamento desta vez? Na sua opinião, seria justo. Afinal, já não aceitara uma vez...

Mas Maggie estava *tão* certa assim? Estava convencida de que poderia fazê-lo feliz? E que importava isso afinal? Jeremy não viria. Alguma coisa acontecera. Talvez tenha ocorrido um acidente com o trem para Yorkshire. Ou a carruagem de Jeremy pode ter virado. Ou quem sabe o matador misterioso que o perseguia desde seu retorno da Índia tenha finalmente conseguido feri-lo seriamente, e neste momento Jeremy esteja numa cama de hospital, agitado e febril, chamando seu nome. Diante dessa hipótese, Maggie pegou uma taça de champanhe de uma bandeja que passava e bebeu de um gole só.

E, então, uma ideia ainda pior lhe ocorreu. E se Jeremy, já no Solar dos Rawlings, pensou melhor e viu que ela na verdade seria uma péssima duquesa? Maggie aceitou mais uma taça de champanhe de um homem gordo que usava um monóculo e comparava efusivamente seu estilo de pintura ao dos impressionistas. E se neste exato momento ele está fazendo as pazes com a princesa Usha, bonita demais para fazer outra coisa que não seja atuar como anfitriã numa casa tão bela quanto o Solar dos Rawlings?

Maggie terminou o segundo champanhe. Não, isso não aconteceria. Jeremy *a* amava, tinha certeza disso. Ele esperara por ela durante *cinco anos*. Pois então ela podia esperar por ele por uma noite. Uma noite não a mataria.

Exceto que, agora que estava livre, queria lhe contar. Queria contar a todos. Essa mulher esnobe que a cumprimentava. Maggie queria lhe dizer: "Muito obrigada por admirar minhas pinturas, aliás, a senhora sabia que estou apaixonada pelo décimo sétimo duque de Rawlings? Ah, não sabia? Pois é verdade."

Com esforço, porém, Maggie conseguiu se conter. Até mesmo quando as pessoas a cumprimentavam na exposição e perguntavam, curiosas — quase todos o faziam: "E aquele retrato do rapaz de cabelo escuro, quem é ele?"

No início Maggie se revoltou. Pedira especificamente ao Sr. Corman para retirar o quadro. Enquanto ele corria apressadamente pela galeria preparando recibos de venda, ela o pegou pelo braço, com o coração na garganta, e implorou que o retirasse. Mas o rapaz muito gentilmente se soltou dos dedos enluvados dizendo, numa voz bem macia:

— Mas senhorita, sinceramente, esse é o melhor de todo o lote. Cuidei de relacioná-lo como uma pintura que não está à venda, mas não fui capaz de retirá-lo da parede. De fato é uma maravilhosa pintura.

Ao que parecia, o Sr. Corman não era o único a pensar assim. Quase todos os presentes, incluindo o crítico de arte do *Times*, comentaram. E como Maggie não contava a ninguém o nome do modelo, os comentários só se multiplicavam. Somente os Mitchell, que estavam com Maggie no baile dos Althorpe, reconheceram o retrato, deixando-a mais incomodada.

— Mas aquele não é... — falou Lady Mitchell ofegante, e até mesmo seu marido sonolento se espantou.

— Veja só, de Veygoux — disse ele numa fala arrastada. — É o rapaz que amassou seu nariz naquele baile. Que história é essa de deixar pendurarem um retrato dele em sua galeria?

Num gesto louvável, Augustin, que estivera ocupado demais para notar o retrato antes de a vernissage começar, deu pouca importância à ironia de Mitchell. E mais tarde, durante um breve momento de calma na torrente de pessoas que os procuravam para elogiar a exposição, Augustin conseguiu pegar Maggie pelo braço e censurá-la, brincando, por nunca ter lhe mostrado a pintura.

— Se bem que talvez tenha sido melhor você agir assim — admitiu ele, em francês. — Só de olhar uma vez, eu saberia que não havia esperança para mim.

Maggie ficou completamente corada e tentou se desculpar, mas Augustin a silenciou:

— Bobagem — disse ele. — É uma excelente pintura. Se algum dia quiser vendê-la, por favor considere a ideia de me permitir a honra de comprá-la. Deve ser tranquilizante olhar para esse quadro no fim do dia, quando já estou tão cheio de mim mesmo.

Maggie estava sem graça demais para responder. Já era ruim ter todas as suas obras em exibição para o público examinar. Não precisava ter também suas emoções à mostra. Mas as duas coisas pareciam se complementar. Diferentemente de Berangère, Maggie não conseguia pintar sem colocar um pouco de si mesma em cada obra que completava, de modo que sua relação com seu trabalho era muito pessoal. Cada pintura era quase como um filho para Maggie, e ela não conseguia ver nenhuma delas ser vendida sem um certo remorso.

Maggie observava com pesar o Sr. Corman alfinetar um laço de veludo vermelho em cada uma de suas paisagens, quando ouviu uma voz familiar murmurar atrás de si:

— *Bon soir, princesse.*

Maggie virou-se e sorriu para Berangère, que, como sempre, estava de uma elegância deslumbrante, desta vez usando um vestido decotado de veludo violeta.

— O seu monsieur de Veygoux conseguiu atrair um grupo enorme de pessoas para você, *princesse* — observou Berangère por detrás de um leque de plumas de avestruz. — E elas estão comprando mesmo! Deve estar muito feliz.

Maggie aceitou uma terceira taça de champanhe, esta oferecido por um dos garçons contratados.

— Ah, estou muito contente, sim — confirmou Maggie, mal saboreando o líquido efervescente. — Mas ele não é mais meu *monsieur* de Veygoux.

Berangère abaixou o leque com uma expressão de surpresa que Maggie sabia ser fingida.

— *Não? Mon Dieu!* Mas o que aconteceu, *princesse?* Ele descobriu tudo sobre você e o *duque diabolique*?

— Não, não foi isso — respondeu Maggie. Percebendo que os Mitchell estavam muito próximos, ela pegou o braço de Berangère e a levou para uma área mais vazia da galeria, inclinando a cabeça para que pudesse falar ao pé do ouvido da amiga. — Você sabe perfeitamente o que aconteceu, Berangère. Não adianta bancar a inocente comigo. Você deliberadamente seduziu Augustin na noite passada!

Berangère sequer tentou negar. Ela se limitou a erguer os olhos azuis e perguntar humildemente:

— Está muito zangada comigo, *princesse*?

— Ficarei se você o fizer sofrer — disse Maggie, com ar severo.

— Fazê-lo sofrer? — Berangère jogou a cabeça para trás balançando os cachos louros. — *Pff!* Gostei disso! Eu fiz o favor mais íntimo que se possa imaginar por você, e você tem a coragem de me acusar de...

— Falo sério, Berangère — disse Maggie, séria. — Augustin está caído por você. Deve ser bondosa com ele. Ele não é como os outros homens com quem você brinca. Ele é sensível.

Berangère ergueu os olhos expressivos para o teto.

— *Pff!* — repetiu ela. — Sensível! E o que eu sou, posso perguntar?

— Insensível — respondeu Maggie sem hesitar. — E está errada, sou muito grata a você.

— Mesmo? — Berangère abriu um sorriso. — Fico feliz, *princesse*. Eu sabia que não aprovaria meus métodos, como sempre acontece, mas estava cansada de ver *ma pauvre princesse* triste. Precisava fazer alguma coisa. E até que gosto do seu Augustin. Sabia que ele é ruivo em *todos os lugares*? — Berangère ergueu as sobrancelhas significativamente, e Maggie, sem graça, soltou uma gargalhada meio exagerada. Felizmente, Berangère logo mudou de assunto. — E então, onde está seu Jerry? O que achou de você estar livre agora?

Maggie franziu a testa. Já começava a se arrepender de ter tomado a terceira taça de champanhe. Talvez fosse bom comer uma ostra cozida.

— Ele, hum, ainda não sabe.

— Não sabe? — Berangère fechou o leque rapidamente e o apontou para o nariz de Maggie. — Você está brincando? *Marguerethe*, você precisa contar a ele. Agora que não existe mais noivo, está na hora de decidir. Você quer o duque ou não?

Maggie ficou boquiaberta.

— Ah, Berangère, é claro que o quero! Só que...

— Não. — Berangère mostrou a palma da mão. — *Não* me diga que não o merece e que seria uma *duchesse terrible*. Já cansei de ouvir isso. *Ele* acha que você seria uma boa duquesa, e é só isso que importa.

Maggie não concordava com a amiga, mas isso era o de menos. Sentindo-se miserável, procurou um lugar para se sentar, mas todas as cadeiras estavam ocupadas, assim como os bancos de almofadas de veludo espalhados pela galeria.

— Berangère, ainda não tive chance de contar a Jeremy porque não o vi. Ele viajou para Yorkshire por algum motivo e ainda não voltou. Para falar a verdade, nem sei se voltará.

— Ele ainda não voltou? — As finas sobrancelhas de Berangère ergueram-se até o limite. — Ah, então deve ter encontrado alguma resistência...

Maggie, desistindo de procurar um assento, virou-se para fitar a amiga.

— Resistência? Do que está falando?

Berangère abriu o leque e começou a abaná-lo freneticamente, olhando para todos os lados menos para Maggie.

— Onde está o rapaz com o champanhe? Estou sedenta! Está muito quente aqui, não acha?

— Berangère — disse Maggie em tom de advertência, mas não teve chance de continuar, pois Augustin surgiu na sua frente e segurou-lhe o braço.

— *Marguerethe* — exclamou Augustin, sequer notando Berangère em sua excitação. — *Marguerethe*, ele chegou! Ele veio afinal!

O coração de Maggie se descontrolou. Ela ficou sem ar e girou lentamente a cabeça na direção que Augustin apontava. De fato bebera *demais*. Sentia no braço a pressão dos dedos de Augustin e sabia que, além dela, Berangère também ficara paralisada, com o leque no meio de uma abanada, mas por um instante era como se estivesse sozinha na sala. A multidão densa e barulhenta, com suas anquinhas e fraques pretos, silenciou de imediato, e em seguida pareceu se afastar como se estivesse sendo orientada por uma mão invisível. Então um homem caminhou em direção a Maggie, um homem alto, de cabeça erguida e com um sorriso no rosto...

Mas não era Jeremy. Era alguém que ela já vira antes em algum lugar. Seu coração, que batia de forma irregular, voltou ao ritmo normal. Ela suspirou e, levemente tonta, soltou o braço da mão de Augustin, que o apertava a ponto de interromper a circulação do sangue para a mão.

— *Nom de Dieu* — sussurrou Berangère para a amiga. — É o príncipe de Gales!

Maggie olhou mais uma vez e viu que Berangère tinha razão. *Era* o príncipe de Gales. Ele era um homem grande, com uma barriga respeitável sob o colete de cetim branco. Usava um traje típico de quem vai ao teatro, mas condescendeu em fazer uma parada no caminho. Estava de braço dado com uma mulher que Maggie também reconheceu, embora não fosse a princesa de Gales — a não ser que tivesse mudado de uma hora para outra e agora apreciasse o uso excessivo de maquiagem e de plumas de marabu, pois essa mulher as usava profusamente.

— Eu *sabia* que ele viria — Maggie ouviu Augustin sussurrar, triunfante, a seu lado. — Eu *sabia*! A rainha está procurando um artista de retratos para presentear os netos. *Marguerethe*, só poderia ser você. Em toda a Inglaterra, ninguém pinta retratos como você! Ah, este é o melhor dia de minha vida. O melhor!

Maggie não podia dizer o mesmo. Seu desapontamento, aliado à náusea, era profundo. Quando Augustin exclamou "Ele chegou!", ela estava certa de que se referia Jeremy. Onde ele *estava*? E do que Berangère podia estar falando quando disse...

— Ah, Sr. de Veygoux. — O príncipe parou em frente a Augustin, ainda sorrindo bondosamente. — O senhor tem uma galeria excelente. E a exposição está maravilhosa.

Por um instante Augustin ficou boquiaberto e então, quando um leve beliscão de Berangère o trouxe de volta à realidade, rapidamente fez uma reverência.

— O-obrigado, Vossa Alteza Real — gaguejou Augustin. — Muito obrigado mesmo. Não posso expressar quanta honra...

— E essa é a Srta. Herbert? — O príncipe abriu um sorriso para Berangère. — Ouvi falar muito do seu talento, minha querida, mas devo dizer que sua beleza suplanta a habilidade com o pincel.

Berangère fez a mais bonita reverência que se pode imaginar e disse, abaixando os cílios longos de um jeito elegante:

— *Merci beaucoup,* Vossa Alteza, o senhor me lisonjeia. Mas não sou a artista. — Berangère se levantou e, ao ver que Maggie tentava se esconder atrás dela, esperando que ninguém a percebesse, rapidamente chegou para o lado, puxou Maggie com firmeza para a frente e disse: — *Esta* é mademoiselle Herbert, Vossa Alteza.

Maggie deu um ou dois passos para a frente e depois, nervosa, dobrou os joelhos numa reverência, esperando que eles não cedessem por completo.

— Vossa Alteza Real — cumprimentou Maggie, com o rosto virado para o chão e ardendo de constrangimento.

— Ah! — Com um amplo sorriso, o príncipe de Gales estendeu a mão cheia de dobras para Maggie. Ela ergueu os olhos e o cumprimentou, ficando maravilhada com a maciez dos dedos do herdeiro do trono. — Minha querida, você é tão bonita quanto qualquer uma de suas pinturas.

Maggie, desejando que o chão se abrisse e a engolisse, murmurou:

— Obrigada, senhor.

— Agora diga-me — continuou o príncipe, ainda segurando-lhe a mão. — Quem é esse jovem de olhos ardentes que você retratou tão admiravelmente?

Confusa, Maggie ergueu os olhos e se horrorizou ao ver que eles conversavam embaixo do retrato de Jeremy. Com a garganta repentinamente seca, ela respondeu baixinho:

— Ah. É... É o décimo sétimo duque de Rawlings.

O príncipe de Gales franziu a testa.

— É mesmo? — Ele se voltou para a senhora que o acompanhava e disse: — Deve ser o sobrinho de Edward Rawlings, Bella, o que causou aquela comoção em Jaipur.

— Ah — disse Bella, separando os lábios muito pintados e revelando dentes incrivelmente amarelos e desalinhados. — Ele é muito bonito.

A atenção do príncipe, contudo, não estava voltada para ela, e sim para a tela em frente.

— Diga-me, Srta. Margaret, esses cavalos aqui ao fundo, eles são cinzentos?

Maggie inclinou o corpo para a frente com o objetivo de olhar mais de perto.

— São, sim, senhor — afirmou ela após examiná-los.

— Maldição! — O príncipe se empertigou abruptamente, soltando-lhe a mão como se ela queimasse. — São os cinzentos que o velho Edward Rawlings ganhou de mim, Bella! Os castrados idênticos!

— É mesmo? — perguntou Bella, sem interesse.

— Eu adorava esses cavalos — disse o príncipe, pesaroso. E então, como se algo lhe tivesse ocorrido naquele instante, dirigiu-se a Maggie: — Diga-me uma coisa, minha querida. Você por acaso pinta retratos de animais? Por exemplo, de cachorros?

Maggie, cuja náusea quase se dissipara por completo com o interesse do príncipe pelo retrato de Jeremy, teve de sorrir. Sabia exatamente o que viria a seguir.

— Sim, senhor. Aliás, com frequência.

— Esplêndido! — O príncipe bateu palmas. — Então você acha que poderia pintar o retrato de uma belíssima égua que comprei na semana passada? Ela é uma beleza, toda negra. Aliás, seu nome é Midnight. Acha que poderia fazer isso para mim, Srta. Herbert?

— Eu ficaria honrada, senhor — respondeu Maggie, abaixando a cabeça numa reverência, embora os ombros nus estivessem contraídos de tanta alegria.

— Excelente! — Com um largo sorriso, o príncipe piscou para Augustin. — Você tem uma garota muito especial, de Veygoux. Muito especial. Ela poderá ir na segunda-feira pela manhã, está bem? Talvez eu a apresente a mamãe. — Virando-se, o príncipe de Gales estendeu a mão para a companheira. — Estou muitíssimo feliz por termos passado para ver a exposição, você não está, Bella?

Bella sorriu novamente com seus dentes horríveis, e então o príncipe a levou em direção à saída, com muita gentileza, como se ela fosse tão leve como as plumas que lhe enfeitavam o vestido e pudesse ser soprada para longe a qualquer momento.

Tão logo o príncipe de Gales se foi, Augustin abraçou Maggie e, para sua surpresa, ergueu-a no ar, girando-a como se ela também fosse feita de plumas de marabu.

— *Marguerethe!* — exclamou, muito animado. — Sabe o que isso significa?

Maggie, tonta, segurou os ombros de Augustin e pediu:

— Solte-me, Augustin! Ponha-me no chão antes que eu fique enjoada.

Augustin obedeceu, mas continuou lhe abraçando a cintura.

— *Marguerethe,* este é o melhor dia de minha vida! Você percebe o que isso significa? Que finalmente, depois de tentarmos por muitos anos, a família de Veygoux pode dizer que fornece arte para a rainha da Inglaterra! Você tem ideia do que isso quer dizer para a empresa e minha família em Paris? *Mon Dieu*, preciso mandar um telegrama para eles imediatamente!

— Está bem, Augustin — disse Maggie, achando graça. — Mas antes me solte. Já bebi muito champanhe, e se você continuar me girando assim, pode ser que tudo volte e...

Sem conseguir conter o entusiasmo, Augustin puxou Maggie e a beijou nos lábios com vontade. Tão logo ele a soltou, a multidão se dispersou, sendo que desta vez Maggie avistou alguém que imediatamente reconheceu.

— Jeremy! — exclamou, feliz.

Mas toda a alegria que sentira naquele instante desapareceu. Havia duas outras pessoas atrás de Jeremy que ela também conhecia. As *últimas* duas pessoas que esperaria encontrar em sua exposição.

E todo o champanhe que ela consumira durante a noite inteira subiu para a garganta.

Capítulo 38

Jeremy esperava uma reação forte de Maggie ao chegar acompanhado da família que se afastara e se indispusera com ela. Esperava lágrimas, até mesmo palavras de reprovação: Maggie não era pessoa de guardar os sentimentos para si.

Mas ele jamais pensou que a encontraria nos braços de outro.

Sua surpresa foi tão grande que ele sequer percebeu o olhar de completo e total choque no rosto de Maggie no instante em que viu o casal atrás dele. Em vez disso, Jeremy caminhou na direção do noivo de Maggie, que ficara pálido ao vê-lo. Ora, e por que não? Jeremy tinha certeza que sua expressão e seu semblante denotavam sua intenção de desafiá-lo. Aquilo estava durando tempo demais. Se *Maggie* não conseguia dispensá-lo, *ele* mesmo o faria...

Mas ouviu uma voz suave e muito familiar atrás de si.

— Coronel-duque?

Jeremy ficou paralisado no meio do caminho. Não, não podia ser. Simplesmente... não podia... ser...

Mas era. Girando lentamente, ele viu que os olhos de Maggie e do noivo não estavam fixos em sir Arthur e sua filha mais velha. Não, era na princesa Usha, que brilhava num vestido branco cheio de pérolas que pareciam gotas, acompanhada do intérprete, Sanjay.

É bem verdade que sir Arthur estava ali, sem passar despercebido no meio da multidão. Um homem daquele tamanho não poderia se esconder. Mas sua presença foi ofuscada pelo brilho radiante da princesa, que fitava Jeremy com seus olhos negros amorosos — ou vorazes. Jeremy nunca podia ter certeza quando se tratava de Usha.

Não era para menos que todos não paravam de olhar!

E agora estava explicado por que Maggie ficara chocada, tanto quanto ele ao vê-la nos braços de outro.

Voltando na mesma direção de onde viera, Jeremy segurou a princesa pelo braço, ignorando seu inquisitivo "Coronel-duque?", e a levou para longe através da multidão que abria espaço quando os via se aproximar. Talvez fosse a criatura extraordinariamente atraente que ele puxava. Ou a frieza em seus olhos cinzentos. Em qualquer dos casos, os intelectuais e os defensores da arte saíam do caminho sem problemas.

— *O que está fazendo aqui?* — sussurrou Jeremy, quando finalmente conseguiu levar Usha para um canto mais reservado da galeria.

Sanjay, que os acompanhara apressado, cumprimentou Jeremy com uma reverência quase imperceptível e disse:

— Peço muitas desculpas, Vossa Graça. Nós seguimos a Srta. Herbert até aqui, partindo do princípio de que aonde ela vai o senhor tende a ir também.

Jeremy não podia acreditar no que ouvia. Ver seu ótimo plano de reconciliar Maggie com a família prejudicado por essa detestável princesinha cabeça-oca! Do canto dos olhos, ele viu que a reconciliação que planejara estava acontecendo mesmo sem sua ajuda. Maggie estendeu a mão para o pai que, pela primeira vez na noite, parecia mudo. Sua filha Anne fizera toda a viagem de trem para Londres em total silêncio, sentada com o corpo ereto ao lado do marido, sem relaxar. Jeremy se viu desejar ardentemente que sir Arthur seguisse o exemplo da filha. Durante o percurso inteiro da viagem, o pai de Maggie reclamara, alternando entre falar do desconforto da viagem e de seu propósito ridículo. Jeremy quase lhe apontou a pistola na esperança de silenciá-lo.

Alistair, por sua vez, ao notar que a paciência do duque estava chegando ao limite, fez uma preleção sobre o significado de ser pai, citando o Velho Testamento sobre o dever de um pai amar os filhos apesar de seus erros ou defeitos. Jeremy ouvira, surpreso, pois desconhecia a familiaridade de Alistair Cartwright com a Bíblia. Somente quando a mulher dele comentou secamente que a Bíblia não tinha nenhuma passagem sobre "pais terem de sofrer com as filhinhas que se tornam artistas", Jeremy concluiu que Alistair na verdade estava tratando a Bíblia com leviandade.

A única coisa que Jeremy viu silenciar sir Arthur foi a visão do príncipe de Gales cumprimentando sua filha mais nova. Isso e o compromisso que o príncipe fechara com ela de estar no Palácio de Kensington na segunda-feira quase lhe provocaram um ataque de alegria. Com os joelhos curvados, sir Arthur precisou ser levado a um sofá baixo pelo genro, onde se sentou, repetindo sem parar:

— Sua Alteza Real, o príncipe de Gales, Sua Alteza Real, o príncipe de Gales. Ele pediu o prazer da companhia da minha filha na segunda-feira de manhã. Ouviu isso, Sr. Cartwright? Ouviu?

— Sim, meu velho — assegurou-lhe Alistair, encorajando o sogro. — Eu ouvi.

Até mesmo Anne parecia mais calma com a cena. Seu medo ao chegar à galeria era grande, pois esperava encontrar usuários de ópio seminus. Em vez disso, só viu londrinos muito bem trajados, muitos dos quais reconheceu como moradores do seu elegante bairro. E os quadros! Não havia retratos obscenos de homens vestidos jogando cartas no gramado enquanto mulheres nuas brincavam e pulavam ao fundo. Nem havia bailarinas de pernas compridas ou prostitutas dormindo — imagens chocantes retratadas por muitos artistas modernos sobre quem Anne já lera reportagens. Em vez disso, as pinturas de Maggie eram simples cenas bucólicas, representações de crianças brincando ou retratos de pessoas comuns. Anne se surpreendeu. Não havia nada de chocante nas pinturas. Na realidade, elas eram encantadoras. Anne se perguntou se não estaria errada quanto à decisão de Maggie de se tornar uma artista e quanto ao mundo da arte em geral.

Jeremy observava a mãe de quatro crianças lutar contra sua própria consciência. Assim como Maggie, Anne não conseguia esconder seus sentimentos. E sua admiração pela irmã menor ao vê-la em companhia do filho da rainha fora tão evidente quanto a do pai.

Ao que parecia, Jeremy fora o único a ficar mais estupefato com o que se seguiu ao elogio do príncipe — o abraço exuberante de Maggie e seu noivo — do que com o elogio em si. Era bem verdade que Maggie não parecia participar com prazer. E certamente ela exigira que de Veygoux a colocasse no chão. Mas era difícil dizer até *que ponto* ia a falta de vontade de Maggie.

Logo a seguir, Jeremy viu Anne se aproximar de Maggie e conversar com a irmã numa voz que lhe pareceu suave. Ele não conseguia ouvir nada além das lamúrias de Sanjay, tentando explicar por que a princesa achara necessário ir atrás dele justo ali. A explicação não convencia. Era evidente que a única intenção de Usha era constrangê-lo e angariar a simpatia dos outros. E de fato ela estava patética — embora uma patética muito bonita. Fitava-o com aqueles olhos fascinantes, redondos, e era possível ver no pescoço longo a pulsação agitada. Inúmeros homens com aparência de artistas — Jeremy acreditou reconhecê-los do prédio onde fica o estúdio de Maggie — olhavam para ela, cutucando-se e sussurrando comentários furtivamente, sem dúvida tentando calcular quanto teriam de pagar para *essa* jovem posar para eles.

Ao mesmo tempo, do outro lado da sala, Maggie e a irmã já estavam sentadas juntas num banco, enquanto Berangère Jacquard assistia, orgulhosa, deleitando-se com toda a glória que deveria ser de Jeremy...

— Sanjay — disse o duque com um suspiro. — Esta não é uma ocasião propícia.

— Compreendo — disse Sanjay em tom de desculpas. — Mas eu preciso lhe perguntar pela última vez se o senhor tem certeza *mesmo* de que não quer a princesa.

Jeremy o fitou, impressionado.

— Mas *é claro* que tenho certeza. Já faz quase um ano que venho repetindo isso para vocês. Nada mudou.

— Era o que eu pensava — replicou Sanjay com um rápido aceno de cabeça. — Só queria ter certeza absoluta...

Jeremy olhou para ele, esperançoso.

— Então voltarão para a Índia?

— Ah, sim — respondeu Sanjay. — Voltaremos para a Índia, mas não antes de...

A voz de Sanjay sumiu quando Jeremy apertou os olhos prateados, olhando fixamente, não para Sanjay, mas sim para a pintura que estava atrás dele, cuja visão o intérprete bloqueara até aquele instante. Jeremy ainda não havia visto a obra que tanto impressionara o herdeiro do trono, e ao se ver frente a uma réplica sua quase de tamanho real, ficou estupefato.

Ele não sabia por que estava tão pasmo. Talvez por se ver subitamente frente a frente com um momento no tempo que acreditava ser apenas dele e de outra pessoa. Mas, ao que parecia, essa outra pessoa não considerava aquela lembrança tão especial assim, pois decidira partilhá-la com centenas de outras pessoas. Jeremy sabia precisamente o que a pintura mostrava. Era o momento quando, cinco anos atrás, ele saía do quarto de Maggie e ela lhe perguntara para onde iria. Ele respondera que iria para o diabo. E então Maggie pronunciara as palavras que ficaram em sua cabeça dia e noite, durante todo o tempo de sua ausência: "Dê minhas lembranças a ele."

Uma observação típica de Maggie. Quantas outras garotas ficariam tão calmas diante das mesmas circunstâncias? Em vez de censurá-lo ou se chocar com a atitude indiferente de Jeremy, ela simplesmente sorrira e pedira que mandasse lembranças ao diabo.

E não fora isso que Jeremy fizera durante todos esses anos na Índia? Dar as lembranças dela ao diabo?

E Maggie imortalizara o momento em cores vivas para que todos pudessem ver. Cada detalhe, desde a sua expressão cínica e desprendida até a luz do luar sobre a charneca, mostrando o pasto de seu tio. Os puros-sangues tinham sido reproduzidos com uma perfeição fantástica. O quadro também tinha emoção, mas Jeremy não conseguia identificar qual. Pesar? Talvez. Saudade? Possivelmente. Mas obviamente faltava ali um sentimento: confiança. O homem retratado na pintura era de uma beleza arrogante, autoconfiante e cínica. Mas estava claro que não era confiável. Isso se evidenciava na curva cruel que Maggie dera a seus lábios. E também no brilho sarcástico que ela conseguira retratar em seus olhos prateados. Maggie poderia ter pintado estas palavras ao pé da tela: *Retrato de um inútil.*

Foi então que Jeremy percebeu que fora um tolo. Durante todos esses anos guardara a lembrança daquela noite de alegria e sofrimento como um tesouro, revivendo-a inúmeras vezes enquanto esperava por uma palavra de Maggie, jamais duvidando por um instante que uma carta chegaria. E durante todo esse tempo, era *assim* que ela pensava nele: um inútil lascivo e conivente com o ilícito.

Por isso Maggie nunca lhe escrevera e terminara por se comprometer com outro. Ela não confiava e não acreditava nele. E essa pintura comprovava que isso não mudaria. Ele poderia seduzi-la todas as noites da semana, arrastar a família dela para Nova Delhi e de volta, e Maggie ainda não aceitaria se casar com ele. Quando ela admitiu, naquela época, que não poderia aceitar o pedido de casamento por não confiar nela, não era a si mesma a que se referia.

Era a ele. A pintura era uma prova disso. Maggie não confiava nele.

E jamais confiaria.

Sentindo-se zonzo e entorpecido, Jeremy virou-se para ir embora. Não conseguia pensar em nada, apenas na urgência repentina de se encaminhar para a saída.

Mas ele não conseguiu chegar lá.

Uma bala roçou-lhe a orelha muito antes de ele ouvir o estampido. Na galeria mal ventilada, o som foi ensurdecedor. Tão alto que vários garçons deixaram cair as bandejas com taças de champanhe, acompanhando a histeria generalizada que tomou conta das pessoas logo depois.

Capítulo 39

Fazia quase um ano que Maggie não via Anne, e não gostou da aparência da irmã. Por outro lado, ela mesma também não estava com um bom aspecto. Ao ver a princesa Usha em sua exposição, tivera um grande choque. Pouco antes, conjecturava sobre a possibilidade de Jeremy afinal decidir que Usha era a mulher para ele. Vê-lo caminhar na sua direção com aquele sorriso no rosto e a princesa logo atrás...

Maggie nunca desmaiara na vida, mas naquele instante seus joelhos perderam a força.

Felizmente Augustin percebeu e rapidamente lhe trouxe um banco. Ao sentar na almofada macia, Maggie mal teve tempo de pensar com clareza quando justo Alistair Cartwright saltou animadamente na frente dela.

— Desculpe-nos o atraso, Maggie — disse no tom jovial que lhe era costumeiro. — Sua Graça nos apressou tanto para sair de Yorkshire que estávamos certos de que conseguiríamos chegar antes das 7 horas. Mas as malditas estradas estavam cobertas de gelo, e levamos uma eternidade para sair da estação de trem...

Mesmo ouvindo aquilo, Maggie não entendeu muito bem. Anne precisou se precipitar em sua direção para que começasse a assimilar. Seus pensamentos pareciam vir com lentidão, como se tivessem que passar, um por um, em uma porta estreita de sua mente. Quando Anne se sentou no banco a seu lado e a cumprimentou, Maggie ainda não tinha noção do que estava acontecendo.

— Ah, Maggie. — Os dedos enluvados de Anne seguraram, ansiosos, os dela. — Você está... Quero dizer, posso falar com você?

Maggie estava surpresa com a maneira hesitante da irmã, pois Anne, embora fosse tímida entre estranhos, costumava ser direta quando se tratava dos familiares.

— Sim, claro — respondeu vagamente.

Anne olhou ansiosamente para o marido e disse:

— O que vim dizer só levará um minuto. Não quero afastá-la de sua festa...

Maggie começava a recuperar o raciocínio e a perceber as coisas novamente. Viu, por exemplo, que seu pai estava empoleirado num banco do mesmo jeito que ela costumava sentar, e que o Sr. Corman o abanava e balançava um pouco de brandy perto do nariz dele. Que Augustin conversava com o crítico do *Times*, movimentando os braços com entusiasmo enquanto descrevia alguma coisa. E que, do outro lado da sala, Jeremy conversava com o intérprete da princesa.

— Não espero que você me perdoe pela forma como venho tratando você, Maggie — dizia Anne, numa voz doce. — Percebo agora que estava errada, e desculpas são apenas desculpas. Nunca fui como você, Maggie. Nunca fui muito autoconfiante, nem tenho facilidade de me expressar. Meu único ato de bravura foi me casar com Alistair, e mesmo assim só porque ele facilitou. Ele me perseguiu... Foi simples dizer sim. E como esse foi o único ato de coragem que já tive, sofro muito por ter fracassado no casamento...

— Fracassado? — Isso chamou a atenção de Maggie. — Do que está falando? Você é uma esposa perfeita, e mãe também. É um mistério para mim minhas sobrinhas e meus sobrinhos não serem totalmente mal-educados, visto a forma como você os mima.

Anne falou numa voz tão baixa que Maggie teve dificuldade para ouvir:

— Mas consegui perder muitos irmãos deles. Como poderia tratar de outro modo os que viveram?

Maggie teve tanta pena da irmã, uma aflição aguda tão intensa, que era quase física.

— É *por isso* que você se considera um fracasso? Porque teve abortos? Anne, isso é ridículo. Não pode se culpar por isso. E você sabe que Alistair nunca iria...

— Sim. — Anne ergueu a mão enluvada, como se quisesse impedir que as palavras de Maggie a atingissem. — Eu sei. Creio que no fundo sempre soube. Mas só hoje percebo o quanto Alistair se preocupa e gosta de mim. A ponto de deixar o duque de Rawlings nos transportar para Londres praticamente sob a mira de uma arma, na tentativa de uma reconciliação com você.

— Sob a mira de uma arma. — Maggie não riu. — Você me odeia tanto assim, a ponto de só vir me ver sob pena de morte?

— De fato, creio que era assim — respondeu Anne, sincera. — Afinal, você fazia o que eu não tive coragem para fazer. Você seguia os desejos de seu coração. Não estou dizendo que eu queira ser outra coisa em vez de esposa de Alistair Cartwright e mãe dos filhos dele. Só que eu não tive coragem para descobrir. Mamãe sabia disso. Por isso, entre todas nós, você era a preferida dela. Você era corajosa. Nada a amedrontava, nem o escuro, nem os ratos, nem a altura, nada...

— Anne — interrompeu Maggie, lembrando daquele dia, cinco anos atrás, nas cocheiras do Solar dos Rawlings. — Isso não é verdade.

— Claro que é. E acho que sempre me ressenti com você por isso. Era natural que mamãe a admirasse mais visto que sempre foi direta e franca quanto aos seus desejos, por mais que a avisássemos para tentar controlá-los. O que me irritava era você querer todas essas coisas extraordinárias. Você queria pintar, queria ir a Paris, queria o duque de Rawlings... e conseguiu tudo. Você *sempre* conseguia o que queria, Maggie. E era difícil para alguém como eu, que nunca sequer teve a coragem de admitir ter um desejo, assistir a uma irmã admitir que o tem e conseguir realizá-lo, várias vezes...

Maggie falou, com a expressão fria:

— A carta.

— O quê?

— A carta que Jeremy mandou para Herbert Park depois da morte de mamãe. — Maggie falava com uma certeza que não sentia. — Ela não se extraviou, não é? Você a pegou.

Pela primeira vez, Anne estava prestes a chorar.

— Sim — respondeu ela, engasgada. — Foi isso que aconteceu.

Maggie balançou a cabeça.

— Ah, Anne. — Ela suspirou. — Como pôde *fazer isso*? Posso entender que não goste do modo como me comportei com ele, mas aquela carta... Como pôde fazer isso comigo?

— Não achei... Simplesmente não achei que era justo. — O rosto de Anne, manchado de lágrimas e emoldurado pelo chapéu adornado com pele de castor, estava pateticamente pequeno. — Você sempre teve tudo o que quis. E ter o duque também... Não parecia justo.

Mais magoada do que gostaria de admitir, Maggie baixou os olhos.

— Sei que foi errado, Maggie. E só percebi esta manhã, quando Jeremy contou que a pedira em casamento naquela época... Eu nem imaginava que seus sentimentos por ele eram correspondidos. Quero dizer, eu sempre soube que você o amava, mas que ele... Maggie, você não pode imaginar o quanto me arrependo. Sei que não acreditará, mas quando destruí a carta, de fato achei que estava fazendo um favor a você. Eu jamais imaginaria que ele a pedira em casamento. Por que então você não aceitou?

Maggie balançou a cabeça.

— Não sou tão corajosa quanto você acredita, Anne. Não aceitei por medo, pura e simplesmente.

Anne arregalou um pouco os olhos.

— Eu jamais imaginaria ouvir isso justo de você, que nunca temeu nada.

— Tive muitos medos, Anne, só não os revelei. — De repente, Maggie se sentiu muito cansada.

— Então deveria ser atriz, não pintora. Poderá me perdoar algum dia, Maggie?

Maggie estava pronta para fazê-lo, sem hesitar, quando se ouviu um tiro na galeria.

Um mecenas gordo que fingia não ouvir a interessante conversa entre a artista e a irmã começou a gritar, alarmado. Anne também se assustou.

— Deus do céu! — exclamou. — O que foi *isso*? — E num instante estava de pé.

Mas Maggie *sabia*. *Era* o *assassino* de Jeremy. Ele o encontrara. Finalmente conseguira encontrá-lo vulnerável.

Maggie também se levantou num instante. Enquanto o restante da multidão corria em pânico para as saídas, tentando freneticamente fugir das balas, Maggie foi correndo *em direção* ao canto da sala de onde vinha o cheiro de pólvora queimada. Precisou usar os joelhos e cotovelos contra as pessoas que se esforçavam para alcançar as portas de saída para conseguir caminhar na direção contrária. Finalmente, com a respiração irregular e o coração na garganta, tropeçou na última cauda de veludo e se viu diante de uma cena extraordinária.

Jeremy, com a mão cobrindo um dos lados da cabeça, girara o corpo para ficar frente a frente com o atacante, em cuja mão a pistola ainda fumegava. Felizmente a bala parecia ter passado de raspão pelo duque, fazendo um talho no lóbulo da orelha — a quantidade de sangue no colarinho da camisa era assustadora — e continuado até se enterrar na pintura atrás dele, o retrato de Jeremy. Nela agora havia um buraco razoavelmente grande no peito de Jeremy, logo abaixo do último franzido da gravata, justo onde o coração estaria...

Porém, o mais chocante de tudo, para Maggie pelo menos, não foi o ferimento que Jeremy sofreu ou o estrago que a bala fizera, mas a identidade do assassino. Pois não era Augustin, como o criado de Jeremy insistira, embora Augustin estivesse ali, aparentemente paralisado de pavor, ao lado de Berangère, que, de olhos arregalados, segurava-se a ele.

Não, o assassino era *Sanjay*. Sanjay, o intérprete educado e equilibrado da princesa, que mesmo agora, enquanto apontava a pistola ainda fumegando para o peito de Jeremy, tinha um ar de desculpas.

— Lamento muito — disse Sanjay, como se de fato lamentasse. — Não tenho uma boa pontaria. Meu intuito era matá-lo, mas o senhor é um homem muito difícil de abater, Vossa Graça. Só consegui lhe causar dor. Mas não tema, esta próxima bala deverá pôr fim a seu sofrimento...

Próxima bala? Maggie inspirou fundo para ter ar suficiente para gritar, pronta para se jogar na frente da arma, quando Jeremy tirou a mão da orelha, revelando uma quantidade imensa de sangue e um corte no lóbulo da orelha, e perguntou, furioso:

— *Eu?* Por que diabos você quer *me* matar? O que fiz a *você*?

Sanjay sorriu, e Maggie percebeu pela primeira vez o contraste dos dentes brancos com a pele marrom.

— Ora, isso deveria ser perfeitamente óbvio. O senhor desonrou a Estrela de Jaipur.

Maggie desviou o olhar aterrorizado para Usha e admirou-se ao ver a indiana tão pasma quanto todos os outros. Ela levara as mãos enluvadas ao rosto e fitava Sanjay com olhos arregalados e temerosos.

— Desonrei a... — Jeremy revirou os olhos. — Ah, realmente, já suportei isso mais do que qualquer homem conseguiria. Eu não desonrei ninguém. Se alguém aqui fez isso com a princesa, foi ela mesma, seguindo-me por todo canto e se tornando um incômodo. Ela não está apaixonada por mim. O que quer é meu título e meu dinheiro. Quem tem sido desonrado de verdade *sou eu*, se você pensar bem.

— Como *ousa*? — Sanjay, que antes parecia estranhamente calmo, começou a tremer de raiva. Maggie viu a pistola começar a balançar de um lado para outro. — Como *ousa* falar assim da mulher que amo?

Ninguém esperava essa revelação, especialmente a princesa, que abaixara as mãos e fitava Sanjay como se ele fosse um presente novo recém-desembrulhado.

— *Você me ama?* — perguntou Usha, num inglês tão bom quanto o de Maggie.

Sanjay lançou-lhe um olhar impaciente.

— Claro que eu a amo. Por que você acha... — E então ele ficou paralisado, tão boquiaberto de surpresa que a boca formava um "O". Não fosse a situação tão terrível, seria motivo de risada. — Você fala *inglês*?

— Claro que sim. — A princesa parecia ofendida. — Não sou *burra*.

Sanjay ficou bastante pálido apesar do forte bronzeado.

— Mas se fala inglês, Vossa Alteza, então por que passou tanto tempo fingindo?

A princesa revirou os olhos.

— Realmente, Denish — disse ela. — Você é tão obtuso que não consegue concluir sozinho?

— Mas... Mas... — gaguejou ele, aparentando ser de fato estúpido.

A princesa Usha parecia muito aborrecida.

— Guarde essa pistola — ordenou em tom ríspido. — Quem lhe deu permissão para assassinar o coronel? Certamente não fui eu.

Sanjay hesitou somente por um instante. Ainda assim, foi tempo suficiente para o criado de Jeremy, Peters, que saiu de repente de trás de uma coluna, encostar sua pistola no coração de Sanjay.

— Você ouviu a princesa — disse Peters. — Guarde a arma.

Para grande alívio de Maggie, Sanjay deixou cair a arma na mão estendida do criado. Satisfeito, Peters abaixou a própria arma e se dirigiu ao coronel num tom casual:

— Desculpe, coronel. Eu estava observando o comedor de lesmas, como o senhor pediu, e nunca me passou pela cabeça que quem estava por trás de tudo era o intérprete.

— Tudo bem — disse Jeremy com um gesto de mão que denotava seu pouco interesse.

Mas para Sanjay não estava tudo bem.

— Eu só fiz isso por você, minha princesa — exclamou com emoção. — Não sabe há quanto tempo eu a amo e o quanto eu quis matar esse camarada arrogante por não ter correspondido ao seu amor, e de um modo tão insensível!

A princesa Usha bufou. Maggie não tirava os olhos dela, mas de fato não havia outra maneira de descrever o som que a Estrela de Jaipur emitiu. Ela de fato bufou, como qualquer moça inglesa faria diante de tamanho absurdo.

— *Eu?* Sentir amor por *ele*? — zombou ela, olhando com desprezo para Jeremy, que a essa altura já retirara um lenço do bolso do colete e o mantinha apertado à orelha. — Você deve estar brincando, eu nunca poderia amá-*lo*.

Sanjay ficou tão desconcertado quanto Maggie.

— Então por que insistiu em segui-lo até aqui, Alteza?

— Não era *ele* que me interessava — declarou Usha. — Era a Estrela, claro.

— Estrela? — gaguejou Sanjay. — Que estrela?

— A minha estrela, claro. A Estrela de Jaipur. — Usha fuzilava Jeremy com os olhos. — Meu tio o presenteou com ela por salvar o Palácio dos Ventos, mas não tinha o direito de fazê-lo. Ela fora de minha mãe. Deveria ser passada a mim.

Maggie olhou para Jeremy e viu que a história não o impressionara. Sua orelha já não sangrava mais, mas o colarinho e a gravata estavam manchados de vermelho.

— Implorei a meu tio para não lhe dar a Estrela — continuou Usha sem rodeios —, mas ele insistiu que o coronel precisava ser recompensado de alguma forma. Já que não quis me aceitar, meu tio pegou a estrela que deveria ser meu dote e com ela premiou um homem que sequer lhe deu importância, a ponto de carregá-la no bolso em vez de colocá-la num merecido pedestal.

Jeremy franziu o cenho.

— Eu não sabia que a safira pertencia a você. Achei que era do marajá.

Usha ergueu os olhos para o teto.

— Meu tio deveria pagar tudo com seu próprio tesouro, mas para ele é muito mais fácil pagar com os pertences dos outros e ainda receber o crédito por ter um espírito magnânimo.

— Então você veio para a Inglaterra com a intenção de roubar a pedra de volta? — perguntou Jeremy, com muita calma.

— Roubar? — repetiu Usha, como se a palavra não lhe agradasse. — Não falei nada de roubar.

— Na verdade você nunca a pediu — salientou Jeremy. — Portanto só posso supor que pretendia...

— Minha intenção era *persuadi-lo* a me devolver a pedra. Mas devo dizer que você é o homem mais difícil de ser persuadido que já conheci. Ninguém resistiu tanto a meu charme quanto você. — Usha anunciou isso com muita indignação. — Foi frustrante, uma decepção.

— Desculpe-me — replicou Jeremy —, mas eu a considero muito mais persuasiva assim do que antes, quando fingia não falar inglês...

Usha ergueu uma sobrancelha cor de ébano.

— Verdade? Que interessante. A maioria dos homens considera a ignorância na mulher absolutamente irresistível. — Ela apontou para Sanjay com um aceno de cabeça. — Denish, por exemplo.

Sanjay, ao ouvir seu nome, ficou alerta.

— Não há nada que eu não faça por você, princesa — disse ele. — Nada!

Para uma mulher que deveria estar acostumada a ter os homens a seus pés, fazendo tudo o que ela queria, Usha parecia bastante feliz com a declaração de Sanjay. Mas ainda não terminara de repreendê-lo por ter agido por iniciativa própria.

— Mas tentar assassinar o coronel — criticou ela. — E parece que não foi a primeira vez, não é?

— Não. — Sanjay teve a bondade de parecer envergonhado. — Fui eu quem o apunhalou em frente a sua casa, Vossa Graça.

— E também foi você que tentou passar por cima de mim com a carruagem na rua, outro dia? — perguntou Jeremy, curioso.

— Sim, fui eu. — Sanjay baixou a cabeça. — Sem dúvida o senhor desejará chamar as autoridades. Estou disposto a ir para a cadeia, sabendo que tudo o que fiz foi a serviço da única Estrela de Jaipur verdadeira.

Usha, mais bonita do que nunca — uma expressão de alegria sincera inundara seu belo rosto —, estendeu a mão e tocou o ombro de Sanjay.

— Faria isso por mim? Iria para a cadeia para sempre neste lugar frio? *Você*, que sempre foi tão severo comigo durante minha vida inteira?

Sanjay segurou a mão da princesa e começou a cobri-la de beijos, murmurando:

— Qualquer coisa. Eu faria qualquer coisa por você, minha bela Usha. Se fui severo com você, foi porque eu, como outros homens, enxergo suas imperfeições... Mas elas me fazem amá-la ainda mais.

Em vez de insultar Sanjay por ter sugerido que ela poderia ter defeitos, como Maggie esperava de uma mulher como Usha, ela deu um grito suave de alegria e logo a seguir ficou séria.

— Mas você sabe, Denish, que nosso amor nunca poderá acontecer. Preciso voltar para a Índia e me casar com o homem que meu tio escolheu...

— Não! — Sanjay levou a mão de Usha ao coração, como se ela o tivesse ferido. — Nunca! Ficaremos aqui. Encontrarei trabalho, há muitas coisas que eu posso fazer...

Maggie se sensibilizou tanto com a cena que ficou com lágrimas nos olhos. Observando ao redor, viu que não era a única: Berangère e Augustin pareciam profundamente emocionados, assim como Anne e Alistair que, para surpresa de Maggie, não tinham fugido da galeria com os outros. Até Peters parecia menos convencido que de costume.

Apenas Jeremy parecia imune à tristeza e aflição do momento, mas isso não impediu Maggie de se aproximar dele e, inesperadamente, sem pensar duas vezes, tirar a Estrela de Jaipur de sua bolsa e a colocar na mão de Usha, que ficou perplexa.

— Eis a sua Estrela — disse Maggie numa voz rouca enquanto fechava os dedos da princesa em torno da pesada joia. — Isto deverá ajudar. Creio que lhe pertence mesmo.

Capítulo 40

MAGGIE NÃO SE DEU CONTA DO que fizera até se afastar do jovem casal e olhar para Jeremy com lágrimas nos olhos. O que viu no rosto dele a trouxe bem rápido de volta à realidade.

Jeremy parecia chocado. Mais do que isso: aparentava estar tão horrorizado quanto ela ficou ao ouvir o tiro de Sanjay. Ele estava olhando para *ela*, e aqueles olhos prateados *a* perfuravam, impenetráveis...

Ah, Deus! Maggie ficou paralisada, com o olhar consternado preso ao dele. O que ela fizera?

Acabara de dar uma safira de 24 quilates, ora! Quanto vale essa pedra? Obviamente muito, pelo entusiasmo com que Usha e Sanjay pulavam de alegria. Berangère estava como se alguém a tivesse esbofeteado, um sinal garantido de que Maggie fora extremamente tola. Peters estava boquiaberto, enquanto Augustin e a família de Maggie pareciam apenas confusos.

Deus do céu! O que ela fizera?

Ainda parada, confusa e nervosa, viu a princesa e seu ex-intérprete correrem para ela e lhe tomarem as mãos em agradecimento. Em seguida, quando Maggie já estava corada e achava que morreria ali mesmo, eles voltaram a atenção para Jeremy...

Mas Jeremy se encolheu para que não lhe encostassem e, sem dizer nada, virou-se e saiu da galeria, seguido pelo criado que correu atrás do amo, chamando:

— Coronel? Espere, coronel!

Maggie ficou muda assistindo-os sair. O que acontecera? Por que Jeremy estava tão furioso? O que ela fizera?

Ela só se recobrou quando alguém lhe socou as costas. Ao se virar, surpreendeu-se ao ver Anne, com o rosto pálido da cor do alabastro.

— Não fique aí parada — disse, apontando na direção das portas por onde Jeremy acabara de sair. — Vá atrás dele, Maggie!

— Ah, Deus! — exclamou ela, mordendo o lábio inferior nervosamente. — Eu não deveria ter dado a safira a eles. Afinal, era de Jeremy...

— Não seja tola — disse Anne, desaprovando-a. — Não tem nada a ver com isso. Vá logo, não perca tempo!

Maggie não precisou de mais incentivos. No instante seguinte já seguia em direção às portas por onde Jeremy passara. Mas seu pai se levantou do sofá em que se sentara mais cedo e do qual não saíra nem mesmo ao ouvir o tiro e a segurou pelo braço.

— Margaret — disse ele, ávido —, para aonde você vai? Temos muito a conversar. Soube que na segunda-feira terá um encontro com o príncipe de Gales no castelo. Como eu não tenho nada para fazer na segunda-feira, posso me recomendar para ser seu acompanhante? Não me parece adequado a uma jovem passear por Londres desacompanhada...

A única resposta de Maggie foi rosnar para ele e puxar o braço. Então, correu para a Bond Street. O tempo continuava chuvoso, e Maggie, com o vestido sem mangas e o escarpim delicado, imediatamente começou a tremer. Grânulos de gelo se precipitavam sobre ela. Embora já fosse quase 21 horas, o céu brilhava num tom rosáceo, e as nuvens baixas refletiam as luzes de Londres. Ela chegou justo a tempo de ver a carruagem dos Rawlings puxada por dois cavalos baios se afastar.

Maggie praguejou baixinho e ergueu um braço. Vários cabriolés passaram por ela, espirrando lama na saia de cetim branco, mas nem lhe ocorreu voltar para dentro da galeria e pegar seu agasalho.

Esquivando-se do tráfego de pedestres assim como dos veículos puxados por cavalos, Maggie foi para a rua, os sapatos de cetim encharcados da água gelada, e estendeu um dos braços alvos completamente desprotegidos. Milagrosamente, um cabriolé vazio finalmente a viu, e o cocheiro, preocupado com a pouca roupa de Maggie, desceu de seu assento para ajudá-la a entrar. Maggie, contudo, diante da pressa, segurou as saias e entrou antes mesmo que ele pudesse tirar o chapéu para cumprimentá-la.

— Park Lane, número 22 — gritou ela, rezando para ter na bolsa moedas suficientes para pagar a corrida. — E, por favor, se apresse.

O cocheiro se acomodou e, com assobios, instigou seu único cavalo, um baio com aparência cansada e cuja respiração penetrava a névoa londrina em anéis semelhantes a fumaça.

— Sim, senhorita. Desculpe a minha intromissão, mas não deveria estar usando um casaco?

Percebendo só então que tremia de frio, Maggie abaixou-se para pegar a manta de colo e com ela agasalhou os ombros, embora fosse feita de uma lã muito áspera e cheirasse muito mal.

— Sim — disse ela. — Por favor, corra.

O cocheiro bem que tentou. Mas era uma noite de sábado e, embora as pessoas ainda não tivessem saído dos teatros, havia um bocado de trânsito nas ruas que, além disso, estavam cobertas de gelo. Muitas delas ficaram congestionadas, e os carros parados atraíam mendigos e mulheres de virtude questionável, os primeiros pedindo esmolas, as últimas procurando em cada veículo cavalheiros com quem pudessem passar uma ou duas horas rodando em torno do parque, confortavelmente acomodadas ao abrigo da chuva e agasalhadas nas mantas de colo. Só Deus sabia quantas damas da noite cheias de piolhos a manta que envolvia Maggie já abrigara. E havia também os floristas e os vendedores de laranja oferecendo suas mercadorias no meio da rua e piorando ainda mais o trânsito. Demorou quase uma hora, pelo cálculo de Maggie, para o cocheiro parar em frente à mansão dos Rawlings. A essa altura, Maggie batia os dentes de frio e lamentava ter sido tão apressada a ponto de não pegar o chapéu e o agasalho de mão antes de deixar a galeria.

Felizmente, Maggie tinha dinheiro suficiente para pagar a corrida. Ela agradeceu ao cocheiro e subiu às pressas os degraus da entrada da casa. Um dos lacaios que ouvira o coche parar abriu a porta antes mesmo que Maggie tivesse tempo de tirar a chave da bolsa.

— Srta. Herbert? É a senhora então? — perguntou ele, perplexo.

Maggie passou por ele correndo e entrou na casa. Ao se olhar no espelho do tamanho da parede que ficava num dos lados do vestíbulo de mármore, entendeu o espanto do lacaio. Ela viu a imagem de uma garota alta, com o coque quase todo desfeito, o vestido que era branco todo manchado de fuligem cinzenta e de lama marrom, e o bordado da cauda do vestido rasgado de ter ficado preso na roda traseira do cabriolé quando ela desceu. A pele estava quase azul de frio, exceto onde se enregelara, que estava de um vermelho vivo. Ela já não sentia mais os dedos dos pés.

— Isso não importa agora — disse Maggie para si mesma. — Sua Graça já chegou, Freddie?

O lacaio pareceu surpreso.

— Sim, senhorita, há cerca de meia hora. Recolheu-se no quarto. Srta. Margaret, chamarei sua aia. Deve precisar de alguma coisa quente para beber...

— Não, não se incomode. — Maggie já subia os degraus da escada, levantando a saia quase até os joelhos. — Estou bem.

— Mas senhorita...

— Eu estou bem! — Maggie correu para a porta do quarto verde justo quando Evers saía dele com um decantador de cristal nas mãos. Se o lacaio a fitara, espantado com sua aparência desalinhada, nem se comparava à reação do mordomo, cujos olhos quase pularam do rosto ao vê-la.

— Srta. Margaret! — exclamou Evers. — Está se sentindo mal?

Ofegante, Maggie conseguiu falar entre as inspirações de ar:

— Estou perfeitamente bem, obrigada, Evers. Mas preciso ver Sua Graça imediatamente.

Evers ergueu as sobrancelhas.

— Mas Srta. Margaret, temo que isso seja impossível. Sua Graça já se recolheu. Ele teve um terrível acidente, e uma das orelhas foi dolorosamente rasgada...

Maggie percebeu que Evers desviou o olhar para seu peito que subia e descia a cada respiração. Não podia culpá-lo. Tinha consciência de que, na pressa de subir a escada, podia ter descoberto alguma parte do corpo ou da roupa que até aquele momento estivera coberta.

— Evers — disse ela sem ar. — Eu preciso ver Sua Graça. É um assunto extremamente urgente.

— Terá de esperar até amanhã de manhã — afirmou o mordomo, com os olhos já voltados para o rosto de Maggie. — A senhorita está muito pálida. Sente-se bem mesmo? Posso lhe oferecer algo revigorante...

Maggie perdeu a paciência.

— Você pode se oferecer para sair da minha frente! — gritou ela, tão alto que o mordomo quase deixou cair o decantador que segurava. — Eu verei o duque, e não me importa o que você ou qualquer outra pessoa tenha a dizer a esse respeito!

E com isso Maggie passou por ele, levou a mão à maçaneta e abriu a porta do quarto de Jeremy.

Capítulo 41

A ÚLTIMA COISA QUE MAGGIE ESPERAVA ver do outro lado da porta era Jeremy nu, dentro de uma banheira de cobre portátil. Mas foi exatamente isso que ela viu. Isso e Peters, com expressão de extrema surpresa, sacudindo o casaco do coronel.

A esta altura, Jeremy também não esperava ver Maggie, sem ar, com a roupa em total desalinho e completamente despenteada. Mas foi como ele a viu entrar pela porta do quarto.

— Deus do céu, Mags — disse numa voz terna. — O que aconteceu com você? Parece que esteve no inferno e voltou.

Antes que Maggie tivesse chance de responder, Evers entrou pela porta.

— Desculpe-me, Vossa Graça. A senhorita insistiu que queria vê-lo. Avisei que o senhor já se recolhera, mas ela simplesmente *não* aceitou um não como resposta. — E, virando-se para Maggie, segurou-lhe o braço e disse: — Agora, Srta. Maggie, chega. Sua Graça está muito indisposto, como pode ver. Tenho certeza de que seu assunto poderá esperar até amanhã de manhã...

Maggie soltou o braço da mão de Evers.

— Não, não poderá — respondeu ela imediatamente. — E se encostar em mim de novo, enfiarei o dedo em seu olho.

Evers piscou, indignado, e Maggie por um instante sentiu uma ponta de culpa. Afinal, ele só estava fazendo seu trabalho. Mas não precisava se esmerar tanto.

— Francamente, Srta. Margaret! — exclamou Evers. — Hoje mesmo enviarei um comunicado a seu pai informando sobre seu comportamento!

Da banheira de cobre colocada a poucos metros da lareira, Jeremy revirou os olhos.

— Realmente, Mags — disse numa voz arrastada. — Concordo com Evers. Não há necessidade de dramas. Diga o que tem a dizer e depois volte para seu noivo como uma boa menina.

— Ele não é mais meu noivo — disse Maggie, altiva. — Você poderia ter descoberto por si mesmo, caso se desse ao trabalho de perguntar antes de sair numa atitude tão rude. Mas longe de *mim* ousar sugerir que o duque de Rawlings pode estar errado sobre alguma coisa. — Jogando a cabeça para trás, Maggie virou-se para sair.

— Espere!

A ordem retumbante foi tão alta que o decantador nas mãos de Evers tilintou quando ele estremeceu de susto. Maggie, contudo, só deu uma rápida olhada para trás.

— Está se dirigindo *a mim* dessa maneira descortês, Vossa Graça? — perguntou ela.

Jeremy estava inclinado para a frente, e segurava os lados da banheira com tanta força que dava para ver os nós dos dedos sem cor.

— O que você quer dizer com ele não é mais seu noivo?

— Isso mesmo. — Maggie voltou a se encaminhar para a porta. — Mas o que isso importa a você? Você me mandou sair, e é o que farei. De bom grado.

— Maggie!

Desta vez Jeremy chamou tão alto que Evers soltou um grito e saiu do quarto correndo, quase empurrando Maggie para afastá-la do caminho na pressa de escapar da fúria do duque. Peters deixou cair o casaco que escovava e logo se abaixou apressado para pegá-lo do chão, esperando que seu coronel não notasse. Apenas Maggie continuou onde estava, ainda no quarto, mas com a mão na maçaneta.

— O que é? — perguntou de maneira fria, olhando para trás sem girar o corpo.

Jeremy olhou para o criado e pediu, impaciente:

— Peters, deixe-nos a sós.

Ele não perdeu tempo. Para um homem de uma perna só, era bastante ágil quando necessário. Em vez de se dirigir para o quarto de vestir, foi mancando na direção da mesma porta por onde o mordomo saíra. Antes de deixar o cômodo, porém, parou e piscou para Maggie, que se surpreendeu com o gesto de cumplicidade do criado.

— Pronto — disse Jeremy, tirando as mãos da borda da banheira e se recostando. O vapor da água quente subia em delicados anéis. Com uma calma calculada, ele voltou a perguntar: — Que história é essa de você não estar mais noiva do Sr. Veygoux?

Maggie sentiu algo frio pressionar-lhe as costas nuas. Quando examinou, encontrou um grampo de marfim com que Hill fizera seu elaborado penteado no topo da cabeça no início da noite. Ela retirou o grampo do cabelo despenteado.

— O que eu disse — começou, com mais frieza do que sentia — foi que não estou mais noiva do Sr. de Veygoux.

— Entendo. — Jeremy esticou os braços até ficarem balançando sobre as bordas da banheira e a analisou. O quarto verde estava escuro. A única iluminação vinha do fogo intenso da lareira e do lampião ao lado da imensa cama. A luz do fogo batia na banheira de cobre e refletia-se contra o teto alto, e as manchas douradas no teto dançavam loucamente sempre que Jeremy fazia a água da banheira balançar.

Mesmo sob a luz fraca, Maggie conseguiu distinguir com facilidade a pele acetinada do bíceps protuberante quando Jeremy cobriu as bordas da banheira com os braços musculosos. O cabelo escuro sob o braço combinava com o tapete escuro que lhe cobria o peito largo e descia se afunilando até desaparecer sob a superfície da água. A água opaca do sabão a impedia de ver muito além disso, mas Maggie já sabia o que havia naquelas profundezas escuras. Viu que a orelha já não sangrava, e até mesmo o ombro ferido parecia melhor. Para um homem com malária, Jeremy se curava muito rápido.

De sua parte, Jeremy conseguia ver bem a silhueta de Maggie contra o fogo da lareira. E que silhueta. O vestido úmido grudado no corpo se ajustava como uma segunda pele. Ele precisou se conter para não pular da banheira e jogá-la na cama.

Só a lembrança da pintura o mantinha ali. Não bastava Maggie querê-lo. Ela precisava também confiar nele.

Jeremy estendeu a mão ligeiramente trêmula e pegou um copo em forma de sino sobre uma mesa de armar que o criado colocara ao lado da banheira. Bebeu o líquido âmbar e, se sentindo melhor, perguntou:

— E como — perguntou ele depois de engolir — isso aconteceu? Quero dizer, o término do seu noivado. Pois quando cheguei lá, encontrei-a nos braços dele. Vocês não pareciam um casal que havia acabado de terminar.

— Ah, ainda somos amigos. — Maggie não conseguia afastar os olhos da bebida que ainda restava no copo de Jeremy. O frio que sentia começava a se dissipar. Se ao menos tivesse aceitado a oferta do lacaio. Parecia-lhe que nunca mais se aqueceria. — Provavelmente sempre seremos amigos — continuou. — Augustin só estava feliz porque o príncipe de Gales me contratou para fazer um retrato para ele. Mas não está mais apaixonado por mim. Agora está enamorado de Berangère.

— Verdade? — Jeremy colocou o copo quase vazio de volta na mesa. — E como isso aconteceu?

— Ah. — Maggie deu de ombros. Que importava? Por que eles estavam perdendo tempo falando, quando podiam estar nos braços um do outro? — Berangère o seduziu.

Jeremy ergueu as sobrancelhas pretas de modo irônico. Isso não fazia parte do esquema que planejara com Berangère. Mas não deixava de ser uma improvisação brilhante da parte dela. Cuidaria para que fosse amplamente recompensada.

— Interessante — comentou ele secamente.

— Também achei. — Maggie baixou os olhos. — Como muitas coisas que aconteceram esta noite.

Jeremy não fez comentário algum. Será que sabia a que ela se referia? Tinha de saber! Ele *tinha* de saber que ela se referia à princesa. Mas Jerry estava mudo. O que havia de *errado* com ele?, Maggie se perguntava. Supunha que, ao saber de seu rompimento com Augustin, ele pularia para fora daquela banheira e a abraçaria. Mas aparentemente ele nem pensava nisso. Parecia perfeitamente feliz de estar onde estava. Uma rápida olhada mostrou-lhe que ele sequer olhava em sua direção. Olhava fixamente para o fogo, sem expressão. Será que estava *tão* magoado assim com relação à safira?

Ou seria outro o motivo? Quem sabe agora que ela estava livre ele não tinha mais certeza de querê-la? O coração de Maggie, a única parte ainda não congelada, ficou frio diante da ideia. Mas não, isso não podia ser. Jeremy se dera ao trabalho de trazer sua família! Por que faria isso por alguém que não amasse, com quem não quisesse se casar?

Então por que ele não a pedia em casamento agora, quando ela estava finalmente preparada para dizer sim?

Talvez porque ele finalmente percebera que Maggie era a garota mais tola e menos corajosa do mundo. Ah, é verdade que se arriscava — pendurara muitas pinturas na parede para as pessoas examinarem e criticarem. Mas quando se tratava de algo que realmente importasse — seu coração —, ela usava qualquer desculpa para não expô-lo. E por que um homem como Jeremy, mais corajoso do que qualquer pessoa que já conhecera, ia querer se casar com uma tola covarde como ela?

Ele não quereria. A não ser que ela lhe provasse que não era a covarde que ele pensava.

Maggie respirou fundo, atravessou o quarto até alcançar a mesa onde ele depositara o copo, se inclinou e o pegou. Jeremy imediatamente desviou o olhar do fogo para seu decote. Pelo menos isso a animou.

— Posso? — perguntou ela, apontando para o copo.

Jeremy concordou com um aceno de cabeça, mas não disse nada. Em seguida, lambeu os lábios que pareciam ter ressecado de repente.

— Obrigada. — Maggie levou o copo à boca e o virou, deixando o líquido descer pela garganta. O brandy começou a aquecê-la imediatamente até os dedos congelados dos pés, de uma maneira que o fogo não faria.

Ela percebeu que Jeremy parecia estar sofrendo de uma sensação parecida, só que no caso dele o problema não era nos dedos dos pés. Ao se virar um pouco, a água quente transbordou para os lados da banheira, mas ele não pareceu notar.

— Assim está melhor — comentou Maggie. Ela abaixou o copo já vazio, observando o modo como os olhos de Jeremy seguiam cada movimento seu. O olhar prateado não a abandonou quando ela sentou numa otomana próxima à banheira. Nem se afastou quando ela começou a tirar os grampos de marfim que ainda lhe prendiam parte do cabelo escuro e denso.

Jeremy lambeu os lábios.

— Então — disse ele —, se você tem tantas explicações, como explica aquela — ele pigarreou — pintura?

Maggie não demorou muito para entender a que ele se referia. Pintura? Que pintura? E então, de repente, toda aquela raiva pareceu fazer sentido. A pintura! A pintura de Jeremy! Ela não sabia que ele tinha visto. Não era para menos, então...

— Aquela pintura — começou ela, cautelosa — não fazia parte da exposição. Ela não deveria estar ali.

A expressão de Jeremy não mudou, mas ele permaneceu com os olhos nela.

— Não?

— Não. — Maggie depositou no chão um punhado de grampos. — Os transportadores que Augustin mandou para o estúdio a levaram por engano. Um dos rapazes da galeria a pendurou sem me perguntar, e depois, quando pedi para tirar, ele não quis. Não creio que seja um bom exemplo da minha obra. Foi feita há muito tempo.

Jeremy observou quando ela puxou o nó do cabelo para soltá-lo e ele caiu como uma massa grossa sobre os ombros nus.

— Foi? — perguntou ele sem emoção.

— Sim. Tive uma ideia idiota de que se eu pintasse um retrato seu, conseguiria... Eu não sei. Tirar você da minha corrente sanguínea. — Maggie começou a desabotoar os botões de pérola das luvas.

— Entendo. — Jeremy estava imóvel na banheira. — Ao que parece, funcionou.

Maggie olhou para ele.

— Não seja idiota. Sabe muito bem que não funcionou. Do contrário, acha que eu estaria aqui?

— Não sei — respondeu Jeremy com uma voz sincera. — Não sei o que você está fazendo aqui.

Maggie tirou as luvas, se inclinou e começou a tirar os sapatos molhados.

— Então você *é* um idiota. — Foi tudo que ela disse.

Jeremy enfureceu-se e se endireitou na banheira.

— Sabe, Mags, pelo menos desta vez eu concordo com você. Eu *sou* um idiota. Eu pensava que nós tínhamos algo especial. Pensava mesmo. Mas quando vi aquele retrato, ficou claro para mim...

— Quer fazer o favor de esquecer aquela maldita pintura? — pediu Maggie, desgostosa, levantando a saia para soltar as ligas.

— Você me fez parecer uma espécie de criminoso — acusou Jeremy. — Como um jogador, um ladrão de cavalos, ou algo assim.

— Ah, tenha dó — reclamou Maggie. Ela apoiara um dos pés na borda da banheira de cobre e estava tirando uma das meias de seda molhada. — Eu tinha 17 anos! Para mim, você *era* um criminoso. Você roubara meu coração. E será que preciso lembrar que até hoje não o recebi de volta?

— E você? — disse Jeremy. — Durante cinco anos esperei por você, só para descobrir que estava noiva de outro!

— Eu sei — disse Maggie, começando a tirar a meia da perna esquerda. — A culpa também foi minha. Mas não se esqueça de que naquela época eu pensava que você tinha sido premiado com a princesa...

Jeremy suspirou.

— Pois você mesma assistiu a como *aquilo* terminou.

— Sim — admitiu Maggie. — E sinto muito ter duvidado de você... — Ela engoliu em seco, pensando que era melhor resolver isso logo. — E me desculpe por ter dado sua safira.

Jeremy fez um gesto de indiferença com a mão. Estava claro que ela estava errada na galeria. Ele não estava furioso com a perda da Estrela de Jaipur, até parecia ter esquecido. O problema dele era *Maggie*. Ao tomar consciência disso, ela sentiu uma alegria lhe percorrer a espinha.

— E mesmo agora que o comedor de lesmas está fora da questão — reclamou Jeremy com amargura —, existe um problema que permanece. Se nos casarmos, você precisará ser uma duquesa. Isso eu não posso mudar.

Já com as pernas nuas, Maggie começou a desabotoar o vestido.

— Eu sei. — Ela estava tonta, quase fraca de alívio.

— Então o que está fazendo aqui? — perguntou Jeremy aos berros, frustrado.

Maggie se levantou, e o vestido de cetim manchado caiu em volta dos seus pés, sobrando-lhe apenas o espartilho e os calções. Muito mais calma do que se sentia, ela falou:

— Estou procurando alguém para esfregar minhas costas.

Jeremy olhou para ela. Parecia uma cortesã de rua, apenas nas roupas de baixo, obscenas de tão apertadas, e com o cabelo preto descendo pelas costas. Parecia totalmente inapropriado para ela se jogar nele daquele jeito, e por um instante o duque só conseguiu olhar para ela, atordoado. Mas então viu que, apesar da pressão sobre os seios, a respiração de Maggie era rápida e irregular, como se tivesse corrido uma grande distância, e os olhos castanhos estavam inseguros. Ela não sabia como seria recebida.

E isso, mais do que qualquer outra coisa naquela noite, foi o que o levou a se inclinar e abraçá-la.

— Jeremy — exclamou ela de alegria ao sentir os braços molhados em volta de seu corpo. E quando ele começou a tirá-la da otomana, acrescentou: — Espere. — E então, quando ele a puxou para dentro da banheira: — O que está fazendo?

— Ah! — Com o volume combinado dos dois corpos, a água ameaçou entornar pelas bordas da banheira. Maggie caiu no colo dele com os calções totalmente grudados no corpo. — Jeremy! — A água quente molhou as pontas de seu cabelo e penetrou-lhe a fenda entre os seios. Ela sentia as coxas de Jeremy escorregadias e fortes sob seu corpo enquanto ele tentava evitar que ela fugisse. — Meu Deus, eu só estava brincando!

— É mesmo? — Jeremy afastou um pouco do cabelo comprido e roçou o nariz em seu pescoço logo abaixo do lóbulo da orelha. — Pois eu não estou.

Apesar de indignada, Maggie não conseguiu ignorar as sensações de formigamento que os lábios de Jeremy produziam em sua pele. Eles pareciam fazer cada parte de seu corpo acordar, especialmente os mamilos, que endureciam ao simples toque dos lábios dele em seu pescoço. Maggie estendeu a mão para mantê-lo longe, ainda sem se sentir pronta para essa investida apaixonada, mas já era tarde. Seria mais fácil evitar a queda de uma árvore. Jeremy, apesar de tudo, continuou, sua boca procurando a dela enquanto os dedos se ocupavam com as barbatanas do espartilho encharcado. Aparentemente ele levou o mesmo tempo para tirar a roupa molhada de Maggie e apoiar sobre a borda da banheira que para quebrar sua resistência simbólica. Ela se rendeu com um gemido quando ele lhe roçou os bicos intumescidos dos seios com as palmas das mãos.

Aquele gemido foi o convite de que Jeremy precisava. De repente, ela sentiu-lhe a língua entrando pelos lábios semiabertos. Enquanto uma das mãos permanecia no seio pesado, a outra mergulhava sob a superfície da água para tirar o cordão que mantinha os calções de Maggie fechados. O protesto dela ao sentir que ele finalmente rompera o cordão em dois foi calado por um beijo. O que importava?, pensou, um pouco atordoada. Ele podia lhe comprar uma roupa de baixo nova a cada dia, se fosse preciso.

Maggie teve a sensação de que seria.

Jogando os calções enfeitados de rendas por sobre o ombro, Jeremy mais uma vez a puxou para si, deixando-a sentada em seu colo, e o cabelo grosso de seu peito lhe roçou os seios quando ele a abraçou com força. Sob a água, Maggie sentiu a excitação dele pressionar a abertura dilatada entre suas pernas. E percebeu que só precisava se abaixar sobre aquele membro duro feito pedra...

Assim o fez, movendo-se tão devagar que só quando de fato capturou a ponta do pênis dentro de si Jeremy percebeu o que ela estava fazendo. Ele abriu os olhos que estavam quase fechados. Maggie sorriu para ele com malícia e afundou um pouco mais, deleitando-se com a inspiração forte de Jeremy quando seu músculo se tensionava e o abraçava. Ele desceu as mãos e lhe segurou as nádegas, os dedos afundando na pele macia com a intensidade do desejo. Maggie desceu um pouco mais, e então Jeremy, que não conseguia suportar mais um instante essa deliciosa tortura, lançou-se por inteiro dentro dela, ao mesmo tempo pressionando-lhe as nádegas com as mãos. Os corpos se encontraram de um modo tão explosivo que uma onda de água se formou e caiu como uma cascata para fora da banheira.

Nenhum dos dois percebeu. Finalmente num abraço completo, Maggie começou a se mover contra o corpo dele, a princípio lentamente, e depois cada vez com mais vontade. Jeremy balançava sob Maggie, até que ela, segurando as bordas da banheira de cobre, jogou a cabeça para trás e sentiu um arrepio que começava no couro cabeludo e descia formigando até os arcos dos pés. Ela poderia jurar naquele momento que toda a luz dourada que estava refletida no teto de repente caía em chuva sobre eles, lhes beijando a pele nua e cobrindo o ambiente com pequeninos fragmentos de folha dourada.

Somente quando Jeremy, igualmente esgotado, reclamou, mas sem parecer insatisfeito, e perguntou se ela queria afogá-lo foi que Maggie voltou a si e percebeu que não havia nenhuma folha dourada, e sim uma boa quantidade de água no chão.

— Ah, Deus — exclamou Maggie meio sem ar ao olhar em volta.

— Eu que o diga. — Jeremy endireitou-se na banheira sem desencaixá-la dele. — E então, o que estava dizendo sobre precisar de alguém para esfregar as suas costas?

Ela afastou o olhar, subitamente envergonhada.

— Ah, sim. Você está disposto?

— Não sei — respondeu ele, cauteloso. — Depende. Trata-se de uma oferta de uma vez só ou de um compromisso para a vida inteira?

— Eu esperava que fosse para a vida inteira — disse ela, sem conseguir encará-lo.

Jeremy a observou atentamente.

— Um compromisso para a vida inteira de esfregar as suas costas. Em troca de quê?

— Hum. — Maggie mordeu o lábio inferior. — Bem... Eu seria sua mulher.

Jeremy ficou paralisado.

— Mas e o problema de ser duquesa?

— Eu estava pensando — disse Maggie lentamente — que talvez não seja tão ruim. Quero dizer, se você não se importar em passar um tempo em Londres...

— Ah, precisarei fazer isso — interrompeu Jeremy. — Serei consultor no Whitehall ou algo assim. Deveremos passar a maior parte do tempo aqui em Londres, creio. Tenho certeza de que tio Edward e tia Pegeen não se importarão.

— Ah, sim — disse Maggie, ansiosa. — Acho melhor deixarmos o solar para eles.

— Certamente — disse Jeremy — Com tantos filhos...

— Realmente é melhor ficarem no campo.

— Certo. E morar tão perto de seu pai talvez fosse um pouco desagradável.

— Sim — concordou Maggie. — Herbert Park *é* muito próximo do Solar dos Rawlings...

— Mas poderemos visitá-los sempre — disse Jeremy. — Quero dizer, se você quiser.

— Isso seria bom — disse Maggie, cautelosa. — Desde que não seja com muita frequência...

Após um instante de silêncio durante o qual Jeremy olhava fixamente para o teto, ele finalmente perguntou:

— Está falando sério mesmo, Mags? Tem certeza?

Maggie, recostada nos braços dele, acenou que sim.

— Tenho.

— Eu tinha uma pedra para lhe fazer um anel — disse Jeremy. — Na verdade era muito bonita. Uma safira.

Maggie franziu o nariz.

— Na realidade, não gosto muito de safiras.

— Ah, que bom. — Os olhos prateados brilhavam de ternura. — Porque eu a perdi, sabe?

— Que pena. — Maggie sorriu. E então o beijou de novo, e demorou muito, muito tempo até eles voltarem a falar.

Capítulo 42

Edward, sem se preocupar em bater, abriu a porta do quarto verde e chamou:

— Jerry!

Uma variedade de montinhos sobre a enorme cama de quatro colunas se moveu, e Jeremy ergueu a cabeça com os olhos embaçados.

— O quê? Quem está aí?

— Sou eu — disse Edward. Observando com certa repulsa que o sobrinho deixara o material do banho, incluindo o próprio banho, espalhado pelo quarto, ele se dirigiu para a janela e afastou as cortinas verde-escuras, deixando entrar os raios fortes do sol da manhã. — Vim avisar que sua tia teve mais um filho ontem e que correu tudo bem. Sinto dizer que ela decidiu batizá-lo de Jeremy. Apesar de minhas afirmativas contrárias, Pegeen está convencida de que você finalmente mostrou ter maturidade suficiente para lidar com o papel de padrinho. E me pediu que viesse até Londres para informá-lo de que o batizado ocorrerá dentro de três semanas. Você acha que vai conseguir ficar fora dessa cama pelo tempo necessário?

Ao lado de Jeremy, outro montinho se mexeu. E então, para grande espanto de Edward, a cabeça de Maggie Herbert apareceu por cima das cobertas.

— O quê? Quem está aí? — perguntou ela, um pouco grogue. repetindo as palavras de Jeremy.

Edward, que estava ao lado do assento da janela, cruzou os braços.

— Está bem — disse ele, sério. — Está resolvido. Vocês se casarão, e não quero ouvir mais nenhuma palavra a esse respeito.

— Sim, senhor — respondeu Maggie, mortificada, e voltou para debaixo das cobertas.

Jeremy apenas deu uma risada.

— Ora — disse ele. — Já era tempo.

Este livro foi composto na tipologia Sabon, em corpo 11/18
e impresso em papel off-white 80g/m² no Sistema Cameron
da Divisão Gráfica da Distribuidora Record.